HEAD OVER HEELS TEIL 1

SOPHIA CHASE

Originalausgabe
Auflage 1 © 2013 Jennifer Rottinger
Coverfoto: Clipdealer.de
Lektorat: Renate Messenbäck

Zum Buch:

Rose Erwing steht mitten im Leben und scheint durch nichts zu erschüttern zu sein. Bis zu dem Zeitpunkt, als ihr neuer Boss auftaucht und sie vom ersten Moment an in seinen Bann gezogen wird. Von da an gibt es kein Entkommen mehr. Immer tiefer zieht er sie scheinbar ins Verderben. Denn auch wenn Rose alles versucht, um ihn aus seinem Schutzbunker zu holen, er lässt sie nicht unter die Fassade blicken. Wie lange wird die Leidenschaft überwiegen?

1. Kapitel

Tosender Applaus braust auf. Um ihrer besonderen Freude Ausdruck zu verleihen, stampfen manche der Anwesenden mit den Füßen rhythmisch auf den Boden. Die Sonne, die sich an diesem kühlen Märztag kaum noch hat blicken lassen, lugt hinter den dichten Wolken hervor und hüllt die Gestalten, mich eingeschlossen, in ein helles Licht, was uns eher überirdisch denn menschlich erscheinen lässt. Der Beifall verklingt langsam, als der Mann, dem all diese Aufmerksamkeit gilt, die Hand hebt. Doch er tut dies nicht irgendwie. Er tut dies auf seine typische Art. Jene Art, die ihm wie vermutlich keinem anderen anhaftet, die ihn hervorstechen und jeden vor Ehrfurcht erzittern lässt.

Charles Bennet ist ein guter Chef. Er hat zwar eisern regiert, sich wie ein König gegenüber seinen Untertanen verhalten, doch letztendlich wird er uns allen in guter Erinnerung bleiben. Ich bin froh, Teil des heutigen Geschehens zu sein, und ebenso bin ich glücklich, Teil dieser Firma zu sein, die mir mehr Chancen eröffnet hat, als ich mir jemals erträumt hatte. „Danke, meine Herren, meine Damen", nickt er lächelnd und hebt sein Champagnerglas, um damit in die Runde zu prosten. Jeder im Vorzimmer folgt ihm. „Danke für Ihr Kommen. Auch wenn ich mir gewünscht hätte, dieser Tag würde noch ein wenig auf sich warten lassen, so ist er nun doch da." Bennet stellt sein Glas ab, dabei erhasche ich einen Ausdruck auf seinem Gesicht, der mir gar nicht gefällt. Ich kenne diesen Blick. Das letzte Mal, als ich ihn sah, war, als seine Frau im Krankenhaus lag. Dieser Blick verrät mir mehr, als ihm vermutlich lieb ist. Er ist jedoch der einzige Mann, neben meinem Vater und meinem Bruder, den ich wirklich kenne. Jede Eigenheit, jedes Detail, was er mag, was er nicht mag. Doch vermutlich macht mich diese Eigenschaft gerade zu der Frau, die er immer in solch hohen Tönen lobt. Weil ich mich mit ihm befasse. Kein Wunder, spotte ich, ich habe ja sonst nichts zu tun. Ich meine, was ist mein Lebensinhalt? Außer der Arbeit? Nichts, lange kommt nichts. Vor ein paar Wochen war da noch etwas, doch das wurde mir genommen. Meine Stirn legt sich wieder in Falten, mir wird heiß, wie immer, wenn ich an ihn denke. Doch zum Glück fährt Bennet mit seiner Rede fort. Das wird wenigstens während der nächsten Minuten die lästigen Gedanken von mir fernhalten.

„Ich weiß noch, als ich das erste Mal durch die Pforten dieses Gebäudes schritt. Damals war es noch nicht aus Glas, sondern aus Beton. Die Zeit verging, der Name änderte sich und auch das Unternehmen selbst. Ein Aufschwung brachte uns nach oben. Und heute stehen wir hier – als eine der erfolgreichsten Firmen in ganz Europa. Ich wäre nicht der, der ich bin, wenn ich nicht solch treue Gefährten gehabt hätte – Louis, Frederick und mein Bruder Peter, möge er in Frieden ruhen, haben mir immer zur Seite gestanden.“ Mr. Bennet schnaubt, wischt sich den Schweiß von der Stirn und sieht noch einmal in alle Gesichter. „Ich halte mich kurz, die Telefone läuten bereits wieder Sturm. Ich möchte jedem von Ihnen alles Gute wünschen. Ein zufriedenes Leben, weiterhin Erfolg und mir hoffentlich einen erholsamen Ruhestand. Die letzte Etappe meines Lebens hat begonnen.“

Wieder dieser traurige Blick zu Boden. Am liebsten hätte ich ihn in den Arm genommen. Ich weiß, wie weh ihm dies alles tut. Kein Wunder. Dies ist seine Firma, er hat sie aufgebaut, jede Sekunde seines Lebens hat er hier verbracht und nun soll er sie abgeben – gezwungenermaßen. Denn seit einem Sportunfall vor einem halben Jahr kommt er kaum noch auf die Beine, hat ständig Schmerzen und die Tabletten, die er nun braucht, um schlafen zu können, möchte ich erst gar nicht erwähnen. Kurzum, ich werde einen neuen Chef bekommen. Und ebendieser schüttelt gerade die Hand seines Vaters. Als symbolische Geste der Übergabe. Es wird gleich ruhiger im Raum. Die Gesichter werden ernster und auch Charles Bennet wird immer bleicher.

Dann beginnt William Bennet, jedem Einzelnen die Hand zu schütteln. Er kann sogar lächeln, stelle ich fest, als er näher kommt. Ich kenne ihn, nicht persönlich, aber sein Name taucht häufig in den Klatschspalten auf. Mittlerweile ist es zwar etwas ruhiger um ihn geworden, man wird ja nicht jünger, aber dennoch weiß er, wie man lebt. Während Charles Bennet väterlich loyal wirkt, haftet seinem Sohn dieser jugendliche Leichtsinn an.

Er ist hübsch – sehr hübsch sogar, doch ich weiß auch, wie gefährlich er ist. Es ist kein Geheimnis, dass er sich um niemanden schert. Am wenigsten um die Firma und die wird er nun übernehmen. Na Prost, Mahlzeit auch. Wenn er sie nicht verspielt, versäuft oder im Puff einem Mädchen schenkt, wird er an ihr so viel Interesse zeigen, wie ein Fünfzehnjähriger einem Spielzeugauto entgegenbringt.

Nun komme ich bald an die Reihe. Sein Vater geht hinter ihm her, als müsse er uns oder seinen Sohn schützen. Wohl eher uns, jeder weiß, wie er zu seinem Sohn steht.

Seine Größe beeindruckt mich. Mein Bruder ist groß – fast 1,90. Doch Bennet, also William, kommt mir noch viel größer vor. Oder liegt das einfach an seiner Ausstrahlung, die mich in dem Moment, in dem er meine Hand ergreift, zu besiegen droht? Ich bilde mir sogar ein, ein kleines Lächeln auf seinen stählernen Lippen entdeckt zu haben.

„Guten Tag“, grüße ich freundlich.

„Guten Tag. Sie müssen Miss Erwing sein, nicht wahr?“, fragt er streng.

Ich nicke zuerst nur, zwinge mich dann doch zu einer höflichen Antwort. Hallo, ich weiß, du magst ihn nicht, doch er ist dein neuer Boss, also sei freundlich und lächle. „Ja, die bin ich. Doch Sie können mich gerne Rose nennen.“

Ich fasse mir innerlich an die Stirn – will ich ihm gleich einen Heiratsantrag machen? Sie können mich Rose nennen, als wäre ich eine Stripperin und hätte keinen Nachnamen. Während er mich weiterhin einfach nur ansieht, ich die dummen Gesichter der anderen auf mir und ihm spüre und nicht verstehen kann, was ihn an mir so fasziniert, dass er sich diesen Fauxpas erlaubt, verhalte ich mich keinen Deut besser. Im Gegenteil – ich umfasse seine Hand kräftig und genieße die Wärme seiner Haut, die bis auf meine Knochen durchzudringen scheint. Hätte mir vor diesem Moment jemals jemand etwas von sofortiger Anziehung erzählt, ich hätte ihn ausgelacht und für verrückt erklärt. Nun erlebe ich eben einen solchen Moment und bin mehr als geneigt, ihn als markerschütternd in Erinnerung zu behalten.

Endlich erwacht er wieder zum Leben: „Danke, Rose.“

Ich sehe zu Naomi, die mich entgeistert anstarrt. Auch sie scheint diese unterschwellige Spannung bemerkt zu haben. Auch ist ihr offenbar nicht entgangen, wie er meinen Namen in die Länge gezogen hat. Doch meine Aufmerksamkeit wird sogleich von meiner Freundin weg und hin zu Debby Harald gelenkt, die verlegen grinst und Bennet, also William, ich muss mir wirklich etwas einfallen lassen, um die beiden irgendwie zu trennen, die Hand hinstreckt, als erwarte sie einen Handkuss. Und ich traue ihm auch wirklich zu, dass er es tut. Immerhin scheint Debby genau in sein Beuteschema zu passen – blond, schlank, gut gepolstert, also an den richtigen Stellen, und völlig neben der Spur. Wie sagt meine Mutter immer? Ein Betthäschen für eine Nacht. Dies trifft auf Debby so gut zu wie auf keine andere.

Als die beiden Bennets ihre Runde beendet haben, schickt Charles Bennet alle Mitarbeiter höflich, aber bestimmt auf ihre Plätze zurück. Noch einmal erinnert er uns an die Party nächste Woche, dann verschwinden auch er und sein Sohnemann im Büro. Für kurze Zeit stehe ich noch betreten an der Stelle, an der mich alle stehen haben lassen, ärgere mich über meine spontane Freundschaftsbekundung, ehe ich mich lösen kann und in mein Büro stapfe. Es liegt gleich neben dem von Mr. Bennet. Nur eine Tür trennt mich vom Geschehen, was nicht immer nur zu meinem Vorteil ist. So wie auch jetzt, da ich lautstark mitbekomme, wie Charles Bennet seinem Sohn ordentlich die Leviten liest.

Sofort fühle ich mich unwohl. Möchte mich unter meinem Schreibtisch verkriechen, wie ich es schon als Kind getan habe, wenn ich mitten in einen Streit geraten bin. Was relativ häufig vorgekommen ist, da ich die Mittlere bin. Entweder meine Schwester rebellierte, weil sie nicht ausgehen durfte, oder mein jüngerer Bruder schmollte, weil er meinen Vater nicht zu einem seiner Patienten begleiten durfte. Und schon damals war ich die Vernünftige, die sich aus allem heraushielt.

Ich fahre den Computer hoch, ordne die Akten, die die Putzfrau jeden Tag anders hinlegt, als ich es will, dann trinke ich einen Schluck Kaffee. Mein Mail-Account blinkt wie verrückt – was er jeden Montag macht. Als würde es in der mächtigen Welt der Wirtschaft kein Wochenende geben.Dreißig neue Mails. Schnell sehe ich sie durch und nehme dankbar wahr, dass sich die Auseinandersetzung der beiden Männer wieder gelegt hat.

Während ich die Terminvorschläge notiere, schäle ich mich aus dem Blazer, der mir heute Morgen noch passend erschienen ist. Doch da ich in einem riesigen Glaswürfel arbeite, in dem man ohne weiteres Pflanzen züchten könnte, beginne ich zu schwitzen. Und wenn etwas meinem Aussehen mehr als abträglich ist, vor allem, da mich meine Schwester heute mit einer ganzen Ladung Make-up versehen hat, dann ist das Schweiß. Wenn ich schwitze, sehe ich aus, als hätte ich mit Schminke geschlafen.

Es klopft an der Tür und Mr. Bennet erscheint. „Rose, wenn Sie Zeit haben, können wir kurz die Termine besprechen."

Ich nicke, schnappe mir meinen Notizblock, den Terminkalender und das iPad. Passend ausgerüstet, um in einer Cyberschlacht zu kämpfen, betrete ich Mr. Bennets Büro. Habe ich mein Büro schon immer riesig gefunden –

immerhin ist es so groß wie meine erste Wohnung –, erscheint es gegen Mr. Bennets winzig. Sein Büro erstreckt sich über die halbe Seite des Gebäudes. Eine Glaswand trennt es von einem Sitzungsraum, während eine weitere Tür zu einer separaten Toilette führt. Sein Schreibtisch, den er von Zeit zu Zeit gegen einen neuen austauschen lässt, steht vor der gläsernen Front und bietet ihm einen einmaligen Blick über die City of London. Ein futuristisches Gebäude nach dem anderen, dazwischen die kleinen älteren Häuser, die die großen zu stützen scheinen.

William Bennet sitzt auf der weißen Ledercouch, seinen Kaffee in der Hand, sieht er mich von oben bis unten an. Seine Blicke machen mich nervös. Wenn er mich nur begierig anschauen würde, wäre das etwas anderes. Doch seine Blicke zu deuten ist schwerer, als es mir lieb sein kann. Seine Augen glühen einerseits, während sie andererseits kalt wie die steinerne Wand hinter ihm sind.

Mr. Bennet rückt mir meinen üblichen Stuhl zurecht, setzt sich dann mir gegenüber an den Schreibtisch und deutet seinem Sohn mit einem Kopfnicken, sich zu uns zu gesellen. Waren mir die Besprechungen mit Mr. Bennet sonst nie unangenehm, möchte ich mich heute in meiner viel zu plusternden H&M-Bluse am liebsten verstecken. William kommt zu uns, setzt sich neben mich und für einen kurzen Moment sehe ich ihm direkt in die Augen. Während ich nicht nur gegen diese Augen, sondern die weiter steigende Hitze ankämpfe, fixiert er mich.

Wenn ich nur wüsste, was in seinem Schädel vorgeht. Findet er mich hässlich, lächerlich, hasst er mich vielleicht sogar? Oder, ich schiebe diesen irrsinnigen Gedanken zwar gleich wieder beiseite, aber ich frage mich, ob ich vielleicht ebenfalls in sein Beuteschema passen könnte. Die junge, verzweifelte, traurige, hilflose Angestellte, die ihrem Boss völlig ausgeliefert ist. Sich ihm ergibt. Sich von ihm nehmen lässt …

Ich räuspere mich schnell und bin selbst überrascht, welch wirre Gedanken ein Monat Sexentzug in meinen Kopf pflanzen kann.

Ich sehe zu Mr. Bennet, der meine Begegnung mit seinem Sohn nicht mitbekommen und sich währenddessen seine Lesebrille aufgesetzt hat. „Können wir?“, fragt er mich dann.

Wieder nicke ich, schalte mein iPad ein und blättere eine Seite im Kalender vor. „Also, Mr. Winklshire von Tradement Commercial Estate hat sich für heute Nachmittag angekündigt. Ich habe ihm schon am Freitag eine Zusage erteilt, da Sie für heute noch nichts eingetragen hatten.“ Fragend sehe ich zu ihm auf. Er nickt – mein Zeichen fortzufahren. „Dann hat sich eine Dame aus Wales angekündigt, die sich mit Ihnen über die Aufsplittung der Baufirma unterhalten möchte.“

Stille. Mein Zeichen, ebenfalls zu schweigen. „Du erinnerst dich an die marode Ziegelfirma, die ich gekauft habe?“, fragt er seinen Sohn, der zustimmend nickt. „Sie ist wirklich nur ein Klotz am Bein. Eigentlich sollte ich sie verkaufen. Oder besser verschenken.“

„Dann verschenk sie“, lautet Williams halbherzige Antwort. Weiß er denn nicht, dass davon Schicksale und Arbeitsplätze abhängen? Ich beiße die Zähne zusammen und übe mich in Zurückhaltung. Ich, die kleine Angestellte, ein Zahnrad in einer riesigen Maschinerie.

„Hast du dir die Zahlen angeschaut?“

„Du sagtest doch, sie wäre nichts mehr wert. Was nützen mir dann Zahlen?“

Wieder liegt etwas in der Luft. Die Stimmung droht jeden Augenblick zu kippen. Doch ich muss mich vermutlich für diese Woche damit abfinden. Immerhin wird Mr. William Bennet noch die nächsten Tage von seinem Vater geschult, ehe sich dieser in den verdienten Ruhestand verabschiedet. Konflikte habe ich sehr wohl erwartet, jedoch nicht so früh.

„Dann wird deine Führung also so aussehen, dass du Bauchentscheidungen triffst? Wie beim Glücksspiel?“ Mr. Bennet ist sichtlich erregt, trotzdem sitzt er ruhig auf seinem Stuhl und betrachtet William. Dieser verändert seine Position. Ob dies nun aus Verlegenheit oder Gewohnheit geschieht, weiß ich nicht. Jedoch weht mit dieser Bewegung der Duft seines Aftershaves in meine Richtung. Ich schließe die Augen, sauge es richtiggehend in mich auf. Mir fällt nur ein Wort ein – männlich. Richtig männlich. Roh, wild, warm. Wie es dann erst auf seiner Haut riechen muss? Heimlich schiele ich in seine Richtung, versuche einen Blick auf seinen Mund, seinen Hals, auf irgendetwas zu erhaschen, das mich vermutlich nur noch mehr faszinieren würde.

„Soll das ein Witz sein?“, reißt William mich aus meinen Gedanken und ich glaube fast, er redet mit mir, doch ich bin schon lange nicht mehr wichtig. „Du fragst mich nach meiner Meinung, ich teile sie dir mit und du zerreißt alles in der Luft. Dann tu doch, was du willst.“

„Ich kann Miss Hope anrufen und ihr sagen, dass wir die Zahlen noch prüfen müssen. Dies sollte uns bis morgen Zeit verschaffen“, melde ich mich kleinlaut zu Wort und versuche, den Streit noch irgendwie im Keim zu ersticken. Beide Männer sehen mich an und, oh Überraschung, scheinen sich diesmal sogar einig zu sein.

„Ja, Rose, machen Sie das", brummt Mr. Bennet.

Wir gehen noch die restlichen Termine durch, dann verabschiede ich mich und kehre zurück in mein Büro. Dort lasse ich mich in meinen Schreibtischsessel sacken und fühle mich, als wäre ich aus einer knallharten Gerichtsverhandlung gekommen. Und das am Montag – vier Tage noch.

Da Mr. Bennet und William einen Termin außerhalb wahrnehmen, habe ich den ganzen Vormittag meine Ruhe. Ich erledige meine Arbeit und kann mich sogar wieder etwas fangen. Es klingt zwar verwöhnt und ich weiß, wie knallhart es in anderen Firmen zugeht, ein Grund, warum ich seit fast acht Jahren bei der Bennet Group bin, doch ich habe wirklich Angst, Mr. Bennet, also William, als meinen neuen Chef anzusehen. Er scheint mir kein bisschen vom Einfühlungsvermögen seines Vaters geerbt zu haben. Mich machen auch diese Blicke verrückt. Wie soll ich ab nächster Woche mit ihm zusammensitzen und Termine besprechen, wenn er mich dabei so ansieht? Als wäre ich Frischfleisch oder doch eine Vogelscheuche und er macht sich innerlich über mich lustig. Vielleicht hat er sich seine zukünftige Sekretärin ja vollkommen anders vorgestellt? Blond, hübsch, eigentlich würde Debby diesem Bild eher entsprechen.

Was mir fast ebenso viel Angst bereitet, ist, wie sich mein Körper ihm gegenüber verhält. Dieses Kribbeln, das Anstarren, mein vernebelter Verstand und vor allem dieses sehnsüchtige Ziehen in der Bauchgegend. Ich weiß nicht einmal, was ich derart anziehend an ihm finde. Sicher gehört er zu denjenigen Männern, die man in einer Zeitschrift bewundert, die man aber nicht für real befindet. Vielmehr habe selbst ich bis zu diesem Zeitpunkt geglaubt, dass diese Gattung in einem geheimen Versteck vor all den hungrigen Frauen dieser Welt geschützt wird und sich nur zu Fototerminen ans Tageslicht wagt.

Wieder reißt mich ein Klopfen aus meinen Gedanken und ich merke, wie abwesend ich heute bin. Naomi steht vor mir und deutet wild, schneller zu machen. „Es ist schon zwölf. Ich habe auf dich gewartet."

„Tut mir leid, ich hatte noch so viel zu tun. Es ist zwölf?", wundere ich mich, stehe auf und folge ihr.

Sie sieht mich von der Seite her an. „Benchy und Junior Benchy scheinen dich sichtlich zu unterhalten."

„Ach, hör auf", entgegne ich und verdrehe dabei die Augen.

Wir steigen in den Fahrstuhl und fahren in die erste Etage, wo sich die Kantine befindet. Und da wir heute meinetwegen später dran sind, ist die Bude rappelvoll.

„Bolognese – und dafür soll ich anstehen?", meckert Naomi.

Sie ist fast so lange wie ich bei der Bennet Group und seit ihrem ersten Tag in der Firma sind wir Freundinnen. Nicht nur in der Arbeit, auch privat verstehen wir uns super. Sie ist etwa in meinem Alter, doch trotzdem sieht unser Leben völlig anders aus. Während Naomi auf Partys geht und sich nicht um morgen kümmert, bin ich gesitteter. Eigentlich hatte ich nie wirklich etwas übrig für dieses hektische Nachtleben, und für den Kater am nächsten Morgen schon gar nicht. Und als ich dann meinen Freund, Ex-Freund oder On-Off-Freund, ich weiß auch nicht, wie ich ihn bezeichnen soll, kennenlernte, war mit dem Feiern ohnehin Schluss. Jetzt bin alleine, doch gerade deshalb bin ich froh, meine Ruhe zu haben.

„Es ist wirklich schade, dass du am Samstag nicht mitgekommen bist. Du hättest großen Spaß gehabt", sinniert sie gedankenverloren und ich weiß gleich, dass sie nicht ohne Begleitung nach Hause gegangen ist.

„Hätte ich das?", antworte ich schnippisch, was mir im nächsten Augenblick leidtut. „Ich hatte wirklich keine Lust auf Frankies Party. Er ist ein netter Typ, doch ich will nichts von ihm. Ehrlich", unterstreiche ich meine Aussage und versuche, das Grinsen von Naomis Gesicht zu wischen.

„Er mag dich aber, Rose. Taylor kannst du doch vergessen und wie lange hattest du keinen Sex mehr?"

Ich steige ihr auf den Fuß, um ihr bewusstzumachen, wo wir uns befinden. „Deswegen muss ich auch nicht mit dem Nächstbesten in die Kiste springen."

Die Schlange bewegt sich ein Stück vorwärts und wir sind sogar schon bei der Tablettausgabe angekommen.

Naomi greift nach einem Tablett und gibt es an mich weiter, dann nimmt sie sich selber eines. „Habe ich dir schon einmal gesagt, dass du prüde bist?", neckt sie mich.

„Frankie ist doch keinen Deut besser als Taylor", verteidige ich meine Meinung. Und da Naomi schweigt, weiß ich, dass sie mir recht gibt.

Als wir bei der Essensausgabe angekommen sind, die mich unweigerlich an ein Gefängnis erinnert, dreht sich Naomi noch einmal zu mir um. „Was ist mit Carl aus der Buchhaltung? Er hat am Samstag Geburtstag und wir sind auch eingeladen. Er ist nett, treu und sieht gut aus."

Sie kann es nicht lassen. „Und er ist vierzig."

„Fünfunddreißig", kichert sie.

Der Anblick des Essens ist kaum zu ertragen. Wer jemals Diät halten oder Resistenzen in seinem Magen züchten will, sollte hier arbeiten. Ich habe immer gedacht, das Essen in meiner alten Schule in St. Agnes, Cornwall, wo ich aufgewachsen bin, sei schlimm gewesen. Die Köchin verwendete nur Dosenfutter und das Gerücht kursierte, die Konserven stammten noch aus dem 2. Weltkrieg. Doch entweder ist die Köchin ebenfalls nach London gezogen oder sie hat hier eine Verbündete.

Jedenfalls quetschen wir uns mit dem Konservendosenfutter auf einen der Tische und schon beim ersten Bissen bin ich satt. Die Leute um uns, allesamt namenlose Gesichter, die ich zwar kenne, doch nie genau zuordnen kann, scheinen gerade in eine rege Diskussion vertieft gewesen zu sein, die just im Moment unserer Ankunft verstummt. Ich weiß gleich, über wen sie geredet haben. Eine findet dann doch den Mut und stellt mir die Frage, die allen unter den Nägeln brennt. Ich glaube, sie heißt Claire, doch sicher bin ich mir nicht. „Rose, du bist ja da ganz oben bei den Bossen. Was war heute los? Leben sie beide noch?"

„Ja, sie leben noch", murmle ich knapp.

„Wie war der erste Tag mit William?", fragt mich eine andere Frau, deren Augen bei seinem Namen zu glänzen beginnen.

„Er war höflich und hat sich erst einmal im Hintergrund gehalten", lüge ich.

Ich verschweige ihnen, dass er mich mit seinen Blicken durchlöchert, sich mit seinem Vater zweimal angelegt und sich am Gespräch ansonsten nicht beteiligt hat. Verschwiegenheitserklärung – erinnere ich mich, als ich bereits Gewissensbisse bekomme. Die musste ich nicht ohne Grund unterschreiben, als ich vor zwei Jahren befördert wurde.

„Ich beneide dich wirklich", schwärmt sie weiter. „Ich meine, dieser William. Ich habe ihn bis jetzt nie in der Realität gesehen, doch er sieht noch besser aus als im Fernsehen."

„Das tun sie doch immer", wirft ein Mann mit Halbglatze ein. Was ich bei dir bezweifle, denke ich sarkastisch und frage mich sofort, warum ich plötzlich so feindselig bin.

Claire ergreift nun Partei für William. „Und er hat schon so viel erlebt. Sein ganzes Leben besteht aus Reisen, Spaß und keinen Sorgen. Stell dir vor, du würdest ihn dir angeln. Ich meine, wir sehen ihn ja nun jeden Tag. Genügend Gelegenheiten hätten wir dazu."

Ich runzle die Stirn und muss mir ein Lachen wegen der schwärmerischen Reden dieser pubertierenden Damen verkneifen. „Wir wissen aber auch, dass er sich bis jetzt kein bisschen um die Firma geschert hat", bringe ich die beiden offenbar Verliebten auf den Boden der Tatsachen zurück.

„Und dass er sich auch aus Frauen nichts macht. Er benutzt euch dumme Dinger doch nur, weil er weiß, wie er auf euch wirkt. Er vögelt euch, ihr verliebt euch und letztendlich lässt er euch dann fallen", bringt Herr Halbglatze die Sache auf den Punkt. Und dieses Mal muss ich ihm sogar zustimmen.

„Touché", verkündet Naomi, was die Kinnladen der beiden Frauen endgültig auf der Tischplatte aufschlagen lässt.

Die nächsten zehn Minuten herrscht betretenes Schweigen. Die Damen, ihrerseits in die Schranken gewiesen, verabschieden sich zuerst, dann folgt Halbglatze und lacht mich noch einmal an, ehe er geht. Ich rutsche auf meinem Stuhl zurück und mache mich so klein wie möglich.

Auch Naomi lehnt sich schmunzelnd zurück. „Wie ist er nun wirklich?“, fragt sie dann.

Ich lächle. „Ein herrischer, undurchschaubarer, angsteinflößender Mann, der wahrscheinlich mit jeder Frau das Gleiche anstellt.“

Sie hebt eine Augenbraue und sieht mich herausfordernd an. „Auch mit dir, Rose?“

„Nicht ganz so schlimm wie bei den beiden, aber ich muss ihnen bis zu einem gewissen Punkt recht geben. Ich meine, ich bin sonst nicht so eine Schnulzentante, die sich von einem Typen sofort um den Finger wickeln lässt.“

„Ja, ich weiß, ich kenne dich“, stichelt Naomi.

„Dennoch übt er selbst auf mich Wirkung aus. Eine fast schon magische. Er ist wie mein Bruder, also nicht, dass sich mein Bruder je mit Nutten oder in Swingerclubs herumtreiben würde. Aber er bringt uns auch mit einem einzigen Blick zum Schmelzen.“

Wobei ich noch das harmlosere, tischtaugliche Beispiel gewählt habe. In den letzten Jahren, also eigentlich seit William Bennets Volljährigkeit vor zwölf Jahren, sind die Klatschspalten der Yellow Press voll mit Meldungen über ihn. Von Drogenbesitz bis hin zu russischen Zuhälterverbindungen wurde ihm alles nachgesagt. Ein weiterer Punkt, warum er für mich so undurchschaubar und vor allem unheimlich ist.

„Und ich habe das Gefühl, dass es mit ihm sicher nicht leicht wird. Mr. Bennet war so handzahm, bei William kann ich mir das nicht vorstellen."

„Dann gefällt er dir also doch, Rosie", neckt sie mich und greift nach einem Zahnstocher, den sie sich undamenhaft in den Mund schiebt.

„Er ist mein Boss." Wenigstens ich versuche, vernünftig zu sein.

„Rose!"

„Ja, na gut, er gefällt mir. Wem würde er nicht gefallen? Doch das weiß er und ich will ihm auf keinen Fall zeigen, dass ich auch hin und weg von ihm bin. Er ist so schon hochnäsig und eingebildet genug. Ich war immer professionell und das werde ich auch in Zukunft bleiben. Egal, was Bennet, also Junior Benchy, macht."

„Oh, und was ist, wenn Junior Benchy sich an dich ranmacht und dir an die Wäsche will? Und da unsere liebe Rosie seit Ewigkeiten keinen Sex mehr hatte, obwohl ihr eine sehr weise Freundin immer wieder dazu verhelfen wollte, wird sie ihm nicht widerstehen können. Wir sollten Kameras installieren und es dann auf YouPorn posten."

Ich ziehe beide Augenbrauen hoch und starre meine Freundin völlig entgeistert an. „Was oder besser wer ist in dich gefahren? Du denkst doch nicht, dass ich mich von ein bisschen Kohle und Charisma ins Bett locken lasse? Ich bin vielleicht alleine, jedoch nicht verzweifelt oder kurz vorm Dahinscheiden."

„Ein Bett? Steht im Büro ein Bett? Ich dachte eher an den Schreibtisch, an die Couch, an die Wand. Rosie, es gibt so viele Möglichkeiten, und glaube mir, Junior Benchy kennt sie alle. Alle!"

Ich stehe auf und lasse meine ausgeflippte Freundin sitzen. Dennoch muss ich lachen und für einen Moment durchzieht mich ein Prickeln. Okay, vielleicht hatte ich wirklich schon zu lange keinen Sex mehr, doch Junior Benchy, also William Bennet, würde ich mich nie hingeben.

Naomi klopft mir auf den Hintern und flüstert mir noch ins Ohr: „Und wenn du weiter solch knappe Röckchen trägst, dauert es nicht mehr lange." Dann verschwinden wir beide in unseren Büros.

Wieder sitze ich vor meinem Computer und denke über Junior Benchy nach. Alle scheinen verrückt geworden zu sein. Kaum betritt ein gut aussehender Mann das Gebäude, werfen sich ihm die Frauen zu Füßen. Nur eine steht – Rose Therese Erwing. Wie immer hat sie einen kühlen Kopf und verzichtet auf fleischliche Lust. Ich kichere und denke selbst, wie dämlich meine Gedanken heute sind, da merke ich, dass ich nicht mehr alleine bin. Ich blicke auf und bete gleichzeitig, dass es nicht Junior Benchy ist, doch genau der ist es. Mit verschränkten Armen steht er vor meinem Schreibtisch, auf dem an diesem außergewöhnlichen Tag gehörige Unordnung herrscht. Seine Augen schweifen zwar einen Moment lang über das Chaos, doch kurze Zeit später ruhen sie wieder auf meinem Gesicht, welches sich in eine steinerne, schutzsuchende Maske verwandelt hat. Wir sehen uns an und wieder ist da diese unterschwellige Spannung. Als würde sich die Luft aufladen, kaum dass wir uns im selben Raum befinden.

So aufrecht, gerade und vor allem sexy steht er vor mir. Langsam lasse ich meine Augen nach unten gleiten – ich ahne Prächtiges unter dieser braven Verkleidung, die ihn wohl in der Masse verschwinden lassen soll. Doch bei aller Liebe zum Detail, das würde ihm niemals gelingen.

„Mr. Ju... Bennet“, stottere ich und versuche, mir die Bilder von ihm in eindeutigen Posen aus dem Kopf zu schlagen. „Kann ich etwas für Sie tun?“

„Ja, das können Sie“, erwidert er selbstsicher und gelassen, was mir die Röte noch mehr ins Gesicht treibt. Rose, du bist fast vierundzwanzig Jahre alt, also benimm dich auch so!

„Und das wäre?“, frage ich, als er mich immer noch anstarrt.

„Könnten Sie mir bitte die Zahlen der Baufirma besorgen? Ich möchte einen Blick auf die Finanzierung werfen“, befiehlt er knapp und stellt sich hinter mich.

„Ich weiß aber nicht, ob ich von meinem Benutzerkonto aus Zugriff auf die Daten habe. Ansonsten kann ich in der Buchhaltung nachfragen, ob noch Belege existieren.“ Ich muss mich umdrehen, um ihm in die Augen sehen zu können. Wieder verfluche ich diese verdammte H&M-Bluse, die einen fabelhaften Blick auf meine beiden Prachtstücke bietet.

„Aber ich kann von meinem Account zugreifen?“, will er wissen.

„Ich denke schon.“

Einen Moment scheint er etwas mutlos zu sein, dann arbeiten seine Gehirnwindungen wieder. „Kann ich kurz Ihren Computer benutzen?“

Auf der Stelle mache ich meinen Platz frei. Hier werden gerade Meilensteine gesetzt, denke ich, während er sich herabbeugt. Mr. Bennet ist mir nie so nahe gekommen wie sein Sohn jetzt und hat auch niemals meinen Computer benutzt. William tippt sein Passwort ein und schon ist er angemeldet. Nun ist die Macht auf meinem Computer, denke ich und lächle.

Ich habe zwar keine Ahnung, ob er sich mit dem Programm auskennt, und wenn nicht, ob er mich um Hilfe bitten würde, aber als ich sein Profil sehe und wiederum das Aftershave rieche, ist mir alles andere egal. Er könnte das Konto unter meinem Namen plündern, ich würde nichts unternehmen, um ihn aufzuhalten.

Seine Lippen faszinieren mich. Die Oberlippe ist dünn und kaum auszumachen, die Unterlippe voller, doch die Sturheit ihres Besitzers macht sich sogar dort bemerkbar. Seine Nase ist gerade und schmal, seine Augen sind groß und seine Wimpern lang. Sehr lang und sehr vorteilhaft für einen Mann. Sein braunes Haar ist ordentlich gekämmt, perfekt und akkurat geschnitten. Ein wenig Gel scheint er verwendet zu haben, doch ansonsten wirkt es natürlich.

Mein Blick bleibt an seinem Oberkörper haften. Starke Arme befinden sich nur wenige Zentimeter neben mir. Auch ihm scheint heiß zu sein, da er seine Jacke abgelegt hat und nur in Hemd und Krawatte vor mir steht. Das Hemd ist ein Designerstück, daran besteht kein Zweifel. Es sitzt eng und ist wie für ihn gemacht. Wie so vieles auf der Welt, stelle ich etwas neidisch fest.

Er scheint die Datei gefunden zu haben und öffnet sie. Es sind mehrere Seiten, daher scrollt er nach unten.

Auch ich scrolle nach unten, oder besser nach hinten. Selbstverständlich finde ich auch seinen Arsch toll. Stramm und fest – wie erwartet. Wäre ich betrunken, sehr betrunken, oder geisteskrank, würde ich ihn kneifen. Dies ist eindeutig ein Hintern, der gekniffen werden soll. Kaum habe ich meinen Scan beendet, drängt sich ein Bild in meinen Kopf, das ihn nackt zeigt. Der stramme Hintern, die feste Brust – er geht sicher ins Fitnessstudio, jedenfalls betreibt er regelmäßig Sport. Denn nirgendwo zeichnet sich ein Fettpölsterchen ab.

Ich hebe meinen Blick wieder und sehe ihm direkt in die Augen. Mein Atem stockt, ich beginne zu schwitzen und laufe rot an. Oh Gott, kann es noch schlimmer werden? Mein Chef hat mich gerade dabei erwischt, wie ich ihm auf den Arsch glotze. Ich schließe für einen Moment die Augen, nicht zuletzt, um das eben aufgetauchte Bild aus dem Kopf zu bekommen. Als ich sie wenig später wieder öffne, keine Ahnung, woher ich die Kraft dazu nehme, ruhen seine Augen noch immer auf mir. Diesmal erkenne ich eine deutliche Regung – er ist entweder stinksauer oder es macht ihn scharf, mich ertappt zu haben.

„Der Drucker ist dort drüben.“ Ich weise in die Richtung, in der das Gerät steht, und hoffe, dies ist Erklärung genug.

William leckt sich über die Lippen, was in meinem Bauch komische Gefühle entstehen lässt.

„Danke, Rose.“ Seine Maske sitzt wieder perfekt. Ich kann nichts aus diesem Satz herauslesen. Sicher zieht er meinen Namen unnötig in die Länge, dies scheint ihm Spaß zu machen. Das Geräusch des Druckers ertönt im Hintergrund und als würde ich einen Schuss erwarten, zucke ich zusammen, was ihm ein leichtes Grinsen auf die Lippen zaubert. In einer fast schon göttlichen Pose schlendert er zum Drucker, schnappt sich die Unterlagen, kommt jedoch noch einmal zu mir zurück, um sie zusammenzuheften – wir besitzen in dieser Firma ja schließlich nur eine einzige Klammermaschine. Und als würde er solch rege Entgleisungen täglich erleben, reicht er mir den geborgten Gegenstand zurück, wobei ich demonstrativ aus dem Fenster sehe und ihn gänzlich ignoriere, bis er mein Büro verlassen hat.

Ich mache mich wirklich zum Idioten, denke ich, wütend auf mich selbst.

Endlich ist er weg. Noch drei Stunden! Ich hoffe nur, er braucht meine Hilfe nicht noch einmal an diesem Tag.

Ich fasse es einfach nicht. Reichen so wenige Worte aus, um mich verrückt zu machen? Doch vor allem, plant er dies alles oder geschieht es unabsichtlich – seinerseits? Vielleicht ist das einfach seine Art und Weise, auf Frauen zuzugehen. Prolo-Syndrom oder weiß Gott, was er hat. Vermutlich geht er davon aus, dass jede Frau auf diesem Planeten mit ihm vögeln möchte, verzichtet auf den netten Teil des Sichkennenlernens und stürzt sich gleich auf das Eingemachte. Als ich den Kopf an meine Nackenstütze lehne, bin ich mir jedoch nicht sicher, ob ich genügend Waffen für diesen Kampf zur Verfügung habe. Geschweige denn, für was ich überhaupt kämpfe. Sicher nicht für das Recht der Frau.

2. Kapitel

Ich sehe auf die Uhr am Bildschirm meines Computers – es ist bereits nach fünf. Ich bin eine Stunde länger geblieben als sonst. Der Grund dafür ist ganz einfach jener, dass ich mich komischerweise heute auf nichts konzentrieren konnte. Bennet kam zwar kein weiteres Mal, doch ich spüre seine Anwesenheit im angrenzenden Zimmer. Ich weiß, wie wenig Mr. Bennet Unachtsamkeit und Fehler ausstehen kann, und fahre den Computer schnell herunter. Nachdem ich meinen Blazer wieder angezogen und mir meine Tasche geschnappt habe, verlasse ich das Büro. Debby, die Empfangsdame, ist bereits nach Hause gegangen, deshalb ist es still in der Chefetage. Mit dem Aufzug fahre ich ins Erdgeschoss, grüße im Hinausgehen Louis, den Sicherheitsmann, dann stürze ich mich ins Gedränge, das wie immer um diese Zeit in der Broad Street herrscht.

In einer langen Schlange schieben wir uns alle gleichzeitig in Richtung Liverpool Street, von wo aus ich mit der Tube heimfahre. Auch am Bahnhof Liverpool Street ist die Hölle los und ich erwische gerade noch die Bahn in Richtung Epping. Die ist zwar auch rappelvoll, doch ich mag nicht noch länger warten.

Die Fahrt dauert kurz, nur sieben Stationen, und ich bekomme sogar einen Sitzplatz – ein Wunder. Obwohl der Tag heute ruhig war, wir hatten keine wichtigen Meetings oder Besprechungen, die ich vorbereiten musste, was Mr. Bennet ausdrücklich angeordnet hat, da er seinem Sohn den

Einstieg so leicht wie möglich machen wollte, ruht mein Kopf müde an der Glasscheibe. Schemenhaft nehme ich die Leute um mich herum wahr. Immer wieder kommt mir William Bennet in den Sinn. Als würde er mich verfolgen. Dabei weiß ich gar nicht, was ich an ihm gefressen habe. Er ist weder besonders nett zu mir, noch ist er außergewöhnlich unfreundlich. Eigentlich hat er mich so behandelt wie vermutlich jeden anderen auch. Warum setzen sich in meinem Kopf dann nur solche Hirngespinste fest? Vielleicht sollte ich Naomis Rat befolgen und am Samstag wirklich zu der Geburtstagsfeier gehen, mich volllaufen lassen und mit irgendeinem Kerl in die Kiste springen.

Besser als dieses Hinwarten, was mit meinem untreuen On-Off-Freund wird, ist es allemal.

Denn Taylor, besagter On-Off-Freund, ist schuld daran, dass ich in dieser Bahn sitze und nicht zu mir nach Hause, sondern zu meiner Schwester fahre. Meine große Schwester, die mich noch nie im Stich gelassen hat. Nicht, als wir vor knapp acht Jahren nach London gekommen sind, und auch nicht, als mich Taylor vor zwei Monaten mit einer Freundin betrogen hat. Ich stand da mit gepackten Koffern, hatte einen Job und wusste nicht, wohin ich sollte. Zu meinen Eltern nach St. Agnes konnte ich nicht, sie hätten mich sicher aufgenommen, doch meine Mutter engagiert sich im Hausfrauenverein, das sagt, finde ich, eine Menge über ihren Charakter aus. Ganz zu schweigen von meiner Oma, ich liebe sie wirklich, aber sie denkt bestimmt allen Ernstes, dass ich noch Jungfrau bin. Es würde sie umhauen, wenn ich ihr erzähle, dass ich meinen Freund mit einer meiner Freundinnen auf unserem Küchentisch erwischt habe. Mein

Vater würde sich eine Zigarre anzünden, sein Gewehr laden und Taylor den Arsch abknallen.

Also ist nur Lisa infrage gekommen. Ich bin zu ihr gefahren und seitdem wohne ich dort. Sie und ihr Mann haben sich vor einigen Jahren ein kleines Haus in Redbridge gekauft. Eine nette Bilderbuchgegend. Ein typischer Vorort von London, in dem die Welt noch in Ordnung ist. Ich bewohne ein kleines Zimmer in der ersten Etage. Jetzt bin ich seit zwei Monaten dort und mich plagt das schlechte Gewissen. Ich weiß, dass ich ihnen zur Last falle, auch wenn sie es niemals zugeben würden. Doch ich bin eine Schmarotzerin und das nur, weil ich keinen blassen Schimmer habe, was ich mit Taylor machen soll.

Irgendwie ist da noch etwas, das sich wie Liebe anfühlt. Wahrscheinlich ist es aber reiner Trott, der mich immer noch zu ihm hinzieht. Eine ganz natürliche Reaktion, finde ich – ich will in den sicheren, den gewohnten Hafen zurück. Dort, wo mein Leben einer gewissen Konstante folgt, wo ich mich aufgehoben fühle. Jedoch existieren diese Konstante und die Geborgenheit nur mehr in meinen Träumen.

Denn die Realität sieht folgendermaßen aus: Wir haben eine gemeinsame Wohnung, teilen uns in der Zwischenzeit, also solange ich nicht weiß, was ich möchte, noch die Miete, ehe wir entscheiden, wie wir unser Leben schnellstmöglich splitten.

South Woodford, die Station, an der ich aussteige. Ich schiebe mich durch die Menge und warte, bis der Zug zum Stehen kommt. Die Luft ist hier draußen gleich viel besser. Fast schon Landluft. Ich laufe die wenigen Meter bis in die Wavertree Road, in der ein Haus dem anderen gleicht. Alles sieht hier so friedlich aus und wieder beneide ich Lisa, um ihren netten Mann, der so fleißig arbeitet, um ihre Tochter, Susanna, die ihr Glück perfekt gemacht hat. Dagegen ist mein Leben ein einziger Scherbenhaufen. Ich bin fast vierundzwanzig, Single, obdachlos und einsam.

Ich schließe die Tür auf und höre Lisa bereits in der Küche singen. Ihre Heldin, Fast-Nachbarin Jessie J. mit Who you are, passt wie die Faust aufs Auge, denke ich und stelle meine Tasche in der Garderobe ab. Leise schleiche ich in die Küche, wo ich Lisa einen Moment lang beobachte, während sie ihre Spießerschürze trägt und das Essen kocht. Bestimmt ein Vier-Gänge-Menü. Denn wenn jemand alle Folgen der Desperate Housewives gesehen und gelebt hat, dann Lisa. Bei ihr ist es immer tipptopp aufgeräumt, es gibt immer etwas Gutes zu essen und es wird nie gestritten. Doch ebenso gut kenne ich die andere Lisa, die Frank zusetzt, weil sie ein zweites Kind haben möchte, aber einfach nicht schwanger wird. Es ist doch nicht alles perfekt, denke ich und lasse mich auf einen Stuhl plumpsen.

Sie sieht mich und dreht das Radio sofort leiser. Das typische Lächeln, welches uns laut Großmutter wie Zwillinge aussehen lässt, umspielt ihre Lippen. „Ich dachte schon, du kommst gar nicht mehr. Hat dich dein neuer Chef nicht gehen lassen?“, fragt sie mich besorgt.

Ich streiche über die Tischkante und entdecke etwas, von dem sie sicher nicht möchte, dass ich es sehe. Schnell reiße ich meinen Blick los. „Er ist ganz nett. Ich habe nur mehr zu tun gehabt als sonst.“

Sie dreht sich um und rührt im Topf. Meine Neugierde lässt mich ein weiteres Mal auf die Laborbefunde blicken. Sie tragen ihren Namen. Lisa ist ... unfruchtbar. Perplex starre ich sie an, weiß nicht, was ich tun soll. Soll ich sie darauf ansprechen?

„Dann stimmen also die Zeitungsberichte nicht mit dem wirklichen Menschen überein?“

„Was?“ Oh Gott, Lisa. Wie sehr sie sich ein Kind wünscht und jetzt soll alles vorbei sein! Doch bei Susi hat es doch auch geklappt. „Ach, was soll ich sagen? Er war den ersten Tag bei uns.“

„Und?“, bohrt sie nach.

„Und was? Warum wollen alle wissen, wie er ist? Und ja, falls du mich das auch fragen möchtest, er ist attraktiv.“ Blitzartig dreht sie sich zu mir um. „Eine gute Partie“, meint sie augenzwinkernd.

„Keine gute Partie. Er ist mächtig, reich, verwöhnt, Silikonimplantate gewohnt und aus Stein. Ich kann keine Regung an ihm erkennen.“

„Es wird schon alles gut. Er ist auch nur ein Mensch. Vielleicht war er nur nervös.“

Ich bezweifle zwar, dass dieser Begriff in William Bennets Wortschatz existiert, aber Lisa mit ihrem mütterlichen Gehabe kann ich nicht widersprechen. Und vielleicht hat sie sogar recht.

„Bei mir löst sich das Problem leichter, aber was ist mit dir?“ Ich deute auf den Laborbefund. Sofort treten ihr Tränen in die Augen und sie setzt sich zu mir.

„Er kam heute. Ich dachte, wir hätten noch eine Chance auf ein Baby.“

„Weiß Frank schon davon?“

„Nein. Er und Susi sind einkaufen gegangen. Rose, es ist nicht so, dass mir Susi nicht reicht. Ich meine, ich kann mich überhaupt glücklich schätzen, dass wir sie haben. Dr. Berg meint, es sei ein Wunder, dass es bei ihr damals geklappt hat. Ich will einfach nicht undankbar klingen."

Ich springe auf und reiche ihr ein Taschentuch, dann setze ich mich auf ihren Schoß, fühle mich dabei seltsamerweise in die Vergangenheit zurückversetzt. Wie damals, als wir noch Teenager waren und uns über Kleinigkeiten den Kopf zerbrachen. Dann waren wir auch füreinander da und sei es, dass wir uns nur gegenseitig gehalten haben. Manchmal reichen Gesten aus, um Seelen zu heilen.

„Lisa, du klingst doch nicht undankbar", versichere ich ihr und streiche ihr dunkles Haar, welches sie so sehr von mir unterscheidet, zurück. „Es tut mir so leid." Mehr will nicht über meine Lippen kommen. Außerdem habe ich das Gefühl, dass Lisa keine tröstenden Worte, sondern jemanden braucht, der ihr einfach nur zuhört.

Sie schnäuzt sich und knüllt das Taschentuch zusammen. „Es gibt immer Lösungen – Adoption, Hormone. Dr. Berg hat eine Hormontherapie empfohlen. Doch hundertprozentige Sicherheit gibt es nicht. Und eine Adoption ist vermutlich genauso schwer, wie auf natürlichem Wege schwanger zu werden."

Ich drücke sie an meine Brust und streiche weiterhin über ihre Haare. Langsam ebbt das Schluchzen ab und auch ihr Atem wird ruhiger. „Ich liebe dich so, Lisa. Und ich hoffe, dass alles gut wird. Ich wünsche mir so sehr, dass ihr noch ein Baby bekommt. Doch bitte, Lisa, du musst auch unbeschwert an die Sache herangehen. Ich bin bei Gott kein Arzt, aber du kennst Papa und der ist einer, und du weißt, was er immer gesagt hat." Mein Vater redet gern und viel über seinen Beruf – er ist Tierarzt mit Leib und Seele. Was bei einem Tier hilft, hilft beim Menschen auch, behauptet er starrköpfig. Was uns regelmäßig komische Momente beschert.

Sie kichert und küsst mich auf die Wange. „Nur dass ich keine Kuh bin", sagt sie und streckt mir die Zunge heraus.

Ich lache ebenfalls, doch gleich darauf weinen wir gemeinsam. Ich wegen meiner Einsamkeit und wegen Lisa, die mir so leidtut, aber auch aus Freude, dass wir uns immer wieder so gut verstehen. Dass das häufig auf Kosten unserer Familie geschieht, setzt dem Ganzen die Krone auf. Sollte ich irgendwann, aus Geldmangel vielleicht, Komikerin werden, verfüge ich über genügend Stoff, um Stadien zu füllen.

Während sich Lisa die letzten Tränen aus dem Gesicht wischt, stehe ich auf und decke den Tisch. Fast schon Routine in meinem aus den Fugen geratenen Leben.

Das Haus hat zwar ein separates Esszimmer, doch wenn wir nur zu viert sind, essen wir in Lisas Traumküche, wie sie diesen Raum bezeichnet. Lisa hatte immer schon ein Händchen für Farben und Dekoration, was sich auch an dieser Küche zeigt. Für meinen Geschmack gibt es zwar ein wenig viel Türkis, doch ansonsten ist das Ganze recht ansehnlich.

Kaum haben wir den Tisch gedeckt, kommen auch schon Susi und Frank vom Einkaufen zurück. Susi stürmt in die Küche, drückt zuerst ihrer Mama einen Kuss auf die Lippen, dann mir.

„Hallo, Tante Rosie, wir waren einkaufen und Papa hat mit einer Frau gestritten", berichtet sie mir die wichtigsten Ereignisse. Sie will sich bereits hinsetzen, folgt aber den bösen

Blicken ihrer Mutter und huscht doch noch ins Bad zum Händewaschen.

„Du hast dich mit einer Frau gestritten?“, erkundigt sich Lisa, als Frank, vollgepackt mit Tüten, in die Küche kommt.

Er zuckt mit den Achseln. „Nur eine Verkäuferin, die zickig war, mehr nicht. Wie sieht´s im Büro aus?“, will er von mir wissen.

„Ganz gut“, ich halte mich kurz. Nun bin ich daheim und habe genug von Junior Benchy und seinen verwirrenden Blicken.

Doch Lisa reitet mich weiter hinein. „Heute hat William Bennet das Ruder übernommen. Unsere Rose arbeitet jetzt für Londons berüchtigsten Weiberhelden.“

„Weiberheld“, spotte ich und finde den Ausdruck wirklich übertrieben, als wäre er Hugh Hefner oder Flavio Briatore, doch Frank klopft sich auf die Schenkel und bricht in unbändiges Lachen aus.

„William Bennet ist an der Macht! Habt ihr schon verdunkelte Scheiben und Tabledancestangen in euren Büros? Dann hat er seinen Alten also endlich ins Grab gebracht?“

„Ins Grab nicht, nur in den Ruhestand. Bis Freitag sind beide noch da, was sicher noch in einer handfesten Schlägerei enden wird. Dann kehrt hoffentlich wieder Ruhe ein.“ Scheiße, denke ich, wozu habe ich diese Verschwiegenheitskacke unterschrieben, wenn ich jetzt alles ausplaudere? Doch Frank ist Anwalt, er weiß, was Sache ist, und verkauft den Artikel sicher nicht an die nächstbeste Zeitung.

„Du erinnerst dich an George Phillips?", sagt er zu mir, als wir alle sitzen. Auch Susi ist wieder da und nimmt auf ihrem rosa Thron Platz, den ihr ihre Tante höchstpersönlich geschenkt hat.

„George Phillips", denke ich laut nach. „Mir sagt der Name etwas, doch ich weiß nicht, wer das ist."

„Ein Kollege von mir. Er ist so alt wie ich und Bennet und ging mit uns zur Schule. Doch im Gegensatz zu mir hat er noch regen Kontakt mit William. Letztens traf ich ihn und er erzählte mir ein paar witzige Anekdoten", erklärt er kopfschüttelnd.

Lisa wird sichtlich nervös. Es ist ihr nicht zu verdenken. William Bennet und seine Eskapaden haben nichts an diesem Tisch verloren – da stimme ich ihr zu.

„Jedenfalls soll er in seinem Haus in der Hill Street regelmäßig Besuch empfangen. Er holt die Damen ab, bringt sie zu sich nach Hause und nach ein paar Stunden gehen sie wieder. Genügend Geld für die nächsten Wochen in der Tasche und andere ‚Behältnisse' gehen auch nicht leer aus. Wenn du verstehst, was ich meine."

Lisa legt die Gabel zur Seite und funkelt Frank böse an. Oh Mann, ich möchte wirklich nicht in seiner Haut stecken. „Frank", beginnt sie dann, „du siehst doch, dass Susi am Tisch sitzt. Ich will wirklich nichts von diesem Bennet oder George hören. Bennet kenne ich nicht, aber George – und du weißt, wie ich über diesen Widerling denke. Also wärst du so freundlich und hältst die Klappe?"

Frank nickt betreten und schweigt. Ich sehe ihn mitleidig an und nehme mir vor, zu einem späteren, kinderfreien Zeitpunkt noch einmal nachzuhaken. Dann scheint Junior

Benchy doch nicht so unantastbar zu sein, wie ich geglaubt habe.

Eine Stunde später liege ich in meinem Bett und starre in die Glotze. Ich zappe von Sender zu Sender, doch überall die gleiche Kacke. Hier kämpft jemand um sein Überleben, dort versucht ein anderer, mit seinem ach so tollen Talent berühmt zu werden. Ich frage mich ernsthaft, was ich kann. Eine kindische Überlegung, doch was kann ich wirklich gut?

Seit Jahren besteht mein einziger Lebensinhalt darin zu arbeiten. Ich mache nie Urlaub und wenn, dann fahre ich zu meinen Eltern nach St. Agnes, wo der Bär ähnlich toll steppt wie in der Sahara. Ab und an begegnet man ein paar Surfern, die einen eine Weile auf Trab halten. Ansonsten ist dort nicht viel los. Ich liebe die Gegend. Sie hat eine unheimlich beruhigende Wirkung auf mich. Die einzigartigen Buchten, das tiefblaue Wasser, die alten Ruinen der Zinnfabriken, die Hügel, die sich scheinbar endlos dahinziehen. Schon der Gedanke daran beruhigt mich ungemein.

Ich starre auf meinen Wecker – halb neun. Vielleicht sollte ich meine Mutter anrufen. Da Montag ist, müsste sie zu Hause sein, und da März ist, wird in der Pension, die meine Eltern betreiben, auch nicht viel los sein. Ich müsste sie erreichen.

Eine Sekunde später höre ich das Freizeichen, nach zwei weiteren Sekunden hebt sie ab. „Rose, ist alles in Ordnung?"

Ich verdrehe die Augen, muss aber lächeln, da sie immer das Schlimmste befürchtet. „Ich wollte mich nur kurz melden. Wie geht es euch?"

„Gut. Papa ist nicht zu Hause, er musste zu einem Notfall und Oma schläft schon. Heute war es hier ruhig. Wir haben nur drei Zimmer belegt. Also, ich habe Zeit“, schildert sie mir die Zustände daheim schnell und kompakt, wie ich es von ihr erwartet habe.

„Wie geht es euch beiden?“

Im ersten Moment weiß ich nicht, ob sie mich und Lisa oder mich und Taylor meint. Sie denkt immer noch, ich bin in meiner alten Wohnung und zwischen meinem treulosen Freund und mir sei alles in Ordnung. „Gut. Mom, ich wollte fragen, ob das mit Ostern fix ist.“

„Natürlich. Du und Taylor, ihr werdet doch kommen?“

Es gibt mir einen Stich, weil ich lügen muss. Wenn ich ihr schon sage, dass ihr Schwiegersohn in spe, den sie immer gemocht hat, mich betrogen hat, dann nicht so kurz angebunden am Telefon. „Sicher kommen wir. Lisa und Susi kommen auch mit. Frank weiß noch nicht, ob er kann, er sagte irgendwas von einer wichtigen Verhandlung. Ich kann ihn ja mal fragen.“

„Ich freue mich schon, wenn ihr wieder heimkommt. Weihnachten scheint mir schon Jahre zurückzuliegen.“

Ich merke, wie ihre Stimme kippt, und nach diesem aufreibenden Tag bin auch ich nahe dran, es meiner Mutter gleichzutun. „Es dauert ja nicht mehr lange“, versuche ich sie zu trösten, doch es ist schon zu spät und ich höre den ersten Schluchzer. „Mom, ihr könnt doch auch mal für ein Wochenende vorbeikommen. Ich kann mir ja einen oder zwei Tage freinehmen.“

„Ich werde mit deinem Vater reden.“

„Ja, gut. Ich hab dich lieb, Mom“, sage ich und kämpfe weiter gegen die Tränen an.

„Ich dich auch, Rosie. Melde dich bald wieder und grüße Taylor von mir.“

Ich schlucke. „Mache ich. Gute Nacht.“

Sie legt auf und ich werfe mich in die Kissen zurück und weine einfach drauf los. Ich sollte nicht hier liegen und heulen. Ich sollte mich aufrappeln und mit Taylor reden, doch ich schaffe es nicht. Ich kann ihm nicht in die Augen sehen. Alleine schon, wenn ich an ihn und das, was er mir angetan hat, denke, zieht sich mein Herz zusammen.

Er war der erste Mann, dem ich vertraut, dem ich mein Herz geschenkt habe, und er hat es mir aus dem Leib gerissen. Die Wunde ist noch zu frisch und wäre nicht die Wohnung, unsere gemeinsame Zukunft, unsere Vergangenheit, ich würde ihn vergessen können. Doch da wir keine zwölf sind und Verantwortung tragen, muss ich diese unangenehme Sache klären.

Ich nehme mir vor, mich morgen bei ihm zu melden. Oh Gott, mein Magen dreht sich beim bloßen Gedanken an ihn um.

3. Kapitel

William Bennet scheint Überstunden geschoben zu haben, denn als ich heute Morgen ins Büro gekommen bin, ist die Sache mit dieser leidigen Baufirma bereits geregelt. Er hat alle Zahlen geprüft, eigenständig einen Kostenspiegel erstellt und sich die restlichen Unterlagen besorgt. Mich ein wenig nutzlos fühlend, habe ich ihm zugehört.

Ich weiß zwar nicht, wie lange er hier ist und was sich ein William Bennet alles erlauben kann, aber er hat sogar Zeit gefunden, Miss Hope anzurufen und sie zu bitten, den ersten Flieger zu nehmen. Deshalb ist Charles Bennet nun unterwegs zum Flughafen, um später mit Miss Hope essen zu gehen, während William und ich alles für die Besprechung vorbereiten.

Während ich die Unterlagen, die Junior Benchy zusammengestellt hat, kopiere, frage ich mich, was erstens so wichtig an dieser nahezu bankrotten Baufirma ist, dass die werte Miss Hope durch halb England geflogen wird, wobei sich mir bereits die zweite Frage aufdrängt: Was findet William plötzlich an der Sache so interessant? Doch nicht etwa Miss Hope?

Er telefoniert an seinem zukünftigen Schreibtisch, was mir einen ungehinderten Blick auf seine Gestalt erlaubt. Ich stelle Wasser und Saft bereit, teile Kulis aus und lege jedem Sitzungsteilnehmer die Unterlagen auf den Platz.

Und da ich mich heute für diesen engen, schwarzen Rock entscheiden musste, ich weiß auch nicht, was in mich gefahren ist, da ich ihn eigentlich hasse, fällt mir das Strecken schwerer als sonst. Er ist nicht kurz, nur eng. Sehr eng. Auch Lisa meinte heute Morgen, ich sehe richtig sexy aus.

Wollte ich sexy sein im Büro? Und wenn ja, für wen wollte ich sexy sein? Doch nicht etwa für William Bennet, der gerade aufgelegt hat und nun auf mich zukommt? Ich vermeide jeglichen Augenkontakt. Denn als ich ihn vorhin so lange anschauen musste, während er mir die Agenda erklärte, wurde mir von Sekunde zu Sekunde heißer. Als läge ein Fluch oder ein Zauber auf ihm, sahen mir seine Augen geradewegs in die Seele und in meine Gedanken, die sich den wildesten Träumen hingaben.

Er steht auf der anderen Seite des Tisches, und obwohl ich mich auf die Platzierung der Unterlagen konzentriere, spüre ich seinen Blick auf mir. Eine Minute, oder eine Stunde, ich weiß es nicht genau, sagt er nichts. Er starrt mich einfach an. Scannt meinen Körper wie ich gestern den seinen.

„Haben Sie einen Freund, Rose?", reißt er mich aus meiner Schutzstarre.

„Wie bitte?" Ich hoffe inständig, mich verhört zu haben.

Anstatt mir die Frage nochmals zu stellen, schweigt er. Schiebt sich eine Salzstange in den Mund und sieht mich weiterhin erwartungsvoll an. „Ähm, nein", verkünde ich nur die halbe Wahrheit.

Ich stehe da und fühle die Spannung beinahe übermächtig zwischen uns. Etwas hat er an sich, das mich verwirrt. Denn ich denke nicht mehr an die Umstände, an unsere Position, mein einziger Gedanke dreht sich um Sex. Die Salzstange, die er sich zwischen die Lippen schiebt – wie muss es schmecken, sich anfühlen, wenn diese Zunge woanders leckt?

Während er kaut und ich immer mehr in seinen Bann gezogen werde, merke ich, wie dämlich ich mich schon wieder verhalte. Denn für einen kurzen Moment keimt so etwas wie Freude in mir auf. Doch worüber? Weil er sich für mich interessiert? Weil er sich meinen Namen gemerkt hat? Weil ... keine Ahnung, weil ... Vermutlich führt er nur Smalltalk.

Schnell gehe ich zum nächsten Platz weiter und ordne auch dort die Unterlagen. Die wichtigste Arbeit im Moment.

„Dann leben Sie also alleine?"

Ich schlucke. „Nein, ich lebe bei meiner Schwester."

„In einer WG?"

„Nein", ich versuche mir die Demütigung nicht anmerken zu lassen, „sie lebt mit ihrem Mann und ihrer Tochter zusammen. Ich bin sozusagen ein vorübergehender Untermieter."

Ich klopfe mir auf die Schulter. Wenigstens klingt es nicht so erbärmlich, wie es wirklich ist.

Doch Bennet macht meine Hoffnungen zunichte. „Zahlt Ihnen mein Vater nicht genug, damit Sie sich eine eigene Wohnung leisten können?" Er klingt besorgt.

„Ich habe eine Wohnung", antworte ich vorschnell.

„Und die wird renoviert?"

Seine Frage bringt mich zum Lachen. In seiner Welt verhält es sich vielleicht so, dass ein Trupp Handwerker anrückt und die Wohnung auf Vordermann bringt. Doch eine Renovierung geht in meiner Welt ganz anders über die Bühne. „Ich muss vorher ein paar Entscheidungen treffen, ehe ich wieder zurück kann. Und die haben nichts mit der Farbauswahl zu tun", antworte ich und schaue zu, wie er zur Fensterfront schlendert. Ob er mir diese halbherzige Antwort abnimmt? Welche Gedanken wälzt er gerade? Egal, ich werde so oder so nicht schlau aus ihm.

„Haben Sie eine Freundin, Mr. Bennet?“ Meine Frage hängt im Raum und am liebsten würde ich weinend weglaufen.

Er tritt wieder in mein Blickfeld und greift nach einer weiteren Salzstange. „Nein, Miss Erwing.“ Lässig lehnt er sich an die Tischkante und ist plötzlich sehr nahe.

Ich habe mir so allerlei als Antwort erwartet – zum Beispiel die Kündigung, eine Rüge, aber nicht diese Nähe. „Warum fragen Sie mich das?“

„Weil Sie mich auch gefragt haben“, verteidige ich mich schnell. „Ich wollte nur höflich sein.“

„Ich denke, die Höflichkeitsfloskeln haben wir gestern, als Sie mir auf den Arsch gesehen haben, bereits erledigt. Und mein Verdacht, dass Sie Single sind, hat sich gerade bestätigt.“

„Was soll das heißen?“, frage ich baff und knallrot im Gesicht.

„Nichts. Es heißt gar nichts, Rose.“

Warum gehst du nicht? Kann nicht irgendjemand anrufen und diesen peinlichen Moment beenden?

„Es tut mir leid“, versuche ich es mit der Mitleidsschiene.

„Es braucht Ihnen nicht leidzutun. Wir sind doch beide erwachsen und ich denke nicht, dass wir noch Aufklärung benötigen.“

Hör auf damit, schreie ich ihn in Gedanken an. Er verdreht alles. Für mich wäre es das Schlimmste, sich mit einem Kollegen einzulassen. Ein absolutes No-Go. Doch er stellt es so hin, als wäre ich auf ihn aus. Und er ist nicht bloß nur ein Kollege, dem ich aus dem Weg gehen kann – er ist mein verdammter Boss. „Ich wollte mich Ihnen wirklich nicht aufdrängen. Das haben Sie falsch verstanden. Ich habe meine Prinzipien." Ja, sag ihm, was du willst, denke ich und bin stolz auf mich. Stolz darauf, dass ich angesichts seiner Begierde – und es ist eindeutig Begierde – noch klar denken kann.

„Darum auch dieser Rock", stellt er nüchtern fest und blickt an mir herunter.

Mein Mund wird trocken und wieder dieses Ziehen, an dem Punkt, an dem gerade seine Augen hängen – zwischen meinen Beinen. Ich trete nervös von einem Fuß auf den anderen.

„Eine einfache Geste, die Haltung, manchmal auch die Kleidung kann viel über einen Menschen verraten", erklärt er andächtig und lässt den Blickkontakt keine Sekunde lang abbrechen.

Als ob es eine angenehmere oder bequemere Position geben könnte, verlagere ich mein Gewicht auf das andere Bein. „Sie scheinen ein guter Menschenkenner zu sein." Mein Sarkasmus ist kaum zu überhören.

„Sie scheinen nervös zu sein, Rose. Was hat Sie so aus der Fassung gebracht?", möchte er mit einem breiten Grinsen wissen.

Ich sehe zur Fensterfront und erhoffe mir Abkühlung von der kalten Scheibe, denn hier wird es heiß – mörderisch heiß. Spielt er nur? Ist dies seine Art, sich über jemanden lustig zu machen? Oder spürt vielleicht auch er dieses Knistern? Jenes Gefühl, das von meinen Lippen direkt in meine Nippel und dann zwischen meine Beine gleitet?

„Nichts hat mich aus der Fassung gebracht." Nur du, mit deinen verwirrenden Gesten und deinen Augen. Ja, seine Augen sind am schlimmsten, als könnte er damit direkt in meinen Schädel blicken. Oder vielleicht ermöglicht es ihm auch nur seine langjährige Erfahrung mit Frauen, so präsent und mächtig zu wirken.

„Ich möchte Sie wirklich nicht in Verlegenheit bringen oder Ihnen etwas andichten, Rose. Mir ist nur wichtig, dass wir uns gut verstehen. Sozusagen auf einer Ebene sind. Sie vertrauen mir doch?", raunt er mit einer Zweideutigkeit in der Stimme, die selbst einer jungfräulichen Nonne aufgefallen wäre, wobei seine Augen nun unverblümt auf meinen Lippen ruhen und ich das Gefühl nicht loswerde, dass er sich eben dasselbe fragt wie ich vorhin. Eigentlich sollte ich ihm eine knallen, doch um die Sache nur noch schlimmer zu machen, öffne ich leicht den Mund. Als wollte ich ihn animieren, näher zu kommen und mich endlich zu küssen!

Was ist nur aus mir geworden? Und vor allem – was stellt dieser selbstsüchtige Mann mit mir an? Ihm vertrauen? In welcher Hinsicht soll ich ihm vertrauen? Dass er unser Techtelmechtel für sich behält, mir regelmäßig Unterhalt bezahlt, mir zig wundervolle Höhepunkte beschert? Am liebsten würde ich stöhnen, doch ein lautes Räuspern stört sowohl den wohligen Laut in meiner Kehle als auch die knisternde Stimmung im Raum.

„William, Miss Hope ist hier", höre ich Charles Bennet im Türrahmen stehend sagen.

Meine Gesichtsfarbe wechselt von weiß zu rot. Noch eine Sekunde länger Charles Bennets wütenden Blick auf mir spüren zu müssen und ich kippe um. Ich weiß, wie enttäuscht er sein muss. Ich bin immer loyal gewesen – wie oft hat er das hervorgehoben – und nun erwischt er mich mit seinem Sohn, am zweiten Tag, in einer äußerst eindeutigen Pose.

„Mr. Bennet", sage ich verlegen und hoffe gleichzeitig, dass er nichts darauf erwidert.

Kann er auch gar nicht, da eine zierliche Blondine neben ihm steht und seine Aufmerksamkeit in Anspruch nimmt. Ihren Aktenkoffer zwischen den Fingern haltend, sieht sie begeistert zu William Bennet. Und plötzlich ist mir klar, warum Miss Hope so wichtig geworden ist. Das eben erfolgte Geplänkel mit mir war vermutlich nur zum Aufwärmen gedacht.

Er steht auf und streckt Miss Hope die Hand entgegen. „Miss Hope, danke, dass Sie so schnell kommen konnten. Sie hatten doch keine wichtigen Termine?", fragt er charmant, was Miss Hopes Gesicht mit einer ähnlichen Röte wie meines überzieht.

„Danke, Mr. Bennet. Nein, ich hatte selbstverständlich nichts Wichtigeres zu tun", stottert sie.

„Bitte nennen Sie mich doch William. Nach unserem netten Telefonat gestern sollten wir das doch geklärt haben."

Er bietet ihr einen Sessel an und nimmt mir die Wasserflasche aus der Hand, um der hübschen Miss Hope selbst einzuschenken.

Ich unterdrücke ein Knurren und setze mich an meinen Platz, um die wichtigsten Punkte des Gespräches in meinen Laptop zu tippen.

„Wie war Ihr Flug?", fragt er und scheint mich und seinen Vater, der sich neben ihn gesetzt hat, schon längst vergessen zu haben. Ich fühle mich wie ein heimlicher Zuschauer bei einem von William Bennets Verführungsversuchen und weiß besser als jede andere, was auf Miss Hope zukommen wird. Ebenso weiß ich, dass die kleine Miss Hope William Bennet erliegen wird und ihr Hotelzimmer ganz umsonst gebucht worden ist.

Eine Stunde dauert die Besprechung, wobei sich herausstellt, dass Miss Hope eine knallharte Verhandlungspartnerin ist. Sie besteht auf dem Preis, den der ehemalige Eigner festgelegt hat und unter dem sie dem Verkauf nicht zustimmen wird. William ist ausnehmend höflich und hat sich offenbar wirklich sehr gut vorbereitet. Dennoch erliegt Miss Hope seinem Charme ab der ersten Minute. Charles Bennet und ich sind nur mehr Nebendarsteller.

Miss Hope will sich gerade verabschieden, um ihr Gepäck ins Hotel zu bringen, da wirft William ein: „Rose wird Ihnen ein Taxi rufen."

„Ach ja, werde ich das?", spotte ich innerlich. Von mir aus kann Miss Hope selbst sehen, wie sie in ihr schickes Hotel gelangt. Oder fahr sie doch selber!

Warum auf einmal so bissig, Rose, denke ich, während ich Miss Hope zusehe, wie sie immer mehr in Williams Bann gerät.

„Haben Sie heute Abend etwas vor?", fragt er sie endlich. Ich dachte schon, diese Frage käme niemals mehr! Doch Bennet weiß natürlich genau, wie er sie behandeln muss. Sie ist Wachs in seinen Händen – so wie jede andere Frau auch, ich eingeschlossen.

„Nichts weiter. Ich war schon ewig nicht mehr in London. Vermutlich gehe ich essen und dann ins Bett“, erwidert sie schüchtern.

„Wie wäre es, wenn wir gemeinsam essen gehen?“, schlägt er vor. „Das ist dann nicht ganz so langweilig.“

Nicht nur nicht ganz so langweilig, denke ich gereizt und räume die Gläser weg, um meine Hände zu beschäftigen.

Miss Hope kichert: „Liebend gerne, William.“

„Rose, würden Sie Miss Hope bitte ein Taxi rufen?“, fordert er mich auf und ich glaube fast, er genießt diese Macht, die er über mich hat. Und da er mich scheinbar so gut kennt, weiß er hoffentlich auch, wie wütend er mich macht.

Doch auf wen bin ich eigentlich wütend? Auf Miss Hope? Auf ihn? Auf mich? Keine Ahnung. Ich bin doch nicht mit ihm zusammen, denke ich lachend. Oh Gott, und wie ich das nicht bin!

Ich rufe ihr schnell ein Taxi, obwohl ich die beiden ungern alleine lasse. Da Mr. Bennet nicht in seinem Büro ist, sondern schon vor geraumer Zeit verschwunden ist – er wird schon wissen, weshalb –, fürchte ich mich richtiggehend davor, die zwei in einer verfänglichen Situation zu erwischen, als ich in den Besprechungsraum zurückgehe. Doch sie stehen noch immer da und unterhalten sich über Wales. Von wo kommt Miss Hope her? William ist offenbar auch in Geografie recht sattelfest, denn er scheint jedes noch so kleine Kuhkaff zu kennen.

„Das Taxi ist unterwegs“, murmle ich fast unhörbar.

„Danke, Rose“, sagt Miss Hope kichernd und bemerkt gar nicht, wie persönlich ihre Anrede plötzlich ist.

Nach einer halben Ewigkeit klingelt das Telefon. Es ist Claire vom Empfang, die das Taxi ankündigt. Endlich verschwindet Miss Hope, gefolgt von William, der das arme Ding selbstverständlich nach unten begleiten muss.

Als sie aus der Tür sind, strecke ich ihnen die Zunge heraus und empfinde so ein wenig Befriedigung.

Wenigstens irgendeine an diesem Tag!

Ich sitze an meinem Schreibtisch und tippe noch immer das Protokoll. William Bennet ist auch noch im Büro, wo ich ihn regelmäßig telefonieren höre. Ich kann nur hoffen, dass er mir heute nicht mehr unter die Augen kommt, denn ich bin stinksauer auf ihn. Nicht nur, dass er mich in eine solch verzwickte Lage gebracht hat, mich als seinen persönlichen Diener betrachtet und mich als Krönung des Ganzen den blöden Vertrag zum Verkauf der Firma dreimal hat schreiben lassen, weil ihn immer irgendetwas daran gestört hat, nein, ich sitze zum zweiten Mal in Folge im Büro fest. Und zu meinem großen Glück regnet es mittlerweile, was mich mit Entsetzen an den Marsch zur Liverpool Street denken lässt.

Endlich habe ich das Protokoll fertig. Ich überfliege es schnell und drucke es aus. Dann mache ich noch eine Kopie für Mr. Bennet. Vielleicht wird er auch die zerreißen, als handle es sich um einen neuen Gesetzesentwurf aus dem Parlament.

Ich klopfe und trete nach einem barschen „Herein“ ein. Er sitzt am Schreibtisch und scheint über irgendetwas zu grübeln. Hat er den ganzen Tag über strahlend ausgesehen, wirkt er nun müde und abgekämpft.

„Mr. Bennet, ich lege Ihnen hier eine Kopie des Protokolls hin“, sage ich, als ich die Papiere auf seinem Schreibtisch platziere.

Er nickt und fährt den Computer herunter, schaltet die kleine Schreibtischlampe aus und steht auf. „Fahren Sie mit der U-Bahn?“, möchte er von mir wissen.

Ich nicke und versuche, mich so knapp wie möglich zu halten. Genug Williamdröhnung für diesen Tag.

„Sie machen doch auch Schluss für heute?“

„Ja, ich wollte Ihnen das nur noch schnell geben, dann gehe ich.“

„Es regnet“, stellt er nüchtern fest.

„Ich weiß“, antworte ich und habe nicht die leiseste Ahnung, was er nun von mir erwartet.

„Ich kann Sie nach Hause fahren, dann werden Sie nicht nass.“

Oh nein, mein Freund. Lieber werde ich nass, als dass ich mich auf diese Fahrt mit dir in deinem kleinen Porsche, Ferrari oder was auch immer du für eine Penisverlängerung fährst, einlasse.

„Nein, ich brauche doch nur bis zur Liverpool Street zu laufen. Machen Sie sich keine Umstände.“

Für mich ist die Sache erledigt, doch nicht für ihn. Entweder plagt ihn das schlechte Gewissen, weshalb er plötzlich so arschfreundlich ist, oder er ist nicht mehr Herr seiner Sinne.

„Haben Sie einen Schirm mit?“

„Nein“, gebe ich zu und fühle mich wie ein ertapptes Kind.

Er zieht eine Augenbraue nach oben. „Sie kommen mit, Rose. Sie waren heute schon länger im Büro, als Sie müssten. Ich will nicht, dass Sie auch noch krank werden.“

Ich merke, dass er keinen Widerspruch mehr dulden wird, also nicke ich nur, hole meine Tasche und meinen Mantel, ehe ich wieder in sein Büro gehe. Er hält mir die Tür auf und schaltet dann das Licht aus. Ich laufe vor ihm zum Fahrstuhl und bete, dass dieser keine Faxen macht, nicht stecken bleibt, unverzüglich kommt und uns irgendwie in Sekundenschnelle in die Tiefgarage befördert.

Als würde ich nicht wissen, wo man sein Auto hier parken muss, nimmt mir Bennet die schwere Aufgabe ab und drückt für mich den Knopf mit der -2. Ich trete einen Schritt zur Seite und schaffe mehr Platz zwischen uns, da ich wieder dieses Aftershave rieche und merke, wie mein Herz schneller zu schlagen beginnt. Verdammter Verräter!

Unten in der Tiefgarage angekommen, sehe ich sein Auto schon, bevor er darauf zusteuert. Und ja, er hat eine Penisverlängerung – und was für eine! Ich kenne mich mit Autos zwar nicht aus, habe nicht einmal eines, doch selbst ich staune beim Anblick des Schlittens, in dem ich gleich sitzen werde. Aus dem er mich vor all den Leuten in der Liverpool Street aussteigen lassen wird. Mit dem Rock könnte ich außerdem glatt als Julia Roberts in Pretty Woman durchgehen.

Ich schlucke, zwinge mich, ruhig zu bleiben und mir nicht weiter vorzustellen, wie die Zweisamkeit im Auto sein wird. Geschweige denn, wie sie sich anfühlen wird.

Hinter ihm gehe ich am Fahrzeug vorbei, vergewissere mich kurz, dass mich meine Sinne nicht getäuscht haben – nein, das Jaguar-Zeichen ist nicht zu übersehen.

„Ein XKR-S. Ich habe ihn erst seit ein paar Tagen", erklärt er mir.

„Sieht sehr ... schnell aus."

„Ist er auch."

Während ich einsteige, speichere ich diesen Moment ins Langzeitgedächtnis meines Gehirns ein. Meine Enkelkinder werden eines Tages staunen. Denn wann wird Rose Erwing aus St. Agnes, Cornwall, schon wieder einmal Gelegenheit haben, mit so einem teuren Schlitten zu fahren?

„Weiß ist aber nicht gerade leicht zu pflegen", denke ich laut. Doch Gott sei Dank übertönt der aufheulende Motor meine törichten Worte.

William lenkt den Wagen die steile Ausfahrtsrampe hoch und beugt sich beiläufig zu mir. „Wie ist Ihre Adresse?"

„Sie können mich an der Liverpool Street aussteigen lassen. Ich fahre den Rest mit der Bahn."

Langsam schüttelt er den Kopf und atmet aus. „Ich sagte doch, dass ich Sie nach Hause bringe. Und Sie werden doch nicht in der Liverpool Street auf Bahngleis 2 wohnen."

Aha, auch Mr. Bennet kann sarkastisch sein, denke ich und nenne ihm unsere Adresse. Er tippt sie ein, wobei uns eine Dame verkündet, dass die Route berechnet wird.

„Sie brauchen sich wirklich keine Umstände zu machen", starte ich den letzten Versuch, aus der Intimität des Wagens zu flüchten.

„Fahren wir nun zu Ihrer Schwester oder zur Wohnung, die Sie aus unerfindlichen Gründen nicht betreten können?" Er ignoriert meinen Einwand und biegt in die Hauptstraße ein. Die Blicke der Menschen entgehen mir nicht. Selbst ich würde bei diesem Wagen glotzen.

„Zu meiner Schwester“, sage ich schnell und ahne, dass er sich damit nicht zufriedengeben wird.

„Was ist nun mit der geheimnisvollen Wohnung? Welches Ungeheuer wartet dort auf Sie?“

„Kein Ungeheuer“, schmunzle ich. „Es war oder ist die Wohnung von mir und meinem Ex-Freund. Wir haben noch ein paar Dinge zu klären, ehe ich wieder einziehe oder unsere Lebensgemeinschaft auflöse.“

Rose, du hättest es nicht besser ausdrücken können. Es klingt ... vernünftig und erwachsen. Keine Tränen, kein Betrug, kein Herzschmerz. Als hätten wir uns einfach auseinandergelebt.

„Und wovon machen Sie Ihre Entscheidung abhängig?“

Da wir bei einer Ampel halten müssen, sieht er mir direkt in die Augen und ich muss arg an mich halten, um ihm nicht die ganze Geschichte auf die Nase zu binden. Doch da wir höchstens zwanzig Minuten unterwegs sind, ich nicht vor ihm heulen will und ihm das Ganze sowieso am Arsch vorbeigeht, entscheide ich mich für eine kleine Notlüge. „Ich brauche einfach Zeit zum Nachdenken und um herauszufinden, ob ich ihn vermisse. Wenn ja, dann stehen die Chancen für ihn gut. Das ist alles.“

Er nickt und scheint mir zu glauben. „Wie lange leben Sie schon bei Ihrer Schwester?“

Verdammt. „Rund zwei Monate.“

Sein Grinsen lässt mich meine Hände zu Fäusten ballen. Ja, ja, ja, Mr. Bennet hat mich also durchschaut. Kann ihm doch egal sein, wie ich lebe, denke ich schmollend.

„Sie scheinen ihn aber nicht gerade schmerzlich zu vermissen. Zwei Monate können lang sein, wenn man getrennt ist und sich doch so sehr liebt."

„Sprechen Sie aus Erfahrung?", kontere ich schnell.

Wollen wir doch mal in Mr. Bennets Leben herumstochern.

„Ich? Gott behüte! Ich bin froh, wenn ich mir über solche Dinge nicht den Kopf zerbrechen muss. Verstehen Sie mich nicht falsch, Rose, aber Frauen sind in dieser Hinsicht komplizierter als Männer."

Frauenfeind, denke ich und werfe ihm einen bösen Blick zu. „Glauben Sie, man kann Frauen und Männer in solch simple Schubladen stecken? Frauen sind Heulsusen, rennen einem nach und wollen immer nur Liebe, Beziehung und Hochzeit, während Männer die ‚Vernünftigen' sind, schnell und gut leben wollen und Frauen nur ausnutzen und es als die normalste Sache der Welt erachten, sich anderweitig zu vergnügen."

Er lacht herzhaft auf, was nicht dazu beiträgt, dass ich mich beruhige. „Klingt plausibel", setzt er dem Ganzen die Krone auf.

Eine Zeit lang ist es still, ich sehe aus dem Fenster und hoffe, dass wir bald da sind. Eigentlich hatte ich die Fahrt ja nutzen wollen, um mich in seine Psyche hineinzudenken. Mehr von ihm zu erfahren. Ich bin nicht klüger geworden, aber er hat mich seziert wie einen Frosch. Und nun kann er frei auf mein Herz sehen, welches zu explodieren droht.

„Dann hat er Sie also betrogen?“, setzt er der Stille ein Ende.

Ich schreie fast auf, da mich diese Erkenntnis so sehr trifft.

„Ich habe es mir gedacht, weil Sie sagten, ein Mann dürfe sich anderweitig vergnügen und findet das nicht weiter schlimm.“

„Ich meinte damit aber eher Sie“, fahre ich ihn an.

„Und mit der Heulsuse, die nur Liebe und Beziehung will, sich selbst?“

Rose, beruhige dich, denke ich und atme flach. Er dreht dir eben jedes Wort im Mund um. Das tut er doch die ganze Zeit. Also such dir eine Wunde und bohr darin herum. Aber als ich ihn ansehe, kann ich einfach keine Wunde entdecken. Er ist so stolz, hübsch, reich, charmant – na ja, meistens. Irgendeine Leiche musste doch auch William Bennet im Keller haben! Und ich würde sie ausgraben, mit Spaten und Schaufel in der Hand.

„Es tut mir leid, Rose. Ich weiß auch nicht, was in mich gefahren ist“, entschuldigt er sich und ich nehme es ihm komischerweise tatsächlich ab. „Wenn Sie meine Meinung zu der Sache hören wollen, als männliches Pendant sozusagen, dann vergessen Sie den Kerl.“

Mischt sich mein Boss gerade wirklich in mein Liebesleben ein, oder träume ich?

Hier werden gerade Grenzen überschritten, die dem Arbeitsamt sicher nicht gefallen dürften.

Er sieht zu mir, als suche er in meinem starren Gesicht nach einer Regung. Nun bin also ich diejenige, die zu Stein erstarrt ist. „Da Sie mit ihm zusammenleben, dürfte es schon ziemlich ernst gewesen sein. Also keine kurzfristige Affäre.

Wenn ich mich mit einer Frau auf so etwas einlassen würde, dann meine ich es ernst. Es wird Sie zwar überraschen, das lese ich in Ihrem Gesicht, aber selbst für mich wäre Monogamie in einer Beziehung wichtig."

„Überraschen?", frage ich sarkastisch. Mein Weltbild wird gerade auf den Kopf gestellt. Doch er betonte auch, wenn er eine Beziehung haben sollte, was in diesem Leben wohl nicht mehr der Fall zu werden scheint.

„Sie haben wirklich etwas Besseres verdient, Rose. Packen Sie Ihre Sachen und suchen Sie sich eine neue Wohnung."

„Hier rechts, das zweite Haus an der Straße." Ich bin völlig perplex.

In mir toben widersprüchliche Gefühle, da ich ihm nicht glauben will und ihn noch immer überheblich finde, doch was er gesagt hat, bringt es auf den Punkt. Und das aus seinem Mund! Nicht, dass er großartig Erfahrung mit Beziehungen hätte, sagt er ja selbst, doch er ist ein Mann. Und ich habe schon Lisa und Naomi zu der Sache ausgequetscht, doch beide sind Frauen.

Wir biegen ab und er parkt das Auto am Fahrbahnrand. Der Regen hat kein bisschen nachgelassen. „Warten Sie hier, ich hole einen Schirm", meint er knapp und steigt aus.

Er will mich doch nicht zur Haustür begleiten, denke ich bestürzt. Lisa wird in Ohnmacht fallen, wenn sie ihn sieht.

Noch während ich mich innerlich winde, öffnet er die Beifahrertür und ist mir beim Aussteigen behilflich. In der rechten Hand hält er einen aufgespannten Regenschirm, den er mir rasch über den Kopf schiebt. Schritt für Schritt nähern wir uns dem Haus. Meinen Arm hat er unter den seinen gehakt, was mich fast zusammenklappen lässt.

Was ist nur los mit mir, schimpfe ich. Ich bin doch nicht anfällig für galante Verführer, die sich heimlich mein Herz und mein Vertrauen erschleichen. Warum gelingt es dann gerade dem unpassendsten Mann auf der Welt? Nicht nur, dass er mein Boss ist. Seine moralischen und ideellen Vorstellungen passen so gar nicht zu den meinigen. Eigentlich ein wichtiger Kritikpunkt, den ich bei ihm zu vergessen scheine.

„Mein Schwager ist mit Ihnen zur Schule gegangen", erzähle ich ihm mit dem Hintergedanken, diese Intimität mit dem Hinweis auf eine dritte Person zu durchbrechen.

„Ach ja. Wie ist sein Name?"

„Frank Eddington."

„Frank? Frank Eddington ist Ihr Schwager?" Ein Lächeln umspielt seine Lippen, als erinnere er sich an eine lustige Zeit mit Frank. „Ist er zu Hause?"

„Ich denke schon", meine ich, auf meine Armbanduhr blickend.

Ich krame den Schlüssel aus meiner Handtasche und schließe die Tür auf. Drinnen empfängt mich eine wohlige Wärme, was nicht nur mit der Temperatur zusammenhängt, sondern auch mit dem Wissen, dass die Zweisamkeit mit William Bennet nun vorbei ist.

William spannt den Schirm ab und legt ihn auf dem steinernen Boden der Veranda nieder. „Ich gehe ihn suchen", sage ich und laufe in Richtung Küche, wo ich Frank vermute. Und tatsächlich ist er dort. Den Kopf wie immer um diese Zeit in die Zeitung gesteckt, während Lisa mit Susi malt. Ich schnaufe und beneide die drei wieder einmal, ehe ich mich bemerkbar mache.

„Rose, da bist du“, begrüßt mich Lisa erleichtert. „Wie bist du hergekommen? Es regnet doch in Strömen.“ Verwundert blickt sie auf meine trockene Gestalt.

„Mit Mr. Bennet, und Frank, er möchte dich gerne sprechen“, wickle ich die Geschichte schnell ab, ehe William zu viel mitbekommt.

„Bennet ist hier?“, fragt Frank mit hochgezogenen Augenbrauen und lässt die Zeitung sinken. „Er soll hereinkommen“, spricht er meine schlimmste Befürchtung aus.

„Er wartet im Flur“, gebe ich zurück und hoffe, mich so aus der Affäre zu ziehen.

Frank steht auf und streicht sich durchs Haar, welches offenbar zu unordentlich wirkt, um damit William unter die Augen zu treten. „Bring ihn ins Wohnzimmer, ich komme gleich. Ich ziehe mich nur schnell um“, befiehlt er mir im selben Tonfall, in dem Bennet mich heute den ganzen Tag herumkommandiert hat.

Widerwillig nickend gehe zurück zur Haustür, wo William lässig im Türrahmen lehnt. „Er zieht sich nur schnell um. Kommen Sie herein“, sage ich und winke ihn heran.

Er schließt die Tür und legt seinen Mantel ab, dann folgen die Schuhe. Ich muss schmunzeln. Mr. Bennet steht in meinem, also im Flur meiner Schwester, nur mit Socken an den Füßen.

Während ich vor ihm den schmalen, nun unendlich lang wirkenden Gang entlanggehe, versuche ich, meine Schultern so gerade wie möglich zu halten. Vielleicht schaffe ich es so, meine Unsicherheit zu verstecken. Hallo, dies ist mein Revier, hier kann ich bestimmen, also lass dich nicht von ihm einschüchtern. Im Wohnzimmer angekommen, welches er von oben bis unten beäugt, er ist nicht der Einzige, der das tut, denn hier hat Lisa sich richtig ausgetobt, ich sage nur rosa Kissenbezüge, biete ich ihm einen Platz auf der Couch an. „Er muss jeden Augenblick kommen“, verkünde ich und will mich bereits umdrehen und gehen. Er ist doch nicht mein Gast, und vielleicht wollen sie ja Männergespräche führen – ich würde nur stören.

„Ist es Ihnen unangenehm, dass ich hier bin? Bei Ihnen zu Hause?“, stoppt er mich mit seiner typischen direkten Art.

Ich wende mich ihm zu und streiche meinen Rock glatt, was bei diesem Modell sowieso nichts bringt. „Es ist ja nicht mein Haus. Und nein, Mr. Bennet, es ist mir nicht unangenehm.“

Abermals ein Fluchtversuch. „Warum laufen Sie dann weg?“

„Ich laufe doch nicht weg. Ich ... ich ...“

Gott sei Dank, Frank kommt die Treppe herunter. Und als hätten sie sich heimlich abgesprochen, taucht auch Lisa, Susi tragend, auf. „Will, was für ein Zufall“, begrüßt Frank den Gast. Die beiden umarmen sich.

In Gedanken reibe ich mir die Augen und kann es kaum glauben, aber William Bennet kann sogar aufrichtig lachen. „Frank, na, wie geht es dir? Hast dich ja sogar zu einem anständigen Familienvater gemausert.“

Frank lacht und schiebt Lisa in Richtung William. Ihr knallrotes Gesicht passt perfekt zur Einrichtung, schießt es mir durch den Kopf. „Mr. Bennet“, sagt sie kleinlaut und ich warte nur darauf, dass sie ihr Knie zum Hofknicks beugt.

„Freut mich, Sie kennenzulernen“, erwidert er und reicht zuerst Lisa die Hand, ehe er sie sogar Susi hinhält.

Abermals stehe ich nur da und ermahne mich, den Mund geschlossen zu halten. Nachdem Lisa Susi ihrem Mann übergeben hat, die sich schüchtern an seine Schulter kuschelt, macht sie sich in der Küche zu schaffen. Vermutlich wird mein Boss jetzt bewirtet. Ein weiterer Grund, warum ich einen wichtigen Termin vortäuschen sollte. Oder Schmerzen, die mich ins Bett zwingen. Doch will ich wirklich in meinem Bett liegen, während William sich im selben Haus befindet? Meine Haut prickelt und als mich Bennet dann auch noch ansieht und sich dabei über die Lippen leckt, laufe ich Lisa einfach hinterher.

4. Kapitel

„Du hilfst mir?“ Lisa ist erstaunt, als ich in der Küche, meiner rettenden Insel, auftauche.

„Ja, und danach erklärst du ihm, dass ich mich nicht gut fühle. Ich habe Kopfschmerzen oder so etwas.“

„Du verdrückst dich?“ Lisa mag es kaum glauben.

Ich stelle drei Gläser, demonstrativ drei, auf das Tablett, hole den Korkenzieher und ergreife die Rotweinflasche, die Lisa mir entgegenhält. „Rose, das wäre mehr als unhöflich.“ Sie schimpft so leise, dass es die Männer nicht hören können, wobei sie ein viertes Rotweinglas hinzufügt.

Ich schmolle. „Er ist mein Boss und ich war gerade zwanzig Minuten alleine mit ihm, wobei er mich Dinge gefragt hat, die ihn nicht das Geringste angehen. Und jetzt ist er hier – bei mir zu Hause.“

Die Botschaft kommt nicht an. „Ich finde ihn nett.“

„Du hast zwei Wörter mit ihm gewechselt. Du kennst ihn doch gar nicht!“, stammle ich entsetzt über die Wirkung, die er auf meine Schwester ausübt.

„Ach komm, findest du ihn etwa nicht nett?“

Was wird denn das jetzt? „Nein. Er ist mein Boss“, rufe ich ihr zum hundertsten Mal ins Gedächtnis.

„Du gehst mit. Ich werde dich nicht decken“, erklärt sie entschieden, greift zuerst nach dem Tablett, dann nach meiner Schulter, wobei sie mich kurz anschubst. „Vielleicht kann er dich ja vom Gegenteil überzeugen. Immerhin ist dies eine gute Gelegenheit, sich von einer privaten, nicht geschäftsmäßigen Seite zu zeigen. Und ich rede nicht nur von ihm."

Ich verdrehe die Augen und denke mit Schrecken an die Vertrautheit, als er mich im Büro nach meinem Freund gefragt hat. Die Vertrautheit, als er mich von oben bis unten angesehen hat, als er mir so nahe gekommen ist, dass ich jede Pore in seinem Gesicht sehen konnte. Lisa, damit es noch privater wird, muss ich mit ihm vögeln? Schon beim Gedanken daran zieht sich mein Unterleib auf eine sehr empfindsame Art und Weise zusammen.

Als wir ins Wohnzimmer zurückkommen, lachen die beiden Männer über etwas. Sie haben sich in der Zwischenzeit gesetzt, das kommt mir sehr gelegen, denn es ist nur mehr der Sessel frei, der weit weg von Bennet und seinen seltsamen Blicken steht. Als ich die Schale mit den Chips, die Lisa sich unbedingt eingebildet hat, hinstelle, begegnen sich unsere Blicke wiederum auf diese magnetische Art. Einerseits schaffe ich es nicht, mich loszureißen, während ich es andererseits hasse, ihm dermaßen ergeben zu sein. Und auch als ich mich zu meinem Sessel begebe, folgen mir seine Augen. Ich schlucke und versuche, den Kampf zu gewinnen. Wer wird zuerst wegsehen?

„Sie trinken doch Rotwein?", unterbricht Lisa unser gegenseitiges Ringen um die Vormachtstellung.

Er lenkt seine Aufmerksamkeit auf meine Schwester, die den Wein ausschenkt. „Aber natürlich. Machen Sie sich nur keine Umstände! Ich kann nicht lange bleiben."

Ach ja, sein Treffen mit Miss Hope. Ich beiße mir auf die Zunge, um den Grund seines Termindrucks für mich zu behalten. Immerhin will ich Lisa und Frank nicht in Verlegenheit bringen.

Nachdem Frank die Gläser ausgeteilt hat, nehmen alle einen Schluck. Ich einen größeren, als sich schickt – das brauche ich jetzt.

Die nächsten Minuten lausche ich den beiden Männern, die uns die wildesten Geschichten aus ihrer Zeit in Eton erzählen. Wobei mich überrascht, woher Franks Eltern das Geld genommen haben, um ihrem Sohn eine derart teure Schule zu finanzieren. Als wir im Jahr 2012 ankommen und Bennet erklärt, welche Neuerungen er in der Firma einführen will, horche ich gespannt auf. Immer wieder sieht er mich an, als erwarte er jeden Moment Widerspruch. Doch ich kehre meine beste Seite hervor und schweige. Er erzählt von Begegnungen mit anderen Junior-Geschäftsführern, die ihre Aufgabe hervorragend meistern, und dass er es ebenso gut hinbekommen will. Ich erkenne die Entschlossenheit hinter diesen Worten und glaube tatsächlich, dass er es schaffen wird. Er ist stark und hat er sich etwas in den Kopf gesetzt, dann will er es auch haben.

„Und mein Vater hat mich nicht enttäuscht, als er mir von Roses Kompetenz erzählte“, beendet er den Vortrag über die besten Mitarbeiter der Firma. Mich wundert wirklich, dass ich in dieser Liste vorkomme.

Lisa zwinkert mir verschwörerisch zu und ich weiß, in welche Richtung ihre Gedanken gerade wandern.

Bennet leert sein Glas und sieht zur Wanduhr. Halb sieben. Er muss sich beeilen, um den Termin mit Miss Hope nicht zu verpassen. Wir wollen doch nicht, dass die Ärmste auf ihn warten muss.

„Darf ich Ihnen nachschenken?“, fragt Lisa schüchtern.

„Nein danke, sehr freundlich, aber die Arbeit ruft.“

„Du arbeitest heute noch?“, will Frank wissen.

Ich bitte dich, denke ich und umfasse die Lehne. Miss Hope zu vögeln ist doch keine Arbeit. Sie wird sich ihm bereitwillig anbieten.

„Nur ein Essen. Vielleicht können wir auch einmal ein Abendessen einrichten. Tut gut, mit einem alten Freund zu plaudern“, sagt er zu Frank gewandt.

„Ja, mich würde es auch freuen.“

„Wie sieht es diese Woche aus? Ich fürchte, die nächsten werden stressiger.“

Lisas Augen beginnen zu leuchten und ich kann mir denken, wie sie sich bereits in einem teuren Restaurant sitzen sieht. Sie wird an diesem Tag unausstehlich sein, da sie nicht wissen wird, was sie anziehen soll, was sie reden soll, was sie ...

„Donnerstag?“, schlägt Bennet mit Blick auf sein iPhone vor.

Frank schaut zu Lisa, die bedauernd den Kopf schüttelt. „Diese Woche haben wir keinen Babysitter. Laura ist auf einem Schulausflug.“

„Ich kann doch aufpassen“, mische ich mich ein.

Bennet sieht mich nahezu enttäuscht an, ehe er zu Frank und Lisa blickt, die beide enthusiastisch verneinen. „Du wirst doch mitkommen. Ich will nicht, dass du dich einsperrst. Wie lange warst du schon nicht mehr weg? Nein, ich werde schon jemanden finden“, plappert Lisa drauf los und bedenkt gar nicht, dass sie Bennet gerade in mein tristes, einsames Leben eingeweiht hat. Während er vermutlich von Party zu Party springt.

Er wird sich kaputtlachen.

„Dann Donnerstag. Vier Personen?“, nagelt Bennet mich fest.

Völlig überfahren merke ich, wie Lisa und Frank zustimmen und mich immer tiefer in den Sumpf ziehen, aus dem ich doch eigentlich fliehen will.

„Ich werde Ihnen morgen die Lokalität und die Uhrzeit nennen, Rose.“

„In Ordnung“, murmle ich und habe das Gefühl, dass ich an diesem Abend nichts runterbringen werde.

Bennet erhebt sich und verabschiedet sich. Zuerst von Lisa, dann von Susi, die nun etwas mehr Vertrauen zu ihm gefasst hat, da sie sogar lächelt, kaum zu glauben, aber seine Wirkung macht sogar vor kleinen Mädchen nicht halt. Zuletzt kommt er zu mir. „Gute Nacht, Rose. Schlafen Sie gut“, sagt er so leise, dass nur ich es verstehe, nimmt dabei meine Hand und drückt sie leicht.

„Viel Spaß mit Miss Hope“, entgegne ich und versuche so, die Gefühle, die seine Berührung in mir auslöst, zu überspielen.

Er lacht verschwörerisch, ehe er Frank in Richtung Flur folgt. Ich stehe stocksteif da und lege meine rechte Hand in die linke. Sie scheint zu brennen – so fühlt es sich jedenfalls an.

„Nein, Rose, du magst ihn ganz und gar nicht. Ich habe den Hass, der zwischen euch herrscht, fast greifen können“, zieht Lisa mich auf und reißt mich damit aus meinen Gedanken.

„Halt den Mund“, fahre ich sie an.

„Wenn mir die Feststellung in Anbetracht deiner Beziehung zu ihm erlaubt ist: Er ist scharf auf dich.“

Ich drehe mich um und will sie einfach stehen lassen – zu ihrer Sicherheit. Doch Lisa, die Blut gerochen hat, folgt mir. Zwei Sekunden später befinden wir uns in meinem Zimmer wieder.

„Er ist nicht scharf auf mich. Das ist seine Art. Du kennst die Geschichten über ihn. Er zieht mich nur auf, das scheint ihm Spaß zu machen, oder weiß Gott, was er sonst damit bezwecken will.“

Lisa schüttelt den Kopf. „Nein, Rose. Anscheinend hat dich Taylor blind gemacht. Warum glaubst du, war er so auf das Essen aus? Nicht wegen Frank, die beiden hätten alleine gehen können. Verstehst du, das war sein Köder, vielleicht hat er nach diesem Köder schon die längste Zeit gesucht. Nun hat er ihn ausgeworfen und du hast angebissen.“

„Ich habe nicht angebissen“, kontere ich und lasse mich auf das Bett fallen.

Ich, der Fisch? Ich glaube, seine Fische sehen definitiv anders aus als ich. Miss Hope gehört zu dieser Spezies und mit der wird er sich nun treffen. Ein Stich fährt durch meinen Körper. Gefährlich nahe am Herzen vorbei. Eifersucht? Ich bitte dich – eher Wut auf diese Naivität, mit der sich Miss Hope auf ihn gestürzt hat.

„Er ist doch freundlich, sexy, zuvorkommend und er wird dich auf Händen tragen.“

Ruckartig setze ich mich auf und blicke meine Schwester an. Kurz erwarte ich, den Exorzisten zu erspähen. Doch es ist wirklich Lisa, die diesen Schwachsinn von sich gibt. „Ich wähne mich in einem bösen, bösen Déjà-vu. Hallo, noch einmal zum Mitschreiben: Er ist mein Boss, du kennst ihn nicht so wie ich. Er lebt in einer anderen Welt, auf einem anderen Planeten und er hat selbst gesagt, er will keine Beziehung – das sei nicht sein Ding. Seine Worte!"

Sie lächelt. Was ist nun schon wieder? „Dann habt ihr schon über solche Dinge geredet. Über Privates?"

„Er hat über solche Dinge geredet – nicht ich. Außerdem könnte ich niemals mit einem Mann zusammen sein, der mich dauernd zum Ausrasten bringt. Und das tut er. Er kann froh sein, dass er mein Boss ist, sonst wäre ich nicht so zahm."

Es tut gut. Es tut wirklich gut, endlich einmal Klartext zu reden, auch wenn es Lisa erwischt. Doch selbst schuld. Warum fängt sie auch mit dieser schwachsinnigen Vorstellung an?

„Wenn du meine Meinung hören willst – er mag dich und er will dich haben."

„Ja, für eine Nacht."

Warum will mir heute jeder seinen nett gemeinten Rat aufzwingen? Und warum glaube ich langsam, dass William Bennet nicht von einem Zauber, sondern von einem Fluch umgeben ist? Der bei Lisa schon ganze Arbeit geleistet hat. Wobei ich die Befürchtung hege, dass sich der Fluch früher oder später auch auf mich legen wird.

„Bitte lass mich jetzt mit William Bennet in Ruhe. Für heute habe ich genug von seiner arroganten, protzigen Art."

„Tut mir leid, Rosie. Ich lasse dich jetzt erst mal alleine. Komm, Susi, Tante Rose will sich umziehen."

Als sich die Tür hinter den beiden schließt, sinke ich wieder aufs Bett zurück. Mein Kopf dröhnt. Ich höre das Blut in meinen Ohren rauschen.

Was ist nur mit meiner Welt los, seitdem William Bennet sie geentert hat? Auch wenn ich mich sträube, gute Vorsätze, blablabla, ich bringe ihn nicht aus meinem Schädel. Er hat sich in mein Gehirn gebrannt und irgendwie bin ich gespannt, wie es weitergeht. Wenn er wirklich nach einem Köder gesucht hat, was will er dann? Sex? Seine Position in der Firma festlegen? Oder macht er sich gar nicht so viele Gedanken darüber, sondern tut einfach das, was ihm in den Sinn kommt?

Ich wickle mich in meine Kuscheldecke und streiche über meine rechte Hand. Die Hitze zwischen meinen Schenkeln wird immer unerträglicher. Vor allem, wenn ich daran denke, dass er heute DORT hingesehen hat.

Ich lasse meine Hand unter meinen Rock gleiten, ziehe sie aber gleich wieder zurück. Ich bin feucht. Schon der Gedanke an ihn macht mich geil. Ich kämpfe gegen den Impuls an, wieder nach unten zu greifen. Diesmal unter mein Höschen, um etwas zu verrichten, was schon längst überfällig ist. Vermutlich sitzt er jetzt in seinem Auto, auf dem Weg zu Miss Hope, und weiß genau, wie ich glühe. Dass ich nicht gut schlafen kann, so wie er es mir ja „befohlen“ hat. Ich stelle mir sein Lächeln vor. Seine Hände. Seinen Arsch – ja, der sieht wirklich gut aus. Seine feste Stimme, die genau weiß, was und vor allem, wie sie etwas sagt.

Verdammt, heute ist erst Tag zwei! Ich schnaufe und versenke den Kopf in meinen Händen.

5. Kapitel

Irgendwann schlafe ich ein, werde aber bald darauf von einem Summen geweckt. Zuerst weiß ich gar nicht, wo ich bin, ein Wunder, dass ich mit dem Kopfkissen auf meinem Gesicht nicht erstickt bin. Dann rolle ich mich aus dem schützenden Kokon meines Bettes und taste im Halbdunkeln nach meinem Handy. Als ich es endlich finde, hat der Anrufer bereits aufgelegt. Beim Blick auf die Anruferliste schnappe ich laut nach Luft – Taylor.

Es ist halb neun, was will er von mir? Soll ich ihn zurückrufen? Bevor ich mich versehe, wähle ich seine Nummer. Er hebt sofort ab.

„Hallo Rose. Bist du bei Lisa?"

„Ja. Du hast angerufen. Was wolltest du?" Erst jetzt merke ich, wie verraucht meine Stimme klingt. Er wird denken, ich sei seinetwegen völlig abgestürzt.

„Ich möchte mit dir reden", sagt er nach einer längeren Pause.

„Dann rede!" Ich muss ihm eine Chance geben, auch wenn ich bereits weiß, wie dieses Gespräch enden wird.

„Nicht am Telefon. Vielleicht können wir morgen zum Mittagessen gehen."

Mir kommen William Bennets Worte in den Sinn, dass ich alles so schnell wie möglich über die Bühne bringen soll. Dies ist die Gelegenheit! „Von mir aus. Im Asia Inn um zwölf?"

„Ja, Asia Inn klingt gut." Er schluckt. „Wie geht es dir, Rose?"

„Wie soll es mir schon gehen?" Ja, was denkst du denn? Allerdings bist nun nicht mehr nur du mein Problem, sondern William Bennet ist es ebenfalls.

Ich vermisse dich, Rosie. Ich will, dass du nach Hause kommst. Ich werde alles wieder gutmachen."

„Warum beginnt bei dir jeder Satz mit ‚Ich'? Taylor, lass uns das morgen klären. In Ordnung?"

„In Ordnung. Gute Nacht, Baby."

Mir wird übel, weil er mich Baby nennt. Dieses Kosewort steht ihm nicht mehr zu. Ich bin die längste Zeit sein Baby gewesen.

„Gute Nacht."

Ich lege sofort auf und ziehe meinen Rock und die Bluse aus. Danach genehmige ich mir ein langes Bad, döse in der Wanne vor mich hin und überlege, wie ich mich morgen entscheiden werde. Werde ich zu ihm zurückgehen? Ihn verlassen? Unsere gemeinsame Zeit aufgeben? Doch nicht ich würde die gemeinsame Zeit hinter uns lassen, Taylor hat das schon vor mehr als zwei Monaten getan.

William, was wird er denken, wenn ich zu meinem treulosen Freund zurückgehe? Eigentlich sollte mir egal sein, was er denkt. Doch seine Worte sind immer noch in meinem Kopf.

Der Vormittag verläuft schleppend. Jede Minute sehe ich entweder zur Tür oder auf die Uhr. Ich hoffe auf ein Zusammentreffen mit William, während ich dem Mittagessen mit Taylor entgegenbange. Aus dem Büro sind Stimmen zu hören. Ich richte mich auf und spüre, wie mein Herz kurz aussetzt, ehe es wieder schneller zu schlagen beginnt.

Dann kommt er. Charles Bennet ist schon längst da, nur William hat offenbar noch keine Zeit dazu gefunden. Vielleicht genießt er ja den Vormittag im Bett – mit Miss Hope.

Ein schrecklicher Gedanke, den ich, sobald er aufkommt, sofort wieder verdränge.

Ich spitze die Ohren. Enttäuscht lasse ich alles hängen. Es ist nur Charles Bennet, der telefoniert.

Halb elf. Es klopft an meiner Tür. Wieder benehme ich mich wie ein Teenager. Wieder folgt die Ernüchterung. Charles Bennet betritt den Raum und sieht sichtlich gestresst aus. Irgendetwas hat ihn in Aufruhr versetzt. Ich bin gespannt, was es ist.

„Rose, Sie müssen meine Termine für heute Nachmittag absagen. Es ist etwas Wichtiges dazwischengekommen. Verschieben Sie sie. Vorher sollten Sie natürlich mit meinem Sohn reden. Ich werde ja dann nicht mehr da sein."

Höre ich tatsächlich Trauer heraus? Ist es wegen der bevorstehenden Pensionierung? Was ist los mit Mr. Bennet, der sich sonst mehr als korrekt verhält?

„Kein Problem, Mr. Bennet. Wann wird Ihr Sohn heute kommen?" Ich hoffe, ich klinge so gelassen, wie ich es vorgehabt habe. Denn nach dieser Nacht, in der er durch meine Träume gegeistert ist, durch Träume, in denen er Dinge mit mir getan hat, die mir jetzt noch den Atem rauben, kann ich nicht mehr so tun, als würde er mich kaltlassen.

Mr. Bennet sieht kurz aus dem Fenster und scheint eine Gefühlsregung vor mir verbergen zu wollen. „Ich weiß es nicht. Ich hoffe, er schafft es bis heute Nachmittag."

Er dreht sich bereits zum Gehen um, da übermannt mich das Bedürfnis, ihn nach seinem Befinden zu fragen. „Mr. Bennet, ist alles in Ordnung? Sie sehen aus, als würde es Ihnen nicht gut gehen."

Er lacht bitter auf. „Ist schon in Ordnung, Rose. Mit dem Alter kommen eben Probleme, die mich früher nicht tangiert hätten. Jetzt habe ich ja bald Zeit."

„Okay. Ich werde mich um die Termine kümmern. Wenn Sie etwas brauchen, melden Sie sich einfach."

„Danke, Rose." Dann geht er und ich habe ein weiteres Thema, über das ich nun grübeln kann und welches mir die Zeit bis Mittag verkürzen wird.

Die Stunden vergehen schneller als gedacht und es ist Mittag. Ich schnappe mir meine Tasche, teile Debby mit, dass ich nicht im Haus bin, und wimmle auch Naomi ab, die mir zigfach aufträgt, ich solle ihr Bescheid geben, wenn ich wieder in der Firma bin.

Mit zitternden Händen öffne ich die Tür des Asia Inn und suche den länglichen Raum nach Taylor ab. An einem Tisch in der hinteren Ecke des Lokals entdecke ich ihn. Bevor ich zu ihm gehe, atme ich noch einmal tief durch und bestärke mich in meinem Entschluss, den ich im Laufe des Tages gefasst habe.

Er bemerkt mich nicht sofort, was mir Gelegenheit gibt, ihn mir genauer anzusehen. Ein wenig abgenommen hat er, die blonden Haare sind länger, sein Outfit ist wie immer sportlich und leger. Ein Schönling ist er nie gewesen. Sympathisch und kameradschaftlich trifft besser auf ihn zu. Aber er ist meine erste Liebe gewesen. Als ich ihn kennenlernte, legte er mir die Welt zu Füßen. Wir planten so vieles. Jeder hatte seine Träume und jeder wollte dabei den anderen unterstützen.

Er zog zu mir und wirklich – er war der Mann, mit dem ich mein restliches Leben verbringen wollte. Auch als sich herausstellte, dass sich seine Ansichten und Träume geändert hatten.

Ich liebte ihn. Doch als er mich betrog, zerbrach die Liebe wie eine Glasscheibe. Er nahm sich etwas, was ihm nicht zustand. Und nun sitzt er dort am Tisch, starrt auf sein Handy und beim Vergleich mit William, ich weiß auch nicht, warum ich die beiden vergleiche, fällt er durch.

„Rose“, sagt er, als er mich entdeckt.

„Taylor“, grüße ich ihn. Kalt und distanziert, was das Funkeln in seinen Augen zum Erlöschen bringt. „Hast du schon bestellt?“

„Nein, ich habe auf dich gewartet.“

Wie einem geheimen Kommando gehorchend, kommt eine Kellnerin angelaufen und reicht uns die Speisekarte. Auch wenn ich keinen Appetit habe, was mir in Anbetracht dessen, was mir bevorsteht, niemand verübeln wird, bestelle ich einen Salat und eine Cola. Zucker wird meinen Kreislauf wieder in Schwung bringen, der heute schon den ganzen Tag im Keller ist.

Taylor zupft an seinem Shirt, was mir verrät, wie nervös er ist. „Wie läuft´s in der Arbeit?“

Noch nie ist es mir so unangenehm gewesen, über meinen Job zu reden. Denn wieder drängt sich William dazwischen. Und auch Lisa, die mir zuflüstert, dass es William auf mich abgesehen hat. Der Köder und der Fisch. „Ganz gut, Taylor." Ich will es hinter mich bringen, deshalb lasse ich den Smalltalk beiseite und gehe zum Angriff über: „Wir haben ernsthaft zu reden. Wie stellst du dir vor, soll es nun weitergehen?"

Er schließt kurz die Augen, ehe er mich wieder ansieht. „Ich weiß es nicht, Rose. Ich für meinen Teil will dich wieder zurück."

„So einfach", entgegne ich, „denkst du, es ist so einfach? Keine Erklärung, keine Beweggründe, auch wenn es die für mich ohnehin nicht gibt. Nichts. Du denkst, es ist alles wieder beim Alten?"

„Rose", versucht er mich gewohnt lässig zu beruhigen. „Natürlich tut es mir leid. Ich war nicht Herr meiner Sinne. Sie hat sich an mich herangemacht. Ich wollte es wirklich nicht."

Die Serviette in meiner Hand ist längst hinüber. Irgendwo muss ich doch meinen Frust ablassen. Mitten im Restaurant kann ich doch nicht zu weinen anfangen. „Du schiebst alle Schuld auf sie? Hat sie dich etwa vergewaltigt? Dir Drogen eingeflößt? Als ich euch beide erwischt habe, warst du quietschfidel."

Die Kellnerin bringt unsere Getränke, was meinen Redefluss kurz unterbricht. Als sie geht, habe ich mich wieder etwas gefangen. „Für mich war dein Verhalten absolut inakzeptabel. Du hast mein Vertrauen missbraucht. Unsere gemeinsame Existenz aufs Spiel gesetzt. Du hast mir so wehgetan, dass es mir im ersten Moment den Boden unter den Füßen weggezogen hat."

Er wirkt zerknirscht, ist nur mehr ein Häufchen Elend, doch ich will kein Mitleid empfinden. Nicht jetzt, dafür ist es zu spät. „Warum, Taylor? Was habe ich dir nicht gegeben, was du bei dieser Schlampe gefunden hast? Wurde ich dir zu langweilig?"

Taylor nimmt seine Hände in Augenschein und ich weiß, dass er es mir nicht sagen will. Doch er wird es tun. Und wenn ich ihn schlagen muss.

„Sag schon, sonst bist du doch auch nicht so schüchtern", fauche ich.

„Du hast dich gehen lassen", sprudelt es aus ihm heraus. „Wir gingen nicht mehr weg, saßen nur mehr daheim, wir erlebten nichts mehr. Im Prinzip führten wir das Leben eines alten Ehepaares. Du hast deinen Reiz verloren."

Ich habe meinen Reiz verloren? Nun drohe ich wirklich ohnmächtig zu werden.

„Dann deine Schwester, wegen jeder verdammten Scheiße hast du sie zurate gezogen. Deine Familie, die sich immer sorgt, egal, was du tust. Ich hatte die Schnauze voll."

„Und warum hast du nicht mit mir darüber geredet?"

Das Essen kommt und mir wird übel. Ich weiß nicht, ob das am Salat oder an der niederschmetternden Erkenntnis liegt, dass mich mein Freund wegen etwas derart Banalem betrogen hat. Vermutlich macht es die Kombination so schlimm.

„Warum schläfst du mit einer anderen Frau? Brauchtest du den Kick? Hat uns das jetzt geholfen?"

„Jetzt weißt du es doch. Jetzt haben wir geredet", entgegnet er nüchtern.

„Und du denkst nicht, dass es jetzt zu spät ist?“, frage ich ihn und zweifle ernsthaft an seinem Verstand.

„Es ist nie zu spät.“

„Doch, das ist es“, schreie ich und mittlerweile sind mir die Blicke der anderen Gäste egal. „Ich will, dass du aus der Wohnung ausziehst. Du hast alle Unterlagen daheim. Schick dem Vermieter die Kündigung, dann werde ich meine Sachen holen.“

„Rose, bitte verlasse mich nicht. Du weißt doch, dass ich dich liebe. Ich werde es wieder gutmachen, wie ich schon sagte.“

Ich stehe auf. „Du sagst immer so viel. Redest immer nur um den heißen Brei herum, doch wenn es hart auf hart kommt, scheißt du mir vor die Füße.“ Nachdem ich ihm die Reste meiner Serviette ins Gesicht geschleudert habe, erhebe ich mich und versuche dabei, die Tränen zurückzuhalten, doch der Schleier wird immer dichter.

„Rose“, ruft er und packt mich am Arm. „Lauf nicht weg. Gib mir noch Zeit. Einen Monat oder zwei, ich werde mich bessern. Wir schaffen das.“

„Lass mich los!“ Ich möchte ihm meinen Arm entreißen, doch es geht nicht. „Du tust mir weh.“

Taylor ist nie grob gewesen. Er hat nicht einmal im Streit geschrien. Ich war diejenige, die Türen knallte und brüllte. Warum tut er mir gerade jetzt weh? Weil sein Plan nicht funktioniert hat? Weil er meint, das Wichtigste in seinem Leben verloren zu haben?

„Du wirst mich nicht los, Rose. Ich liebe dich und das werde ich immer tun. Du bist verletzt und brauchst noch Zeit.“ Dann zieht er mich zu sich heran, nähert seine freie

Hand meiner Wange und ich fürchte, er wird mich schlagen. Doch es ist eine solch zarte Berührung, dass ich die Augen schließe.

„Mister, lassen Sie die Dame los oder ich rufe die Polizei“, vernehme ich die Stimme des Eigentümers, der mich aus meiner Trance reißt. Sofort lässt Taylor von mir ab und kehrt zum Tisch zurück.

„Geht es Ihnen gut? Soll ich einen Arzt rufen?“, fragt mich der Mann, doch ich wehre ab und eile wie von Furien gehetzt davon.

Als ich endlich in meinem Büro bin, wundere ich mich, wie ich es geschafft habe zurückzukommen, ohne angefahren oder niedergerannt zu werden. Debby macht ein doofes Gesicht, als ich die Tür zuknalle. Ich lasse mich auf meinen Stuhl sinken und lehne den Kopf gegen die Schreibtischplatte. Die Kante presst sich in meinen Schädel, doch der Schmerz ist nichts im Vergleich zu dem Sturm, der in mir tobt.

Ich habe es getan – habe meinen Freund verlassen. Ich bin Single – alleine. Einsam. Verlassen. Betrogen. Hintergangen.

Die Tränen kullern ungehindert über meine Wangen. Ich kümmere mich weder um die Räumlichkeiten noch um mein Make-up. Der Schmerz wird unerträglich, was mich noch wütender macht. Ich drücke mich vom Schreibtisch weg und drehe mich in Richtung Fensterfront.

Ich habe nicht gedacht, dass es mich so erschüttern würde. Er war ein Arschloch. Er ist ein Arschloch. Du hast etwas Besseres verdient, kommen mir William Bennets Worte in den Sinn. Habe ich das?

Mittlerweile bin ich an dem Punkt angekommen, an dem ich nicht mehr denken kann. Ich zittere am ganzen Körper. Mein Atem wird immer wieder von Schluchzen unterbrochen. Im nächsten Moment klopft es an die Tür. Jegliche Farbe weicht aus meinem Gesicht. Als es wieder klopft und ich William meinen Namen rufen höre, überlege ich, ob es sinnvoll ist, mich tot zu stellen. Vielleicht nicht tot, aber so tun, als sei ich nicht hier. Doch sicher hat ihm Debby gesagt, dass er mich im Büro antrifft. Oder er hat mein Türenschlagen gehört. Im schlimmsten Fall hat er mein Weinen vernommen.

„Rose, alles in Ordnung?“, hakt nun auch Debby nach.

Ich beiße die Zähne zusammen, hole tief Luft und bemühe mich, mit kräftigem, konstantem Tonfall zu sprechen. „Alles in Ordnung. Mir geht es gut.“

Nicht schlecht, denke ich stolz, da man meinen Gemütszustand kaum ausmachen kann.

„Ich muss Sie kurz sprechen.“ Bennet, der steht immer noch draußen?

„Können Sie später noch einmal kommen? Ich ... ähm ... telefoniere gerade.“

Eine Notlüge, nur eine klitzekleine Notlüge. Die darf man sich doch wohl erlauben.

Doch Bennet scheint sich nicht darum zu kümmern. Er reißt die Tür auf, wobei ich einen Blick auf Debby erhasche, die mich mit großen Augen ansieht, ehe Bennet meinen einzigen Fluchtweg mit seinem Körper versperrt. Ich sollte mich eigentlich umdrehen, doch ich erstarre. Mein Gesicht muss fürchterlich aussehen. Rot, geschwollen, überall verlaufene Schminke. Doch was soll´s. Einmal am Tiefpunkt angekommen, sollen sich doch alle an meinem Leid ergötzen.

„Rose, um Himmels willen. Was ist passiert?“, fragt er und kommt auf mich zu.

„Nichts. Gar nichts.“ Ich will stark sein. Ihn so wenig wie möglich ansehen, doch unter seinen Blicken löse ich mich auf. Ich verliere meine Contenance und beginne wieder zu weinen. Die Hände schlaff an seinem Körper nach unten baumelnd, den Kopf leicht schief gelegt und zum ersten Mal richtig menschliche Gefühlsregungen ausstrahlend, beobachtet William mich. Fast so, als würde er überlegen, ob er näher kommen soll oder nicht. Beißt sie? Kratzt sie?

„Meine Nase läuft.“ Es ist der dümmste Satz, der mir einfällt.

„Hier“, flüstert er, reicht mir ein Taschentuch, kommt dabei um den Tisch herum und kniet sich vor mich hin. „Hat Ihnen jemand etwas angetan?“

Ich schüttle zwar den Kopf, empfinde es jedoch als unaufrichtig. „Oder doch. Ich weiß es nicht.“

Bennet scheint zwar nicht überfordert zu sein, trotzdem merke ich die Spannung, die auf seinem hübschen Gesicht liegt. Am liebsten würde ich mich ihm an den Hals zu werfen, um mir den Kummer von der Seele zu heulen. Doch ich bezwinge den Impuls und konzentriere mich auf meine Atmung. Langsam bekomme ich sie wieder unter Kontrolle. Mein Puls rast zwar noch immer, aber nach und nach fange ich mich.

„Atmen Sie ruhig. Wollen Sie etwas trinken?“

„Nein danke.“

Er sieht auf meine Hände, die auch diesen Baumwollfetzen zerlegen – eine alberne Angewohnheit. Dann nimmt er meine Finger zwischen die seinen, streicht sanft darüber und es hilft, ich merke, wie sich die letzte Verkrampfung löst. „So ist es besser“, flüstert er. „Wer hat Ihnen etwas getan?“

„Nicht in dem Sinne. Ich hatte nur eine Auseinandersetzung. Es geht schon wieder – Flugzeug unter Kontrolle.“ Oh Gott, versuche ich gerade, witzig zu sein und aus meinem Leben eine Satire zu machen?

„Die Maschine sieht aber noch ziemlich mitgenommen aus.“

Er hat vermutlich recht. Ich muss wie eine Mischung aus Graf Dracula und Scream wirken. „Reden Sie.“

„Ich habe mich gerade mit Taylor, meinem Freund, also Ex-Freund, getroffen und mit ihm Schluss gemacht. Das war´s.“

Bennet sieht mich schief an und scheint wütend zu sein. Ich hoffe, nicht auf mich, weil ich wegen dieser Kleinigkeit, die es für ihn sicher ist, ein solches Theater mache. Reflexartig will ich ihm meine Finger entziehen, doch er klammert sich daran, als wäre er derjenige, der Hilfe benötigt. „Das war eine sehr kluge Entscheidung, Rose. Hat er Sie betrogen?“

Einen Moment glaube ich wieder, über die Klippe zu stürzen. Atmen. Atmen, sage ich mir vor. So gelingt es mir dann doch, die Tränen zurückzuhalten. „Ja. Mit dem hatte ich eigentlich bereits abgeschlossen. Ich wollte nur wissen, warum er es getan hat. Ich meine, er wird doch nicht ohne Grund unsere Beziehung aufs Spiel gesetzt haben.“

„Was hat er gesagt?“

„Dass ich langweilig bin. Ich hätte meinen Reiz verloren – so seine Worte.“ Ich fasse mir mit meiner Rechten, die ich ihm entziehen konnte, an die Schläfen, die so pochen, dass es mir fast den Schädel zerreißt. „Warum hat er mir das nicht früher gesagt? Ich hätte mich doch ändern können, oder zumindest hätte ich es versucht. Es will nicht in meinen Kopf."

Betretenes Schweigen legt sich über uns. Es gibt mir Zeit, seine Hände zu studieren, ich vermeide bewusst den Blick nach oben, in sein Gesicht, an seine Lippen, die er vorhin zu einer schmalen Linie gestaucht hat. Seine Finger streichen noch immer über die meinen. Kneten sie, dann streicht er wieder über meine Handfläche, bis hinauf zu den Fingerspitzen. Meine Haut glüht, während ich dem Sekundenzeiger seiner Uhr folge. Alles sitzt so perfekt an ihm. Seine Hände so weich, sein Duft so angenehm, seine Stimme so sanft, ganz anders als sonst.

So muss es sein, wenn er dich begehrt. Wenn du ihm gehörst. Ich will, dass er immer so ist. Dass die Zeit stehen bleibt und ich ewig mit ihm hier sitzen kann.

„Rose, Sie sind weder langweilig, noch fehlt Ihnen der Reiz. Sie reizen ... ach, vergessen Sie es."

„Das müssen Sie sagen, weil Sie wollen, dass ich mit Ihnen die Termine bespreche, deswegen sind Sie doch gekommen. Dann werden Sie mir mitteilen, in welchen Nobelschuppen wir morgen essen gehen. Ein Essen, zu dem ich mich habe breitschlagen lassen. Auch wenn ich dort gar nichts verloren habe. Ich durchschaue Sie."

Er grinst schief. „Ich muss gar nichts sagen, Rose. Ich muss auch nicht hier sein und Händchen halten. Das geschieht aus freien Stücken." Als er nach vorne rutscht, ist sein Gesicht plötzlich so nahe. Ich merke sogar, dass er sich heute nicht rasiert hat, da sich ein dunkler Schatten an seinem Kinn abzeichnet. Vermutlich hat ihn Miss Hope daran gehindert, denke ich traurig. „Sie müssen morgen auch nicht zum Essen mitkommen. Wobei ich mich frage, was Sie daran so schlimm finden."

„Sie sind mein Boss", stelle ich fest, als wäre dies Erklärung genug.

„Morgen nicht. Morgen bin ich nur ein Freund, der Sie zum Essen einlädt", flüstert er und wischt mir einen schwarzen Strich von der Wange. Einen von vielen, wie ich vermute.

„Sie verwirren mich", gebe ich leise zurück. „Ich habe immer das Gefühl, dass Sie aus allem ein großes Spiel machen."

„Tun Sie das?"

„Ja, tue ich."

Seine Augen wandern zu meinem Mund, der so sehr prickelt, dass ich ihn am liebsten anfassen würde. Er seufzt und sieht wieder zu mir hoch. „Sie haben ja gar keine Ahnung, welche Spiele ich mit Ihnen spielen möchte."

„Dann tun Sie es doch." Die Worte sprudeln aus mir heraus, noch bevor ich denken kann. Doch es stört mich nicht. Vielleicht ist es das, was ich brauche – ihn. Den Mann, den ich auf der ganzen Welt am wenigsten haben kann.

„Du reizt mich, das wollte ich vorhin sagen. Doch wir wissen beide, dass ich nicht darf, Rose", raunt er und berührt sacht meine Lippen. „Drei Tage und ich kann kaum hier hereinkommen, ohne dass ich mein ganzes Maß an Selbstbeherrschung verbrauche. Es ist falsch und ich sollte mein schlechtes Image nicht so pflegen, wie ich es in deinem Fall tue."

Im nächsten Moment setze ich meinen Job aufs Spiel, da ich nach seiner Krawatte fasse, mich mit meinem Stuhl zu ihm heranziehe und meine Lippen auf die seinen lege. Habe ich mir Linderung erwartet, brennen sie nur noch mehr. Ich beschließe, mich mit einer einfachen Berührung zufriedenzugeben, doch ich habe die Rechnung ohne ihn gemacht. Er umfasst meinen Körper, öffnet meine Lippen und schiebt seine Zunge dazwischen. Ich stöhne, als ich ihn endlich schmecke.

Immer wieder streicht er über meine Zunge, saugt, kitzelt und reizt sie, bis ich glaube, unter ihm zu zerfließen. Auch er atmet schneller.

Verdammt, ich will diesen Mann. Das ist nicht genug, ich möchte mehr – alles.

Immer wieder stößt er in meinen Mund, wobei ich das Gefühl habe, dass dies der intimste, erotischste Kuss ist, den ich je erleben durfte. Die Welt um mich herum hat aufgehört, sich zu drehen, es existieren nur mehr William und ich. Meine Hände, die noch immer seine Krawatte umklammert haben, wandern nach oben zu seinen Haaren. Ich stöhne auf, als ich sie zwischen meinen Fingern habe. So habe ich sie mir vorgestellt.

Die Wärme zwischen meinen Beinen wird immer unerträglicher, darum öffne ich die Schenkel, was ihn noch näher an mich heranbringt. In dem Moment ist mir alles eins. Mir ist egal, wie es nach diesem Kuss weitergehen soll. Mir ist egal, was außerhalb dieses Raumes geschieht, ob Charles Bennet und Debby im Türrahmen stehen und uns zusehen. Ich will nur bei ihm sein. Eine Illusion, wie der Realist in mir schreit. Er hat selbst gesagt, dass er nicht darf. Er wird es als Unfall deklarieren und mich feuern.

Meine Finger hat er schon längst losgelassen und eine Wanderung quer über meinen Rücken aufgenommen, wobei er mich hungrig an sich drückt. Doch entweder wird auch William mutiger oder ebenso blutrünstig wie ich, da er seine Finger meine Wirbelsäule hinauf nach vorne bis hin zu meiner Brust gleiten lässt, die er so sanft streift, dass ich mich vergewissern muss, wirklich berührt zu werden. Meine Nippel richten sich ihm sofort entgegen und scheinen nach mehr zu schreien.

Wie kann eine solch einfache, zärtliche und zugleich besitzende Berührung nur so viel anrichten? Mein Körper scheint in Flammen zu stehen und nur mehr auf ein Ziel hinzusteuern. Ich beuge mich ihm entgegen, damit dieses Brennen endlich aufhört. Nur er kann es löschen, denke ich und lege den Kopf in den Nacken, um seine Zunge noch tiefer in mir aufzunehmen.

„Rose", sagt er schwer atmend und ich weiß, dass es vorbei ist. Die Realität hat ihn eingeholt. Er ist wieder Herr seiner Sinne. Als er seine Hand zuerst von meinem Busen nimmt und die andere unter meinem Rücken hervorzieht, bleibt nur mehr Kälte zurück. Ich fühle mich von der Wüste in die Antarktis katapultiert.

„Es tut mir leid", stammle ich und hoffe, dass dieser böse Ausdruck in seinem Gesicht einem Lächeln weicht.

Er richtet sich auf, fährt sich durch das Haar und dreht sich von mir weg. „Du solltest dir heute Nachmittag freinehmen", sagt er zur Glasfront gewandt.

Das ist also der Anfang vom Ende, denke ich traurig. Er schickt mich weg, damit er sich Gedanken machen kann, die alle zu einer sinnvollen Lösung führen – meiner Kündigung und somit der Verbannung aus seinem Leben. Ich bin ja wirklich gefährlich, da ich meine Gefühle nicht unter Kontrolle halten kann.

Ich stehe auf, gehe auf ihn zu, da ich noch einmal sein Gesicht sehen will. Doch er bringt mich mit einer einzigen Handbewegung zum Stehen. „Rose, das war kein Angebot, sondern ein Befehl. Du packst deine Sachen und gehst für heute. Du redest mit niemandem, hast du mich verstanden?", bellt er nahezu und dreht sich zu mir. Die Härte in seinem Blick flößt mir eine Gänsehaut ein.

Die Tränen, die William vorhin so erfolgreich besiegt hat, kommen nun wieder und verzögern das Packen meiner wichtigsten Sachen. Als er es merkt, greift er nach meinem Arm und zieht mich zu sich. „Rose, nicht weinen. Ich will dir nicht wehtun, verstehst du mich? Ich bin nicht wütend auf dich, sondern auf mich. Gib mir Zeit, ja? Ich muss mich erst einmal abkühlen." Er schmunzelt und streicht mir die Haare aus dem Gesicht. „Ich sage Debby, sie soll dir ein Taxi rufen. Ich kann leider nicht weg."

Dann geht er nach draußen, lässt mich für einen kurzen Moment alleine, wobei ich kein Gefühl mehr für Raum und Zeit empfinde. Als er wiederkommt, hilft er mir in die Jacke und begleitet mich nach unten. Ich weiß nicht, wie die Leute mich ansehen, aber für Gesprächsstoff sorge ich heute ohnehin. Gott sei Dank steht das Taxi schon bereit. William bezahlt es und setzt mich hinein. „Ich rufe Frank an und sage ihm Bescheid, dass du kommst. Und schlaf dich aus, es war ein aufreibender Tag für dich."

Ich will ihm noch so viel sagen, doch plötzlich ist er fort. Das Taxi fährt los und wiegt mich immer tiefer in den Schlaf. Ich kann mich nicht erinnern, jemals so down gewesen zu sein. Zuerst das Gespräch mit Taylor, was mich schon die Nacht über nicht richtig hat schlafen lassen. Im Traum ist William da gewesen und hat mich durch seine Anwesenheit gequält. Dann der Streit, die Tränen, der Kuss, diese Leidenschaft, von der ich nun nicht weiß, wohin ich mit ihr soll. Ich kann nur hoffen, er unterbindet die ersten Gerüchte, die sich aufgrund des Vorfalls von eben in der Firma verbreiten werden. Ansonsten bin ich ab morgen nicht mehr die brave Sekretärin, sondern eine Hure, die sich an den neuen Chef heranmacht. Resigniert drücke ich die Augen zu und flehe inständig, dass ich da wieder herauskomme.

6. Kapitel

Nachdem mich der Taxifahrer zu Hause hat aussteigen lassen, schleppe ich mich zum Eingang. Auf Anhieb finde ich den Schlüssel und sperre die Tür auf. Drinnen ist es ruhig. Niemand scheint da zu sein, was mir heute mehr als gelegen kommt. Seit Wochen bin ich das erste Mal wieder für mich.

Im engen Vorraum angekommen, schäle ich mich aus meiner Jacke, unweigerlich muss ich an William denken, der mich vor einer halben Stunde wie ein kleines Kind angezogen hat. Die Müdigkeit hat Oberhand über mich gewonnen, deshalb verweigere ich mich dem Gesetz dieses Hauses und werfe die Jacke einfach auf die dunkelbraune Kommode. Lisa wird es mir schon verzeihen. Bereits im Halbschlaf schleiche ich ins Wohnzimmer, wo ich mich auf die Couch lege und die Decke über mich breite. Nur zwei Sekunden später schlafe ich.

Ein wohltuender, friedseliger Schlaf, der mich ausnahmsweise von Träumen verschont.

Etwas Kleines, Dünnes wird in meine Nase geschoben und wieder herausgezogen. Ich muss niesen und greife nach dem Ding. Das Kichern, welches dicht an meinem Ohr ertönt, lässt mich die Augen aufschlagen. Susi – sie sitzt lachend und mit glitzernden Augen neben mir.

„Tante Rosie, warum bist du müde?“, fragt sie und lässt mich so meinen kurz aufkommenden Groll vergessen.

„Ich hatte heute viel zu tun“, gebe ich ihr die einfachste Antwort, die mir in diesem Zustand einfällt. Sie legt den Kopf schief und streicht mir sanft über die Nase.

„Ich auch. Ich war mit Mami beim Turnen. Schau, ich zeig dir einen Spagat, den haben wir heute gelernt.“ Prompt springt sie auf und führt mir ihr neuestes Kunststück vor. Ziemlich beeindruckend für die kleine Lady! Nachdem sie die Beine wieder zusammengerückt hat, springt sie hoch und dreht sich dabei um die eigene Achse.

„Toll, Susi. Die Drehung war sehr mutig“, lobe ich sie. Wie sie sich über meine Worte freut!

Ich habe wirklich einen Narren an der Kleinen gefressen. Seit sie auf der Welt ist, dreht sich in unserer Familie alles um sie. Schon während der Schwangerschaft, ab dem Zeitpunkt, als wir wussten, dass es ein Mädchen wird, war kein Laden mehr sicher vor uns. Wir haben sie mit Dingen ausgestattet, die sie in ihrem ganzen Leben nicht hätte tragen können. Doch wie hätten wir widerstehen können?

„Susi, du solltest sie doch nicht wecken“, grummelt Lisa, die mit einer dampfenden Tasse in der Tür steht. Obwohl sie streng sein möchte, kann sie sich Susis Charme nicht entziehen. In den letzten Tagen, seit sie über ihre Unfruchtbarkeit Bescheid weiß, hat sich ihre Zuneigung noch verstärkt. Ich mische mich zwar nicht in ihr Leben ein, schon gar nicht, wenn es nur Frank und sie etwas angeht, aber Susi ist in einem Alter, sie wird bald fünf, in dem sie genau weiß, wie sie ihre Eltern um den Finger wickeln kann. Und während früher noch Frank die Oberhand gehabt hat, so ist das Zepter längst an Susi weitergegeben worden.

Lisa kommt zu mir und setzt sich auf die Kante der Couch. „Du bist schon zu Hause?", fragt sie und sieht mich besorgt an.

„Ja, ich habe mich nicht gut gefühlt."

„Wegen Taylor? Sicher", sagt sie, schüttelt den Kopf und reicht mir die Tasse. Pfefferminztee – ja, er beruhigt die Sinne und den Magen, das kann ich jetzt gebrauchen. „Du hast dich schließlich heute mit ihm getroffen. Brauche ich noch zu fragen, wie du dich entschieden hast?"

Einen kräftigen Schluck Tee nehmend, fühle ich mich gewappnet, ihr die volle Tragik und Endgültigkeit dieses Tages zu schildern. „Ich habe Schluss gemacht. Doch wie zu erwarten war, hat er es nicht so locker aufgenommen."

„Hast du ihn nach dem Grund für seine Untreue gefragt?"

„Mmh. Desinteresse und Langeweile."

Lisa runzelt die Stirn.

„Ich hätte meinen Reiz verloren." Ein Satz, der mich immer an William erinnern wird. Denn kaum denke ich an meinen verloren gegangenen Reiz, da kommt mir sein Gesicht in den Sinn, das mich anlächelt und mir versichert, wie viel Reiz ich auf IHN ausübe.

„Was für ein Arsch", flüstert sie, da Susi nur wenige Meter entfernt sitzt und mit einer ihrer unzähligen Puppen spielt. Die Puppe muss übrigens schlafen. „Und das hätte er dir nicht früher sagen können?"

„Ich weiß auch nicht", antworte ich und spüre, wie mir der Schädel wieder zu dröhnen beginnt. „Keine Ahnung, was in seinem Kopf vorgeht, oder was nicht. Auf jeden Fall bin ich froh, dass es zu Ende ist."

Auch wenn sich alles in mir sträubt, so muss ich mich endgültig von der romantisch geplanten Zukunft verabschieden. Was soll´s, so spielt eben das Leben. Es verläuft nicht immer alles nach Plan. Hat dies nicht auch meine Mama gepredigt, wenn ich schmollend im Zimmer saß, weil ich nicht das bekam, was ich wollte?

„Frank und ich werden so bald wie möglich zu eurer Wohnung fahren und alles für den Umzug vorbereiten. Was machst du mit den Möbeln? Wie habt ihr euch geeinigt?“, fragt Lisa, ganz die vorausschauende, vernünftige Mutter, während sie meine Beine auf ihre legt und sich an den Kopfteil der Couch lehnt.

Ich zucke nur mit den Achseln, da ich in meinem Anfall aus Frust und Demütigung vergessen habe, solche Nebensächlichkeiten zu besprechen. Ich musste ja unbedingt flüchten – zum ungeeignetsten Ort der Welt. Direkt in Williams Arme. Ich spüre, wie mir heiß wird, und befreie meine Hände aus Lisas Umklammerung. „Die Möbel gehören mir – so wie das meiste. Ich muss mir wohl eine Wohnung suchen.“

„Ich dachte, du bleibst noch hier.“ Sie klingt enttäuscht.

„Lisa, ich kann nicht ewig bleiben. Ich falle euch doch nur zur Last.“

Sie wirkt traurig, und da ich weiß, wie sehr es ihr gefällt, dass ich hier lebe und sie jemanden zum Reden hat, schweige ich einfach. „William Bennet hat Frank angerufen und ihm gesagt, wohin wir morgen essen gehen.“

Ach ja, da war doch noch was. Und da ich William mittlerweile ein wenig kenne und das Funkeln in den Augen meiner Schwester deuten kann, weiß ich, dass wir unter normalen Umständen dort niemals einen Tisch bekommen hätten. „Auf dem Mond“, spotte ich.

„Im Roux at Parliament Square!“

Vier Wörter, vierstellige Preise für ein Abendessen, ein Michelin-Stern – um die Zahlen zu nennen, die mir in den Sinn kommen. Was habe ich anderes erwartet? „Hast du für Susi einen Babysitter?“, versuche ich sie abzulenken.

„Ja, Holly, die Tochter unseres Nachbarn, hat sich bereit erklärt, herüberzukommen.“

Während ich die Decke unter mir glätte, als hinge mein Leben davon ab, spreche ich das einzig Sinnvolle aus, das mir zu dieser Sache einfällt. Und da heute der Tag der Geständnisse ist und Lisa nicht ohne ein solches aufgeben würde, straffe ich intuitiv meine Schultern. „Du kannst Holly absagen, ich werde nicht mitkommen.“

Mit offenem Mund sieht sie mich an. „Was soll das heißen, du wirst nicht mitkommen? Ich dachte, das hätten wir geklärt?“

„Nichts ist geklärt“, fahre ich sie unwirscher an als beabsichtigt. „Entschuldige. Es ist nur – Bennet ist mein Boss. Ich will nicht mehr mit ihm zu tun haben, als es schon der Fall ist.“ Verdammt, falsch formuliert – ihre Augen glitzern wieder.

Warum bringt mich dieser eingebildete, verzogene, arrogante Schnösel sogar in seiner Abwesenheit aus dem Konzept?

„Nein, nein, nein“, wehrt Lisa ab. „Was hattest du denn mit ihm zu tun? Mehr?“

Ich verdrehe die Augen und wünsche mir, dass in diesem Moment jemand ein Raum-Zeit-Kontinuum fallen lässt und es direkt in meinem Schoß landet.

„Sag schon“, drängt mich Lisa und lässt mich keine Sekunde aus den Augen. Sie hat eindeutig den falschen Beruf erlernt.

„Du hast doch immer von dieser Anziehungskraft geschwafelt.“ Sie nickt mir zu, als würde ich ihr die Formel für das ewige Leben präsentieren. „Heute sind die Planeten zusammengeprallt.“

„Ich verstehe kein Wort.“

„Wir haben uns geküsst.“

So, jetzt ist es raus. Und endlich habe ich es gesagt. Was mir an der Sache jedoch nicht gefällt, ist Lisas Gesicht, aus dem jegliche Farbe gewichen ist. „Und warum willst du ihn dann morgen nicht treffen?“

„Lisa“, schnaube ich, „er ist mein Boss. Wie ich bereits sagte, lebt er auf einem anderen Planeten. Und ich, das Mädchen aus Cornwall. Dad, der nur von Tieren und inoperablen Tumoren an Kuheutern spricht. Mom, die denkt, du seiest vom Heiligen Geist schwanger geworden und eigentlich noch Jungfrau. Grandma ... die spricht für sich. Er passt nicht in meine Welt und ich nicht in die seine.“ Ich stelle den Tee weg und sehe zu Lisa, der das Lachen vergangen ist. „Und wenn nur die Hälfte der Geschichten stimmt, die ich über ihn gehört habe, dann habe ich einen zweiten Taylor. Wobei Taylor gegen ihn ein Heiliger ist. Ich kann in meiner Situation nicht mehr zulassen.“

Ich atme durch, denn das Wichtigste ist ausgesprochen. Sicher handelt es sich nur um die Rohfassung dessen, was sich in meinem Kopf abspielt. Doch Lisa sieht so bestürzt aus, dass ich nicht wage, noch ein Wort zu sagen.

„Du redest von einer Beziehung. Empfindest du so für ihn?“

„Nein, natürlich nicht. Es ist Interesse, Verlangen, aber was soll es werden? Selbst eine Affäre wäre zu viel.“

Meine Schwester greift nach meiner Hand und küsst sie zärtlich. Ich lehne mich zurück und versuche, den Nebel in meinem Hirn zu durchbrechen. Es wäre schön, wieder klar denken zu können. Aber es gelingt mir nicht.

„Rose, ich würde den Kopf jetzt nicht in den Sand stecken. Ich verstehe deine Bedenken, aber lass es einfach auf dich zukommen. Du willst immer alles planen – schon Jahre im Voraus. Bei Taylor hat dich das sehr weit gebracht, oder?“ Sie runzelt die Stirn und streicht mir wieder über die Unterseite meiner Hand. „Du hast ihn zum Idealbild des Mannes aus deiner Vorstellung gemacht, welchem er nie gerecht werden konnte – kein Mensch der Welt kann das. Und auch dich selbst hast du in ein Muster gezwängt, wobei die echte Rose nie zum Vorschein kommen darf.“

Wahre Worte. Ich bin schon immer die große Planerin gewesen. Meine Eingebung sagt mir einfach, dass jeder Schritt etwas bewirkt. Gehe ich vor, kann ich morgen tot sein oder noch leben. Gehe ich zurück, ebenso. Ich versuche so gut es geht, vorausschauend zu sein, was mir nicht immer geholfen hat.

„Du sagst, du wärst ‚nur‘ ein einfaches Mädchen aus Cornwall, aber sieh mal, wie weit es dieses Mädchen gebracht hat. Und William scheint es egal zu sein, was du bist oder was du nicht bist.“

„Er treibt sich auch mit Nutten herum. Wirklich hoch scheint die Messlatte nicht zu liegen."

„Du kommst auf jeden Fall morgen mit", erklärt sie entschieden und steht auf. „Und mir ist es egal, wenn ich dich in einer Zwangsjacke ins Roux tragen muss. Rede mit ihm und sieh zu, was herauskommt", sagt sie zu mir heruntergebeugt. „Einen Schritt nach vorn oder zurück, aber nicht stehen bleiben ..."

„Sonst trifft es dich sicher", vervollständige ich den Satz, der unsere Kindheit geprägt hat.

„Ich muss kochen, ruh dich noch ein wenig aus, Miss-ich-verdreh-Mister-superreich-und-supersexy-den-Kopf, das darf ich doch über deinen Freund sagen?"

„Er ist nicht mein Freund", rufe ich ihr nach, als sie bereits in der Küche verschwunden ist. Susi lächelt mich an. „Deine Mutter spinnt. Sie hat Wahnvorstellungen", wende ich mich an die Kleine, die ernst nickt, als würde sie meine Meinung teilen.

7. Kapitel

„Ich weiß, dass ich zu spät bin“, fahre ich Debby an, die mir mit grimmiger Miene eine Liste der Anrufe reicht, die sie in meiner Abwesenheit entgegengenommen hat. Sie jedoch zieht nur weiter eine bissige Schnute und setzt sich wieder.

„Mr. Bennet hat dich heute schon gesucht.“

Dieser Satz lässt meinen Blick erneut zu Debby schweifen, die nun siegessicher die Schultern strafft. Es erübrigt sich nachzuhaken, welcher Mr. Bennet nach mir gefragt hat.

„Wie ich schon sagte, ich habe verschlafen“, fauche ich zurück, was jedoch nur die halbe Wahrheit ist. Denn verschlafen habe ich um gerade einmal zwanzig Minuten, was mir allerdings noch nie passiert ist. Schlimmer war es, als mir Frank vom Telefonat mit William erzählte. Völlig beiläufig beim Frühstück. Doch während er weiter sein Croissant aß, beschleunigte sich mein Puls, um beim Gedanken an heute Abend achterbahnartig in den Keller zu rutschen. Dies war auch der Grund, warum ich zuerst mein Handy vergaß, dann feststellte, dass ich meinen Chip, der mir den Zugang in die heiligen Hallen der Bennet Group sicherte, liegen hab lassen. Und zum Schluss verpasste ich auch noch die Bahn, was mich weitere zehn Minuten kostete. Ich rannte die Liverpool Street entlang, kollidierte dabei fast mit einem älteren Herrn, der mir noch lange hinterherfluchte, ehe ich, völlig atemlos und verschwitzt, in der Chefetage auftauchte.

Den Tag als den schlimmsten meines Lebens deklarierend, verziehe ich mich in mein Büro, wo ich mich in den Sessel fallen lasse. Ich weiß, dass heute ein wichtiger Termin ansteht. Heute soll die notarielle Übergabe der Firma stattfinden. Ich habe mich lange auf diesen Tag vorbereitet, nicht, dass mich da drinnen im Besprechungsraum jemand bräuchte, doch die Unterlagen sind alleine mir zu verdanken. Charles Bennet legt immer Wert auf Pünktlichkeit – sicher konnte man verschlafen. Doch warum gerade an einem solch wichtigen Tag?!

Nachdem ich mich durch Debbys Liste gearbeitet habe, die Mails durchgegangen bin und schließlich die ersten Termine für nächste Woche plane, höre ich Stimmen im Vorraum, die verraten, dass die wichtigen Herrschaften am Gehen sind. Mein Herz zieht sich zusammen. Nicht nur, weil ich William sehen werde, sondern weil ich nicht weiß, was mir meine Verspätung einbringen wird.

Besser jetzt als später, denke ich und klopfe an Mr. Bennets Tür. Im nächsten Moment stehe ich in der Höhle des Löwen, wobei der Löwe heute mehr als gut aussieht. Unverschämt gut, fällt mir dazu ein, was scheinbar eine lähmende Wirkung auf meine Beine und meine Kiefermuskulatur hat.

Langsam komme ich wieder in Bewegung und gehe auf die beiden zu. Mr. Bennet sieht besorgt zu mir. Erleichtert atme ich auf – dann nimmt er mir die Verspätung also nicht übel.

Ihm kann es ja auch mittlerweile egal sein. Sein Sohn könnte sauer auf mich sein, doch ich bezweifle, dass er es bei diesem Glitzern in seinen Augen wirklich ist.

Seine Haare trägt er heute sehr züchtig nach hinten gestrichen. Ein schwarzer Anzug, eine schwarze Weste und ein strahlend weißes Hemd runden den Anblick ab. Ich schlucke, verdränge den Dreiteiler inklusive seines hübschen Inhalts und zwinge mich, zu Mr. Bennet zu sehen, der sich niedergesetzt hat und mir wie üblich meinen Stuhl nach hinten schiebt.

„Ich hoffe, es geht Ihnen wieder besser, Rose", meint Mr. Bennet, während ich ungeschickt Platz nehme. Wie soll ich mich auch normal verhalten, wenn mich diese wundervollen Augen durchlöchern? Und nur er und ich wissen, wie diese Augen vor Lust glühen können.

Wieder atme ich durch, zwinge mich, ruhig zu bleiben und mich nicht wie ein Kind zu verhalten. „Ja danke. Ich hatte gestern keinen guten Tag."

Autsch – ich hoffe, William versteht das nicht falsch. Denn die Trennung war schlimm, das, was danach kam ... fantastisch.

„Wenn es nicht geht, dann nehmen Sie sich frei. William und ich schaffen das schon", verkündet Mr. Bennet lächelnd und nimmt mir die Unterlagen aus der Hand. „Am besten ist, du übernimmst das. Es ist deine Firma, deine Termine, deine Rose."

Charles Bennet steht auf und bietet William seinen Platz an, nicht wissend, was er eben gesagt hat. Ich, knallrot und nur mehr ein Häufchen dessen, was ich einmal war, bevorzuge den Teppichboden unter meinen Füßen, statt in Williams Augen zu sehen, die vor Belustigung strahlen. Er widmet sich meinen Notizen, beabsichtigt oder nicht, aber er zieht es in die Länge.

Langsam hebe ich den Blick, sehe in sein Gesicht, welches noch immer den Papieren zugewandt ist, und fixiere dann seine Lippen. Diese Lippen – ich weiß nun genau, wie sie sich anfühlen, wie sie schmecken. Seine Hände – oh Gott, was er alles mit diesen Händen anstellen könnte! Er könnte mich damit in Ekstasen bringen, die uns früher oder später abhängig voneinander machen würden.

„Wer ist Brandon Knight?“, fragt er seinen Vater.

Charles Bennet kommt zu uns zurück und schaut ebenfalls in meine Notizen. So populär sind diese noch nie gewesen. „Den kannst du vergessen. Dann versucht er es also auch bei dir. Streichen Sie ihn von der Liste, Rose.“

„Moment mal“, drängt William sich dazwischen, „vielleicht will ich ihn kennenlernen. Für wen arbeitet er?“

„Für Isaac, diesen Aasfresser.“

„Er glaubt, ich fahre die Firma in den Sand, und will sie mir abkaufen. Mir ein verlockendes Angebot unterbreiten.“

Charles Bennet nickt und berührt leicht die Schulter seines Sohnes. Eine solch vertraute Geste habe ich bei den beiden noch nie gesehen. Auch fällt mir auf, dass sie sich heute ziemlich gut verstehen. Liegt es nur an der Übergabe oder was ist in die beiden gefahren?

Mr. Bennet räuspert sich. „Lass dich nicht auf ihn ein. Diese Leute sind geschult. Sie erzählen dir die schönsten Märchen der Welt. Doch was sie wollen, ist dein Geld, deine Firma, dein Einfluss. Sie werden dir Zahlen vorlegen, die sie irgendjemandem entlockt haben. Entschuldige“, sagt er, als sein Handy klingelt und er nach draußen geht.

Ich schlucke, weil ich nun mit William alleine bin. Das erste Mal seit gestern. Er ist weiterhin in meine Unterlagen vertieft, was mir Zeit gibt, mich an diese Ruhe und seine Präsenz, die so mächtig und elektrisierend ist, dass ich ihn auch spüren würde, wäre er nur im selben Gebäude, zu gewöhnen. Lisa meinte, ich sollte mit ihm reden. Pro und Kontra abwägen. Und das Bild vor mir – die durch das Gel etwas dunkleren Haare, die angespannten Lippen, die gerade Gestalt, seine gefurchte Stirn. Das alles kommt eindeutig auf die Pro-Liste.

„Wie geht es dir wirklich?", fragte er, wobei er aufsieht und mich total unvorbereitet erwischt.

„Gut", antworte ich schnell.

„Du warst gestern ziemlich aufgelöst. Du hättest heute nicht kommen sollen."

Ach ja, ich habe schließlich mit meinem Chef geknutscht, wer wäre da nicht aufgelöst? „Es geht schon wieder."

Er gibt mir die Liste zurück und deutet auf den Stift in meiner Hand. „Nächste Woche sieht mein Kalender noch gut aus. Bestell Knight gleich Montag früh her. Mal schauen, was er zu sagen hat."

„Aber dein Vater ..."

„Ist nicht mehr da. Ich will ihn mir nur ansehen."

Ich nicke und trage die Termine so ein, wie er sie mir vorgibt. Für einen kurzen Moment fühlt es sich völlig normal an. Sicher ist da dieses ständige Knistern zwischen uns – was ich bis jetzt nur für eine Erfindung der Filmindustrie gehalten habe –, aber ansonsten macht er es mir einfach. „Ich schicke euch heute Abend ein Taxi. Es wird gegen halb sieben da sein."

„Danke."

Er lehnt sich im Stuhl zurück und beäugt mich finster. Wenn ich es nicht besser wüsste, also wenn nicht eben noch dieses Prickeln da gewesen wäre, würde ich meinen, er denkt mit Groll an heute Abend. Oder an mich, was mich zusammenzucken lässt.

Ich stehe auf, schnappe mir meine Sachen und will bereits gehen, da ist er auf einmal ganz nah bei mir. Keine Ahnung, wie er das so schnell angestellt hat, doch als sich seine Finger um meinen Oberarm schließen, ist mir alles andere egal. „Rose, wegen unserer Eskapade gestern. Du sollst wissen, dass es für dich keine Konsequenzen geben wird. Ich möchte, dass wir weiterhin professionell bleiben. Ist das für dich in Ordnung?“

Eskapade ... Konsequenzen ... professionell ... mein Schädel weigert sich, dies zu realisieren. Hat er mich gestern fast verschlungen und mir gesagt, wie reizend er mich findet, so will er es heute als nichts abtun. Von wegen, er steht auf mich, denke ich und befreie mich aus seiner Umklammerung. „Dann sollten Sie mir in Zukunft nicht mehr so nahe kommen“, zische ich zwischen zusammengebissenen Zähnen hervor.

„Rose, mir wäre es anders auch lieber. Ich habe sogar mit dem Gedanken gespielt, dich zu feuern, nur um ... um ...“

Die Tür geht wieder auf und Charles Bennet kommt herein. Als hätte ich etwas an meinem Hals, streiche ich schnell darüber. Mr. Bennet sieht mich indessen nach einer Antwort suchend an. Verständlicherweise. Immerhin trifft er William und mich zum zweiten Mal in Folge in einer solch intimen Nähe an. William kennt er, vielleicht hat er so etwas auch befürchtet. Doch während er seinen Sohn weiterhin ignoriert, fixiert er mich. „Miss Erwing, Sie sollten versuchen, Ihre Verspätung aufzuholen.“

„Ja, Mr. Bennet“, stottere ich nervös und drehe mich um.

Miss Erwing – wann hat Bennet mich das letzte Mal so genannt? Er muss stinksauer sein.

Was sich einen Moment später bestätigt, da ich die beiden Männer streiten höre. Während ich den Computer hochfahre, versuche ich nicht hinzuhören. Dabei war die Stimmung so gut, nur ich schaffe es wieder, sie zu entzweien.

Vielleicht hat William recht und wir sollten die Sache vergessen, stelle ich eine halbe Stunde später fest. Ich war durch den Wind, er vermutlich auch – ich kann mir nicht vorstellen, dass er häufiger hysterische Frauen beruhigen muss. Natürlich ist das Verlangen da, ich spüre es mehr, als mir lieb ist. Doch ich tue es einfach als generelle Nebenerscheinung des Sexentzuges ab.

„Na, Gesprächsthema Nummer eins", begrüßt mich Naomi, die wie immer darauf verzichtet anzuklopfen und nun lachend vor meinem Schreibtisch steht.

„Hi, ich habe wirklich keine Zeit", murmle ich und hoffe, sie findet sich damit ab.

Doch da ich Naomi kenne, weiß ich bereits, als ich es sage, dass sie nicht gehen wird. Im Gegenteil – sie lässt sich lässig auf den Stuhl mir gegenüber fallen und mustert ihre manikürten Nägel. „Dann hast du mit dem Arschloch Schluss gemacht?"

„Ja", antworte ich knapp.

„Brave Rose. Also steht Samstag?"

Ich blicke kurz vom Bildschirm auf. „Keine Ahnung." Obwohl ich keine Lust auf Partys habe, weiß ich, dass es mich für einen Moment ablenken wird. Es gibt Alkohol, Männer, Musik – ich sollte mitgehen. Und vor allem gibt es dort keinen William Bennet. „Weißt du was? Ich komme mit!"

Naomi, der die Kinnlade nach unten gefallen ist, klatscht in die Hände. „Hervorragend. Frankie wird sich freuen. Er hat mich bereits gefragt, ob er mit dir rechnen darf.“

Frankie war zwar nicht ganz mein Typ, aber immerhin, er hat etwas an sich, was mich auf andere Gedanken bringen wird.

„Ich hole dich ab. Wir können ja noch einen Drink nehmen, ehe wir zu Frankie fahren. Was wirst du anziehen?“

„Ich sehe mal nach. Es wird sich schon etwas finden.“

Naomi schnaubt. „Ich bringe dir was mit. Sind die beiden da?“

Ich folge ihrem Blick, der auf die Verbindungstür gerichtet ist. „Ich glaube schon. Zumindest habe ich keine Termine für sie eingetragen.“

„Wie läuft´s mit Junior Benchy?“

Kaum höre ich seinen Namen, stellen sich meine Nackenhaare auf. Also Frankie muss ordentlich etwas auf dem Kasten haben, damit ich William vergessen kann. Ich versuche, Nonchalance vorzugaukeln, und schlage lässig die Beine übereinander. Vielleicht auch als Schutz vor dem Prickeln dazwischen. „Es läuft.“

„Rose, was ist los mit dir? So knappe Antworten bin ich selbst von dir nicht gewohnt. Läuft da etwas?“

„Du spinnst“, fahre ich sie an.

„Zuerst bringt er dich nach Hause, dann setzt er dich verheult in ein Taxi und nun deine Zurückhaltung. Ich meine, ich kenne keine Frau, auf die er nicht erregend wirkt.“

Woher weiß sie das alles wieder? In dieser Firma wird getratscht wie in keiner anderen! Doch noch sind es nur Gerüchte und Vermutungen, die ich sofort im Keim zu ersticken versuche. „Naomi, du dichtest mir da etwas an, das mich den Job kosten kann. Denkst du im Ernst, ich mache mich an meinen Chef heran, nur weil er gut aussieht? Er ist nicht der einzige attraktive Mann auf dieser Erde. Ich bin zwar Single, aber nicht verzweifelt.“ Gut, der letzte Satz ist gelogen – ich bin verzweifelt. Und wie!

Sie springt auf, kann sich ein Lächeln nicht verkneifen. „Schon gut, Mrs. Bennet. Dann bis später.“

Ich schnappe mir eine Rolle Klebeband und schmettere sie ihr hinterher. Ich treffe sie sogar, was mich zum Lachen bringt, wie lange nichts mehr. Vielleicht ist es auch die Tragik der Situation, die das bewirkt.

Wieder ist ein normaler Arbeitstag zu Ende. Ich steige in die U-Bahn, kaufe noch eine Packung Milch, so wie es Lisa mir aufgetragen hat, dann gehe nach Hause. Ab diesem Zeitpunkt endet der normale Arbeitstag. Denn als mich Lisa aufgeregt begrüßt, um mich anschließend ins Schlafzimmer zu zerren, wo sie eine ganze Wagenladung Kleider, Hosen, Blusen und Tops ausgelegt hat, trifft mich die Wirklichkeit mit voller Wucht und mir wird klar, wie dieser Abend ausgehen wird.

Es ist zwar erst fünf, doch Lisa will offenbar einen neuen Rekord in „Wie viele Kleider kann man gleichzeitig anziehen wollen und dann doch nicht“ aufstellen.

„Dir ist schon klar, dass wir nur essen gehen?“, halte ich sachlich fest.

„Aber nicht irgendwohin, sondern ins Roux“, antwortet sie augenzwinkernd.

„Dort wird auch nur mit Wasser gekocht.“

„Weißt du denn schon, was du anziehen willst?“, fragt sie mich und zwängt sich in ein schlichtes Kleid.

„Keine Ahnung.“ Natürlich weiß ich längst, was ich tragen werde, doch das ist mein krankes, aufreizendes Geheimnis.

„Wie findest du es?“, will sie wissen, während sie sich um die eigene Achse dreht. Ich nicke und strecke einen Daumen hoch. „Okay, mir gefällt es auch am besten. Ist es auch nicht zu blau?“

Zu blau? Wie kann ein Kleid zu blau sein? Ich finde, es steht ihr und passt gut zu ihrer hellen Haut und den dunklen Haaren. Ein Paar nette Ohrringe und High Heels und sie sieht perfekt aus.

„Ist es nicht. Du wirkst elegant, aber doch nicht zu aufgetakelt. Nimm das.“

Danach verabschiede ich mich in mein Zimmer, wo ich meine Kleiderwahl noch einmal in Augenschein nehme. Ich habe mich schon tags zuvor für ein schwarzes Kleid mit halblangen Ärmeln und Ausschnitt entschieden. Wobei ich gar nicht so sehr Wert auf die Tiefe des Ausschnittes, sondern auf die Andeutung davon lege. Da das Kleid einfarbig und ohne Rüschen, Spitzen oder sonstige Dekomätzchen ist, lege ich mir eine weiße Perlenkette und passende Ohrringe zurecht. Im Anschluss daran wasche ich meine Haare.

Ich föhne sie grob durch und beschließe, mich etwas zu entspannen. Es ist erst halb sechs – ich bin fertig geduscht, meine Haare sind bereits trocken, das Kleid und die Schuhe stehen bereit –, weshalb sollte ich mir unnötig Stress machen?

Um Punkt sechs werde ich mobil. Eigentlich kann man die halbe Stunde Entspannung, die ich mir gegönnt habe, gar nicht als solche bezeichnen, da ich permanent auf die Uhr gesehen habe und von Minute zu Minute nervöser geworden bin.

Ich lege Make-up auf, diesmal sogar etwas kräftiger als sonst, dann schlüpfe ich in mein Kleid und in die Schuhe. Pünktlich um halb sieben stehe ich im Flur, wo ich Frank vorfinde, der Lisa kopfschüttelnd bei der Auswahl der Schuhe zusieht.

Das Taxi fährt vor, und erst als sich Lisa noch einmal vergewissert hat, dass die Babysitterin keine Massenmörderin ist, nicht im Besitz oder unter Einfluss von Drogen steht und Susi noch lacht, dürfen wir gehen.

Langsam nähern wir uns der Innenstadt, wobei sich meine Vermutung bestätigt, dass William im Roux auf uns warten wird. Ich habe mich insgeheim zwar schon darauf gefreut zu sehen, wo er wohnt, doch vielleicht ist es besser, sich erst im Lokal zu treffen und im Taxi nicht aneinandergepresst zu werden. Außerdem würde William Bennet sicher nicht mit einem öden Taxi vorfahren.

Vor einem typischen Londoner Altstadtgebäude hält der Wagen und wir steigen aus. Aus bodentiefen Fenstern fällt das Licht aus dem Inneren auf uns und umhüllt uns als warmer, feuriger Schein. Wir treten ein und werden vom Duft frischer Blumen und einem geschäftigen Herrn im perfekt sitzenden Anzug empfangen. Frank sagt etwas, was ich, ob dieses traumhaften Ambientes, nicht mitbekomme. Der Raum wirkt gar nicht wie ein typisches Restaurant. Immer wieder zweigen Türen ab, teils offen stehend, teils geschlossen. Ich erhasche im Vorbeigehen einen Blick in ein Kaminzimmer, in dem nur ein einziger Tisch, eine lange Tafel, steht. Nebenan ein größerer, vertäfelter Raum, eine Art Bar, an der schon einige Gäste Platz gefunden haben.

Eine Tür weiter biegen wir ab und dann sehe ich ihn. Ich nehme den Raum gar nicht mehr wahr. Obwohl er durchaus beeindruckend ist – die hohen Fenster, die hellen Farben, alles ist in beige gehalten. An der rechten Seite ein Kamin, in dem ein Feuer entfacht worden ist. Doch das Feuer, welches in mir zu brennen beginnt, als ich William erblicke, in seinem Smoking, der für ihn gemacht zu sein scheint, seine Augen, die durch das Feuer noch mehr glühen, sein Lachen, welches uns so freundlich begrüßt. In dem Moment weiß ich – egal, wer er ist, wer ich bin, in welcher Beziehung wir zueinander stehen –, ich will diesen Mann. Mir ist egal, ob nur für eine Nacht, eine Woche. Ich will diesen Mann einmal sehen, wie er vor Lust bebt. Will von ihm berührt, geküsst, gestreichelt und verdammt noch einmal gevögelt werden.

„Rose, du siehst zauberhaft aus“, flüstert er, als er mir auf jede Wange einen Kuss haucht. Ich bin kaum imstande zu atmen, geschweige denn zu reden. Deshalb grinse ich noch dämlicher und lasse mich von ihm zu unserem Tisch führen. Ein runder Tisch mit vier Stühlen, direkt vor dem Kamin.

Während sich William über unsere Herfahrt erkundigt, serviert ein Kellner einen Aperitif und heißt uns im Roux at Parliament Square willkommen.

Obwohl es ein großzügiger Raum ist, sind wir nur für uns und das scheint auch gewollt zu sein. Für William Bennet ist es ein Leichtes, sich eben mal einen Raum im Roux zu mieten. Aber was bezweckt er damit?

Ich erhasche einen Blick auf Lisa, die sich genauso begeistert umsieht wie ich und mir munter zunickt.

„Freut mich wirklich, dass wir uns wiedergefunden haben“, sagt William zu Frank und prostet ihm zu. Dann folgt Lisa, die knallrot anläuft, als er ihr zuzwinkert. Ich ahne, dass ich in einer Sekunde genauso aussehen werde, und denke an etwas anderes als an diesen schönen Mann neben mir. „Rose.“

Wieder nicke ich nur doof. Es fasziniert, wie mein Name aus seinem Mund ein solches Gefühlschaos auslösen kann!

Was hat dieser Mann nur an sich?

Ich nehme einen Schluck, genieße die wohltuende Kühle, den süßen Geschmack und das Prickeln auf meiner Zunge. Ich weiß, ich darf nicht zu viel trinken, da ich selten Wein oder Sekt konsumiere und meist schon nach einem Glas beschwipst bin. Nichts peinlicher, als betrunken ins Roux zu kotzen. Wie William das wohl fände? Er würde mich wohl hassen.

„Und Sie haben einen Babysitter gefunden?“, fragt William meine Schwester, die beim Gedanken an Susi, oder bei seinem Blick, versonnen lächelt.

„Ja, die Tochter unseres Nachbarn hat das übernommen. Es ist nicht leicht, jemanden zu finden, wenn man keine Familie in der Gegend hat. Doch meistens klappt es trotzdem.“

Ich verfluche Lisa innerlich, dass sie unsere Familie mit ins Boot ziehen muss. Es scheint mir so ... intim zu sein, über meine Eltern zu sprechen. Doch es war mir klar, dass ich an diesem Abend einen näheren Eindruck von ihm und er ebenso von mir gewinnen wird.

„Ihre Eltern leben Cornwall?“, will er nun wissen und mir macht Angst, was er auf Anhieb alles erfährt. Ich kann mir nicht einmal den Namen des Anwesens merken, auf dem die Abschiedsparty seines Vaters nächste Woche stattfinden wird. Ich weiß auch nicht, ob das sein Elternhaus ist oder ob sie sich erst in der Pension dorthin zurückgezogen haben.

„Mir wäre das Du lieber", eröffnet sie William und streckt ihm die Hand quer über den Tisch entgegen.

„Mir auch", erwidert er und drückt sie leicht.

„Ja, unsere Eltern leben noch dort. In St. Agnes, ein winziges Dorf."

Der Kellner, der uns die Getränke gebracht hat, kommt wieder und reicht jedem von uns eine Karte. Ich schlage sie auf, wobei mich nicht die Menge der Gerichte, sondern die Namen beeindrucken. Keine Ahnung, was ich essen soll. Ich bin zwar nicht wählerisch, aber bei den Preisen will ich mir nichts bestellen, was mir dann nicht schmeckt.

Plötzlich spüre ich Williams Nähe, rieche wieder dieses Aftershave, und als ich aufsehe, hat er sich zu mir gebeugt. „Ich kenne ja deine Vorlieben nicht", die Sache mit meinem Ausschnitt hat funktioniert, denn kurz hält er inne, lässt seine Augen auf meinem Busen ruhen, den ich demonstrativ vorschiebe, während er sich über die Lippen leckt, „aber das Beef schmeckt hervorragend."

Ich sehe ihn an, beobachte, wie das Lächeln auf seinem Mund immer größer wird. „Vorausgesetzt, du magst Fleisch."

Lisa grinst und weicht meinem Blick aus, während Frank von all dem nichts mitbekommt. „Natürlich esse ich Fleisch." Reden wir hier wirklich noch über die Auswahl auf der Speisekarte oder liegen wir gedanklich in seinem Bett? „Beef klingt gut. Aber gehst du davon aus, dass ich mich nicht selbst entscheiden kann."

„Ich wollte nur höflich sein“, erwidert er mit rauer Stimme.

So muss er klingen, wenn ... ich schüttle den Kopf und zwinge mich, wieder einen klaren Gedanken zu fassen. „Ich denke, die Höflichkeitsfloskeln haben wir eingestellt, als du mir gerade eben auf den Busen gestarrt hast.“

„Nein, Rose. Wir haben schon damit aufgehört, als ich deine Brust in der Hand gehalten habe.“

Ich hätte mich fast verschluckt und bin mehr als froh, als der Kellner zurückkommt. William tut so, als ob nichts gewesen sei, und orderte für mich lediglich ein Glas Wasser. Noch während ich trinke, was mehr als gut ist, denn nicht nur der Husten hört auf, auch mein Blut kühlt sich ab, geben alle ihre Bestellung auf. William selbstverständlich für mich, als wäre ich ein kleines Kind.

Das Kaminfeuer, welches ich vorhin noch so heimelig empfunden habe, treibt mir nun den Schweiß auf die Stirn. Er hat das genau geplant. Der Kamin, das Ambiente, seine Intimität ... er ist ein Meister seines Faches und ich bin sein nächstes Opfer.

Wieder kommt mir Miss Hope in den Sinn und ich frage mich, ob er auch mit ihr hier zum Essen war, ehe er mit ihr im Bett gelandet ist. Wenn er es denn getan hat. Bis jetzt hat sich noch keine Gelegenheit ergeben, das herauszufinden. Außerdem steht es dir gar nicht zu, du Dummchen. Du bist nur ein Flirt, der ihm die Langeweile vertreibt.

„Wie kamt ihr von St. Agnes nach London?“, fragt er an mich und Lisa gerichtet. Wobei ich kaum in der Lage bin, eine effiziente Antwort zu geben.

Also übernimmt Lisa das. „Wir, also ich für meinen Fall, war dort ja glücklich. Es war zwar nichts los, doch da unsere

Eltern ein kleines Bed&Breakfast haben, waren wir nicht ganz so abgeschnitten. Ich arbeitete dort eine Zeit lang, dann bekam ich ein Jobangebot vom Dorado, einem kleinen Hotel in London, und nahm es an."

„Und du zerrtest deine Schwester mit", vervollständigt Frank den Satz.

„Ich kam aus freien Stücken", verteidige ich mich.

Besser gesagt, ich verliebte mich in die Stadt. Ab und zu kam ich zu Besuch, und da ich von der Geschichte Londons schon immer fasziniert war, verbrachte ich die erste Zeit nur in Museen und allem, was irgendwie historisch aussah. Lisa war es dann, die mir vorschlug, mich doch um einen Job zu kümmern, damit ich bleiben konnte. Zig Bewerbungsgespräche folgten, bis mir Mr. Bennet einen Praktikumsplatz anbot. Drei Monate sollte ich in seiner Firma arbeiten und feststellen, ob mir die Arbeit überhaupt gefiel. Ich schnupperte in jede Abteilung. Als die drei Monate vorbei waren, bot er mir an zu bleiben, was ich selbstverständlich nicht ablehnte, da ich mich längst an die Businessluft gewöhnt hatte. Da ich fleißig und zuverlässig war, was sich allerdings in der letzten Woche rapide geändert hat – woran das nur liegen mag –, schaffte ich es bis zur Chefsekretärin.

„Und du bist in London aufgewachsen?", unterbricht Lisa meinen gedanklichen Schwenk in die Vergangenheit.

Gespannt sehe ich zu ihm. Nun ist es also an der Zeit, mehr über diesen geheimnisvollen Menschen zu erfahren. „Nein. Ich wuchs in Schottland auf, wo meine Eltern ein Anwesen besitzen. Mein Vater lebte jedoch schon immer in London und pendelte am Wochenende zurück nach Schottland."

„Das muss für deine Mutter schwer gewesen sein. Die ganze Woche alleine. Du wirst ihn sicher auch sehr vermisst haben. Susi würde Frank nicht gehen lassen."

Lisa, schreie ich und versetze ihr unter dem Tisch einen Tritt. Sie stochert im Leben anderer herum, als wäre sie Chirurgin. Es ist in Ordnung, über Belangloses zu reden, doch nicht über Gefühle und Vaterliebe, die zwischen Charles und William Bennet nicht zu existieren scheinen.

Er räuspert sich und rutscht auf seinem Stuhl hin und her. „Meiner Mutter fiel es schwer, das stimmt. Doch sie konnte mit London nie etwas anfangen und ich war es gewohnt, dass mein Vater nicht da war."

„Und hast du Geschwister?"

„Ja, eine Schwester."

Ich erfahre viel über ihn, ich weiß. Ich meine, bisher ist noch kein einziges Wort über eine Schwester gefallen. Doch Lisa übertreibt, weshalb ich Frank flehend ansehe und hoffe, er versteht, was ich meine. Immerhin scheint er William ja zu kennen, also muss er wissen, wie verschlossen er in solchen Dingen ist.

„Wie lange lebst du nun in London?"

„Zehn Jahre in etwa. Doch bisher diente mein Haus eher als Feriendomizil."

Bis jetzt ist alles wunderbar gelaufen – na gut, wir haben alle die Veränderung in seiner Stimme bemerkt, doch jetzt kommt Lisa zu einem heiklen Thema, auf das sie, wie ich fürchte, die ganze Zeit hingearbeitet hat. Ja, fällt es mir wie Schuppen von den Augen: Diese Verräterin führt gerade ein Bewerbungsgespräch für die Stelle ihres neuen potenziellen Schwagers. Ihre zusammengekniffenen Augen, der leichte

Schmollmund und die aufrechte Haltung erinnern mich sofort an meinen Vater, der diese Verhörmethode perfektioniert und ihr als Gen vererbt hat. „Du bist viel herumgekommen, wie ich hörte."

„Ja", antwortet er unbekümmert, „meine Familie hat Geld, ich kannte es nie anders, als dass man sich das nimmt, was man haben will. Oder tut, was man tun will."

„Sehr schnelllebig und egoistisch."

Ich schließe die Augen und atme tief durch. Bitte, sprich ihn nicht auf irgendeinen Skandal an, in den er in den letzten Jahren verwickelt gewesen ist. Doch es ist zu spät, sie ist in Fahrt und nicht einmal Frank, der ihre Hand hält und verkündet, auch er und Lisa werden sich die Welt einmal ansehen, kann sie ablenken.

„Es wurden bestimmt viele Herzen gebrochen. So stelle ich mir das eben vor, wenn man sich das nimmt, was man haben will, und dann weiterzieht."

„Ja, ich kenne die Zeitungsartikel über mich", sagt er und nimmt einen kräftigen Schluck Wein. „Doch auch ich ändere mich. Ich bin älter und habe gelernt, was Verantwortung bedeutet."

„Dann ist ja alles in Ordnung. Denn ich kann Männer nicht verstehen, die glauben, sie können kommen und gehen, wann und wohin sie wollen. Man macht nur einmal den Fehler, einem solchen zu vertrauen", erklärt sie ihren Hintergedanken, der zweifellos auf Taylor gemünzt ist.

Hat meine Schwester gerade meinem Boss die Leviten gelesen? Doch auch diesmal scheint der Kellner die Spannung am Tisch zu spüren, da er mit der Vorspeise angelaufen kommt. Keine Ahnung, was William für mich bestellt hat, doch es sieht auf alle Fälle gut aus. Und das Essen wird Lisas neugierigen Mund erst einmal beschäftigt halten.

8. Kapitel

Lisa und ich warten auf Frank, der noch zur Toilette gegangen ist, und auf William, der die Rechnung bezahlt. Ich möchte gar nicht wissen, was der Abend gekostet hat. Doch auch wenn das Essen nett war, bin ich froh, dass wir nun nach Hause fahren und Lisa und William voneinander trennen. Ich rede mit Lisa kein Wort, während sie mich immer wieder misstrauisch ansieht. Sie weiß, dass ich sauer bin, ist klug und hält den Mund. Besser so, denke ich und schlinge die Arme um mich, da mich fröstelt.

Frank kommt und nimmt Lisa in den Arm, kurze Zeit später taucht auch William auf, der die beiden lachend ansieht, ehe er sich neben mich stellt. Ich bete inständig, dass er die Finger von mir lässt und mich nicht auch zu sich zieht. Doch er kramt nur nach seinen Autoschlüsseln und deutet dann auf die andere Straßenseite. „Ich fahre euch nach Hause. Keine Ahnung, wo die Taxis heute sind."

Die Fahrt verläuft stumm. Lisa und Frank, die auf der Rückbank Platz genommen haben und sich immer noch halten, da geht doch was, denke ich schmunzelnd, durchbrechen die Stille nur ab und an mit einem Kichern. Ich versuche, mich auf die Straße zu konzentrieren und nicht auf ihn. Ich will auch nicht daran denken, dass ich in einer halben Stunde wieder alleine und voll unbefriedigter Lust in meinem Bett liegen werde. Während er … ja, was wird er tun? Ich kenne ihn wirklich nicht. Ich weiß nicht, was er in seiner Freizeit macht, wo er wohnt, ja, irgendwo in London, doch

London ist groß. Auch habe ich keine Ahnung, wer seine Freunde sind. Vielleicht treibt er sich ja mit irgendwelchen eingebildeten Rüpeln herum, die von einem Nachtclub in den nächsten ziehen und sich an den Frauen bedienen, als wären sie reife Äpfel.

Ich sehe zu ihm und versuche etwas zu entdecken, was meine Vermutungen bestätigt. Doch außer, dass er ernst auf die Straße sieht, fällt mir nichts auf. „Was machst du heute noch?“, frage ich mutig.

Er zuckt die Achseln. „Nichts weiter. Ich muss morgen früh raus und lange arbeiten.“

Kaum zu glauben, wie wenig man aus ihm herausbekommt. Ich muss schon froh sein, wenn er zwei Sätze über die Lippen bringt. „Und am Wochenende, wenn du nicht arbeitest? Gehst du aus, bleibst du zu Hause?“

Ein Lächeln erscheint auf seinem Gesicht und wieder drängt sich das Gefühl auf, dass er meine Unsicherheit genießt. „Meistens gehe ich aus, ins Kino, zum Essen, auf Veranstaltungen. Was man eben so macht.“

Das süffisante Lächeln wird breiter und beschleunigt meinen Puls auf eine Art, die ich mit dieser Frage nicht bezweckt habe. „Und gehst du öfter in solche Nobelschuppen oder genügt dir ein Burger auch?“ Ich sinke noch tiefer in den ledernen Sportsitz und versuche anhand seiner Mimik zu erkennen, was er von mir denkt. Ob er mich für genauso verrückt wie Lisa hält? Na ja, ich gehe nicht davon aus, immerhin habe ich ihn ja nicht direkt gefragt, wie viele Frauen seine Kraft, oh Gott, beim Gedanken daran erröte ich, schon genießen durften.

„Mir genügt auch ab und an ein Burger, doch für heute hätte das nicht gepasst. Du wirst mir diese Extravaganz verzeihen."

Ich ignoriere seine sarkastische Antwort und trete sogleich ins nächste, noch viel größere Fettnäpfchen. „Und wo warst du mit Miss Hope?"

Ich bete, dass wir bald da sind und er nicht mehr Zeit findet, darauf zu antworten. Doch alleine sein offen stehender Mund verrät mir, dass er sich die Zeit dafür nehmen wird. „Wir waren beim Asiaten."

„Schön."

Ich darf es nicht zulassen, diesem eifersüchtigen Stich auch nur eine Sekunde Beachtung zu schenken. Er gehört ja schließlich nicht mir. Ein Kuss, den er mir „verziehen" hat. Miss Hope hat bestimmt mehr kosten dürfen. Meine Finger krallen sich in das weiche Polster und ich versuche auf diese Weise, meine Kiefer zu entlasten, welche am liebsten vor Wut geknirscht hätten.

Die vertrauten Häuserreihen tauchen vor mir auf, und als wir den Kreisverkehr verlassen und in unsere Straße einbiegen, weiß ich, dass ich lieber gleich aussteigen und gehen sollte. Klappe halten und hoffen, er vergisst meinen Blödsinn wieder. Warum benehme ich mich in seiner Gegenwart wie eine Irre? Entweder werfe ich mich ihm an den Hals, konkurriere mit ihm oder frage ihn Dinge, die mich rein gar nichts angehen.

Er hält vor Lisas und Franks Haus und steigt mit aus. Ich schlucke, ehe ich den dreien folge. Auf dem Weg zur Veranda halte ich demonstrativ Abstand und belausche dennoch ihre Unterhaltung. Lisa verabschiedet sich etwas reumütig und verschwindet als Erste, dann ist Frank an der Reihe. Oh Gott, nein! Ich will auf keinen Fall mit ihm alleine hier draußen sein. Ich beschleunige meine Schritte, doch als ich bei William angekommen bin, ist Frank bereits hineingegangen.

„Danke für das Essen“, sage ich und halte ihm meine Hand hin, trete dabei sicherheitshalber einen Schritt zurück. Weg von ihm.

„Rose“, flüstert er und streicht über meine Handfläche hinauf zu meinem Ellenbogen und wieder zurück zum Anfangspunkt. Wir sehen uns lange Zeit nur an. Wissen offenbar beide nicht, was das alles zu bedeuten hat. Wir begehren uns, dies ist selbst mir mittlerweile klar, doch steht so vieles dazwischen. Die Arbeit, sein Leben, mein Leben, seine Vergangenheit, meine Zukunft. Wie oft habe ich mich in den letzten Tagen mit dieser Frage beschäftigt, was aus mir wird, wenn er die Lust auf mich verliert. Wenn auch er keinerlei Reize mehr an mir erkennen kann. Was bin ich dann? Die verflossene Affäre, die leider noch für ihn arbeitet? So etwas will ich nicht sein.

„Sag etwas“, fordere ich ihn auf und zähle auf seine Gefasstheit, die ihm derart unter die Haut gehende Momente eigentlich verbietet. Doch wieder ist eine Minute lang nichts zu hören. Seine Augen funkeln in der Kühle der Nacht, der Mond prangt über uns, totale Stille umgibt uns – wie kitschig, kommt es mir in den Sinn. „Du wolltest mich doch nicht wirklich entlassen?“, stelle ich die einzige Frage, die uns beide wieder in die Realität zurückholt.

„Du verstehst es, einen Moment zu verderben“, zieht er mich auf, nimmt seine Finger jedoch nicht von den meinen, was mich etwas schwächt und meinen Verstand benebelt, was mir nur recht sein kann.

„Was machst du denn sonst in solchen Momenten? Siehst du die Frauen an, bis sie umfallen? Das ist also deine Taktik?“

Er grinst jungenhaft und wirkt plötzlich so greifbar, so real. „Ich verfolge nie eine Taktik, sondern handle frei aus dem Bauch heraus. Wie es mir gerade beliebt. Und solche Momente stellen sich auch nicht so häufig ein, dass ich eine Statistik darüber führen könnte.“

Belustigt schüttle ich den Kopf und sehe auf meine Hand, die noch immer in der seinen ruht. Was haben diese Hände nur an sich, dass sie mich so ... erregen? Noch nie haben Hände mich erregt. „Aus dem Bauch ... ich verstehe. Wie bringst du deine Dates sonst nach Hause?“

„Ich wusste gar nicht, dass das heute ein Date war“, zerstört er meine Illusionen.

Ich räuspere mich und möchte ihm meine Hand entziehen, was er mit einem Lächeln quittiert. „Kein Date ... falsches Wort.“ Stottere ich? „Ich ...“

Meistens fallen meine Dates und ich schon im Auto, im Restaurant oder im Flur übereinander her. Jeder Ort eignet sich dafür.“

„Eine Bauchentscheidung.“

„Nein, reine Schwanzsache.“

Bin ich froh, dass es dunkel ist, denn so sieht er mein Erröten nicht. Im Übrigen ist das das Heftigste, was ich jemals erlebt habe. Und obwohl März ist, wird mir so warm, dass ich zu schwitzen beginne. Dieser Mann weiß genau, was Worte ausrichten können, und setzt diese Waffe so geschickt ein, dass ich mich selbst damit erschieße. „Und wo geschah es mit Miss Hope?“

Er lacht rau, was mir zeigt, dass ihn das alles doch nicht so kalt lässt, wie er vorgeben möchte. „Wir schafften es bis in ihr Hotelzimmer. Weise Voraussicht – ich lud sie in das asiatische Restaurant im Haus ein.“

„Dann sollte ich doch froh sein, dass du unseren Abend nicht als Date deklariert hast.“

Sein Blick schweift über meinen Körper, bleibt an dem verborgenen Ausschnitt hängen und lässt meine Nippel hart werden. „Wir wollen doch schließlich professionell bleiben, nicht wahr?“

„Deine Worte“, erinnere ich ihn. Mein Verlangen geht in eine andere, unprofessionelle Richtung.

„Ich kann mir nicht vorstellen, dass du tough genug bist, um mich auszuhalten.“

„Inwiefern?“

Sein Lachen verschwindet, seine Augen zeigen mir für eine Sekunde etwas, das er bestimmt vor mir verbergen will. Seine Seele, sein Herz. Doch es ist so schnell wieder weg, dass ich mir nicht hundertprozentig sicher bin. „Weil ich keine Beziehung will. Keine Liebe, keine liebevollen Worte, keine Anrufe, keine Elternbesuche, keine Kinder, keine Heiratspläne, keine Tränen und da wären wir bei dem Problem. Du bist eine von der Sorte, die all das will. Ich lese es in deinen Augen.“

Die Anzahl der Dinge, die er nicht will, überrascht mich. Ich wusste zwar, dass er kein Leben im herkömmlichen Sinne führt, doch was er hier aufzählt, klingt eher nach der Stellenausschreibung für eine Hure. „Ich lebe nicht monogam

– habe es ehrlich gesagt noch nie versucht. Ich kann nicht treu sein, nicht nett sein, ich bin vielleicht äußerlich ein Gentleman, aber in mir drin sieht es anders aus. Ich werde nie auf deine Gefühle eingehen, Rose. Du bist ein nettes Mädchen, intelligent, reizend, strebsam, hübsch, humorvoll ... eigentlich lasse ich die Finger von euch. Doch irgendetwas an dir hat mich von der ersten Minute an in den Bann gezogen. Ich wollte dich haben, und das will ich noch immer."

„Und es gibt Frauen, die sich all das gefallen lassen? Wozu? Wofür?", will ich es aus ehrlichem Interesse wissen und habe die Kälte um uns herum schon längst vergessen.

„Für Geld", sagt er nüchtern und es fühlt sich wie eine Ohrfeige an.

„Du triffst dich mit Huren?" Die Gerüchte über ihn kommen mir in den Sinn ... Hauspartys, Alkohol, Sex ... wie konnte ich all das vergessen? Ich dachte wirklich, ihm liegt etwas an mir.

„Es sind keine Huren, Rose. Es gibt Agenturen, die solche Damen vermitteln. Sie begleiten dich zum Essen oder ins Kino oder sonst wohin und lassen sich anschließend vögeln. Danach ist die Sache erledigt."

„Waren es immer nur solche Frauen?" Warum ich hier nachbohre, kann ich mir selbst nicht erklären. Aber es ist ein Hoffnungsschimmer. Vielleicht ist doch nicht alles so düster, wie ich glaube.

Er hält immer noch meine Hand fest, sein Blick wird wieder etwas weicher. „Nein. Ich hatte auch andere Bekanntschaften. Doch sie waren alle nicht wie du. Sie wollten dasselbe wie ich – nichts."

„Du musst doch bestimmt schon den Überblick über die Anzahl deiner Kinder verloren haben“, versuche ich die Sache von der humorvollen Seite zu betrachten. „Wie viele sind es, zehn, hundert, tausend?“

„Null.“ Er streicht mir über die Wange und lächelt mild. „Was soll ich tun?“, denkt er laut. „Du willst das alles doch nicht.“

„Ich will dich“, versichere ich ihm. Das Ehrlichste und Flehendste, was ich jemals von mir gegeben habe.

„Egal, zu welchem Preis?“

Ich nicke und küsse seine Fingerspitzen, die noch immer auf meiner Wange ruhen. „Ja.“

William lächelt wieder. Zumindest das habe ich geschafft, was mich beflügelt. Ich mache einen Schritt auf ihn zu, strecke meine Hand noch ein Stück weiter aus und berühre seine Brust. „Alleine aus dem Grund, da ich dir beweisen will, dass du nicht so böse bist, wie du denkst. Ich spüre hier eindeutig ein Herz schlagen.“

„Reiner Überlebensmechanismus“, raunt er und zieht mich in seine Arme.

Im nächsten Moment ergebe ich mich ihm vollständig. Seine Lippen finden die meinen und entgegen jeder Warnung ist er zärtlich. Er streicht mein Haar zurück, sucht mit der anderen Hand meinen Hintern, den er an sich presst. Ich spüre seine Erektion, werde mir der vollen Bandbreite meiner Lust und ihrer Folgen bewusst. Schiebe sie aber gleich zur Seite und genieße es stattdessen, diesen wundervollen Mann zu schmecken.

Dann spüre ich seine Zunge, die die meine streift. Ich stöhne, drohe jeden Moment umzukippen. Niemals in meinem Leben war ein Kuss so intensiv, so erregend und zog mich gleichzeitig so tief ins Verderben. Ich gehöre ihm. Ich weiß, würde er mich zurückweisen, es sich doch anders überlegen, ich würde sterben. Fest umklammert, schiebt er mich rückwärts, bis sich der kalte Stein der Hausfront in meinen Rücken presst. Sein Druck, die Wand hinter mir und das Wissen, wie sehr er mich will, hätten mich im Normalfall abschrecken müssen. Doch er könnte mich gerade zerfleischen, ich würde es geschehen lassen, nur um bei ihm bleiben zu dürfen.

Seine Hand entfernt sich nun von meinem Arsch und wandert nach vorne. Er streift meine Schenkel, schiebt mein Kleid nach oben. Ich spüre die Kälte an meinem erhitzten Fleisch, biege mich ihm entgegen, schiebe die Beine auseinander, als würde sich eine Verdurstende in eine Quelle stürzen.

„Komm mit rein“, murmle ich. Meiner Lust ist es wohl gelungen, meinen Verstand auszuschalten.

„Du weißt selbst, dass das nicht geht.“ Er streift mit dem Daumen über mein Höschen, was mich aufschrecken lässt. Ich wusste selbst nicht, welche Lust ich empfinden kann. „Du bist so bereit für mich“, flüstert er mir ins Ohr, während seine Finger mich weiterhin streicheln. An seinem Jackett festgeklammert, wimmere ich vor mich hin.

Eine Minute noch, in der er seinen Finger geradewegs auf meinen Kitzler drückt, der gierig pocht, und ich komme, was ich verhindern will. Ich weiß, dass er mich provoziert, das sehe ich ihm an. Er sucht nur eine Bestätigung für meine Lust.

„Du willst doch nicht im Vorgarten deiner Schwester mit dem Finger deines Bosses in dir kommen?“, neckt er mich und leckt über die empfindsame Stelle hinter meinem Ohr.

Ich quieke hysterisch auf. „Dann komm entweder mit rein, oder geh!“

Mit einem diabolischen Grinsen zieht er seine Hand zurück, streift mein Kleid nach unten und beendet somit die Folter. Mit verschleierten Augen mustert er mich. „Vielleicht bist du doch nicht so bodenständig, wie ich dachte. Ich habe übrigens nichts dagegen, wenn du es dir selbst machst. Nur für den Fall“, er deutet zwischen meine Beine.

„Sehr nett von dir“, murre ich und schlinge die Arme um mich.

William tritt einen Schritt zurück und prüft sein Äußeres, ehe er wieder zu mir sieht. „Was machst du am Samstag?“

Zu einer Party gehen und mir dich aus dem Kopf vögeln lassen. „Nichts.“

„Gut. Ich hole dich um halb acht ab. Zieh dir etwas Schönes an, Babe.“

Also Kosenamen standen nicht auf seiner Liste der Dinge, die er nicht machen will, denke ich, während er zurück zum Wagen geht. Ich komme gar nicht mehr dazu zu fragen, was wir eigentlich machen. Ich stehe noch eine Minute draußen und versuche, die Gedanken in meinem Kopf zu ordnen. Nicht nur mein Schädel verlangt nach Ordnung. Ich habe mich noch nie selbst befriedigt, probiert natürlich, doch ohne Erfolg. Meist hatte ich keine Lust mehr, da ich wusste, ich würde so oder so nicht kommen.

Doch heute, alleine bei der Vorstellung, dass sich William ausmalt, dass und wie ich es tue, sauge ich die Luft ein. Ich gehe hinein und bete, dass Lisa bereits im Bett ist. Doch noch während ich mich aus meinen Schuhen quäle, taucht sie vor mir auf. „Ich dachte, du schläfst schon“, presche ich vor.

„Rose, lass die Finger von ihm.“

Mit gerunzelter Stirn blicke ich auf und vergesse Regel Nummer eins in diesem Haus, die da lautet: „Lass ja die Schuhe nicht am Boden liegen!“ Stattdessen schnaube ich: „Lass das meine Sorge sein.“

„Was habt ihr da draußen gemacht?“

Ich schweige und will mich an ihr vorbeidrücken, doch sie hält mich zurück. „Du hast dich doch nicht von ihm besteigen lassen?“

„Lisa“, fahre ich sie an, „was ist dein Problem?“

„Er. William Bennet. Hast du eine Ahnung, wer er ist? Was er will? Speziell von dir? Ich dachte, nach Taylor hättest du ein klein wenig mehr Gespür für Männer entwickelt.“

„Bin ich im falschen Film? Warst nicht du diejenige, die mir geraten hat, mich auf ihn einzulassen?“

Sie lehnt sich an die dunkle Kommode und funkelt mich an. „Ja, das war ich. Doch da waren mir die Konsequenzen noch nicht bewusst.“

„Ich kapier´s nicht. Aber ich habe auch gar keine Lust, mich mit dir darüber zu unterhalten. Es ist mein Leben.“

Ich werfe einen Blick in den Spiegel und suche nach einer Veränderung. Wie sieht man aus, wenn man sich mit dem Teufel einlässt?

„Rose, er mag nett, freundlich, hübsch, blabla, alles, was ich sagte, sein. Doch nicht für dich. Du kennst dich. Ich kenne dich. Er spielt mit dir und du lässt es zu. Du wirst dich in ihn verlieben.“

Tränen schießen mir plötzlich in die Augen. Vielleicht auch, da ich vom Wahrheitsgehalt ihrer Worte überzeugt bin. Doch mein Stolz verbietet es mir, dies Lisa einzugestehen. „Er lebt in einer Welt, in der du nichts verloren hast. Such dir einen netten Mann, der mit dir auf gleicher Höhe steht."

„Danke für deine aufrichtige Hilfe", spotte ich.

„Rose, warum gerade er? Was ist an ihm so besonders, dass du es bei keinem anderen zu finden glaubst? Ist es das Geld, die Macht – ich verstehe es nicht."

Ist es das Geld? Eigentlich ist mir Geld egal. Sicher ermöglicht Geld einen gewissen Lebensstil. Doch ich kenne es nicht anders. Meine Eltern sind zwar nicht reich, aber die Pension und die Praxis meines Vaters bringen jeden Monat genug ein, sodass wir nie wirklich auf etwas verzichten mussten. Doch selbst wenn William Geld hätte, würde er wie ein Zombie aussehen und vielleicht auch noch stockdumm sein, so könnte er nie diese Wirkung auf mich haben und ich stünde jetzt nicht hier, um mich mit Lisa über etwas zu zanken, das sie nichts angeht.

„Ich bitte dich. Sein Geld ist mir mehr als egal. Er begehrt mich, sieht mich so, wie ich bin. Will mich dabei aber nicht verändern. Alle anderen wollten immer, dass ich mich verstelle und mich ihren Idealen anpasse. William hat mir die Wahl gelassen und ich habe mich eben entschieden."

„Und was bist du für ihn? – Seine Hure, seine Freundin? Du glaubst doch nicht ernsthaft, dass er dich als seine Partnerin vorstellt? In der Firma, bei seiner Familie, bei seinen Freunden, diesem George, den Frank auch kennt. Du verkaufst dich unter deinem Wert."

Einen Moment sehen wir uns stumm an und ich erkenne Schmerz und Wut in Lisas Augen. Sie macht sich Sorgen, verständlicherweise. Aber ich bin kein Kind mehr. Ich weiß selbst, wie idiotisch das alles klingt. Als wäre ich um zwei Jahrhunderte zurückversetzt. Doch ich brauche diesen Mann. Ich will ihn so sehr, dass mich der bloße Gedanke an einen anderen zum Erschaudern bringt.

Lisa schüttelt den Kopf und lässt mich alleine. Müde, angespannt von dem unbefriedigten Pochen zwischen meinen Beinen und dem Streit mit Lisa gehe ich in mein Zimmer, wo ich mich aufs Bett fallen lasse und die Zimmerdecke nach einer Lösung absuche. Wenn es die überhaupt gibt. Es gibt nur hopp oder dropp. Springen oder nicht springen.

Würde ich springen, verändert sich mein ganzes Leben, mein Job, meine Beziehung zu Lisa.

Doch ich will ihn. „Egal, zu welchem Preis?“, kommt mir seine Frage in den Sinn. War mir der Preis wirklich egal, den ich für dieses Abenteuer zahlen würde? Was ist überhaupt sein Geheimnis? Was sind seine Vorlieben, was birgt seine Vergangenheit, das es ihm unmöglich macht, Liebe, Vertrauen, Nähe und Geborgenheit zuzulassen?

Schon um dieses Rätsel zu lösen, will ich ihn. Vielleicht auch, um mir und Lisa zu beweisen, dass ich nicht dieses brave Mädchen vom Land bin, als das mich alle sehen.

Ja, ich bin tough genug für William Bennet!

9. Kapitel

William ist heute nicht in seinem Büro, was mir Bedenkzeit gibt. Ich verkrieche mich hinter meinem Schreibtisch und versuche so zu tun, als wäre alles in Ordnung. Mir ist klar, dass es Charles Bennets letzter Arbeitstag ist und eigentlich gar nichts so abläuft wie sonst, doch in meiner kleinen Welt kann mich nichts erschüttern.

Bis zu dem Zeitpunkt, als mein Telefon klingelt. Ich gehe ran, will jedoch den Hörer im nächsten Moment wieder fallen lassen.

„Hi Rose. Ich bin´s", begrüßt mich Williams Stimme, die selbst am Telefon stark und sicher klingt.

Ganz im Gegensatz zu meiner. Dann verschlucke ich mich auch noch und beginne zu husten. „Hallo, entschuldige ..."

„Alles okay?", fragt er besorgt.

„Ja ... ich habe mich nur verschluckt. Was kann ich für dich tun?"

Ich höre ihn lachen. „So einiges, doch das muss warten. Ist mein Vater da?"

Ich blättere in Charles Bennets Terminkalender, doch da steht nichts. Hätte mich auch gewundert. „Der Kalender ist leer."

Aha, jetzt weiß ich auch, wo William steckt. Zumindest ist er noch in London.

„Er geht nicht an sein Telefon. Kannst du ihm sagen, er soll mich zurückrufen? Es ist wichtig."

„Vielleicht ist er beim Essen. Es ist Mittag."

„Wegen morgen, Rose. Geht es bei dir auch früher?"

Ich versuche, meine Freude zu verstecken, und klinge, wie ich es mir in letzter Zeit angewöhnt habe: gelassen. „Wann ist früher?"

„Halb sieben."

„Ja, kein Problem."

Am anderen Ende der Leitung höre ich Stimmen. William entfernt sich kurz, um gleich wieder mit mir zu reden. „Es ist so. Meine Schwester spielt Theater und sie hat morgen eine Neuaufführung, zu der sie mich eingeladen hat. Ich hoffe, dich interessiert Theater. Frag mich nicht, was genau gegeben wird. Wir können vorher noch etwas essen gehen und dann zum Theater fahren."

„Klingt stark nach Date."

Wieder lacht er. „Kein Date, nur ein Essen und ein Theaterbesuch von zwei Freunden."

Ich drehe das Kabel des Telefons zwischen meinen Fingern und fühle mich in einen alten Hollywoodschinken versetzt. „Und ich dachte, es gibt keine Anrufe", necke ich ihn weiter und genieße sein böses Knurren.

„Du bist meine Sekretärin, ich rufe primär wegen meines Vaters an. Wenn es dir damit besser geht, schreibe ich dir nächstes Mal eine SMS."

„Deine Regeln, dein Spiel."

„Bis morgen, Rose. Und träum süß."

„Du auch, Chef."

Später am Abend, ich habe gerade geduscht und es mir mit dem Laptop im Bett bequem gemacht. Da ich das

Wohnzimmer meide, auch die Küche, das Esszimmer, eigentlich alle Räume, in denen ich Lisa begegnen könnte, verkrieche ich mich mittlerweile seit fünf Uhr. Wie ein Kind, das etwas angestellt hat, denke ich und fahre den PC hoch.

Auf der Heimfahrt habe ich mir Lisas Worte noch einmal durch den Kopf gehen lassen. In einem Punkt gebe ich ihr recht – ich brauche eine Veränderung. Und da die Sache mit Taylor und mir beendet ist und ich mir nicht vorstellen kann, weiterhin in unserer alten Wohnung zu leben, möchte ich die Zeit nützen und mir ein paar Wohnungen im Internet ansehen. Nachdem ich bei Google ein Stichwort eingegeben habe, erscheinen gefühlte hunderttausend Anzeigen. Ich entscheide mich für die erste – reines Bauchgefühl. Ich muss schmunzeln, wenn ich an dieses Wort denke.

Die erste Wohnung in diesem Katalog liegt nicht weit von hier, ist teilweise möbliert und im viktorianischen Stil gehalten. Sie gefällt mir, auch wenn der Preis recht hoch ist.

Als mein Handy klingelt, reißt es mich vom Bildschirm weg, auf dem gerade das Foto des schmalen Badezimmers auftaucht. Naomi. Scheiße, Samstag! „Hi, wie geht es dir?"

„Gut, danke. Ich wollte dich nur wegen Samstag fragen, wann du vorbeikommst. Ich dachte mir, wir trinken zuerst bei mir etwas und gehen dann gemeinsam zu der Party."

Ich komme mir gemein vor, doch ich muss sie anlügen. Denn in dem Stadium der – sagen wir mal – Bekanntschaft, in der sich William und ich befinden, kann ich es mir nicht leisten, Londons größter Tratschtante davon zu erzählen. Sicher ist sie meine Freundin, und ja, ich würde für sie durchs Feuer laufen ... aber William. Ich kann nur hoffen, dass sie mich, falls sie es eines Tages rauskriegt, nicht zerfleischt.

„Ach ja, Samstag. Naomi, es tut mir leid, aber ich habe ganz vergessen, dass Frank und Lisa mich bereits gebeten haben, auf Susi aufzupassen. Sie wollen ins Theater gehen“, füge ich schnell noch hinzu, um wenigstens einen Funken Wahrheit reinzupacken.

Naomi schnaubt enttäuscht. „Du bist mir ein Rätsel. Wie schaffst du es, deine eigenen Termine nie auf die Reihe zu kriegen, während du im Büro die Verlässlichkeit in Person bist?“

Ich gehe nicht weiter darauf ein. „Es tut mir leid. Gehst du trotzdem?“

Jetzt fängt es also an – ich verwandle mich in eine böse, listige, betrügerische Schlampe. Und das alles nur wegen dieses Mannes, der mich sicher ohne schlechtes Gewissen versetzen würde. „Glaub schon. Dann aber nächste Woche. Du musst raus und nicht babysitten, hast du mich verstanden?“

„Ja“, knurre ich. „Ich bin nicht bescheuert.“

„Manchmal denke ich das aber.“

„Danke ebenfalls.“

Wir lachen und ich lasse mich zurückfallen. Für eine Sekunde erwäge ich, Naomi um Rat zu fragen. Doch alleine das Wissen, dass sie nicht die Klappe halten kann, lässt mich schweigen. William würde mich erdolchen.

„Na gut, lass dir Frankie für ein paar volle Windeln entgehen. Bis Montag, dumme Ziege.“

Nein, denke ich grinsend, ich lasse mir Frankie nicht für Windeln, sondern für unseren Boss entgehen. „Bis Montag. Viel Spaß, Dumpfbacke.“

Naomi legt auf und ich widme mich weiter der Wohnungssuche. Ich entdecke sogar richtige Schnäppchen, wobei ich mir nie den Gedanken an etwas Schlimmes verkneifen kann. Eine Leiche im Keller, Schimmel, laute, barbarische Nachbarn ... irgendetwas musste doch sein! Bei meinem Umzug nach London hat mir mein Vater geholfen, eine Wohnung zu finden. Und er hat Ahnung davon, was ich von mir nicht behaupten kann.

Müde und nicht klüger als zuvor schließe ich die unzähligen Seiten, die ich geöffnet habe, da überkommt mich eine Idee. Vielmehr schalten sich meine Fühler ein. William – ich weiß so wenig über ihn. Von ihm selbst scheine ich allmählich mehr zu erfahren, aber im Internet existieren bestimmt unzählige Berichte und Fotos von ihm. Lediglich meinem jugendlichen Leichtsinn ist es zu verdanken, dass ich seinen Namen google.

Total unreif und hysterisch atme ich durch, ehe ich die Augen wieder öffne und die Ergebnisse betrachte. Das erste Fenster zeigt einen Artikel in einer Klatschzeitung, der über eine angebliche Affäre berichtet. Die Frau heißt Olivia Freight und ist die Tochter irgendeines reichen Vaters. Ich kenne sie nicht, doch bereits aufgrund ihres Aussehens kann ich sie in eine Schublade stecken – blond, ich bin mir nicht sicher, ob natürlich, silikonhältig, breit grinsend und schlank. Sie stehen vor einem Gebäude und er hat einen Arm um sie geschlungen. Und er sieht wirklich gut aus. Mit jeder Sekunde, in der ich ihn betrachte, werde ich süchtiger. Teils auch eifersüchtig, wobei ich mir vornehme, nicht zu übertreiben – immerhin kenne ich seinen früheren Lebenswandel und da gab es nun mal viele Frauen. Vielleicht bin ich einfach nur die Nächste in der Reihe, denke ich schon fast zu realistisch und erschütternd für mich selbst.

Ein weiterer Artikel verkündet die Übergabe der Bennet Group an William. Ich überfliege ihn, entdecke aber keine nennenswerten Details. Die folgenden Artikel beziehen sich auch auf Frauengeschichten, wobei sich sein Geschmack nicht verändert. Es wird von Yachtpartys, Preisverleihungen und Clubbesuchen gesprochen, bei denen er mit Geld nur so um sich geworfen hat. Immer wieder entdecke ich Frauen neben ihm und ich frage mich, welche von ihnen bezahlt worden ist und welche freiwillig bei ihm war. Doch obwohl ich sein Verhalten unehrenhaft, fast schon anzüglich finde, erzwingen seine Haltung und sein Aussehen einen Meinungsumschwung. Er wirkt so seriös und standhaft, dass ich es einfach nicht schaffe, schlecht über ihn zu denken.

Er sagte, er könne nicht freundlich und liebevoll sein. Doch ich glaube ihm nicht. Irgendwann, wenn die Richtige kommt, würde er es können. Doch es ist ausgeschlossen, dass ich diejenige bin, auch wenn ich nicht in die Reihe dieser Barbies passe.

Ihn reizt vermutlich nur etwas Neues. Sein Leben ist lange Zeit geradlinig verlaufen. Anfangs war er sicher noch Feuer und Flamme für diese Art von Frauen, doch ich vermute, dass er sich mittlerweile einfach nur langweilt und bestrebt ist, zur Abwechslung Aschenputtel in eine Prinzessin zu verwandeln.

Minutenlang starre ich auf das Bild, sehe in seine Augen, als läge dort die Lösung. „Wer bist du?“, frage ich ihn.

Wie bei der Mona Lisa, die, je nach Blickwinkel, lacht oder nachdenklich dreinschaut, verändert sich auch Williams Gesicht immer wieder. Ich will ihn. Alleine dieses Brennen zwischen meinen Beinen, die schwitzigen Hände und der rasende Puls sind Beweis genug. Doch, ich will ihn wirklich! Ich will ihn sehen, will mich davon überzeugen, dass er nicht der Mann ist, den er auf diesem Bild darstellt – der reiche, verwöhnte, mächtige Mann, der alles in der Hand hat, dem die ganze Welt zu Füßen liegt. Jeder hat seine Geschichte, warum er zu dem geworden ist, der er ist. Und das Theater morgen wird mir vermutlich auf die Sprünge helfen. Ich werde seine Schwester kennenlernen und vielleicht finde ich ja Gelegenheit, sie über ihren Bruder auszuquetschen.

Samstagvormittag beschließe ich, einkaufen zu gehen. Erstens, um Lisa nicht über den Weg zu laufen, und zweitens, um mir ein Kleid für den Theaterbesuch zu kaufen. Und da ich mir länger nichts mehr gegönnt habe, ich lebte wirklich in einem öden Trott dahin, verfalle ich voll und ganz dem Kaufrausch. Ich jage von einem Laden zum anderen und probiere alles an, was Ähnlichkeit mit einem Kleid aufweist. Letztendlich entscheide ich mich für ein schwarzes Cocktailkleid. Es ist nicht meine erste Wahl. Um ehrlich zu sein, probiere ich es nur an, weil ich wissen möchte, wie ich mich darin finde. Es reicht mir zwar bis zu den Knien, auch der Ausschnitt ist nicht spektakulär, viel besser finde ich die Rückseite, an der sich dieser befindet. Und selbstverständlich gefällt es mir, als ich mich im Spiegel anschaue und eine Drehung vollführe. Als Krönung des Ganzen kaufe ich noch ein Paar schwarze Schuhe und eine schwarze Strumpfhose sowie ein dünnes Jäckchen. Immerhin gehen wir ins Theater, der Rückenausschnitt ist dafür ideal.

Zu Hause angekommen, schlüpfe ich noch einmal in das Kleid und bin ich mir nun absolut sicher – heute ist mein Abend. Heute werde ich ihn bekommen, selbst wenn ich den ersten Schritt setzen muss. Ich will, dass William mir dieses Kleid vom Leib reißt. Immerhin ist er schuld, dass ich den Abend ohne BH verbringen werde – zum ersten Mal in meinem Leben, also seitdem ich Brüste habe. Dennoch fühle ich mich nicht nackt, sondern in kribbelnde Vorfreude gekleidet.

Als ich pünktlich um halb sieben aus dem Haus gehe, spüre ich Lisas böse Blicke auf dem nicht vorhandenen Rückenteil meines Kleides. Sie ist stinksauer – soll sie doch, denke ich und setze mein bestes Grinsen auf, als William aussteigt und mich begrüßt.

„Rose ...", seine Augen wandern über meinen Körper. Wieder überkommt mich dieses Brennen, das sich jedes Mal zwischen uns legt, wenn wir uns begegnen. Doch auch er sieht unverschämt gut aus. Er trägt ein hellblau gestreiftes Hemd, ausnahmsweise keine Krawatte, dabei fällt mir ein, dass ich ihn noch nie ohne gesehen habe, ein graues Jackett und eine farblich darauf abgestimmte Hose. Sein Haar ist nicht so streng nach hinten gekämmt wie am Donnerstag, was mir eine ganze Menge an Beherrschung abverlangt, um meine Finger bei mir zu behalten.

„Hast du Hunger?", fragt er mich, während er den Motor anlässt und sich aus der Parklücke zwängt.

„Aber das Theater?"

„Ich dachte auch an etwas Schnelles wie einen Burger", meint er grinsend.

„Einen Burger?“ Ich vergewissere mich, dass ich mich nicht verhört habe.

„Du hast mich doch am Donnerstag gefragt, ob ich auch normal essen gehe. Und heute habe ich Lust auf einen fetten, ungesunden Burger.“

Ich schüttle den Kopf und versuche William Bennet, den Inbegriff von Stolz und Luxus, mit diesem fast schon verspielten Mann in Einklang zu bringen. Was mir nur schwer gelingt, solange wir hier in diesem Luxusschlitten sitzen und er sein gewohnt lässiges Grinsen aufgesetzt hat. „Okay, dann eben Burger und Pommes. Sehr charmant, Mr. Bennet.“

„Danke, danke“, meint er mit zusammengekniffenen Augen, was mich abermals zum Kichern bringt.

Zwanzig Minuten später sitzen wir bei McDonald´s und verdrücken beide einen Burger und Pommes. Wir wirken nicht einmal overdressed, da die meisten vor ihrem Partymarathon noch schnell etwas essen möchten. Die Bude ist rappelvoll und wir sitzen auf zwei Barhockern an einem schmalen Tischchen zusammengepfercht.

„Was?“, sagt William und sieht mich belustigt an.

„Nichts. Ich habe mir nur gerade gedacht, dass dies vermutlich das unromantischste Date, ich weiß, dass es keines ist, in meinem ganzen Leben ist.“

„Da es aber kein Date ist, musst du dir dein Köpfchen darüber nicht weiter zerbrechen“, erinnert er mich und nimmt einen weiteren Bissen.

Da sich die Stimmung plötzlich von ausgelassen zu einer fast ernsten gewandelt hat, halte ich besser meinen Mund, esse und beobachte die Leute rings um uns, von denen die meisten Damen und Mädchen – oder dazwischen – immer wieder zu William starren. Ich weiß, wie er wirkt, selbst mich hat es ja schließlich erwischt, trotzdem bohrt etwas in mir, was mich irgendwie an Eifersucht erinnert. Totaler Blödsinn, denke ich und werfe der Blondine neben uns einen bösen Blick zu. Sie hebt die Augenbrauen und sieht weg.

„Wie lange spielt deine Schwester schon Theater?“, schicke ich mich an, die Stille zu durchbrechen.

William blickt auf, doch noch immer wirkt er ernst. Ich schlucke und ziehe instinktiv die Schultern hoch. „Seit ihrer Kindheit. Sie hat mich, als wir noch klein waren, immer gezwungen, ihre Stücke anzusehen. Meine Mutter fand das toll und verschaffte ihr einen Platz an der Guildhall School of Music and Drama, die sie mit Bravour abgeschlossen hat. Dann kam sie zum Theater und seitdem spielt und lebt sie hier fix.“

„Sie ist jünger als du“, stelle ich fest, da er von ihr so spricht wie ich von meinem Bruder Luke.

„Ja, fünf Jahre trennen uns. Der Versuch meiner Mutter, unseren Vater nach Hause zu holen.“ Er wirkt plötzlich erstaunt, als habe er nicht beabsichtigt, so etwas zu offenbaren. Ich möchte ihn am liebsten berühren, doch seine Haltung verbietet es mir und ich nehme stattdessen einen Schluck Cola.

„Es werden später noch ein paar Freunde von mir dort sein. George bildete sich ein, unbedingt mitkommen zu müssen“, erklärt er mir dann etwas freundlicher.

Ich notiere mir im Geiste, ihn nicht so bald wieder nach seiner Familie zu fragen, da ich merke, dass dort etwas gehörig am Brodeln ist, über das er nicht mit mir reden möchte. „Okay“, antworte ich und versuche die Sache zu vergessen, die Frank mir über diesen George, wenn es denn derselbe ist, erzählt hat. Doch da war doch etwas mit diesen Partys, die George und William organisiert haben. „Ist das der George, der mit dir und Frank zur Schule gegangen ist?“

„Ja, das ist der George“, erwidert er halbherzig, als ahnte er, welche Richtung meine Gedanken nehmen. „Ich vertraue ihm, er ist mein bester Freund, wenn es so etwas gibt, und deswegen habe ich auch kein Problem, wenn die Leute anders über ihn denken.“

Oh Gott, was mache ich nur? Wo ist die lustige, flirtende Rose geblieben? Ich fahre das Ding gerade an die Wand und finde die Handbremse nicht. „Ich sagte doch gar nichts gegen ihn.“

„Aber Frank, und mir ist klar, dass er dir ‚Geschichten‘ erzählt hat. Die du selbstverständlich glaubst, weil du alles Böse über mich glaubst.“

Mir ist der Appetit vergangen und ich schiebe die Reste meines Burgers weg. Seine Familie, mit Ausnahme seiner Schwester, scheint ihn weniger zu kümmern als dieser George. „Dann halte ich ab jetzt meinen Mund“, schnaube ich.

Er sieht mich mit wütenden Augen an. „Wir sollten fahren, sonst kommen wir noch zu spät.“

Ja, kehren wir die Scherben doch einfach unter den Teppich, denke ich angepisst und folge ihm aus dem Imbiss. Er läuft vor mir her und am liebsten würde ich heulen. Erst im Auto vergewissert er sich, ob ich noch da bin, und fährt dann los in Richtung Hampstead Theatre.

Während der Fahrt reden wir kein Wort. Also wenn das unser erstes Date ist, dann prost Mahlzeit! Es ist doch kein Date, spotte ich und werfe ihm einen bösen Blick zu. Wenn er kein Date will, warum schleppt er mich dann mit, anstatt gleich zu ihm nach Hause zu fahren und die Sache endlich anzugehen? Vielleicht sind wir beide auch aus diesem Grund so explosiv.

Nachdem er das Auto im Parkhaus abgestellt hat und wir die Treppe zurück zum Eingang des Hampstead Theatres laufen, läutet sein Handy. „Wir sind beim Haupteingang", fängt er gleich zu reden an und legt wieder auf.

Vom anderen Ende des Platzes nähert sich ein Pärchen, das auf uns zusteuert. Er – ein großer, blonder Mann, in Williams Alter, sie – eine rassige Schönheit in einem blauen Cocktailkleid steckend. Ich straffe die Schultern, versuche, die Spannung zwischen mir und William nicht auf die beiden zu übertragen und lächle selbstsicher – ganz im Gegensatz zu dem, wie es wirklich in mir aussieht.

Ich bin voreingenommen gegenüber George und schon seine Haltung lässt vermuten, dass er kein Blatt vor den Mund nimmt und genau weiß, wie er mit kleinen Mädchen wie mir umzugehen hat. Ich frage mich, was William ihm erzählt hat. Als was hat er mich vorgestellt? Als seine Angestellte, die er in seiner Freizeit vögelt – obwohl wir das doch noch gar nicht tun. Oder ist das Teil eines dieser perfiden Spielchen, die sie treiben – laut Frank.

„Will, wir dachten schon, ihr kommt nicht", begrüßt George William und klopft ihm auf die Schulter, ehe sie sich zu mir drehen.

„George, das ist Rose", sagt William und nur mir fällt der ärgerliche Unterton in seiner Stimme auf.

George zögert und mustert mich einen Augenblick auf die Art, die ich so fürchte. Er prüft, ob ich gut genug für William bin, ob ich in sein Leben passe, und ich weiß nicht, wie sein Urteil lautet, als er mir die Hand entgegenstreckt, denn auch er ist ein Meister in Sachen Tarnung. „Freut mich, Sie kennenzulernen, Rose. Sie haben wirklich einen spendablen Boss, das muss man Ihnen lassen."

Na gut, jetzt hat er eindeutig seinen Standpunkt in der Sache dargelegt. Er hält mich für eine Kriecherin, die sich mit dem neuen Chef „anfreunden" will.

Ich werde dir zeigen, wer hier spendabel ist, Mistkerl!

Ich mag ihn nicht. Er ist so, wie ich ihn mir vorgestellt habe – aufgeblasen, selbstsicher, arrogant und vor allem machtgeil, was er an seiner Freundin auslässt. Ich weiß nicht einmal, ob es wirklich seine Freundin ist oder sie nur zu der Sorte gehört, die Geld für ihre Begleitung nimmt. Jedenfalls ist sie mir sympathisch, auch wenn ich es töricht finde, was sie sich alles gefallen lässt.

„Will, Rose, das ist Ivy", stellt er sie uns vor und legt einen Arm um sie. Na, wenigstens das tut er! Was ich von dem Mann an meiner Seite nicht sagen kann, denn der sieht mich immer noch an, als hätte ich ihn ermorden wollen.

William und George marschieren voran, während Ivy neben mir hergeht. Sie trägt ein gutes Parfüm, und ihre Haltung ist erhaben und sicher. Was man von mir nicht behaupten kann. Plötzlich überfällt mich Panik. Ich weiß, dass ich gleich meine Jacke abgeben muss und dann wird William mein Rückendekolleté bemerken. Ich werde aussehen wie eine Hure, während Ivy hübsch und respektabel ist.

„Ich hänge deine Jacke auf“, William streckt mir die Hand entgegen.

Panik steigt in mir auf. Ich blicke zu den Frauen in unserer Umgebung, von denen keine ein Partymäuschen-Kleid wie ich trägt. „Ich lasse sie noch an, mir ist kalt“, lüge ich, auch wenn mir bewusst ist, wie meine Wangen glühen.

William zieht eine Augenbraue hoch und atmet laut aus. „Ich will dich wirklich nicht ärgern“, versichere ich ihm und mache ein süßes Gesicht.

„Ach ja, warum fühlt es sich für mich ganz anders an?“, sagt er und verdreht dabei die Augen.

„Weil du das hier“, ich mache eine ausladende Bewegung, „mit der Arbeit vergleichst. Ich bin aber hier, um Spaß zu haben und nicht, um mich mit dir zu streiten.“

„Na gut“, er gibt sich etwas milder und ringt sich ein Lächeln ab.

Wir folgen dem Strom und gelangen in den Saal, der mich aufgrund seiner Größe und Aufteilung fast erschlägt. Ich bin schon öfter im Theater gewesen. In kleinen Randvorstellungen, zu denen mich Lisa mitgeschleift hat. So mies die Stücke auch sein mögen, hier würden sie brillant wirken.

„Das ist ja ein richtiges Theater“, flüstere ich William zu, als wir Platz genommen haben. In der ersten Reihe, versteht sich.

Er lächelt mich an und streicht dabei über meine Wange. Ein wahres Feuerwerk explodiert in mir und ich halte mich zurück, um ihm nicht um den Hals zu fallen.

Wenige Minuten später beginnt die Vorstellung und was ich bis zu diesem Zeitpunkt der Broschüre entnehmen kann, ist, dass es sich um ein modernes, extravagantes Stück handelt. Ich entdecke den Namen von Williams Schwester auf der Besetzungsliste – Gaby Bennet, sie spielt eine der Hauptrollen. Es geht um eine Frau, die mit fünf Pfund nach London kommt und sich von unten nach oben arbeitet. Sie gerät in die falschen Kreise, glaubt Freunde zu haben, die keine sind, bevor sie ihren absoluten Tiefpunkt erreicht – sie tötet ihre Rivalin. Am Ende landet sie tot in der Themse und der Mann, der sie zu solch üblen Taten veranlasst hat, beginnt ein neues Leben.

Eigentlich eine Geschichte, wie sie schon zigmal gespielt wurde, doch die verschiedenen, ineinander verwobenen Schicksale und Charaktere bergen Spannung und auch Humor. Ein dramatischer Krimi in Theaterform. Gaby spielt die Rivalin der Hauptfigur – und sie ist der Hammer. Als sie ermordet wird, raubt es mir den Atem. Ich spüre, wie sich meine Finger in die Armlehnen krallen und ich versucht bin, mir die Tasche vor die Augen zu halten. Wie ich es zu Hause mache, wenn ich etwas Schreckliches im Fernsehen sehe. Als könnte mich ein Kissen vor dem Grauen schützen.

Am Ende springen die Theaterbesucher auf und klatschen, pfeifen und jubeln. Ich erkenne die Freude in Gabys Augen, als sie sich verbeugt. Das ist ihr Leben. Es ist spürbar. Ich versuche, Unterschiede und Gemeinsamkeiten zwischen William und ihr zu entdecken. Sie hat hellere Haare, die Augen scheinen dieselbe Farbe zu haben. Auch sie ist schlank, aber durchtrainiert, nicht abgemagert. Die Gesichtszüge sind eindeutig ident. Ich vermute, dass die beiden größere Ähnlichkeit mit ihrer Mutter als mit Charles aufweisen.

Als sich die Schauspieler nach und nach verabschieden, winkt Gaby in unsere Richtung, was mich ebenfalls veranlasst, William anzusehen. Ich erkenne tiefen Stolz in seinen Augen, als er seiner Schwester auf eine Art zulächelt, die vermutlich nur Menschen gebührt, die er liebt.

Wir verlassen unsere Plätze und warten unten bei der Garderobe. George und Ivy gesellen sich Arm in Arm zu uns und Ivy scheint gerade über etwas Lustiges gelacht zu haben, da sie Tränen in den Augen hat und sich kaum beherrschen kann.

„Deine Schwester hat es wirklich drauf", verkündet George gewohnt desinteressiert. „Und du erlaubst mir nicht, sie zum Essen einzuladen."

William sieht George böse an und winkt dann ab. „Wir warten noch auf Gaby, wenn ihr Zeit habt."

„Für Gaby würde ich die ganze Nacht warten."

Okay, Ivy ist definitiv nicht Georges Freundin. Wäre sie es nämlich, würde sie jetzt nicht so dämlich grinsen. Ich an ihrer Stelle würde ihn töten.

„Möchtest du etwas trinken?", fragt mich William, als wäre es seine Aufgabe, mir zu Diensten zu sein.

Während ich verzweifelt nach dem Strahlen suche, das er eben noch Gaby geschenkt hat, schießt mir durch den Kopf, ob er die Sache nicht ganz anders geplant hatte. Möglicherweise wollte er mit mir nur essen gehen, dann zu ihm, wo wir reden, bis wir übereinander herfallen. Kein George, der wie ein kleines Kind neben uns steht, keine Gaby, auch wenn er sie sehr zu lieben scheint. Es ist für ihn vielleicht einfach zu familiär, zu intim, um als bloßes und vor allem als erstes Date durchzugehen.

„Nein danke."

„Wie hat es dir gefallen?"

„Sehr gut. Ich habe mich wirklich richtig reingesteigert. Deine Schwester hat echt Talent."

Er grinst verschlagen. „Ich dachte schon, du würdest die Armlehne absägen, so sehr hast du dich festgeklammert."

„Das war doch nicht ich", gebe ich ebenfalls grinsend zurück.

Kurze Zeit später taucht Gaby auf. Sie trägt Jeans und ein enges, hellgelbes Top, welches perfekt zu ihren Haaren passt. Übermütig wirft sie sich William um den Hals. „Es freut mich so, dass du gekommen bist. Wie hat es dir gefallen? Ehrliches Urteil!"

„Du warst sexy, aufreizend, wundervoll. Darf ich dich zum Essen einladen", drängt sich George dazwischen und hat die arme Ivy längst vergessen.

Ich hasse ihn.

Gaby sieht ihn abweisend an, sie kennt ihn besser als ich und weiß, wie man mit ihm umgeht. „Hi George, was ist eigentlich in dich gefahren? Seit wann gehst du ins Theater? Ich dachte immer, so etwas wäre nicht dein Stil."

Ich mag sie.

George wirkt zerknirscht und tritt einen Schritt zurück. „Es war wirklich brillant", lässt William verlauten.

„Schade, dass Mama und Papa nicht hier sind."

William nickt zwar, doch ich sehe, wie sich sein Nacken verspannt und sich dieser verbissene Ausdruck über sein

Gesicht breitet. „Kommst du mit? Wir gehen noch was trinken."

Dann sieht sie mich und ihre Augen weiten sich. „Hallo, ich bin Gaby", sagt sie und wieder erscheint dieses warme Lachen auf ihrem Gesicht.

„Rose. Es war ein wirklich tolles Stück", erwidere ich schnell, wohl wissend, wie miserabel ich in Sachen Smalltalk bin.

„Dann sollte ich besser fragen, ob ihr etwas trinken mitkommt." Gaby sieht ihren Bruder mit einer Mischung aus Spannung und Freude an.

„Willst du noch?", fragt er mich. Oder was? Fahren wir sonst zu dir, bringen wir die Sache endlich hinter uns, damit ich aufhöre, bei jedem Wort von dir feucht zu werden?

Ich will mehr über ihn erfahren und Gaby scheint der Schlüssel dazu zu sein. „Gerne."

10. Kapitel

Wir sind in einem angesagten Club ganz in der Nähe gelandet. Gaby hat noch ein paar Kollegen eingeladen. Unter anderem den Tod, der sich die weiße Farbe aus dem Gesicht gewischt hat und nun sehr ansehnlich wirkt. Ich habe die Vermutung, dass zwischen Gaby und ihm etwas läuft, da sie die ganze Zeit Blickkontakt suchen. Der Club ist gut besucht, doch William und George haben uns in die VIP-Lounge gebracht. Deshalb stehen wir nicht bei den Normalsterblichen in der schwülen Hitze, sondern sitzen weich gepolstert in einer Nische, die mit einer großen Ledercouch ausgestattet ist.

William hat meinen Rückenausschnitt bereits registriert und funkelt mich böse an. Doch noch etwas hat sich in seinen Blick gemengt – Begierde. Ich bezweifle jedoch, dass das heute etwas mit dem Sex wird. Schon deshalb, weil er nicht neben mir sitzt und sich stattdessen mit Ivy und George unterhält.

Na ja, dann verbringe ich eben einen schönen Abend ohne Sex.

„Wie habt ihr beide euch kennengelernt?“, fragt mich Gaby, die zu mir gerutscht ist und wegen der lauten Musik brüllt.

„Ich arbeite für ihn. Na ja, zuerst für euren Vater und jetzt für ihn.“

Sie zieht eine Augenbraue hoch und mustert mich. „In welchem Bereich?“

„Ich bin seine Sekretärin.“

Wir lächeln beide, da uns bewusst ist, dass ich gerade tausend Klischees auf einmal erfülle. Gaby nimmt einen Schluck ihres Cocktails und deutet zu ihrem Bruder. „Und? Ist es etwas Ernstes?“

Die Direktheit hat sie auf jeden Fall von ihm. „Ich weiß es nicht. Wir kennen uns erst eine Woche und William ist nicht gerade kooperativ.“

„Inwiefern?“

„Na ja, es war seine Idee, mich heute mitzunehmen. Am Anfang hatten wir noch Spaß und jetzt scheine ich überflüssig zu sein.“ Ich kann meine Enttäuschung nicht verbergen.

Gaby merkt es und lächelt. „So ist er. Ich weiß, er kann manchmal ein richtiges Arschloch sein. Man muss lernen, damit umzugehen. Er ist es gewohnt, dass alle nach seiner Pfeife tanzen, sagt man mal etwas Falsches oder seine Meinung, bringt ihn das oft zur Weißglut. Keine Sorge, ich wuchs damit auf und auch aus mir wurde etwas. Man darf ihm nur nicht allzu viel durchgehen lassen. Doch überflüssig bist du auf keinen Fall.“

Ben, so heißt der Tod, schlingt einen Arm um Gaby und küsst sie stürmisch. Ich weiß nicht, wo ich hinsehen soll, und nehme einen kräftigen Schluck aus meinem Glas.

„Rose, dieser Verrückte ist Ben. Ben, das ist Rose. Sie ist mit Will hier.“ Als würde das etwas bedeuten!

„Freut mich, Rose. Darf ich dir meinen Freund Hanko vorstellen?“ Eine weitere Hand, die hundertste an diesem Abend, wird in meine Richtung gestreckt. Hanko ist ganz nett, abgesehen davon, dass er mich quer über Gaby und Ben zu sich zieht, um mir jeweils links und rechts einen Kuss zu geben. „Rose, ein schöner Name für eine schöne Frau“, verkündet er mit ausländischem Akzent. Ich tippe auf Russland, bin mir aber nicht sicher.

„Was trinkst du, Rose?“

Mein Blick schweift zu William, der mich fixiert. Jetzt steckt er sein Revier also plötzlich wieder ab. Soll er doch zum Teufel fahren! „Ich nehme einen Cosmo, bitte.“

Hanko entfernt sich, um mein Getränk zu besorgen. William, der die Augen eines Löwen hat, kommt zu uns, scheucht Gaby und Ben weg und sitzt in Windeseile neben mir. Ich versuche, cool zu wirken, auch wenn meine Hände zu schwitzen beginnen. Als er dann auch noch einen Arm um mich legt und ganz sanft über den Ausschnitt an meinem Rücken streicht, glaube ich, unter den Tisch zu fallen.

„Wie läuft´s in der Firma?“, will Ben von William wissen und erntet einen bösen Blick, der eindeutig daher rührt, dass Ben seine Hand auf Gabys Bein gelegt hat. Dann geht es also nicht nur mir so.

„Ganz gut“, die Ruhe in seiner Stimme verrät, dass er innerlich kocht, auch Gaby beugt sich nun vor, tut so, als würde sie trinken und schiebt Bens Hand zur Seite. „Eine Woche ist noch nicht wirklich lang, um Schlüsse zu ziehen. Und Ben, du spielst nur Theater, oder wie verdienst du dein Geld?“

Oh mein Gott, sollte dieser Mann jemals Kinder haben, tun mir deren Freunde bereits jetzt leid. Für mich klingt das eher nach einem Bewerbungsgespräch als nach einem netten

Plausch. „Nein, ich spiele nur Theater. Und da es gut läuft, kann ich mir das erlauben."

William scheint sich mit der Antwort zufriedenzugeben. Und da er sich entspannt, merke auch ich, wie sich der Knoten in meiner Brust löst. Bis zu dem Zeitpunkt, da Hanko mit meinem Cosmo kommt und verdutzt dreinschaut, als er William neben mir entdeckt. Ich lege den Kopf schief und hoffe, er versteht dies als eindeutige Entschuldigung. Tut er dann auch wirklich und entweder kennt er William bereits oder er ist klug genug, sich nicht mit ihm anzulegen. Ich sehe zu, wie mein Cosmo entschwindet, während William ganz leicht über meinen Oberarm streicht.

„Hast du etwas zu trinken?", raunt er dicht an meinem Ohr und ich bin mir der Anspielung mehr als bewusst. Zum ersten Mal danke ich der lauten Musik, die ihn so nahe an mich heranbringt.

„Danke, ja."

„Rose, es tut mir leid, wenn ich vorher etwas ... na ja, ruppig war. George ist mir wichtig und ich weiß am besten, wie es ist, wenn dich die ganze Welt nur auf das Negative reduziert. Egal, was du tust, es wird alles verdreht. Ich will nicht, dass du so über ihn denkst. Er ist ein netter, gesitteter Kerl, auch wenn es im ersten Moment anders wirkt."

Die Erleichterung schießt durch meine Venen und ich lächle William an. „Das war wirklich nicht meine Absicht. Du hättest es mir nur vorher sagen sollen."

„Ich weiß."

So handzahm habe ich ihn noch nie erlebt, deshalb werde ich mutig und schmiege mich enger an ihn. Für einen Moment vergesse ich die Leute um uns, unser Leben, das außerhalb dieses Raumes auf uns wartet, und stelle mir vor, wie es wäre, ganz ihm zu gehören. Teil seiner Welt zu sein. Ich würde mich mit Gaby blendend verstehen. Wir scheinen auf einer Wellenlänge zu liegen, zumindest haben wir bis jetzt immer ein passendes Thema gefunden.

„Rose, kommst du mit tanzen?“, schreit Gaby quer über den Tisch.

Ich schüttle den Kopf. „Lieber nicht. Ich bin keine Tanzmaus.“

Sie verschwindet in der Menge.

„Und in solche Clubs gehst du des Öfteren?“

„Selten. Für mich ist dieses Gehopse und dieses Geschrei nichts. Und du, Rose?“

„Ebenso. Früher war ich noch öfter unterwegs, aber seit Lisa häuslich geworden ist, bin ich es vermutlich auch.“

„Wo hast du Taylor, so heißt er doch, kennengelernt?“

Hoppla ... was ist das denn für ein Themenwechsel? „Nicht hier jedenfalls.“

Er grinst wieder, wie er es immer tut, wenn er merkt, dass ich abblocke. „Wo dann?“

„Müssen wir über Taylor reden?“, brumme ich.

„Hast du die Wohnung gekündigt?“

„Noch nicht.“

„Warum? Du willst doch nicht zu ihm zurück?“ Die Verachtung in seiner Stimme lässt mich erstarren. Wie schafft er es, ein einfaches, belangloses Gespräch jedes Mal in ein Fiasko zu verwandeln?

„William, ich muss mich erst nach einer neuen Wohnung umsehen. Ich muss schließlich meine Sachen unterbringen. Vorher ist zu klären, wie wir die Möbel aufteilen.“

Er kneift die Augen zusammen und schüttelt den Kopf. „Wenn du Hilfe brauchst, sagst du es mir doch?“

Ich lächle. Warum macht er sich Sorgen? Ich bin alt genug und Taylor wird mich doch nicht gefangen setzen, knebeln und verhungern lassen. „Ja, ich werde es dir sagen, wenn ich Hilfe brauche.“

„Da du schon am Stoff sparen musst, solltest du dich bald melden.“

Mir ist bewusst, dass er auf mein Kleid hinweist, welches ihm anscheinend überhaupt nicht zusagt. „Mir gefällt es.“

„Mir auch, nur weißt du, was ich gar nicht mag, ist, dass jeder Typ hier genauso viel von dir gesehen hat wie ich bis jetzt.“ William rutscht noch näher an mich heran und ich spüre seinen Atem auf meinem Gesicht. „Und da du keinen BH trägst, habe ich heute zu viel gesehen, als dass es mich kalt ließe.“ Wie auf Kommando werden mein Nippel hart, was William zuerst mit einem ironischen Grinsen kommentiert, ehe ihm klar zu werden scheint, wo wir sind, und das Grinsen verschwindet. „Rose, du treibst mich in den Wahnsinn. Wenn es Mylady recht ist, würde ich gerne fahren.“

Wir beide wissen genau, wohin, was mich die Beine auseinanderrücken und wieder zusammenpressen lässt. „Mylord“, erwidere ich und greife nach meiner Tasche.

Während ich mein Kleid glätte und versuche, mir nichts von der Erregung anmerken zu lassen, steht William auf und nickt George zu, der zu uns kommt. „Wir fahren. Soll ich euch mitnehmen?“

George verneint. „Ich nehme ein Taxi, geht klar.“ Denn Rest verstehe ich nicht, da er sich zu William beugt und ihm etwas ins Ohr flüstert. Doch was es auch sein mag, es bringt beide zum Lachen. Ich will mich nicht in dieses Gespräch einmischen. Sie sind Freunde, beste Freunde, sie können über alles Mögliche sprechen. Ich und Naomi tun das doch auch. Danach holt William unsere Jacken, die wir an der Garderobe abgegeben haben, und ich folge ihm nach draußen. Die kalte Luft erschlägt mich fast und kriecht durch den dünnen Stoff meines Kleides. Gott sei Dank haben wir das Auto in der Nähe geparkt, dies erspart mir ein allzu langes Zittern.

„Was hat George denn so Lustiges zu dir gesagt?", will ich wissen, als wir über die Straße laufen und William einen Arm um mich legt.

Er sieht von oben auf mich herab und auch wenn er ernst wirken will, so verrät ihn sein Grinsen. „Männersache."

„War es etwas über mich?", bohre ich weiter und verlangsame meine Schritte.

„Nein, Rose. Er hat mir nur gesagt, dass ihm Ivy auf der Damentoilette einen geblasen hat, wenn du es unbedingt wissen willst."

Ich sehe verdutzt drein und beschleunige wieder auf unser altes Tempo. Endlich entdecke ich den Wagen, der ja nicht so schwer von anderen zu unterscheiden ist. Ich bereite mich auf die Kälte der Ledersitze vor, doch als mein Hintern die Wärme spürt, danke ich dem Mann oder der Frau, die die Standheizung erfunden haben.

„Was ist Ivy? Ist sie eine der Huren?", frage ich und lehne den Kaugummi ab, den er mir anbietet.

„Nein, sie kennen sich schon länger und unternehmen öfter etwas zusammen. Sie scheint ihn zu lieben."

„Und das ist ein Problem?"

Er lacht bitter. „Für sie auf alle Fälle. George wird sie abservieren. Er scheint es noch nicht zu merken und etwas abgelenkt zu sein."

„So einfach ist das also? Du triffst dich mit einer Frau, ihr beschließt, nur zu vögeln, und kommen Gefühle ins Spiel oder sie langweilt dich, dann ist die Sache vom Tisch?"

„George, es ist Georges Sache", widerspricht er und fährt los.

Ich habe keine Ahnung, wo und wie er wohnt. Doch als wir immer weiter in Richtung Innenstadt gelangen, bekomme ich eine genauere Vorstellung. Ich tippe auf Mayfair, was zu ihm passen würde – eine geradlinige, solide Fassade, im Inneren ganz anders eingerichtet und jeder Raum bietet eine Überraschung.

Und tatsächlich halten wir kurze Zeit später im luxuriösen Mayfair vor einem dunkelgrauen Backsteinhaus mit weißen Fenstern. Der Eingang, der von zwei weißen Säulen und einem schwarzen Dach geschützt wird, ist beleuchtet und das rote Lämpchen der Überwachungskamera blinkt. Umrandet wird das Haus von einem schmiedeeisernen Zaun, der unerwünschte Gäste fernhalten soll.

William steigt aus und ich folge ihm. Obwohl ich mittlerweile einen kleinen Einblick in sein Innerstes erhalten habe, ist dies hier eine völlig fremde Seite. Ich werde in wenigen Sekunden sein Haus betreten. Sein Allerheiligstes, seinen Zufluchtsort. Hier lebt, schläft, isst und träumt er. Und er lässt mich daran teilhaben.

William wartet auf mich beim Tor und streckt mir die Hand entgegen. Ich ergreife sie, freue mich über die einladende

Wärme und lächle ihm zu. „Ich nehme an, da drinnen ist keine 50 Quadratmeter Wohnung."

Nun lächelt auch er und streicht über meine Wange. „Ich kann nicht glauben, dass du hier bist."

„Ist das nun gut oder schlecht für mich?"

„Beides." Dann beugt er sich vor und presst seine Lippen auf meine, während er meinen Körper an den seinen drückt. Ich fühle dieses Feuer in seiner Brust und berühre die Stelle, an der er zwei Knöpfe geöffnet hat. Sein Mund nimmt mich vollständig in Besitz und ich vergesse, dass wir uns mitten auf der Straße befinden.

Das war es also, was er mit „übereinander herfallen" meinte.

„Rose", presst er genauso atemlos wie ich hervor. „Lass uns reingehen."

Ich folge ihm, wobei er die ganze Zeit meine Hand hält und mich so ins Innere des Hauses führt. Der Eingangsbereich ist schlicht. Ein weißer Marmorfußboden unter uns, ein großer, glänzender Lüster über uns. Ansonsten wird der Raum nur von Gemälden geziert. Er geleitet mich ins Wohnzimmer – schlicht, weiß und ab und an ein Farbklecks. Ich vermute, dass hier ein Inneneinrichter seine Finger im Spiel hatte. Vom Wohnzimmer gelangen wir in die Küche, die wider Erwarten nicht modern, sondern aus hellem Holz ist, ich tippe auf Eiche oder Buche. Die Küche wird von zwei großen Fenstern mit Licht versorgt, wobei jetzt die Rollläden geschlossen sind. In der Mitte befindet sich eine großzügige Kochinsel, neben der sich eine dunkle Arbeitsplatte ausdehnt. Alles wirkt so sauber, fast unbenutzt. Eigentlich viel zu schade für ihn. Ich kann mir nämlich nicht vorstellen, dass er hier sonntags am Herd steht und Spiegeleier brutzelt. Für wen denn auch – für seine bezahlten Huren?

„Möchtest du etwas trinken?“, fragt er, legt sein Jackett im Gehen ab und wirft es auf die Küchenzeile.

Ich trete einen Schritt näher und überlege, was er mit dieser plötzlichen Höflichkeit zu erreichen versucht. Ich brenne, das sollte er doch gespürt haben, das Letzte, was ich nun will, ist eine Verzögerung. „Ich passe“, flüstere ich und dieser Satz reicht aus, um das Feuer neuerlich zu entfachen.

Langsam, fast andächtig kommt er auf mich zu. Ich spüre, wie sich meine Nackenhaare aufstellen, und bin völlig unvorbereitet auf das Ausmaß der Gefühle, die das Glitzern in seinen Augen bei mir auslöst. Im nächsten Moment streckt er die Hände nach mir aus und zieht mir das dünne Jäckchen über die Schultern. Es landet neben seinem Jackett, während er sich meinen Oberarmen widmet. Federleicht streicht er zuerst hinauf, dann wieder nach unten. Ich senke den Kopf und folge seiner Berührung mit den Augen.

Und obwohl ich nicht friere, beginnt mein Körper zu zittern.

Unsere Augen treffen sich, wobei seine sich verdunkelt haben, während meine weit aufgerissen sind. Er lächelt und tritt hinter mich, schiebt mein Haar zur Seite und senkt dann seine Lippen auf meinen Hals. Zuerst sind seine Küsse kaum zu spüren, erst nach einer gefühlten Ewigkeit wird er forscher. Sein Mund wandert nach hinten zu meinem Nacken, dem er dieselbe Liebkosung wie der Vorderseite meines Halses schenkt. Es macht mich wahnsinnig, ihn nicht vor mir sehen zu können. Ich bilde mir ab und an sogar ein, ein selbstgefälliges Lachen als Antwort auf mein leises Stöhnen zu vernehmen.

Sein Mund erreicht meinen Rückenausschnitt, den er zuerst küsst, nur um mich im Anschluss zärtlich zu beißen. Ich schrecke zusammen, was ihn sehr belustigt. Immer wärmer wird es zwischen meinen Beinen und lange werde ich es nicht mehr schaffen, hier, mitten in seiner Küche, aufrecht zu stehen.

Als könnte er meine Gedanken lesen, schiebt er mich nach vorne zu der Kochinsel, auf die ich mich nun stützen kann. Was ich eine Sekunde später mehr als nötig habe, da seine Finger an meinem Reißverschluss hantieren.

Das Geräusch, wie sich der Reißverschluss immer weiter öffnet, in Kombination mit der kalten Luft, die auf die freigelegten Hautstellen trifft, ist einmalig. Als der Verschluss meines Kleides offen ist, dreht er mich ruckartig zu sich und sieht mich von oben bis unten an. Ich atme schnell – viel zu schnell, das merkt auch William, da er mir leicht über die Wange streicht. Er öffnet den Mund, schließt ihn aber gleich wieder und senkt stattdessen seine warmen Lippen auf die meinen.

Unser Kuss ist wild, er hat etwas Animalisches an sich und jeder von uns weiß, welche Grenze wir überschritten haben. Ich klammere mich an ihm fest, zerre an den Knöpfen seines Hemdes, wobei ich sie am liebsten abreißen möchte. Mir dröhnt der Schädel, als er sich von meinen Lippen löst und damit beginnt, mein Kleid nach unten zu schieben. Seine Augen weiten sich, als meine Brüste zum Vorschein kommen, und auch ich habe Mühe, das Pochen in deren Mitte zu überhören.

„So wunderschön, süße Rose“, haucht er und streicht mit seinen Fingerspitzen sachte über meine aufgerichteten Nippel. Unwillkürlich beuge ich ihm meinen Oberkörper entgegen. Ich will mehr, sofort, doch weiß ich, wie schön es ist, gemeinsam den Gipfel zu erklimmen. Wie unheimlich schön es ist, wenn man mit viel Mühe die Bergspitze erreicht hat. Es bringt nichts zu rennen, man sollte vorwärtsgehen und bei jedem Meter, den man zurücklegt, die Aussicht genießen.

Ich werfe den Kopf in den Nacken, stütze mich mit den Ellenbogen auf dem dunklen Stein der Küchenplatte ab und gebe mich ihm voll und ganz hin, als sich seine Lippen um meine Nippel schließen und er daran zu saugen beginnt. Ich hoffe nur, dass wir alleine sind, denn mein Stöhnen, respektive dessen Lautstärke, habe ich längst nicht mehr unter Kontrolle. Immer wieder saugt er an der einen Brustwarze, während er die andere mit den Fingerspitzen streichelt. Diese Kombination aus Sanftheit und Ungestümtheit bringt mich dazu, Dinge zu ersehnen, die ich niemals laut aussprechen würde.

Endlich lässt er von meinen überempfindlichen Brüsten ab und schiebt das Kleid weiter nach unten. Indem er auf meine Oberschenkel klopft, deutet er mir, die Beine anzuheben. Eines nach dem anderen hebe ich und stehe bald nur mehr mit meinem Slip und den schwarzen Lederpumps vor ihm. Es macht mich verrückt, seinen Atem so dicht vor der pochenden Stelle zwischen meinen Beinen zu spüren. Doch William scheint mich auf die Folter zu spannen, da er sich keinen Millimeter weiter bewegt.

„Eigentlich wollte ich dich nicht hier nehmen, Rose. Doch dieses Kleid ... du solltest es nicht mehr anziehen.“

Ich hebe fragend beide Augenbrauen, doch ehe ich etwas erwidern kann, küsst er mich auf meinen Slip.

Das Keuchen kehrt zurück und verdrängt die Stille im Raum. Ruckartig erhebt er sich und sieht mir in die Augen. Seine Lippen streichen über die meinen, doch nur kurz, dann stemmt er mich hoch und setzt mich auf der kalten Steinplatte ab. „So feucht, Babe“, flüstert er, während sich seine Finger unter meinen Slip schieben. „Wie magst du gefickt werden – hart oder sanft?“

„Ich weiß es nicht.“

Ich bin noch nie einem Mann begegnet, der mit mir währenddessen geredet hat. Taylor war der Erste, bei dem ich mutiger wurde. Wir taten es nicht mehr nur im Bett, sondern auch unter der Dusche, in der Küche oder auf der Couch. Doch selbst er hat dabei nie geredet. Und nun will William Dinge von mir wissen, die ich selbst nicht erahne. Ich meine, wurde ich denn je hart gefickt? Was war nach seinem Ermessen hart?

„Nicht verspannen. Wir werden es herausfinden“, beruhigt er mich und schiebt einen Finger in mich. Ein zweiter folgt und ich drohe zu zerfließen. Ich will mir gar nicht vorstellen, welche Flecken dies auf dem schwarzen Stein hinterlässt. „Ich weiß nur, dass ich dich auf jede nur erdenkliche Art vögeln möchte, Rose. Egal, ob sanft oder hart.“

Um Himmels willen. Wie können Worte und Versprechungen nur so erregend sein?

Aber vor allem, wie kann diese einzige Berührung seiner Finger in meinem Innersten einen solchen Sturm auslösen? Bin ich wirklich so verzweifelt oder drohe ich tatsächlich gleich zu kommen? Er traktiert mich, reizt mich bis zu einem

Punkt, an dem ich glaube, meine Hüften nicht mehr teilnahmslos stillhalten zu können, sondern sie ihm entgegenpressen zu müssen. Ich brauche ihn – tief, hart, grob, wild, sanft, zart –, alles, was er möchte. William zieht seine Finger heraus, streicht über meinen Kitzler, entlockt mir ein weiteres animalisches Stöhnen, ehe sie wieder in mir verschwinden.

Er hat meinen Körper unter Kontrolle, versteht jede noch so winzige Regung und bringt mich so an den Rand des Zumutbaren. Ich spüre seine Augen auf meinem Gesicht, schere mich jedoch keinen Deut darum, wie ich aussehe oder welche Laute ich von mir gebe. Ich weiß nur, ich bin gleich so weit. Bald werde ich springen.

„Ich will, dass du mich ansiehst, wenn du kommst."

Ich kann kaum meinen Atem kontrollieren, wie soll ich ihn dann ansehen? Doch als ich die Augen aufschlage und in die seinen blicke, zerberste ich in tausend Stücke. William hält mich fest an sich gedrückt und vertieft die Stöße seiner Finger. Der Orgasmus ist atemberaubend und kommt mir unendlich lange vor. Immer wieder krampft sich mein Innerstes um seine Finger, droht sie weiter in sich hineinzuziehen, scheint immer noch Hunger zu haben. Ich sehe ihn an, nehme dabei dieses andächtige Glitzern in seinen Augen wahr, den leicht geöffneten Mund, seine Zunge, die über seine Lippen gleitet, während er meinen Höhepunkt gnadenlos verlängert.

Ich bin völlig außer Atem, als ich schließlich zur Ruhe komme. Mein Puls rast und meine Oberlippe prickelt. „Oh Gott", hauche ich und beginne William wieder zu küssen.

„Halt dich an mir fest", sagt er, hebt meine Hüften an und streift mir den Slip ab.

Sein Blick bleibt an meiner Jugendsünde hängen und ich weiß nicht, was in ihm vorgeht. Taylor fand es anfangs noch gewöhnungsbedürftig, im Laufe der Jahre hat er sich aber daran gewöhnt. Es jedoch nicht gutgeheißen, denn er riet mir, es wegmachen zu lassen. Doch irgendwie gehört dieses kleine, versteckte Tattoo zu mir. Und mit der Narbe, die zweifelsohne bleiben würde, kann ich mich noch weniger anfreunden.

„Eine Wette", erkläre ich schnell und wundere mich, wie ich einen solch vernünftigen und zusammenhängenden Satz herausbringe.

Ein verschmitztes Lachen tritt auf sein Gesicht, als er sich vorbeugt und die drei Zentimeter große Rose küsst. „Rose, Rose, Rose. Welch neue, verruchte Seiten von dir hier auf dem Tresen meiner Küche zum Vorschein kommen. Der Wievielte bin ich, der deinen Wetteinsatz zu Gesicht bekommt?"

„Der Dritte."

„Das Arschloch und der Tätowierer?"

„Nein, das Arschloch, also Taylor, und der, der die Wette gewonnen hat. Es war eine Frau, die mich tätowiert hat."

Wieder lächelt er, was in Anbetracht der Tatsache, dass ich nackt bin und er kurz davor steht, mich zu ficken, eine völlig andere Bedeutung hat. Dann scheint er wohl meinen Wetteinsatz nicht annähernd so schlimm zu finden, wie ich dachte.

„Sobald wir Zeit haben, wirst du mir die Sache erklären müssen. Doch jetzt ...", raunt er, richtet sich wieder auf und küsst meinen Hals, meine Brüste und meinen Nabel. Ich schnappe nach Luft, kralle mich in seinen zerzausten Haaren fest und öffne die Schenkel für ihn. Mir ist es egal, wer er ist, wo wir sind, welche Konsequenzen folgen, nur mehr das, was kommt, zählt.

Meine Arme beginnen zu zittern und ich verändere meine Position, während William seine Hose öffnet und nach unten schiebt. Meine Augen richten sich auf seinen Schwanz, der vor Vorfreude schimmert. Er grinst, als er meinen Gesichtsausdruck richtig deutet und mich dann hart küsst. „Ich will dich so sehr, Rose."

Und ich erst. Mit einem kräftigen Stoß dringt er in mich ein. Er hält inne, sieht mich mit großen Augen an und scheint auf meinen Protest zu warten. Ich weiß, dass es mich umbringen wird, würde er jetzt aufhören.

Langsam beginnt er sich in mir zu bewegen. Das ist dann wohl die sanfte Variante, denke ich und streiche über seine harte Brust. Sein Atem geht schwer. Keine Ahnung, was er denkt, eigentlich weiß ich das nie, doch jetzt ist mir klar, wie viel Selbstbeherrschung er gerade aufbringt. Er füllt mich aus, auch wenn er noch nicht vollständig in mir ist, doch unsere Position lässt nichts anderes zu.

Ich werfe den Kopf in den Nacken, blicke auf den massiven Dunstabzug über mir, der mich mein Leben lang an das hier erinnern wird. William streicht über meinen Körper, nimmt meine Brustwarzen wieder in den Mund, entlockt mir so ein Stöhnen, das doppelt so laut widerhallt. „Ich kann dir gar nicht sagen, wie sehr ich auf diesen Moment gewartet habe, Babe", presst er zwischen den kräftiger werdenden Stößen hervor. „Sieh mich an, Rose." Ich hebe den Kopf, versuche,

Blickkontakt zu halten, doch der Ausdruck in seinen Augen, dieser sichere, starre „Du gehörst mir"-Blick, bei dem ich es nie schaffe, ihn lange anzusehen, entlockt mir ein Grinsen.

William greift nach meinem Kinn und zieht mich hoch. „Wie willst du es nun, Rose. Hart oder sanft?"

Ich schlucke. „Ja", mehr gesteht mein kurz vor dem Höhepunkt stehender Verstand nicht zu.

„Was ja?"

Wie schafft er es zu reden? Obwohl ich zugeben muss, dass mich diese raue, tiefe Stimme mehr anmacht, als ich es für möglich gehalten habe.

„Hart."

„Sag es, Rose, sag, was du willst!" Okay, der Boss in ihm, der keine halbherzigen Antworten duldet.

„Fick mich hart, William", flehe ich und im nächsten Moment legt er meine Oberschenkel quer über seine Arme und stößt fest zu. Immer wieder prallen unsere Körper aufeinander, während ich mich verzweifelt an ihm festklammere. Er ist wirklich groß, hart und unbarmherzig, so wie ich es mir vorgestellt habe. Nur ein kleiner Positionswechsel und ich glaube erneut zu zerbersten. Er versteht sein Fach, treibt mich dabei mit seinen Augen, die mich studieren, an den Rand des Erträglichen. Ansonsten ist sein Gesicht steinern. Entweder kommt es von der Beherrschung, der Anstrengung oder der Lust, doch er wirkt so hart und verletzlich zugleich, dass ich ihm immer wieder sanft über die Brust streiche.

Ich weiß gar nicht, wie viele Millisekunden später ich komme, doch Zeit zählt hier schon lange nicht mehr. Während meines Höhepunktes greift er wieder nach meinem

Kinn, zwingt mich, ihn anzusehen, genießt dabei das Zittern meines Körpers. Dieser beginnt sich wieder zu beruhigen, was man von meinem Atem nicht sagen kann.

William bewegt sich immer noch, zwar träger, doch nach einem weiteren kräftigen Ruck zieht er sich aus mir zurück und ergießt sich quer über meinen Bauch. Ich sehe ihm zu, wie er den Kopf zurücklegt, wie die Adern an seinem Hals hervorquellen und sich sein gesamter Körper versteift. Noch nie ist ein Mann auf meinem Bauch gekommen. Ich bin zwar nicht von gestern oder prüde, doch dies hier ist mein Debüt.

Seine Stirn an die meine gelegt, sehen wir uns dann an, doch keiner verliert ein Wort, während seine Hände über meinen Rücken wandern, wird mir langsam kalt, was sicher dem Stein unter mir zuzuschreiben ist, denn Williams Haut glüht wie Lava.

William scheint dies zu spüren, da er sich von mir löst und, nachdem er mir ein Stück Küchenrolle gereicht hat, meine Sachen zusammensammelt. Ich beseitige unterdessen seine Spuren auf meinem Körper, wobei ich es nicht lassen kann, die weißliche Flüssigkeit genau zu betrachten.

Als ich aufblicke, sehe ich, dass er mich beobachtet hat. Wieder liegt dieses verschmitzte Lächeln auf seinen Lippen, welches ihm im Übrigen besser steht als die harte, undurchsichtige Miene, die er im Büro zur Schau trägt. „Ein Wunder der Natur, was?“, neckt er mich.

Ich grinse dämlich und schmeiße das Tuch nach ihm. „Ein wahres, ja.“

„Willst du jetzt etwas trinken?“, fragt er und reicht mir sein Hemd. Eigentlich bin ich froh, meine Nacktheit verstecken zu dürfen. Ich war noch nie der freizügige Typ.

Während ich mich anziehe, stellt er ein Glas Wasser auf den Tresen, auf dem er mich gerade noch gevögelt hat, und tritt neben mich. Meine Augen unternehmen eine wollüstige Wanderung über seinen Körper. Seine Brust ist straff, winzige Härchen sind darauf auszumachen, der Bauch ist geformt, doch nicht zu viel, und auch seine Oberarme zeugen von Sport. Seine Hose hat er wieder geschlossen, was mir den Blick auf den wunderbaren Rest verwehrt. Das Hemd, das ich nun um mich gewickelt habe, fühlt sich weich auf meiner noch immer hitzigen Haut an, was mich aber mehr berauscht, ist dieser mittlerweile vertraute Duft nach ihm. Ich schlinge die Enden zusammen und nehme einen Schluck Wasser. „Wie soll es am Montag ablaufen?" Diese Frage hat mich die letzten Stunden über beschäftigt. Wir können doch nicht verleugnen, was heute geschehen ist, oder?

„Es wird sich nichts ändern, Rose."

„Für mich hat sich aber so einiges geändert", erwidere ich wütend über seine typische Einsilbigkeit.

Er sieht zur Seite und kneift die Augen zusammen. Dann verfalle eben wieder zurück in deine nonchalante Arschlochart, doch ich werde nicht lockerlassen.

„Dir ist doch klar, dass es in der Firma niemand erfahren darf? Nicht nur wegen meines Rufes."

„Ich hatte auch nicht vor, damit hausieren zu gehen. Ich meine vielmehr uns beide. Wie gehst du damit um?"

Mit den Ellenbogen auf der Steinplatte abgestützt, scheint er einen Moment lang zu überlegen. Bin ich die Einzige, die sich Gedanken über das Danach gemacht hat?

Als er mich wieder ansieht, erkenne ich die Sorge in seinen Augen. „Rose, wir haben darüber gesprochen, was es sein wird und was nicht. Und du schaust mich so erwartungsvoll an, als könnte ich dir die ganze Welt zu Füßen legen, aber das kann ich nicht."

„Das weiß ich doch", flüstere ich und spüre, wie ich instinktiv die Schultern hängen lasse.

„Es ist schrecklich unpassend, so etwas zu sagen, da du halbnackt in meiner Küche sitzt, aber du hast jemand Besseren als mich verdient. Jemand, der dir seine Welt zu Füßen legen möchte."

Seine Finger streichen über meine Wange und ich lächle müde. Keine Ahnung, woher die Sentimentalität herrührt, doch irgendwie hofft man auf ein Wunder. „Ich habe selbst gerade eine schwierige Beziehung hinter mir. Vielleicht ist es das, was ich brauche."

„Betrachte es als Freundschaft mit gewissen Vorzügen. Privat sind wir wie jetzt – vertraut, offen, ehrlich. Doch in der Firma sollten oder besser müssen wir professionell bleiben. Ich kann es mir im Moment nicht leisten, negativ aufzufallen. Die Existenz meiner Familie steht auf dem Spiel."

„Du klingst immer so geschäftlich", knurre ich und berühre die feinen Härchen auf seiner Brust.

„Und du klingst immer so verletzlich", raunt er und zieht mich zu sich heran, nur um wenig später seine Lippen auf die meinen zu pressen. „Ich weiß, es war eine schwere Zeit für dich. Doch wir haben es getan, es ist zu spät und du bist freiwillig hier. Ich habe mit offenen Karten gespielt, Rose."

Wie recht er hat! Ich habe gesehen, dass er nichts für mich ist, ich kann mit ihm nur verlieren, doch trotzdem bin ich all-in gegangen. Eigentlich sollte ich es besser wissen, denn ich, mit meinen knapp vierundzwanzig Jahren, hatte immer schon einen Hang zu den unpassendsten Typen. Willkommen in meiner Sammlung, William Bennet. Dieses Exemplar hier wird, so fürchte ich, einen Ehrenplatz erhalten. „Du bist müde“, kommentiert er mein Gähnen.

Kein Wunder, nach so einem Tag! Nach so einer Woche, die in dieser Explosion geendet hat!

„Ich bring dich nach oben, dann kannst du schlafen.“

Nachdem er meine Hand ergriffen und mich wie ein störrisches Kind, das sich verbotenerweise aus dem Bett geschlichen hat, nach oben geführt hat, legt er sich zu mir. Ich glaube im ersten Moment, in sofortigen Tiefschlaf zu sinken, doch William neben mir, seine steten Atemzüge, seine Wärme, sein Arm um meine Taille, lässt mich nicht los. Darum beobachte ich ihn nun seit mehr als einer Stunde. Sein Gesicht ist entspannt und gleicht einer altgriechischen Statue. Die feinen Züge, so sieht er jetzt zumindest aus – nur ich weiß, wie sie sich bei Tag verhärten.

Ich schmiege mich an ihn und wage es sogar, ihn zu küssen. Ich habe mich richtig erinnert – er schmeckt wirklich köstlich.

Als ich meinen Mund von dem seinen löse, blickt er mich geradewegs an. Seine Augen leuchten zwar nicht so stark wie sonst, was ich auf die Müdigkeit schiebe, doch weiß ich, dass er sich über mich lustig macht. Oder besser: über mein Verhalten. „Du wirst dich doch nicht an meinem schlafenden Körper vergehen?“, brummt er.

„Ich kann nicht schlafen“, als wäre diese Erklärung genug.

„Soso“, meint er gespielt ernst und schiebt die Decke zurück, um sein Hemd, welches ich noch immer trage, zu öffnen. Seine Hand wandert über meinen Körper, wobei er mich keine Sekunde aus den Augen lässt und meine Reaktion genau zu deuten versucht. Er will wirklich immer alles genau wissen, denke ich und grinse vor mich hin.

„Was gibt es denn hier zu grinsen?“

Ich zucke die Achseln, zu mehr komme ich nicht, da er sich nach vorne beugt, meinen Kopf zur Seite dreht und meinen Hals zu küssen beginnt. Ein genießerisches Stöhnen entringt sich meiner Kehle, als er einen Finger um meinen Kitzler kreisen lässt. Ich schließe die Augen und lasse mich ungehindert von seiner Welle mitreißen

„So feucht, Rose?

Ich drücke instinktiv die Beine zusammen, da ich mit dieser freizügigen Aussprache der eigenen Gelüste und Empfindungen noch immer nicht richtig umgehen kann. Doch William knurrt und schiebt sie wieder auseinander. „Du musst lernen ...“

„Ja“, entgegne ich reflexartig, da ich einfach will, dass er mich wieder berührt.

„Was ja?“, fragt er sichtlich erregt über das Ausmaß meiner Begierde, die alleine ihm gilt. „Außerdem musst du mir zuhören und lernen zu sagen, was dir gefällt und was du willst. Und mir gefällt, dass du feucht bist. Weißt du, wieso?“

„Nein.“ Ich stöhne auf, als er eine Hand nach mir ausstreckt, die sich eingehend mit meinen harten Nippeln beschäftigt, ehe er sich wieder an seine Frage erinnert.

„Weil es mich scharfmacht zu wissen, dass du für mich feucht bist. Weil es mich scharfmacht, dir zuzusehen, wie du kommst. Und weißt du, was mich am meisten anmacht? Das Wissen, dich gleich vögeln zu dürfen. Doch bis dahin, Rose“, dieses verschwörerische Lächeln zeichnet sich wieder ab, als er sich zwischen meine Beine kniet und die Luft scharf einsaugt, „wirst du lernen müssen, deine Ungeduld zu zügeln. Denn ich werde dich nicht so schnell kommen lassen. Weil ich es so sehr genieße, dich flehen und schreien zu hören."

Die Wörter formen sich in meinem Kopf zu einem wirren Knäuel, das meine Sinne für einen kurzen Moment in dichten Nebel hüllt. Doch als sich Williams Zunge über die pochende Öffnung zwischen meinen Beinen schiebt, verpufft es. Ich mahne mich zur Geduld, doch bei Gott, ich will ihn in mir. Seine Zunge treibt mich an den Rand, vielleicht sogar darüber hinaus, des Erträglichen. Einmal ist sie da, dann wieder dort. Dann spüre ich wieder seinen Finger in mir. Er hat recht, ich bettle wirklich. Keine Ahnung, ob da zusammenhängende Wörter aus meinem Mund purzeln, doch es ist mir spätestens dann egal, als ich explodiere.

Das Zucken meines Körpers nehme ich kaum wahr. Vielmehr reißt mich die Erlösung in mir mit. Sie rollt über mich, hebt mich hoch und lässt mich fallen. Ich erwarte den Aufschlag, der mich wieder zurück in die Wirklichkeit katapultiert, doch als er sich einstellt, fühle ich mich nur beschwingt und vollkommen.

William lehnt sich über mich, aus den Augenwinkeln heraus beobachte ich, wie er die Schublade seines Nachttisches aufzieht. Zu beseelt, um meinen Kopf zu bewegen, starre ich ihn an. Erst als das Kondompäckchen in mein Blickfeld gerät, werde ich wieder mobil. „Ich nehme die Pille", werfe ich ein, bevor er die Packung aufreißen kann.

Doch William lächelt nur schwach und öffnet sie trotzdem. Verwirrt runzle ich die Stirn. „Das tun sie doch alle“, lautet seine Erklärung.

„Okay.“ Mr. Undurchsichtig wird also gleich mit mir vögeln. Dabei will ich lieber den William von vorhin zurück. Der, der mich geneckt und gestreichelt hat. Aber wenn ich eines über ihn weiß, dann, dass er immer das letzte Wort haben will. Soll er doch, denke ich und sehe zu, wie er seinen Penis befreit, nur um ihn gleich wieder ins nächste Gefängnis zu sperren.

Mit einem Ruck schiebt er sich in mich. Diesmal verharrt er nicht still, sondern presst mich fest auf die Matratze. Dann wohl auf die harte Tour, denke ich und kralle mich an seinen Schultern fest. Die harte Tour gefällt mir.

Obwohl ich davon ausgegangen bin, dass sein plötzliches Abschwirren in eine eigene, undurchsichtige Welt meiner Lust den Todesstoß versetzen wird, so war es zumindest bei Taylor, habe ich mich in diesem Fall getäuscht.

„Babe, du bist so gut“, haucht er mir ins Ohr.

Meine Finger krallen sich fester in seine erstaunlich weiche Haut, als er die Position verändert und sich nach oben schiebt. Er ist so tief in mir, dass mich alleine dieses Wissen kommen lassen könnte. Doch er greift der Geschichte vor, vermutlich, weil er selbst kurz davorsteht, und schiebt eine Hand zwischen uns. Nun reizt nicht mehr nur sein Penis meine empfindliche Haut, wobei es dieses harte Reiben ist, das mich unkontrolliert stöhnen lässt, auch sein Finger beteiligt sich am Spiel. Die ohnehin schon überreizten Nervenenden, die hinterher eine tagelange Pause brauchen werden, vernetzen sich zu einem gewaltigen Strom, der geradewegs in meinen Bauch, dann hinauf in mein Gehirn zischt.

„William", ist das Letzte, was ich hervorpresse, bevor ich komme.

Noch während ich davonreite, spüre ich die plötzliche Leere zwischen meinen Beinen und schlage die Augen auf. Wieder hat er sich während seines Orgasmus aus mir zurückgezogen. Ich versuche, den Sinn zu ergründen. Immerhin nehme ich die Pille, er verwendet ein Kondom – sind seine Spermien radioaktiv?

„Du willst wohl keine Flecken auf dem Laken?" Der halbherzige Versuch, mich über die dreifache Verhütung lustig zu machen, misslingt.

Wie sollte es anders sein – er blockt ab.

„Ich habe meine Gründe", meint er, streift das benutzte Kondom ab und verschwindet damit im Bad. Als er zurückkommt, habe ich mich bereits aufgesetzt und bin fest entschlossen, die Wahrheit zu erfahren. Genug mit der Geheimniskrämerei!

„Die da wären?" Um Gottes willen, wie schnippisch klinge ich für eine Frau, die gerade zwei gewaltige Höhepunkte erlebt hat!

Nur eine Sekunde mustert er mich und in der drohe ich zu verglühen. Wenn Blicke töten könnten ... Ja, ja, aber auch ich könnte ihn töten, für seine Nonchalance, seine Sturheit. Er wird es mir nicht erzählen, dies wird mir spätestens klar, als er das heruntergefallene Kissen aufhebt und sich aufs Bett setzt. „Hast du eine ansteckende Krankheit?"

Seine Augenbrauen schnellen nach oben. „Das hätte ich dir gesagt."

Gut, dann eben einsilbig. „Ekel?"

„Was? Nein."

Ich werde durchdrehen in genau ... einer Sekunde. „Ich bin keine von deinen bezahlten Huren, die von einem Bett ins andere hüpfen und weiß Gott was mit sich herumschleppt. Es verletzt mich, wie du mich behandelst. Im einen Moment nett, im nächsten wie Abschaum." Die Wut treibt mich so weit, dass ich beginne, meine Unterwäsche und mein Kleid anzuziehen, das ich in weiser Voraussicht mit ins Schlafzimmer genommen habe.

„Rose", brüllt er und kommt auf mich zugelaufen. Oder besser: getrampelt. „Was tust du da?"

„Ich gehe", brülle ich zurück.

„Du benimmst dich ... idiotisch."

„Ich?" Das ist wohl die Höhe! „Ich benehme mich idiotisch? Wer ist es denn, der von einem Hoch ins nächste Tief springt? Ich sage etwas, einmal passt es, ein anderes Mal tötest du mich mit deinen Blicken. Was soll ich machen, damit es passt?"

„Hierbleiben."

Ich halte inne, studiere sein Gesicht. Okay, jetzt appelliert er an mein Mitleid. „Dann sag mir, was das vorhin war!"

„Es hat persönliche Gründe", murmelt er und nimmt mir meinen Schuh aus der Hand.

„Sagtest du nicht irgendetwas von wegen Ehrlichkeit?"

„Bedingte." Seine Ruhe stört mich. Es ist, als ob man einen Ballon mit Luft vollpumpt. Man weiß, dass er zerplatzen wird, doch man kennt nicht den Zeitpunkt. „Wir führen keine Beziehung, ich bin dir keine Rechenschaft schuldig. Es hat seine Gründe, die ich dir nicht sagen kann. Sie tun nichts zur Sache und betreffen dich nicht."

„Ich verlange kein Geld." Warum ich das betone – keine Ahnung, vielleicht, weil ich tatsächlich verrückt bin?

„Ich weiß", gibt er sich zu meinem Erstaunen verständnisvoll.

Wir taxieren uns einige Sekunden lang, wobei sich unsere Augen ein echtes Duell liefern. Irgendwo in den Tiefen ahne ich noch die Lust von vorhin, doch der Zorn hat die Oberhand gewonnen.

„Schlafen diese Huren auch hier?"

Er runzelt die Stirn. „Es sind keine Huren, Rose. Es sind ..."

„Ich weiß, ich weiß", unterbreche ich ihn und bin stolz auf die Kraft, die ich aufbringe, um mich ihm zu widersetzen.

Mein zierlicher Pumps in seinen Händen, den er dreht und wendet, wahrscheinlich auf dieselbe Art, wie er es mit meinen Gefühlen macht, kommt mir irgendwie unwirklich vor. William wirkt nicht mehr hart und geschäftsmäßig, eine Maske, die wegen seiner Nacktheit zerbröckelt. „Nein, sie schlafen nicht hier. Warum ist das wichtig?"

„Ich weiß auch nicht", gestehe ich wehmütig.

„Du willst also gehen? Mitten in der Nacht, halbnackt und mit nur einem Schuh?"

Vernehme ich da schon wieder Spott in seiner Stimme? Wie schafft es dieser Mann nur, mich im einen Moment vor Lust zum Schreien zu bringen, während er mich nur Sekunden später mit seiner Arroganz malträtiert? Ich beiße die Zähne zusammen und trete von einem Bein auf das andere.

„William, gib mir meinen Schuh zurück!", fahre ich ihn an.

Es zeigt keinerlei Wirkung auf ihn. Stattdessen wirft er meinen teuren Schuh hoch und fängt ihn wieder. Nun ist die andere Hand an der Reihe. „Den hier meinst du?“ Er hält ihn hoch und schwingt ihn vor und wieder zurück. „Ich werde dir jetzt etwas vorschlagen – du bewegst deinen geilen Arsch zurück in mein Bett, wir bereden alles morgen noch einmal und bekommen beide noch etwas Schlaf. Wie hört sich das an?“

„Gib mir meinen Schuh!“

„Rose, Rose, Rose, so was von kompromisslos. Wie hast du die Stelle als meine Assistentin doch gleich bekommen?“

Wer ist denn hier in Spiellaune? Schon allein sein Grinsen treibt mir den Schweiß auf die Stirn. Hallo, es ist mitten in der Nacht und dieser Mann sieht einfach atemberaubend aus und ist auch noch zu Scherzen aufgelegt. Wollen wir die dreifache Verhütung einfach mal vergessen.

Mutig mache ich einen Schritt nach vorne, wobei mich seine erhobene Hand zum Stoppen bringt. „Wie alt bist du, zehn?“

„So alt, wie du willst, Babe.“

Ich ziehe eine Augenbraue hoch und sehe ihn schief an. Er macht das auch immer und auf mich wirkt es ... einschüchternd. Auf ihn ... unwichtig. Im Gegenteil, er kommt mit dem Schuh in der Hand auf mich zu. Ein freundliches Lachen überzieht sein perfektes Gesicht. „Komm ins Bett, Rose. Komm ins Bett.“

„Singen kann er auch noch. Was springt für dich dabei raus?“

„Du", raunt er und zieht mir das Kleid wieder über den Kopf. Meine Unterwäsche folgt. „Ich glaube, das hatten wir heute schon einmal."

„Sie sind unausstehlich, Mr. William Bennet. Ich hasse verwöhnte Kerle, die immer alles bekommen, was sie wollen." Mit diesen Worten gehe ich an ihm vorbei zurück zum Bett und schlinge die cremefarbene Decke um mich. Wie gerne würde ich sein Gesicht sehen! Doch für den Sieg muss man Opfer bringen. In dem Fall muss ich meine Neugierde verleugnen.

William kriecht zu mir und schmiegt sich an mich, als hätte es diese teils erotische, teils ernüchternde Unterbrechung nicht gegeben. Diesmal gelingt es mir, auf der Stelle einzuschlafen.

11. Kapitel

Grelles Licht fällt durch die Fenster auf die Wand zu meiner Linken, was mich im ersten Moment die Augen noch fester zusammenkneifen lässt. Ich weiß, sie werden sich daran gewöhnen, doch es ist nicht nur das Licht, vor dem ich die Augen verschließe. Es ist die harte, schnöde Wahrheit, die im Tageslicht noch schlimmer wirkt, die ich abzuschirmen versuche. Und wie ich aussehen muss – nackt, die Schminke verschmiert, mein Haar zerzaust. William wird glauben, er habe mit Cruella De Vil geschlafen.

Nun zwinge ich mich doch dazu und öffne sie. Mein Blick fällt auf ein wundervoll eingerichtetes Schlafzimmer, das ich gestern kaum beachtet habe. Cremetöne ziehen sich von der Couch, die am Fenster steht, bis hin zum Bettbezug, der mein einziger Schutz ist. Neben den hellen Tönen wurden dunkle, männliche Akzente gesetzt, die sich in den Vorhängen und in der Farbe des Bettgestells wiederfinden. Zwei Türen führen aus und in den Raum. Die erste, durch die wir gekommen sind, die zweite, von der aus ich Geräusche höre.

William – ich schlucke und ziehe die Decke enger um mich. Es muss das Bad sein, da ich Wasser laufen höre.

Was soll ich tun? Mir ein Taxi schnappen – nicht mein Stil. Außerdem kann ich ihn, meinen Boss, den ich morgen wiedersehen werde, nicht wie einen One-Night-Stand behandeln. Als ich mich aufsetzen will, zuckt ein Stich durch meine Arschbacken. Was? Doch dann dämmert es mir – die Küchentheke. Aua. Mit schmerzverzerrtem Gesicht schiebe ich mich aus dem Bett und suche den Boden nach meinen Sachen ab. Doch dort, wo William sie mir gestern vom Leib gerissen hat, finde ich sie nicht mehr. Mein Blick schweift zur Couch, zum Bett, sogar zur Kommode – nichts.

Okay, er sorgt also vor, damit ich ihm nicht entfliehen kann.

Murrend steuere ich auf die Badezimmertür zu. Ich muss gestehen, dass es mir egal ist, wie er mich und wie ich ihn sehe. Warmer Dampf legt sich auf meine Haut, als ich den Raum betrete, und ich wage noch einen Schritt, da ich niemanden ausmachen kann. „Wie groß ist bitte dieses Bad?", frage ich mich nach zwei weiteren Schritten, denn noch immer kann ich keine Spur von ihm entdecken. Das Wasser läuft, wo ist bloß diese verdammte Dusche? Plötzlich wird der Hahn abgestellt und ich vernehme eine Glastür, die aufgeschoben wird.

Dieser Dampf – welcher Mensch bringt so viel Dampf zustande?

Wie aus dem Nichts taucht William vor mir auf und aus reinem Abwehrmechanismus hebe ich die Hand, nur um Sekunden später über seine nackte, noch immer feuchte Brust zu streichen. Mein Unterleib zieht sich zusammen, als hätte er gestern nicht genug bekommen. Ich sauge die Luft ein und ein Schrei, wie er nur in kitschigen Filmen ertönt, huscht mir über die Lippen. William lächelt mich an, wobei uns der Dampf wie auf Wolken trägt und uns vor der restlichen Welt abschirmt.

„Rose." Klang das atemlos?!

„Ich wollte dich nicht erschrecken. Meine Sachen“, hüstelnd nehme ich die Hand von seiner Brust, „wo sind meine Sachen?“

Er sieht an mir herab, wobei sich seine Augen weiten, nur um im nächsten Moment dunkler zu werden. „Klara hat sie ins Bad gebracht.“

„Klara?“

„Meine Reinigungskraft.“

Oh Gott, seine Reinigungskraft hat mich nackt in seinem Bett gesehen! Zum Glück habe ich dank des Dampfes bereits einen hochroten Kopf, dies erspart mir die nächste Blamage.

„Wie hast du geschlafen?“, fragt er beiläufig und betätigt einen Knopf, der ein dumpfes Brummen verursacht.

Keine Ahnung, du hast mich bewusstlos gevögelt. „Gut. Und selbst?“

Er grinst. Sein göttliches, supergeiles Grinsen, das ihn fast schon unecht wirken lässt! „Auch gut. Mir war zwar manchmal zum Verrecken heiß, weil du dich so an mich geschmiegt hast. Doch ansonsten, gut.“

An ihn geschmiegt – ich? Ja, ich weiß, ich bin ein Bettklammerer, Taylor hat das gehasst. Da ich peinlich berührt bin, es aber nicht zugeben will, sehe ich zu Boden. Die falsche Taktik, das merke ich spätestens, als er herzhaft lacht.

„Freut mich, dich zu amüsieren“, grummle ich.

„Du amüsierst mich auf viele Arten“, betont er und macht es damit noch schlimmer.

Ich muss hier raus oder ich lande wieder mit dem Arsch auf einer Platte. „Ich werde dann besser gehen.“

Ein einziger Satz von mir und sein Blick verhärtet sich. „Zuerst gehst du duschen, frühstückst mit mir und dann sehen wir weiter."

Ich hoffe nur, „sehen wir weiter" bedeutet nicht noch mehr Sex – ich bin wund, verdammt. Wund. So etwas gab es noch nie. Erschrocken über die Reaktion auf meine Gedanken trete ich einen Schritt zurück.

Was macht dieser Mann nur mit mir? Ich meine, er steht doch nur da und redet. Doch bei ihm habe ich das Gefühl, als würde jedes Wort puren, fleischlichen, wilden Sex ausdrücken.

Nun bin ich doch froh über den Dampf, er schützt mich wenigstens, als ich duschen gehe und mich abtrockne. Denn William denkt nicht im Traum daran, mir dieses Fünkchen Privatsphäre zu lassen, sondern putzt sich seelenruhig die Zähne und kämmt seine Haare. Als ich fertig bin, liegen mein Kleid und meine Unterwäsche auf dem hölzernen Regal neben der Dusche, von wo ich mir auch ein Badetuch schnappe und es um meinen Körper wickle.

William finde ich im Schlafzimmer wieder, wo er sich gerade ein weißes T-Shirt über den Kopf zieht. Dazu trägt er Jeans, eindeutig ein Designer-Modell, welches wieder einmal wie für ihn gemacht zu sein scheint.

„Hübscher Hintern", bemerke ich, während ich im Türrahmen stehend seine straffe Kehrseite begutachte, die, als er sich um die Socken bückt, knackig zu mir emporragt.

„Rose." Seine Stimme klingt tadelnd, fast schon überreizt. Ich kann mir vorstellen, wie es ihm geht – mir geht es nicht anders. Wollte ich vorhin noch flüchten, um seiner Wirkung zu entgehen, so lechze ich nun nach ihm.

Mit einem Kopfnicken deutet er zum Bett, auf dem eine Handvoll Klamotten liegt. „Die Hose ist von mir, der Gürtel liegt daneben, das Oberteil ist von Gaby. Socken findest du auch irgendwo dazwischen."

Okay. Langsam gehe ich aufs Bett zu. „Außer du willst dein Kleid tragen, wenn es dir nicht zu kalt ist."

„Und das Oberteil ist wirklich von Gaby?" Fragen darf man doch, nicht wahr? Ich will nichts tragen, was einer seiner Verflossenen gehört hat.

„Ja, es ist von Gaby", brummt er und kommt auf mich zu. Seine Augen – verdammt, sie glühen. Und ich bezweifle, dass er wütend ist. Mein Mund wird trocken. Ich will ihn. Schon wieder. Ich brauche ihn.

„Was ist los, Rose?" Macht er Witze? Ich öffne den Mund, schließe ihn wieder.

„Ich will dich", erkläre ich mutig und beobachte, wie sein Lachen zuerst breiter wird und dann verschwindet. Ich weiß, was das zu bedeuten hat.

Er sieht an mir herab, wobei nun er seine Lippen befeuchtet. „Du wolltest vorhin noch gehen." Zart streicht er über den Ansatz meiner Brüste, der sich mit meinen Atemzügen gleichmäßig hebt und senkt. „Wo willst du es, Rose?"

„Hier", hauche ich und habe Angst, meine Stimme könnte versagen.

William lacht. Ein kehliges, tiefes Lachen, das ungehindert in meinen Unterleib schießt, der durch die warme Dusche mehr als empfindlich ist. „Zieh das hier aus."

Ich schüttle den Kopf und fahre ihm mit meinem ausgestreckten Zeigefinger quer über die Brust. „Ich will dich vorher sehen."

„Das heißt?"

„Dieses Shirt muss weg."

William grinst, hebt die Arme und zieht sich das T-Shirt wieder über den Kopf. Seine feste Brust kommt zum Vorschein. Sein Bauch, mein Gott, er ist hart und muskulös. Nicht zu viel, genau richtig. Mr. William Bennet scheint zu wissen, wann es genug ist. Mir läuft nicht nur im Mund das Wasser zusammen, als ich auf seine Hose deute. „Die Hose."

Andächtig knöpft er sie auf und zieht sie sich über die Hüften. Mit einem Ruck landet sie am Boden neben dem Shirt. Die Beule in seinen schwarzen Boxershorts lässt mich vor Vorfreude und Erregung zappeln. Mit zittrigen Fingern deute ich auf den restlichen Stoff an seinem Körper.

Als sein erigierter Penis vor mir auftaucht, ringe ich um den letzten Funken Selbstbeherrschung, der sich irgendwo in den hintersten Winkeln meines Gehirns versteckt hat. Ich zwinge mich, ihm in die Augen zu sehen, nur um nicht auf der Stelle vor ihm auf die Knie zu fallen. Mein Gott, ich will ihn kosten. Doch ob seine Augen die bessere Idee sind, bezweifle ich in dem Moment, in dem er mich spitzbübisch anfunkelt. Ich trete den taktischen Rückzug an und umrunde ihn langsam.

Beim Anblick seines Hinterns sauge ich scharf die Luft ein. Seine breiten Schultern lassen meine Hand wie von selbst nach vorne schnellen und sie streicheln. Von den muskulösen Schultern rutschen sie nach vorne zu seinen Oberarmen, die sich warm und stark anfühlen. Ich setze meine Runde fort, begegne kurz seinem Blick, als er den Kopf zur Seite neigt. Ich bezweifle, dass er sich jemals einer solchen Inspektion unterzogen hat. Ihm scheint es nicht nur in der Arbeit schwer zu fallen, das Zepter abzugeben.

Seine Ungeduld als Ansporn sehend, streichen meine Finger weiter nach unten. Ich berühre seine Unterarme, fahre hinunter zu seinen Händen, an denen die Adern auf solch erregende Art hervortreten. Wieder vollends in seinem Blickfeld angelangt, werde ich nervös. Ich weiß, wie er mich ansieht – lachend, doch zugleich so sinnlich, dass es mir den Atem raubt.

„Du musst lernen, geduldiger zu werden", ermahne ich ihn und hebe seine Finger an meinen Mund. Genüsslich küsse ich jeden einzelnen, ehe ich an seinem Mittelfinger, der heute Nacht noch in mir war, sauge. Er verfolgt dieses Spiel genau, wobei sich seine Augen zu dunklen Schlitzen verengen.

„Rose", brummt er beinahe verzweifelt.

Ich beschäftige mich weiter eingehend mit seinem Zeigefinger, wobei mein Blick starr auf seine Augen gerichtet bleibt. Auch ich fühle mich völlig berauscht von dem Gedanken, ihn voll und ganz unter Kontrolle zu haben. Und ich möchte mich daran erinnern, dass dies sein Finger ist, an dem ich sauge. Ich bin mir sicher, dass ich es schaffen kann, ihn alleine damit zum Höhepunkt zu bringen.

Meine Lippen lösen sich von seinem Finger und ich trete einen Schritt vor. Nun stehe ich direkt vor ihm, wobei ich etwas mehr Abstand bevorzuge, um mich und auch ihn zu bezähmen. Als ich die Hände nach ihm ausstrecke, merke ich, wie er die Luft anhält.

Was erwartet er? Und vor allem, wie weit wird er mir die Führung überlassen? Dass er es genießt, kann er nicht abstreiten, doch da er eine Faust geballt hat, ist mir klar, wie sehr er sich zurückhält.

Ich ziehe mit meinen Fingernägeln eine helle Linie, die sich langsam rot verfärbt, bis hin zu seinem Bauch, an dem ich stoppe, um die Fingerkuppen über seinen Nabel kreisen zu lassen. Um Gottes willen, ist dieser Mann schön! Seine warme Haut, die im völligen Kontrast zu meinen kalten Fingern steht, seine Muskeln, die nicht nur Kraft, sondern auch Entschlossenheit und Selbstsicherheit ausstrahlen, und nicht zuletzt seine Augen, die noch immer starr auf mein Gesicht gerichtet sind. Der Tropfen an der Spitze seines Schwanzes schimmert einladend und ich straffe stolz die Schultern, da ich ganz allein der Grund für diese Vorfreude bin.

Da wir beide nackt sind, ich einzig in ein Badetuch gewickelt, beträgt der Größenunterschied zwischen uns mehr als einen Kopf, was mich, als ich ihn unbedingt küssen muss, auf die Zehenspitzen zwingt. Sanft streiche ich mit meinen Lippen über die seinen. Wieder steigt mir sein dominanter, herber Geruch, den ich nun eindeutig als Duschgel identifiziere, in die Nase. Er scheint zu wissen, dass ich die Oberhand behalten möchte, da er zwar meinen Kuss über sich ergehen lässt, aber nichts weiter unternimmt.

Während meine Lippen immer forscher werden, verteile ich mit der Spitze meines Fingers den Tropfen auf seinem Schwanz. Williams Atem wird schwerer, seine Zunge taub, was mich noch mehr ansporntn. So theatralisch wie möglich sinke ich vor ihm auf die Knie und sehe zu, wie sein Penis unter meinen Blicken dicker wird. „Sind Sie sonst auch so ruhig, Mr. Bennet?"

„Ich lasse mich ungern an der Nase herumführen und mich fast bis zur Besinnungslosigkeit streicheln."

Mein Gott, ist das wirklich er, der da spricht? Seine Stimme ist kaum mehr als ein Kratzen. „Verstehe. So wie du es zweifelsohne mit mir tun würdest."

„Das werde ich noch tun, Rose. Du wirst dieselben Qualen wie ich erdulden, nur werde ich dich nicht kommen lassen, bis du den Verstand verlierst und darum bettelst."

Mein Gott. „Sehr mutig für einen Mann, dessen Schwanz sich direkt vor meinem Gesicht befindet, nackt und verletzlich."

„Ich habe Vertr... Herrgott ... Rose ... um Himmels ... willen."

„Reden Sie nur weiter, ich bin ganz Ohr", necke ich ihn und unterbreche die Reise meiner Zunge, die gerade jeden Zentimeter seines Schwanzes kostet. Und ja, er schmeckt gut. Was habe ich auch anderes erwartet?

Doch als ich ihn in den Mund nehme, hat William meine Stichelei längst vergessen und stattdessen den Kopf in den Nacken gelegt. Ich bewundere seine Gelassenheit. Ich an seiner Stelle hätte schon längst um Gnade und Erlösung gefleht ... das hat er also gemeint. Ich nehme ihn so tief es geht in den Mund. Doch ich schaffe gerade einmal die Hälfte seiner Größe, bevor ich dieses Brennen im Rachen spüre. Während ich meine Stöße so langsam und folternd wie möglich zu halten versuche, lasse ich meine Zunge über seine Eichel gleiten.

„Babe, du machst das so gut“, lobt er mich kehlig und vergräbt seine aus der Schockstarre befreiten Finger in meinem Nacken.

Sein Penis wird noch praller, als ich nach seinen Hoden greife und einen nach dem anderen in meinen Händen wiege. Er wird ungeduldig, da ich mein Tempo noch immer nicht beschleunige, sodass er mir seinen Schwanz Zentimeter für Zentimeter in den Mund schiebt. Ich grinse, was meine Zähne in das pralle und doch so weiche Fleisch treibt.

Während ich mich bereits seelisch auf den bevorstehenden Samenerguss in meinem Mund vorbereite, den ich bis jetzt nur einmal erlebt habe, zieht mich William hoch und trägt mich zum Bett.

„Was? Ich wollte die Sache auf meine Art beenden“, quieke ich und klinge vermutlich mehr enttäuscht als wütend.

„Ein anderes Mal. Ich brauche dich jetzt, Rose“, erklärt er mir und zieht dabei, nein, reißt dabei das Badetuch von meinem Körper. „Spreiz die Beine für mich.“ Und ich leiste dieser schroffen, vor Lust triefenden Aufforderung Folge und präsentiere ihm mein Intimstes, das vor Begierde feucht schimmert.

Die Kälte zeigt nur kurz Wirkung, ehe sich die hitzige Vorfreude wieder breitmacht.

„Du treibst mich in den Wahnsinn. Einmal bist du schüchtern, dann bringst du mich auf die Palme, dann behandelst du mich wie deinen Toy Boy, nur um dich dann wieder von mir vögeln zu lassen. Was soll ich nur mit dir machen?“

Berühr mich endlich, schreie ich ihn in Gedanken an. Verdammt, seine Blicke töten mich. „Ab morgen wird nach meinen Regeln gespielt!" Ernst lässt er einen Finger um meine harten Nippel kreisen. „Keine heimlichen Küsse mehr in der Nacht, die mir den Schlaf rauben, was du ohnehin schon machst. Du bringst Kleidung hierher. Ich will dich nicht ständig halbnackt sehen – es erschwert mir das Denken. Außerdem entsorgst du dieses Kleid und redest mit keinem anderen Typen mehr."

Der spinnt doch! „Dann trägst du einen Taucheranzug, wobei mir doch ein Astronautenanzug besser gefällt. Der betont deinen Körper nicht so. Denn ich kann nicht denken, wenn ich nur einen Millimeter unbedeckte Haut sehe. Außerdem, sagtest du nicht etwas von wegen nicht monogam?"

Die letzte Schaufel kann ich nicht raufkippen, da er seinen Daumen um meinen Kitzler kreisen lässt. Ich stöhne und schließe die Augen, was mich bei unserer Verhandlung eindeutig ins Hintertreffen geraten lässt.

„Ja, genau, ich lebe nicht monogam. Von dir war nie die Rede."

„Du hast sie doch nicht mehr alle. Wo leben wir denn, im Mittelalter?"

„Da wären so vorlaute Weibsbilder wie du schon längst verkauft worden."

Dieses Ziehen, ich weiß, dass ich jeden Augenblick stöhnen werde. Seine Taktik ist offensichtlich, doch ich will es nicht. Deshalb verlagere ich mein Gewicht und schaffe es, seinen Finger aus der Gefahrenzone zu bugsieren. „Worüber verhandeln wir hier eigentlich?"

Er zieht beide Augenbrauen hoch und beäugt mich schief. „Über unsere Zukunft."

„Die es nicht geben wird.“

„Ich habe meine Meinung aber geändert und will mehr von dir. Ich will dir beibringen, wie man sich verhält und was man nicht macht. Ich will dich jeden Tag zum Höhepunkt bringen. Ich will, dass du von mir abhängig bist.“

Harter Tobak, das will er doch nicht wirklich! Er ist unbefriedigt, seine Gedanken sind somit vernebelt. Selber schuld, er hat mich doch gehindert, die Sache zu Ende zu bringen. „Nein, du bist gar nicht eingebildet. Wie stellst du dir das vor? In der Arbeit sind wir distanziert, doch kaum verlassen wir deinen Glaswürfel, fallen wir übereinander her?“

„So in der Art.“

Ich lache verzweifelt. „Ich bin jung und habe mir meine nähere Zukunft anders vorgestellt, als die Mätresse meines Bosses zu werden. Noch dazu, da du der eifersüchtigste und eingebildetste Mensch bist, den ich kenne. Wenn ich vorhabe, mir Schwierigkeiten an den Hals zu hängen, schaffe ich das auch ohne dem hier.“

„Du willst es doch auch“, drängt er und schiebt einen Finger in mich.

„Ich will aber mehr als das hier. Dieses namenlose Geficke geht mir auf den Zeiger. Ich kenne dich kaum, was du auch nicht ändern möchtest. Wir leben in unterschiedlichen Welten und solange ich von dir nur schnippische, zweideutige Antworten bekommen, lehne ich das Verhältnis ab.“

„Warum will ich dich nur?“

„Laut denken ändert meine Meinung auch nicht.“

Wenn er es nicht bald hinter uns bringt, erdolche ich ihn mit meinem Schuh. Ich bin wütend – mehr als das. Er hat diesen schönen Moment, den ich, ich ganz alleine, geschaffen habe, mit nur einem einzigen Satz zerstört. Und jetzt soll er mich nehmen, mich und auch ihn befriedigen, damit wir uns nicht wie Idioten verhalten. Was ist das denn für eine Beziehung? Sex. Lust. Anonymität.

„Bitte, William."

„Wie schön du betteln kannst", flüstert er und schiebt sich in mich. Ich fühle mich völlig überrannt und kralle meine Nägel in seinen Rücken.

Kurz ist wieder dieser Schmerz da, da sein Schwanz so groß ist, doch er verebbt und öffnet der Lust die Tür. Ich genieße seine festen Stöße, die mich immer näher an den Gipfel bringen. Ich weiß, nach dieser wundervollen Ekstase wird alles anders sein. Er wird mit mir verhandeln wollen und mehr von dem fordern. Eigentlich sollte ich stolz sein, dass ich ihn überzeugt habe. Doch ich will nicht zu den Frauen gehören, die sich mit ihm eingelassen haben. Sei es seines Geldes oder seiner Künste wegen. Ich will mehr. Gerade habe ich diese schrecklich endende Beziehung hinter mich gebracht. Mein Herz ist noch immer gebrochen, ich kann mir nicht vorstellen, dass es, als Sexspielzeug behandelt, wieder zu kitten wäre.

Mein Stöhnen beschleunigt sich, als er meine Beine auf seine Schultern legt und nun so tief in mich stößt, dass ich die Vibration bis in meine Brüste spüre. „Du könntest das alles haben. Jeden Tag, wann immer du willst", stöhnt er und hebt meine Hüften noch weiter an.

Ich will ihn gerade ein selbstgefälliges Arschloch nennen, da braust der Orgasmus über mich herein. Verzweifelt schlage ich die Augen auf, kralle meine Finger in das Laken und rufe seinen Namen. Die Wut und die aufgestaute Lust haben meinen Orgasmus übermächtig gemacht. Immer wieder erfasst er mich. Lässt meinen Körper erschaudern und mich William um Gnade anflehen, damit er endlich von mir ablässt.

Ich verbrenne. So muss es sich anfühlen, in Flammen aufzugehen.

Ich weiß, was kommen wird, als sich mein Atem beruhigt, William sich jedoch anspannt. Meine Vermutung bewahrheitet sich und er zieht sich aus mir zurück. Sein Stöhnen regt mich an und ich beobachte ihn begierig, doch trotzdem ist da wieder dieses Loch, das er zurücklässt.

Müde und völlig überfüttert mit Empfindungen lässt sich William, nachdem er seine Spuren mit dem Badetuch entfernt hat, auf mich sinken. Er vergräbt das Gesicht in meiner Halsbeuge, wobei er mich immer wieder küsst. Ich schließe die Augen, lausche unseren Atemzügen, die sich Stück für Stück in eine Einheit verwandeln, und verdränge die bösen Tatsachen rund um uns.

„Der Brunch ist zum Mittagessen geworden“, höre ich ihn gedämpft sagen.

„Was?“

„Es ist elf. Ich sterbe vor Hunger.“

Skeptisch verfolge ich, wie er sich erhebt. Seine Brust ist von einem Schweißfilm bedeckt, seine Haare zersaust und das Gesicht vom Orgasmus gerötet. Eigentlich sieht er zum Anbeißen aus, doch ich bin sauer auf ihn. Vorher, mitten im Geschehen, schlägt er mir unmoralische Dinge vor und jetzt, nach getaner Sache, knurrt ihm der Magen. Ich habe weder Lust auf etwas zu essen noch auf ihn. Ich möchte nach Hause und mein Kissen schlagen.

Keine Ahnung, wie es weitergeht. Ob er meine Abfuhr annimmt und wir so tun, als sei nichts passiert. Äußerst schwer, nach diesem Anblick. Oder ob er mir nur etwas Zeit zum Nachdenken gibt.

Wie soll ich eine Verbindung mit einem Mann eingehen, den ich in keiner Sekunde durchschaue?

„Diese zerzausten Locken stehen dir. Du siehst irgendwie älter damit aus."

Völlig perplex erstarre ich mitten in der Bewegung und glotze ihn entgeistert an. Entweder hat er das gesagt, ohne nachzudenken, und es vielleicht sogar nett gemeint, oder es gehört zu seiner Taktik. Seine Haltung verrät mir jedoch nichts. Jedenfalls steigt meine Stimmung wieder etwas.

Als wir beide angezogen sind, ich in seiner Stoffhose und Gabys Oberteil, begeben wir uns nach unten in die Küche, wo irgendjemand, ich bezweifle, dass er es gewesen ist, ein Essen vorbereitet hat. Angesichts der großen Auswahl knurrt mir dann doch der Magen.

12. Kapitel

Am Nachmittag bringt William mich nach Hause. Gemeinsam steigen wir die Treppe zum Haus hinauf. William ist hinter mir, was mir angesichts meines desolaten Äußeren Unbehagen bereitet. Er sieht natürlich blendend aus. Über das weiße Shirt hat er sich einen dicken Baumwollsweater gezogen, dazu trägt er eine Sonnenbrille. Ich habe mein Kleid in einen Beutel geschoben und trage seine Hose, die Jacke und die Schuhe von gestern.

An der Tür angekommen, fummle ich in meinem Täschchen nach dem Schlüssel. Komisch, je kleiner die Tasche, desto schwerer findet man etwas. In meiner großen Handtasche, die ich unter der Woche mit mir herumschleppe, finde ich ihn auf Anhieb. Vielleicht ist es mir aber auch einfach nur unangenehm, da wir seit Minuten kein Wort gewechselt haben.

Einerseits will ich ihn nicht gehen lassen. Schon beim Gedanken, einsam in meinem Bett zu liegen, könnte ich losheulen. Andererseits bin ich froh, wenn diese aufgeladene Atmosphäre weicht und ich mich in meinen üblichen Bahnen bewege.

Endlich, ich habe den Schlüssel, sperre die Tür auf und drehe mich zu William um. Es gelingt mir nicht, die Traurigkeit zu verstecken. „Danke für das schöne Wochenende und fürs Herbringen und für alles eben.“

Er lehnt sich an den Eingang und wirkt verträumt, als er mich sanft küsst. „Die Freude liegt ganz auf meiner Seite. Nutz die Zeit, um nachzudenken. Ich werde dasselbe tun", meint er mit Blick auf das ruhige Haus.

Nachdenken, ja, das sollte ich dringend. Doch worüber? Wenn ich doch nicht einmal weiß, was er von mir will! Worauf ich mich einlassen oder nicht einlassen soll.

„Werde ich machen. Ich bringe dir die Sachen noch diese Woche mit."

„Kein Problem." Müde lächelt er mich an. Verdammt, William, warum musst du so unwiderstehlich sein? So charmant auf deine Art eben? So undurchschaubar?

„Was machst du heute noch?" Warum will ich das wissen?

„Na ja, jetzt werde ich mal zu George fahren, vielleicht gehen wir noch weg. Danach werde ich mich in mein kaltes Bett begeben, das immer noch nach dir riecht."

Ich hoffe, er bleibt dort alleine. Bei dem Gedanken, er könnte heute dasselbe mit einer anderen erleben, zieht sich mein Brustkorb zusammen. Zur falschen Zeit, gegenüber dem falschen Mann. „Und du?"

„Ich werde mich nach einer Wohnung umsehen. Ein paar habe ich schon im Auge, doch die Mieten sind gestiegen, seit ich das letzte Mal auf Wohnungssuche gewesen bin."

„Du weißt doch, was ich dir gesagt habe? Wenn du Hilfe brauchst, kannst du es mir sagen."

Natürlich weiß ich das. Ich weiß auch, dass er innerhalb einer Stunde eine Wohnung finden würde, doch ich möchte es alleine schaffen. Ohne Taylor und ohne ihn. Nicht, dass ich die beiden in einen Topf werfen will, doch ist es mir wichtig, ein Zusammentreffen zu verhindern. Und wäre mir William in dieser Sache behilflich, so würde er mir sicher auch beim

Umzug zur Hand gehen. Beim Gedanken an Taylor und meinen Boss stellen sich mir die Nackenhaare auf.

„Ja, ich weiß."

„Bis morgen, Rose. Träum was Schönes", spult er seinen gewohnten Spruch ab, der mir immer wieder vorgaukelt, ich sei eine Prinzessin, ehe er sich vorbeugt und mich nochmals küsst. Ich schmelze, bin innerhalb einer Sekunde wieder voll bei ihm und drücke mich vom Türrahmen ab, um ihn ganz aus der Nähe zu spüren.

Als der Kuss endet, fühlen sich meine Lippen kalt und heiß zugleich an. „Bis morgen", flüstere ich und nehme sein Zwinkern kaum mehr wahr.

Er ist schon längst weg, doch ich stehe noch immer wie eine Vollidiotin an der Tür, als würde er auf einem weißen Ross zurückkommen und mich davontragen. Du solltest weniger fernsehen und lesen, höre ich die Stimme meiner Mutter.

Mit einem Seufzer stoße ich mich ab und schließe die Tür. Nachdem ich meine Tasche in mein Zimmer gebracht habe – Konfliktvermeidung! – gehe ich ins Wohnzimmer. Es ist finster im Raum, die Vorhänge sind zugezogen, während auf dem Bildschirm Vom Winde verweht läuft. Ich ahne Schlimmes. Und als ich Lisa zusammengerollt in einer ganzen Wagenladung Decken entdecke, bestätigt sich mein Verdacht.

„Ihr habt euch gestritten", stelle ich fest und gehe zu Lisa, die bei meinen Worten aufschreckt.

Ihre Augen sagen mir alles. „Ich habe dich tausendmal angerufen. Ich dachte schon, Bennet hätte dich aufgeschlitzt."

Ich setze mich neben sie und ignoriere ihren bösen Blick. Tausendmal – ich hatte vier Anrufe und sie wusste genau, wo ich bin. „Tut mir leid. Was war los?"

„Nichts." Eine glatte Lüge. Unter meinen wissenden Blicken bricht sie zusammen. Warum schaffe ich das bei William nicht? „Was soll schon sein?"

„Du siehst deine ‚Mir-geht-es-nicht-gut'-Videokassette, deine Augen sind rot, Frank und Susi sind nicht da. Außerdem bist du meine Schwester, ich merke, wenn etwas nicht stimmt."

Dass dieses alte Ding überhaupt noch funktioniert! Wie oft haben Lisa und ich diese Schnulze als Kinder gesehen. Fast jeden Satz kann ich auswendig. Oft haben wir einfach die Dialoge mitgesprochen und uns dabei vor Lachen gekrümmt.

Aus irgendeiner Tasche ihrer Hose zieht sie ein Taschentuch, mit dem sie sich die Nase putzt. Verschnupft erklärt sie mir ihre Situation. „Ja, na gut, wir haben uns gestritten. Frank hat mich zusammengeschissen, weil ich dir hinterherrufe und er gar nicht schlimm findet, was du tust. Es eskalierte und er schnappte Susi und ist mit ihr zu einem Kollegen gefahren. Wir waren dort heute zum Kaffee eingeladen."

Meinetwegen? Ich zucke zusammen. Es tut mir so leid, dass ich am liebsten mitheulen würde. „Lisa, wir haben darüber gesprochen, bitte, steigere dich nicht so rein. Ich bin alt genug."

„Ich weiß, ich bedauere auch, was ich zu dir gesagt habe. Du musst wissen, was du willst und was nicht."

Lisa stoppt den Film an der Stelle, an der Scarlett O´Hara gerade klagt, sie habe keine Tränen mehr.

„Wie ist es überhaupt gelaufen? Er hat dich hergebracht. Ich habe euch reden gehört."

Kurz überlege ich, ihr einfach zu sagen, es wäre nichts passiert. Doch so gut ich sie kenne, so gut kennt sie mich. Und warum soll ich sie belügen, da es sowieso eine einmalige Sache bleiben wird? „Wir waren im Theater, seine Schwester spielte dort in einem Stück mit. Danach waren wir in einem Club und dann sind wir zu ihm gefahren, wo ich auch gepennt habe. Also, keine Sorge, ich habe nicht bei irgendwelchen Punks übernachtet."

„Dann hast du mit ihm geschlafen?", fragt sie schüchtern. Zumindest für ihre Verhältnisse.

Ich nicke und fixiere Scarlett O´Hara. „Ja, das habe ich."

„Und jetzt?"

„Keine Ahnung. Vielleicht bin ich auch nur eine arme Plantagenbesitzertochter, die sich mit dem Falschen eingelassen hat", schmunzle ich, auch wenn mir gar nicht nach Scherzen zumute ist.

„Ihr werdet doch darüber geredet haben?"

„Ja, sicher. Unter der Woche, sprich in der Arbeit, werden wir professionell sein. Wir werden unseren Job machen und die Finger von uns lassen. Mehr weiß ich noch nicht."

Vermutlich will sie mein Gesicht sehen, da sie die Stehlampe anknipst und mich eingehend mustert. „Er will also keine Beziehung." Ich schüttle den Kopf. „Habe ich es doch gewusst."

„Ich will auch keine Beziehung. Ich hatte lange genug eine und möchte mein Singleleben wieder in vollen Zügen genießen. Doch nur Sex ... ich weiß nicht."

„Kannst du dich denn damit zufriedengeben?" Diese Fragerei treibt mich in den Wahnsinn.

Ich weiß doch nicht, was ich will. Ich weiß nicht einmal, ob er nur Sex will. Immerhin hat er es nicht explizit gesagt. „Keine Ahnung. Besser als gar nichts."

„Ist er es denn überhaupt wert?"

Ich hatte fünf Höhepunkte … verdammt, er war es wert! Ich lächle dümmlich und laufe rot an. „Um Gottes willen, Rose. Was hat er nur mit meiner Schwester angestellt? Und jetzt möchte ich jedes Detail hören."

Den restlichen Tag verbringe ich damit, mir mit Lisa Vom Winde verweht anzusehen. Als Frank und Susi zurückkommen, verziehe ich mich in mein Zimmer, die Ohren verschlossen, um den Streit der beiden nicht zu hören. Doch irgendwann wird es still und ich vermute, dass sie sich versöhnt haben. Nicht nur die beiden wissen, wie gut wütender Sex ist.

Ich ziehe mir den Sonntagsfilm mit Leonardo DiCaprio rein und döse vor mich hin, als mein Handy klingelt und mich hellwach werden lässt. Hektisch durchwühle ich die kleine Handtasche und finde es noch rechtzeitig, bevor es aus ist. „Hallo?"

„Warum so gestresst?", höre ich William am anderen Ende der Leitung sagen.

Ich bin mehr als hellwach, mein Puls rast und ich fühle mich wie damals in der Schule, als Ken Blackefield mich zu meinem ersten Date eingeladen hat.

„Ich bin nicht gestresst. Mmh … du bist zu Hause?"

„Ja, bin ich. Ich liege im Bett und es riecht noch immer nach dir."

„Mein Bett riecht nicht nach dir", winke ich ab und versuche, mir mein Entzücken nicht anmerken zu lassen. Ich stelle ihn mir vor, wie er auf dem Bett liegt, nur mit den schwarzen Boxershorts, die ich ihn heute noch gezwungen habe auszuziehen, während er entschieden hat, mich anzurufen.

„Es könnte nach mir riechen. Du musst es nur sagen."

Wie verlockend, ich bin fast geneigt, auf das Angebot zurückzukommen, doch ich muss nachdenken. Ich muss entscheiden, was aus uns wird. Ob Sex ausreicht. „Könnte ich das? Und du würdest dich in deine Penisverlängerung setzen und zu mir fahren?"

„Penisverlängerung – ich liebe deinen Humor, Rose."

„Ja, dafür bin ich bekannt."

„Nicht nur dafür", lacht er und ich merke diesen rauen Unterton in seiner Stimme. Was tut er, nachdem wir auflegen? Ich werde rot und schließe die Augen bei dem Gedanken, dass er sich selbst befriedigen könnte und dabei an mich denkt. Doch ich bezweifle, dass er das überhaupt nötig hat. Irgendwo findet er bestimmt eine Frau, die gewillt ist, seine Bedürfnisse zu stillen. „Ich wollte nur sichergehen, dass es dir auch gut geht. So ein langer Nachmittag verschafft einem viel Zeit zum Nachdenken."

Ja, das tut er. Doch auch die Nacht würde voll von Träumen sein, die mich an ihn banden und mich immer weiter zu ihm hinzogen. Als wäre er eine Droge, von der ich einmal gekostet habe und nach der ich nun süchtig bin. Doch, ich will immer mehr. Eine höhere, eine noch erschütterndere Dosis. „Ich bin ein großes Mädchen, keine Angst."

„Bereust du es?", fragt er frei heraus und ich meine zu hören, wie er die Luft anhält.

Tue ich es? Irgendwie schon, doch das tut man doch immer. Zumindest bei mir ist es so. Ich habe immer Angst, dass ich verletzt oder gedemütigt werde, sodass ich mich dann einfach nur verkrieche. „Ich weiß es nicht. Eigentlich nicht, doch noch bin ich zu Hause. Morgen wird sich entscheiden, was ich will."

„Ich will dich", flüstert er. „Voll und ganz, Rose. Es macht mich wahnsinnig, nicht bei dir sein zu können. Ich meine, ich breche gerade Regel Nummer eins für dich – keine Anrufe. Ich liege im Bett und versuche, deinen Duft einzusaugen. Und Rose, ich bin so hart, dass es schmerzt. Was hast du nur mit mir gemacht?"

Mein Herz setzt aus, ich verändere meine Position, versuche dabei, die Sätze in meinem Kopf zu sortieren, doch sie kommen zu schnell. Sie treffen mich wie Pfeile, die einerseits Glück, andererseits Angst mit sich bringen. Er bricht meinetwegen Regeln – na gut, es ist ja nicht die Welt, er ruft mich nur an. Er will mich voll und ganz – doch ich muss ihm widersprechen. Er will nur Sex. Nicht mehr und nicht weniger. Das ist weder voll noch ganz.

„William, ich ... was hast du gemacht? Du stellst Regeln auf, die ich zu befolgen habe, fragst mich aber kein einziges Mal, wie meine lauten. Du drückst mich weg, während du mich mit der anderen Hand zu dir ziehst. Außerdem redest du nicht mit mir. Wenn wir das hier weiterführen wollen, musst du offen sein." Während ich nach einer sanften, William gerechten Variante suche, durchkämme ich meine Haare, wobei mir der Duft seines Shampoos in die Nase steigt. Um Himmels willen, ist es so schlimm? Ich kenne ihn doch kein bisschen. „Oder bin ich etwa so verschlossen wie du?“

„Nein, bist du nicht. Doch es ist eben meine Art. Rose, ich kann dir alles geben, was du willst. Wir werden füreinander da sein, Sex haben, Spaß haben, einfach die Zeit verstreichen lassen und nicht an morgen denken. Vertrau mir. Bitte.“

Ihm vertrauen – eigentlich sollte sich alles in mir sträuben, doch seltsamerweise gefallen mir seine Stimme und seine Worte, die meine Seele streicheln. „Warum gerade ich? Es gibt Tausende von Frauen, die sich um meine Stelle streiten würden. Warum ich?“

Er lacht wieder auf seine verschwörerische Art, als habe er etwas Außergewöhnliches vor, worüber nur er Bescheid weiß. „Du hast mich vom ersten Augenblick gefesselt. Du bist so verletzlich und strahlst so viel Unsicherheit aus, während du im nächsten Moment stark und tough bist wie keine andere. Du bist wunderschön, sinnlich, witzig, klug, charmant, sexy ... ich könnte ewig weiterreden.“

„Bist du betrunken?“

„Nicht dass ich wüsste“, antwortet er lachend.

Ich habe plötzlich solche Angst, dass es mir die Kehle zuschnürt. Was tue ich hier? Was tun wir?

„Wir sehen uns morgen.“

„Ja.“

Dann legt er auf und ich schiebe ein Kissen über mein Gesicht. Eigentlich will ich lachen, andererseits aber heulen. Wie man es auch dreht und wendet, ich bin ihm verfallen. Völlig. Ich habe mich sprichwörtlich Hals über Kopf in eine

Verbindung gestürzt, mich dabei wie ein Mann verhalten und nur auf meinen Schwanz gehört, wenn ich denn einen hätte. Jetzt ist es zu spät. Zu tief bin ich hineingerutscht, als dass ich noch einen Rückzieher machen könnte, was mir bei Williams Beschreibung seines derzeitigen Zustands sowieso unmöglich erscheint.

Nervös kaue ich auf meinen Nägeln herum, habe dabei die Uhr jedoch genau im Blick. Ich bin extra früher gekommen, um mich seelisch vorbereiten zu können. Denn hier, im sterilen Büro, fällt mir das Denken leichter als zu Hause. William ist noch nicht da, was mich nur noch nervöser macht.

Um zehn nach acht höre ich Geräusche, die eindeutig aus seinem Büro und nicht vom Empfang kommen. Durchatmen, Rose. Durchatmen. Unentschlossen sehe ich auf die Notizen, die ich mir zum heutigen Tag gemacht habe. Meetings, Präsentationen und Konferenzen, über die er Bescheid wissen muss, doch schaffe ich es einfach nicht, mich aufzuraffen. Entschlossen, mich nicht wie ein Kind anzustellen, klopfe ich nach fünf Minuten und gutem Zureden meinerseits an seine Tür.

Mit einem leisen „Guten Morgen" gehe ich auf den wuchtigen Schreibtisch zu, von dem aus er mich wie ein Löwe seine Beute betrachtet. Schnell nehme ich Platz und versuche, mich auf die Notizen zu konzentrieren. „Also, um halb zehn und um zwei haben sich die Herrschaften von Solar World für eine Telefonkonferenz eingetragen. Um neun kommen drei Mitarbeiter, die dir ein Projekt vorstellen möchten. Dein Vater hat es bereits abgesegnet, es fehlt nur mehr der letzte Schliff. Außerdem haben sich Mr. Seyfield und

Mr. Patchert aus der Personalabteilung zum Essen eingetragen. Ich vermute, dass es Schwierigkeiten in der Buchhaltung gibt."

Toll gemacht. Ich lebe noch, auch wenn zwei Minuten reden, ohne dabei ein einziges Mal Luft zu holen, wirklich eine reife Leistung ist. Doch ich habe meine Arbeit getan. Als von William weiterhin nichts zu hören ist, hebe ich den Kopf. Seine Augen treffe die meinen, wobei der Erdkern kalt im Vergleich ist zu dem, was mir da entgegenblickt. Ich weiß nicht, was in ihm vorgeht. Wie denn auch? Das weiß ich doch nie. Seine Gedanken sind sicher überall, nur nicht bei den Terminen. Eigentlich glaubte ich mich auf diesen Worst Case vorbereitet. Andererseits kann ich nicht behaupten, dass ich nicht ebenso glühe. Nicht nur, dass er wieder einmal zum Anbeißen aussieht. Nein, ich weiß auch, was unter seiner Kleidung steckt.

Er ist mein Geschenk und verdammt, er möchte, dass ich ihn auspacke.

„Rose, hast du einen Vibrator?", fragt er mich mit tiefer Stimme und ich erkenne keinen Funken Neckerei darin. Was bei mir nicht so ganz der Fall ist, denn ich lache, ehe ich wieder ernst werde.

„Wie bitte?"

Lässig drückt er sich in seinen Schreibtischsessel und faltet die Arme im Schoß. Ich mache den zweiten großen Fehler – mein Blick wandert zu seinen Händen. Meine Nippel werden augenblicklich hart, was mich noch wütender macht. „Ich ... was ..."

„Hast du nun einen?“, bedrängt er mich weiter und steigert meine Erregung bis zu dem Punkt, an dem ich glaube, alleine durch seinen Atem kommen zu müssen.

„Nein.“ Doch, ich habe einen, sehe jedoch nicht ein, warum ich William Bennet meine intimsten Geheimnisse auf die Nase binden soll, wenn er doch selbst gesprächig wie ein Stein ist. Nicht einmal Taylor wusste davon. Ich habe ihn auch erst ein- oder zweimal benutzt. Eine reine Verzweiflungstat. „Und ich brauche keinen, falls du mir einen schenken möchtest.“

Er lacht. „Ich werde dir keinen schenken, Rose. Ich dachte vielmehr daran, dich einmal mit einem von meinen zu vögeln oder dir dabei zuzusehen, wie du es dir selbst damit machst. Dann solltest du Übung haben.“

Mein Gesicht verwandelt sich in eine überreife Tomate. „Wir sind in der Arbeit“, erinnere ich ihn schnell und hoffe, den letzten Funken Anstand in ihm zu wecken.

„Ich weiß.“

„Wir sagten, wir sind hier professionell.“

„Ich bin so professionell, wie es der Ständer in meiner Hose zulässt. Wäre ich es nicht, würdest du schon längst auf mir sitzen, während ich dich ficke.“

Meine Hände sacken zu Boden. Ich weiß nicht, ob es mich aufgeilt oder abstößt, was er von sich gibt. Doch ich vermute eher Ersteres. Meine Bluse ist plötzlich zu eng, mein Rock auch, mein Höschen feucht. Wie soll ich das nur schaffen? „Die Termine.“

„Trag sie ein, wie du willst. Ich bin den ganzen Tag hier.“

„Hast du mir überhaupt zugehört?“, fahre ich ihn an.

Er grinst schief und scheint sich keinen Deut um meine Gefühlslage zu kümmern. „Ich war etwas abgelenkt von deinem Mund."

Wir wissen beide, woran er denkt. An das, was ich mit meinem Mund gemacht habe. Schlechter Einfall, Rose. Frag ihn nichts mehr, was gegen dich verwendet werden kann.

Mit geradem Rücken fixiere ich ihn. „Du solltest mir aber zuhören, immerhin geht es um deine Firma. Die Kunden merken, wenn du schlecht vorbereitet bist."

„Wie sieht es bei dir aus, Rose. Wie gut bist du vorbereitet? Hast du dir Gedanken gemacht, was du willst?"

Tausend Gedanken, einer skurriler als der andere. Einmal will ich ihn, dann wieder nicht. „Ich brauche noch Zeit."

„Um was zu tun?"

„Um mir Gedanken zu machen", antworte ich und kann mir nicht verkneifen, ihn so zu behandeln, als hätte er nicht alle Tassen im Schrank.

„Ich werde um dich kämpfen, Rose. Nur dass du es weißt. Ich will dich haben, und ich bekomme immer das, was ich haben möchte."

Hätte mich auch gewundert, wenn es nicht so gewesen wäre. Verwöhnter Arsch. „Dann viel Spaß." Ich stehe auf und staple die Unterlagen in meiner Hand. Bereit, die Sache hier zu beenden, zumindest dieses Gespräch über Vibratoren und Sex, mache ich kehrt.

Ich spüre, wie sich William ebenfalls erhebt und mich mustert. „Es reicht nicht nur zu kämpfen wie ein Verrückter. Meine Regeln werden nicht mehr missachtet. Ich will etwas über dich erfahren. Bist du nicht bereit dazu, dann kannst du es gleich vergessen", erkläre ich ihm, bevor er etwas sagen kann.

„Dann kämpfst du also auch", stellt er belustigt fest.

„Im Moment noch nicht. Warum sollte ich um eine hübsche, aber leere Hülle kämpfen, wenn es anderswo prall gefüllte gibt?"

Er wahrt bewusst Distanz, das sehe ich ihm an. Die Hände in den Hosentaschen, das Haar zerzauster als sonst, weckt er Mitleid in mir. Ich muss weg, bevor ich ihn an meine Brust drücke und über mich selbst schimpfe. Als ob ich der Arsch bin, denke ich und mache einen königlichen Knicks vor ihm, ehe ich zurück in mein Büro gehe.

Mittags bin ich mit Naomi zum Essen verabredet, die mir alles über Pauls Party erzählt. Auch, wie gut Frankie im Bett ist. Ich nicke, höre ihr zu und tue so, als ob meine Welt völlig in Ordnung wäre. Als ob dort oben im gefühlten tausendsten Stock nicht ein Ungeheuer auf mich wartet, das mich mit Haut und Haaren verschlingen will.

Der Nachmittag verläuft ruhig. William ist zwar in seinem Büro, scheint mir aber Zeit geben zu wollen. Die Arbeit geht locker von der Hand und lenkt mich ab. Erst als es vier wird, kehre ich in die Realität zurück. Ich werde mich heute noch mit einem Immobilienmakler treffen, der mir ein paar Wohnungen zeigen möchte. Eigentlich freue ich mich darauf. Es hat doch etwas Faszinierendes, wenn man Wohnungen betritt, die alle eine Geschichte haben. Jeder Bewohner hinterlässt seine jeweils eigene Spur und deshalb habe ich mir bewusst Altbauwohnungen ausgesucht, die mit ihren versteckten Winkeln und den Erkerchen genügend Platz für Träume und Gemütlichkeit bieten.

Nachdem ich meinen Computer heruntergefahren habe, bin ich gerade dabei, Ordnung in meiner Handtasche zu schaffen, die mir vor lauter Eile vom Stuhl gefallen ist. Ich bin so vertieft, dass ich William erst bemerke, als er schon hinter mir steht. Ich spüre seine Anwesenheit, ohne ihn gesehen zu haben. Dieses Knistern, das immer da ist, sobald er denselben Raum wie ich betritt.

„Wie war dein Nachmittag?", fragt er mich für seine Verhältnisse recht zurückhaltend.

„Ganz gut. Deiner?"

Gedankenverloren setzt er sich auf die Kante meines Schreibtisches und sieht zu Boden. „Jedenfalls besser als der Vormittag."

Ich halte inne und lege meine Jacke weg. Irgendetwas stimmt doch nicht. Nur was? Er wirkt niedergeschlagen. „Was war los?"

„Heute war doch dieser Brandon Knight hier. Na ja, er hat mir Belege auf den Tisch geknallt, die beweisen, dass an uns bezahltes Geld aus ziemlich dubiosen Quellen zu kommen scheint. Keine Ahnung, was mein Vater da gedreht hat."

Ach ja, dieser Termin mit Knight, gegen den Charles Bennet so opponiert hat. „Woher hat Knight diese Belege?"

„Keine Ahnung."

„Du weißt, was dein Vater über ihn gesagt hat. Nimm dir das nicht so zu Herzen und vergiss ihn." Rose, verdammt, er sieht erschüttert aus und ist zu dir gekommen. Speis ihn nicht einfach ab, sondern steh ihm zur Seite. „William, er ist ein Aasfresser, du bist neu im Geschäft und er will sich wahrscheinlich deine Firma unter den Nagel reißen. Bitte, vergiss ihn."

Der helle Glanz kehrt in seine Augen zurück, was mich ungemein erleichtert. Eigentlich möchte ich ihn in den Arm nehmen und ihm versichern, dass alles nicht so schlimm ist, wie er denkt. Doch wir sind im Büro, unsere Grenzen kommen mir in den Sinn.

„Du hast recht. Trotzdem lasse ich die Zahlen prüfen."

„Mach das. Dagegen ist wirklich nichts einzuwenden", erwidere ich ruhig.

„Was treibst du heute noch?", fragt er, als er aufsteht und zu mir kommt. Mittlerweile hat er entweder seine Maske wieder aufgesetzt oder meine Worte haben ihm wirklich geholfen.

„Ich treffe mich mit einem Immobilienmakler. Er will mir ein paar Wohnungen zeigen."

Seine Augenbrauen schnellen nach oben und sein Beschützerinstinkt erwacht innerhalb von drei Sekunden zum Leben. „Welche Firma?"

„Keine Ahnung. Irgendetwas mir Balk, oder so", erkläre ich ihm und zwänge mich in meine Jacke. Ich muss hier weg. Nicht nur, um den Termin noch zu schaffen, sondern um seiner Fragerei, die zweifelsohne nun folgen wird, zu entkommen.

„Bishop and Balk?"

„Ja, kann sein. Ich habe auf eine Onlineanzeige geantwortet und er hatte noch einen Termin für heute frei."

„Wo liegen die Wohnungen?"

Hallo, bin ich dein Kind, oder was? „Zwei in Kilburn und zwei in der Nähe meiner Schwester."

Er nickt, ob das nun gut oder schlecht ist, wage ich nicht zu sagen. „Soll ich mitkommen?“

„Nein danke“, fahre ich ihn an. „Ich bin ein großes Mädchen.“

Der Reißverschluss dieser verdammten Jacke klemmt, was William, ganz Gentleman, veranlasst, mir behilflich zu sein. Keine Berührung, schreie ich ihn in Gedanken an. Bin ich die Einzige, die so hochexplosiv auf Körperkontakt reagiert?

„Du solltest keine der Wohnungen auf der Stelle nehmen. Lass dir eine Kopie der Exposés schicken und ich gebe sie an meinen Immobilienmakler weiter.“

Genervt verdrehe ich die Augen. „Ja, Papa.“

Er grinst und streicht mir über die Wange. „Ich werde dir gleich zeigen, wo Papa seinen Hammer hat.“

„Oh, darf ich Sie erinnern, dass wir im Büro sind?“

Sein Lachen wird breiter und er wagt es, mich zu küssen. Ein züchtiger, fast andächtiger Kuss, der gerade einmal drei Sekunden dauert. Doch als er sich von mir löst, schwanken meine Beine. „Du musst los“, brummt er und zieht den Reißverschluss meiner Jacke nach oben.

Knapp drei Stunden später sitze ich mit Lisa in der Küche und gehe jede Wohnung noch einmal in Gedanken ab. Zwei sind durchgefallen, zwei gefallen mir. Wobei eine zu teuer ist, aber hundertprozentig meinen Vorstellungen entspricht. Die andere ist günstiger, liegt aber etwas weiter von der Innenstadt entfernt, was nicht so schlimm wäre, müsste ich mich nicht mit der Bahn durch halb Kilburn quälen.

„Ich würde die teure nehmen und eine saftige Gehaltserhöhung aushandeln.“

Ich zucke mit den Schultern. „Jedenfalls habe ich keine Lust mehr, mir noch eine Wohnung anzusehen."

„Themenwechsel, wie war der erste Arbeitstag – danach?", fragt sie mich und schlürft brav ihren Tee.

„Ganz gut. Ich habe ihn kaum zu Gesicht bekommen und am liebsten wäre er dann zur Wohnungsbesichtigung mitgefahren."

Lisa grinst dümmlich und hebt dabei beide Augenbrauen. „Er scheint ja richtig vernarrt in dich zu sein."

Ach ja? Für mich ist das eher eine momentane Anziehungskraft, die mit jeder Sekunde mehr nachlässt. Zumindest seinerseits. Denke ich – nicht, dass ich es hoffe.

„Wie soll es weitergehen?", setzt sie ihr Verhör fort.„Keine Ahnung."

„Was empfindest du?"

Um Himmels willen. „Ich weiß es nicht!" Ich klinge eine Spur zu ruppig. Doch bei dem Gedanken, wie unsere Auseinandersetzung in Bezug auf William das letzte Mal geendet hat, halte ich mich zurück. „Klar ist da etwas. Er lässt mich nicht kalt und ich bin mir sicher, da, unter der dicken, nichtssagenden Oberfläche, die er sich geschaffen hat, empfindet er etwas. Doch ich bezweifle, dass er es ernst meint mit mir."

Mein Handy klingelt und ich stehe auf, um es aus meiner Handtasche zu kramen. Beim Namen, der auf dem Display erscheint, bekomme ich Gänsehaut. „Er ist es", beantworte ich Lisas fragenden Blick. „Hallo", melde ich mich so cool wie möglich.

„Hallo auch. Und sind wir schon umgezogen?"

Dieser verspielte Ton in seiner Stimme macht mich mutig, deshalb entspanne ich mich. Mir ist bewusst, dass Lisa mich mit offenem Mund, eben die Bestätigung für ihre Einschätzung erhaltend, anstarrt.

Langsam ziehe ich mit meinem Fuß Kreise über den Boden und ringe mich zu einer ebenfalls scherzhaften Antwort durch. „Natürlich, ich wohne bereits dort. Nur befindet sich mein neues Domizil im Ausland. Die Kündigung an dich habe ich bereits abgeschickt."

„Im Ausland. Wohin fahre ich dann jetzt? Deine Schwester wird mich wohl kaum auf eine Tasse Tee reinbitten."

Er ist hier?! Ich verfluche das Fenster, welches sich zum Garten hin öffnet. „Lisa wird dich schon nicht beißen."

„Wirklich? Letzte Woche sah das aber anders aus."

Ich kichere verlegen, was Lisa dazu bewegt, aufzustehen und mich zu umkreisen. „Mal im Ernst. Du bist doch nicht wirklich hier?"

„Höre ich da einen Funken Freude in deiner Stimme?"

Natürlich – und darum verarsch mich ja nicht. „Das täuscht."

„Ich habe eine Überraschung für dich. Vielleicht wäre Mylady so freundlich, mich einzulassen."

Mir fällt die Kinnlade nach unten. Nachdem er aufgelegt hat und ich nur mehr das Piepen aus meinem Handy höre, gucke ich zu Lisa, die mich mit großen, funkelnden Augen ansieht. „Er ist hier", hauche ich atemlos, als hätte ich eine schreckliche Nachricht erhalten, die sich mit einem Satz erklären lässt.

„Dann mach auf. Worauf wartest du?", drängt meine Schwester.

Die Hülle meines Körpers, keine Ahnung, wo mein Hirn und Verstand geblieben sind, vielleicht schlafen die noch immer den Rausch der Überreizung durch William Bennet aus, begibt sich zur Tür. Ich sollte hüpfen und vor Freude in die Hände klatschen. Doch irgendwie will diese Kombination aus William und Überraschung nicht so recht zusammenpassen.

Bevor ich die Haustür aufziehe, atme ich noch einmal tief durch. Ein Glück, dass mich Lisa damals in diesen Yogakurs mitgeschleift hat.

„Guten Abend, die Dame", begrüßt er mich lächelnd.

Das Erste, was mir einfällt, ist, wie gut er aussieht. Er scheint zu Hause gewesen zu sein, um sich umzuziehen. Denn den Anzug von heute hat er abgelegt und gegen Jeans und einen Pullover getauscht. Doch noch immer strahlt er diese Grazie aus, die mich fast umhaut.

Während ich ihn mit meiner abgetragenen Jogginghose und dem pinken T-Shirt ins Haus bitte, verdoppelt sich mein Pulsschlag. Was soll ich tun? Wo soll ich ihn hinbringen? In die Küche, wo Lisa ist, oder doch in mein Zimmer? Die Küche wäre zu öffentlich, wenn sein Überraschungsbesuch in einer heißen Sexszene endet. Mein Zimmer zu intim, wenn er sich nur nach der Wohnung erkundigen will.

„Magst du Tee?", frage ich ihn und hoffe, er ergreift die Initiative.

„Sind wir alleine?"

Mein Zimmer – eindeutig. „Nein, Lisa ist noch da."

„Dann keinen Tee, sondern dein Zimmer."

Okay. Verdammt, war diese Hose schon immer so kratzig und eng? Und auch mein Hintern droht unter seinen Blicken zu zerfließen. Jetzt weißt du, wie es mir geht.

Als wir mein Zimmer betreten, fühle ich mich wie eine Sechzehnjährige, die noch bei ihren Eltern wohnt. Welcher normale Mensch in meinem Alter, Studenten ausgenommen, hat nur ein einziges Zimmer? Außer auf dem Bett gibt es keine Sitzgelegenheit, deshalb schiebe ich meine Kuscheldecke zur Seite und deute ihm, Platz zu nehmen.

„Hübsches Zimmer, Rosie“, zieht er mich auf, während ich mich neben ihn setze. Dabei versuche ich allerdings, so viel Abstand zu halten, dass es weder unhöflich noch auffällig wirkt.

„Also, was ist deine große Überraschung?“ Ich ignoriere seinen Versuch, mich wie einen Teenie zu behandeln.

In seiner Linken hält er einen Umschlag, den er mir nun hinstreckt. „Mach auf und sieh, was drinnen ist.“

Meine Finger fühlen sich schwitzig an, als ich das Kuvert öffne. Keine Ahnung, was er sich hat einfallen lassen, als er zweifelsohne vor Enttäuschung, dass er mich nicht begleiten durfte, gebebt hat. Er verfügt über Geld, Einfluss und Beziehungen zu wichtigen Menschen. Mich würde es nicht wundern, wenn in diesem Umschlag eine gerichtliche Verordnung war, die besagt, dass ich nichts mehr ohne ihn machen darf.

Doch er überrascht mich wieder einmal, da dies keine Verordnung, sondern das Exposé einer Wohnung ist. Einer teuren, hübsch eingerichteten Wohnung mitten in Kensington. Von jedem Zimmer gibt es ein Bild. Die Küche, ganz nach meinem Geschmack, weiße Möbel und Accessoires in Erdtönen. Das Wohnzimmer im selben Stil. Und auch die zwei Bäder – zwei Bäder, um es noch einmal zu betonen – waren sicher nicht mit Möbeln aus dem nächstgelegenen Einrichtungshaus ausgestattet worden. Das Schlafzimmer, mit dem wundervollsten Bett, das ich je gesehen habe. Und erst die Fenster – bodentief und mit aufwendigen Vorhängen verziert.

„Was ist das?“, frage ich, redlich bemüht, mich nicht von dem Leuchten seiner Augen anstecken zu lassen.

„Eine Wohnung.“

„Ja, das habe ich gerade noch kapiert. Aber was soll ich damit?“

„Sie steht leer und du kannst dort einziehen.“

Wieder blicke ich auf die Bilder, die aus einem Traum zu stammen scheinen. Habe ich den Erker im Wohnzimmer schon erwähnt – er ist genau so, wie es mir gefällt: romantisch.

„Ich habe mit meinem Immobilienmakler telefoniert und mich erkundigt, was er von Bishop and Balk hält. Und nachdem er mir die Wohnungen rausgesucht hat, die du besichtigt hast, hat er mir das Exposé dieser Wohnung überlassen.“

„Okay, dann ist dein Immobilienmakler entweder blind oder er will dich verarschen. Die Wohnungen, die ich mir angesehen habe, sind bezahlbar. Das hier ... das liegt nicht im Rahmen meines Budgets.“

Wütend schiebe ich das Exposé in den Umschlag zurück und reiche ihn an William weiter. Ich könnte ihn erwürgen! Sicher hat er es nett gemeint. Doch nicht nur, dass er es nicht lassen kann und sofort „seinen“ Immobilienmakler anruft, als hätte jeder Mensch einen persönlichen. Nein, er muss mir unbedingt unter die Nase reiben, wie unterschiedlich wir sind. Er lebt in seiner Märchenwelt und ich bin das arme Dornröschen.

„Die Mühe hättest du dir sparen können", fauche ich und streiche mir meine Haare aus dem Gesicht.

„Was ist das Problem, Rose?"

Ich spüre seine Zurückhaltung. Er scheint wirklich bemüht, meine Empfindungen zu verstehen. Doch ich bin zu sauer, als dass ich mich hätte freuen können. „Das Problem? Mein Budget. Nochmals – mein Budget."

„Rose", sagt er, als wäre er ein gelangweilter Lehrer und ich hätte die Prüfung verkackt, „die Wohnung gehört mir, du brauchst sie weder zu kaufen, noch musst du Miete bezahlen. Sieh es als Entschädigung."

„Entschädigung wofür?" Na, da bin ich ja mal gespannt!

„Keine Ahnung. Nimm sie einfach", erwidert er grinsend.

Soll jemand diesen Mann verstehen. Ich glaube ihm kein Wort. Vielmehr unterstelle ich ihm, sich mein Vertrauen erkaufen zu wollen. Und als nette Beigabe kann er ständig nachvollziehen, ob ich zu Hause bin oder nicht. „Du willst mich doch nur an dich binden, sodass ich nicht Nein sagen kann."

„Ich bitte dich, du bist mehr an mich gebunden als jede andere Frau dieser Welt."

Überrascht ziehe ich die Augenbrauen hoch und suche nach einer Lösung. Mir ist klar, dass ich die Wohnung nicht nehmen kann. Jeder, der mich besucht, wird sehen, dass sie finanziert wird. Und ich will keine Hure werden, die von ihrem Freier Haus und Verpflegung erhält. Was hat er sich wirklich dabei gedacht? Und überhaupt – bin ich die Erste, bei der er dieses Spiel abzieht.

„Vergiss es. Ich wollte dir nur helfen, aber anscheinend war das zu viel des Guten“, gibt er klein bei.

Eigentlich sollte er mir nicht leidtun. Immerhin habe ich ihn nie um Hilfe gebeten, doch seine Augen, der hängende Mund und seine schlaffen Schultern treffen punktgenau in mein Herz. „William, ich freue mich auch, dass du dir Gedanken gemacht hast, aber es ist mein Leben. Wie du schon sagtest, wir sind kein Paar. Deshalb möchte ich mich nicht an dich binden. Nicht noch mehr. Was ist, wenn du genug von mir hast? Soll ich dann die Wohnung räumen und für deine Neue frei machen?“

„Rose, ich rede von einem Lüftchen, während du einen Tornado siehst. Ich wollte dich nur aufbauen.“

Gespannt mustert er mich. Ich bemerke die Veränderung in seiner Haltung und seinen Augen. Wie sich Tadel in Begierde wandelt. „Du siehst wundervoll aus.“

Ich folge seinem Blick, der über meinen Körper streift. „Na ja, Victoria´s Secret hätte keine Freude mit mir.“ Sehen wir dieselbe Rose? Immerhin bin ich nicht gerade vorteilhaft gekleidet.

„Du wirst so oder so nicht mehr lange angezogen sein“, verspricht er mir, rückt ein Stück näher und drückt mich auf die Matratze. Lachend nimmt er neben mir Platz, wobei seine Hände besitzergreifend über meine Brüste und meinen Bauch streicheln. „Du solltest heute ruhig sein, ich kann mir nämlich gut vorstellen, dass Lisa lauschend vor der Tür steht.“

Entrüstet schnaube ich und verpasse ihm eine gespielte Ohrfeige. „Wie redest du nur über meine liebevolle Schwester?“

Grinsend nimmt er meine Hand in die seine und streicht und knetet sie. Ich erschaudere, sehe auf unsere Hände, die sich wie zwei Schlangen begierig aneinanderschmiegen und winden. „Du hast für die Osterfeiertage Urlaub eingetragen.“

Verdutzt sehe ich wieder zu ihm. „Ja, schon vor Ewigkeiten.“

„Fährst du zu deinen Eltern?“

„Ja. Das hatte ich zumindest vor.“

Warum er meine Eltern mit ins Bett holt, weiß ich nicht. Aber es macht mich traurig und frigide zugleich. Denn immerhin glauben diese nicht nur, ich wäre noch immer mit Taylor glücklich. Nein, sie denken außerdem, er begleitet mich zu Ostern. Aber ich schaffe es einfach nicht, ihnen die Wahrheit zu gestehen. Mama und Papa wären am Boden zerstört.

„Und du? Was machst du während der Feiertage?“ Dies ist immerhin meine Chance, etwas aus ihm herauszubekommen.

„Nichts. Das Leben geht weiter. Feiertage sind nur unnötig und fade.“

„Dann feierst du nicht mit deiner Familie?“

„Meine Familie feiert höchstens Weihnachten, wenn überhaupt.“

Oh Gott, während ich diesen Tagen entgegenfiebere, da ich weiß, wie gut sie mir tun, verbringt er sie alleine. Sogar Weihnachten. Die glücklichste Zeit des Jahres. „Dann warst du das letzte Mal zu Weihnachten bei deinen Eltern?“

„Nein“, blockt er scharf ab und ich merke sofort, dass sich dahinter etwas verbirgt. Vielleicht habe ich soeben einen empfindlichen Nerv getroffen. „Wie sind wir eigentlich von dir zu mir gekommen?“

Ich zucke die Schultern. „Hey, ich bin eine Frau, nur wir schaffen das.“

Er brummt und drängt zuerst meine Beine auseinander, ehe er sich dazwischen platziert und mein Shirt nach oben schiebt. Gerade so weit, dass mein Bauch frei ist. „Eine Frau ... und was für eine. Köstlich“, flüstert er und küsst meinen Bauchnabel. „Erotisch“, meine Rippen sind an der Reihe, wobei ich mich leicht krümme. „Manchmal etwas zimperlich.“ Nun ist die andere Seite an der Reihe, deshalb ist mein Schnauben, welches ich nicht unterdrücken kann, kaum zu hören.

„Zimperlich?“, frage ich empört, wobei mir sein Lachen sanft über den Bauch streicht und die empfindsamen Härchen darauf neckt. „Ich sollte dich eigentlich vor die Tür setzen. Mitsamt deiner teuren Mätressenwohnung.“

William ist gerade dabei, mich durch den Stoff meiner Jogginghose zu küssen. Nur eine Sekunde reicht und ich brenne. Das Atmen fällt mir schwerer und ich spüre, wie sich mein Körper in freudiger Erwartung aufzulösen scheint. „Da das aber nicht dein Haus ist, kann ich hier tun und lassen, was ich will.“

„Dass ich nicht lache.“

„Dir wird das Lachen gleich vergehen. Weißt du eigentlich, Rose, dass ich dich noch nie richtig mit meiner Zunge gefickt habe?“

Noch ehe ein Wort zu mir durchdringt, schiebt er andächtig meine Hose mitsamt meinen Pantys nach unten. Ohne mich berühren zu müssen, weiß ich, wie feucht ich bin. Wahrscheinlich schafft es nur William, mich mit dieser kindischen Neckerei scharfzumachen. Und da er mir mehr oder minder gesagt hat, was er vorhat, treibt das meine Vorfreude an den Rand des Erträglichen.

Der Länge nach streicht er über meine pochende Mitte, was mir ein genüssliches Stöhnen entlockt. William hebt seinen Blick und sieht mich grinsend an. „So ungeduldig", tadelt er mich und gibt mir einen züchtigen Kuss, ehe er meine Schamlippen teilt und dagegen bläst. Ich krümme mich, werfe meinen Kopf in den Nacken und nehme all meine Kraft zusammen, um nicht seinen Namen zu rufen. Diese reizende Zärtlichkeit hat so etwas Packendes, dass ich nicht weiß, wie ich mit diesen aufgestauten Schreien in mir umgehen soll. Das Laken unter mir kommt mir gelegen und ich kralle meine Finger darin fest.

Als er eine Sekunde später über meinen Kitzler leckt, löst sich doch ein solch verzweifelter Schrei aus meiner Kehle, dass Lisa, hätte sie ihn gehört, schon längst mitten im Zimmer stünde.

„Wie gut deine Möse schmeckt", flüstert er und reizt mich noch mehr.

Seine Zunge umspielt weiterhin diesen pochenden, vor Lust geschwollenen Teil, wobei er mich regelmäßig auf den Gipfel treibt, mich aber nicht springen lässt. Instinktiv schiebe ich meine Schenkel weiter auseinander, presse seinen Mund fester an mich. Ich brauche ihn jetzt. Eigentlich will ich ihm das auch sagen. Doch als ich meinen Mund öffne, rutscht nur ein gequältes „Bitte“ heraus.

Ich weiß nicht einmal, um was ich ihn bitte. Dass er seinen Finger nimmt und es auf diese Art zu Ende bringt? Dass er mich endlich fickt? Jedenfalls spüre ich wieder nur sein warmes Grinsen, ehe er seine Zunge weg von meiner Klitoris hin zu meiner pumpenden Öffnung schiebt. Zuerst reizt und leckt er sie zart wie meine empfindsamste Stelle zuvor, doch seine Zunge wird von Mal zu Mal fordernder.

„William. Bitte!“, röchle ich und bedecke mit den Händen mein Gesicht.

„Bitte was?“, fragt er mich endlich, was ich höchst bedauere, da er seine Zunge von meiner triefenden Öffnung nimmt.

„Ich will kommen!“ Schäm dich, Rose, um so etwas hast du noch nie gebeten. Schon gar nicht einen Kerl wie ihn, der sich seiner Macht über dich mehr als bewusst ist. Doch ich kann nur betteln und das sagen, was mir zuerst in den Sinn kommt, da ich vollkommen neben der Spur bin.

„Ich werde mir überlegen, ob du schon so weit bist.“

Was?! „Scheiße. William“, jammere ich unter ihm und schaffe es sogar, die Augen zu öffnen und ihm einen flehenden Blick zuzuwerfen. Unsere Augen begegnen sich, während meine trüb sind, leuchten seine vor Begierde. Was mir letztendlich den Rest gibt.

Während er die Spitze seiner Zunge in mich gleiten lässt, gerade so wenig, dass ich mir dessen bewusst bin, traktiert er mit seinem Daumen meinen Kitzler. Ich ertrage es nicht mehr, lasse mich völlig unter ihm zerfallen, spüre, wie sich mein gesamter Körper in einer einzigen Explosion anspannt, nur um dann in die Tiefe zu stürzen.

Immer wieder lässt er seine Zunge in meine zuckende Enge hinein- und gleich wieder herausgleiten. „Oh mein Gott", presse ich hervor und verdecke mein Gesicht abermals mit meinen Händen, um die Schreie zurückzuhalten. Etwas Entspannendes, gleichwohl Erregendes gleitet über mich hinweg, während er keine Sekunde ans Aufhören denkt. Meine Gliedmaßen hängen nur mehr schlaff neben mir, während sich der gerade zerspringende Mittelteil meines Körpers gierig nach mehr ausstreckt. Mehr von ihm. Mehr von uns – auch wenn es komisch klingt, aber das hier ist tatsächlich mehr, als ich mir erwartet habe.

Mein Körper beruhigt sich allmählich, doch William denkt nicht daran, von mir abzulassen. Immer wieder streicht, reizt und leckt er mich, bis ich erneut zerberste. Mein Bauch tut weh, was zweifelsohne auf diese unkontrollierten Zuckungen zurückzuführen ist, die sich dort unten, tief in meinem Innersten, zusammenbrauen.

„Ich muss dich haben", brummt er und zieht mich auf sich. Rittlings sitze ich auf ihm, kann noch immer kaum atmen und beobachte, wie er seine Hose nach unten streift. Seine Wangen sind auf eine solch jungenhafte Art gerötet, das Haar zerzaust, sodass ich ihn einfach küssen muss. Er grinst, zieht mich weiter zu sich und erwidert meinen Kuss ebenso hungrig. Seine Stirn ist schweißnass, als ich ihm den Pullover über den Kopf ziehe.

„Du wirst irgendwann mein Untergang sein", murmle ich, als ich seinen harten Schwanz zwischen meinen Beinen spüre. Ich konnte mir nie vorstellen, nach zwei solch markerschütternden Orgasmen noch zu irgendetwas in der Lage zu sein, doch ihn jetzt unter mir zu sehen, zu wissen, dass ich ihn gleich besitzen werde, entfacht dieses Pochen erneut.

Mit meiner Hand umfasse ich seinen Schwanz und schiebe ihn in mich. Mit jedem Millimeter, den er in mich gleitet, wird sein Blick härter. Nun geht es mir nicht mehr darum, mich zu befriedigen. Ich will einzig ihm alleine Lust und Erfüllung verschaffen. Langsam beginne ich meine Hüften zu bewegen. Zuerst lasse ich sie nur kreisen, ehe ich einen vorsichtigen Versuch nach oben wage. William hat seine Arme um mich gelegt, überlässt mir aber weiterhin die Führung. Auge in Auge sitzen wir uns gegenüber und keine Sekunde trennen sich unsere Blicke. Zum ersten Mal, seit ich ihn kenne, sehe ich ihn ohne diese starre Maske. Er wirkt entspannt, sicher und scheint mir mehr als allen anderen auf der Welt zu vertrauen. So schön wie jetzt ist er noch nie gewesen.

Seine Haare sind vom Schweiß dunkler und kleben in braunen Strähnen an seinen Schläfen. Seine Stirn ist leicht gerunzelt. Ich küsse sie und streiche ihm mit den Fingern über die Unterlippe.

Immer härter wird er in mir, deshalb beschleunige ich meine Bewegungen. „Zieh dir das Oberteil aus", flüstert er dicht an meinem Mund.

Ich leiste dem Folge. Schäle mich aus meinem verschwitzten Shirt und werfe es zu meiner restlichen Kleidung auf den Boden. Mit sicherem Griff öffnet er meinen BH. Sobald meine Brüste frei sind, nimmt er auch schon eine in den Mund. Saugt, beißt und umspielt sie einmal hart, einmal sanft. Er ist gleich so weit, das schließe ich aus der angespannten Miene, die sich auf seinem Gesicht ausgebreitet hat. Gleich wird er sich aus mir zurückziehen und diesen wundervollen Moment der totalen Vereinigung zerstören.

„Bleib bitte bei mir, William“, flehe ich ihn geradezu an. Keine Ahnung, weshalb das plötzlich so wichtig für mich ist. Ich habe ihn, er ist in mir, doch der letzte Rest absoluter Hingabe fehlt noch.

William zerstört jedoch alle meine Hoffnungen und schüttelt den Kopf. „Ich kann nicht.“

„Warum?“

„Mach es nicht kaputt. Bitte.“

Wer macht hier etwas kaputt, denke ich frustriert und nehme meinen Mund von seiner Stirn. Nicht nur ich kann mich distanzieren!

Mit einer ruckartigen Bewegung zieht er sich sein weißes Shirt über den Kopf und dann ist er nicht mehr in mir. Ich beobachte seine Züge, stelle mir vor, er wäre es weiterhin. Trotz meiner Wut will ich bei ihm sein und küsse seine Lippen, die sich vor Lust zu einem Schlitz zusammengezogen haben, seine Stirn, die er ebenso verspannt wie seinen Nacken.

Gekränkt, nicht einen Schritt weitergekommen zu sein, steige ich von ihm, suche meine Kleidung zusammen und plötzlich ist es für mich mehr als wichtig, dass ich nicht nackt bin. Ich will eine Schutzmauer um mich herum aufbauen. Er hat tausende, ich habe nur diese eine.

„Rose“, meint er sanft und sieht mir zu, wie ich, die Arme um mich geschlungen, auf Abstand gehe. „Warum machst du eine solch große Geschichte daraus?“

Fassungslos starre ich ihn an. Versuche, irgendeine menschliche Regung zu entdecken. Gerade war er doch noch so liebevoll und zärtlich, dass ich fast glauben konnte, da ist mehr. Dass er mir endlich vertrauen würde. Doch in nur einer einzigen Sekunde hat sich alles gewandelt. Ein Umstand, der für ihn nicht weiter schlimm zu sein scheint.

„Ich kann nicht glauben, was für ein Arschloch du bist."

Die Worte treffen ihn sichtlich. Ja, auch ich habe mir das Danach anders vorgestellt. Was würde ich dafür geben, in seinen Armen zu liegen, unsere beiden Körper zu spüren und über Gott und die Welt zu quatschen! Doch ich bezweifle, dass er diese simple Vertrautheit überhaupt zulassen würde.

„Du wehrst dich so gegen mich, dass es nicht mal mehr namenloser Sex, sondern sinnlose Fickerei ist. Wenn du eine leere Hülle suchst, dann kauf dir eine verdammte Gummipuppe oder geh zu deinen Huren. Doch nicht zu mir, William. Ich lasse mir das nicht mehr gefallen."

„Rose."

„Hör auf mit diesem scheißverdammten Rose hier, Rose da. Ich weiß nicht, was dein Problem ist, ich würde dir gerne helfen, doch du sperrst dich dagegen und ... ich fühle mich so ... benutzt und schlecht, dass ich kotzen könnte."

Vor meinen Augen findet gerade eine Premiere statt – William blickt mich nur an und hält den Mund. Sicher weiß er, wie er aussieht. Er appelliert an meinen Mutterinstinkt, der mich dazu bringen soll, diesen armen Jungen mit den großen, traurigen Augen liebevoll zu umarmen. Doch mir ist ebenso klar, wie dieser arme Junge sein kann – berechnend und egoistisch.

„Keine Ahnung, was das zwischen uns ist, doch wenn du bei mir bist, geht es mir schlechter, als wenn du nicht da bist."

„Dann machst du also Schluss?", fragt er mit seiner Hose in der Hand.

Mache ich das? Möchte ich das überhaupt? „Ich weiß es nicht. Doch ich kann so nicht weitermachen. Vielleicht habe ich die Sache falsch eingeschätzt. Vielleicht eigne ich mich doch nicht für eine Fick-Beziehung."

Er nickt, zieht sich Hose und Pullover an, schlüpft in seine Schuhe und steht auf. Sein Shirt fest an sich gepresst. „Es ist deine Entscheidung, Rose."

Seine Retourkutsche. Einfach so zu tun, als wäre ihm alles egal. Bestimmt macht es ihm auch wirklich nichts aus, da zwanzig andere Frauen auf ihn warten.

Meine Finger krallen sich in das Holz der Kommode, während ich den Moment verkraften will, in dem er aus meinem Zimmer und, so befürchte ich, aus meinem Leben geht. „Ich halte dich doch nur auf", piepse ich mit Tränen in den Augen.

William lächelt bitter, ehe er geht. Nun fließen die Tränen. Ich krümme mich, halte mich verzweifelt fest, doch es hilft nichts. Ich weiß, dass es vorbei ist. Mein Innerstes sagt mir, dass es die richtige Entscheidung gewesen ist. Er ist nichts für mich – zu reich, zu anders, zu verschlossen. Und ich bin die Falsche für ihn. Er steht auf Abenteuer und Frauen, die bereit sind, den Mund zu halten und ihn so zu akzeptieren, wie er ist.

Vielleicht habe ich das Ganze einfach zu sehr als Beziehung gesehen, was es für ihn nie gewesen ist. Ich habe mich in etwas hineingesteigert, während William es nur als lustigen

Zeitvertreib betrachtet hat. Ich falle aufs Bett, versuche, so wenig wie möglich zu atmen, um seinen Duft nicht wahrzunehmen – es würde mir den Rest geben.

Diese Leere ist kaum auszuhalten und ich weiß auch nicht, wie es arbeitstechnisch weitergehen wird. Wie soll ich ihm morgen in die Augen sehen, ohne dabei in Tränen auszubrechen? Wie soll ich es jemals ertragen, ihm mit einer anderen zu begegnen?

Plötzlich fasse ich mir an den Mund – was ist nur los?

Es sollte lediglich Sex sein, doch genau das, was William zu verhindern suchte, ist passiert. Ich habe ihn kennengelernt, nicht viel, aber mehr als alle anderen, das weiß ich sicher, und ich mag ihn. Ich fühle mich nicht, als wäre ein kurzes Intermezzo zu Ende, sondern als würde ein Mensch gehen, den ich liebe.

Liebe ich ihn? So kurz nach Taylor? Kann ich denn wieder lieben? Wo ich doch kaum etwas über ihn weiß?

Ich kann nur hoffen, die kurzzeitige Aufmerksamkeit seinerseits ist schuld daran, dass sich der heile Teil meines Herzens, der, den Taylor nicht zerstört hat, gebrochen anfühlt.

13. Kapitel

Am nächsten Morgen wache ich völlig zerschlagen auf. Wie ein Roboter verrichte ich meine tägliche Routine. Bringe mein Äußeres in Ordnung, fahre zur Arbeit, wobei ich mich am liebsten übergeben würde, und gehe in mein Büro. William ist bereits da. Eigentlich fühle ich gar nichts, nur diese Leere, die sich über mich gelegt hat. Eine halbe Stunde sitze ich einfach nur da, starre auf den schwarzen Bildschirm und überlege, ob ich springen soll oder nicht.

Ich weiß, wenn sich mein Verhalten nicht bald wieder normalisiert, wird mich das den Job kosten. Auf den Debby bereits seit Monaten schielt. Doch ich bin an einem Punkt angekommen, an dem es mir egal ist. Eigentlich will ich weg von hier. Oder?

Eine weitere halbe Stunde vergeht, da erscheint William in meinem Büro. Sein Gesicht lässt keine Rückschlüsse zu. Die Maske sitzt heute so perfekt, dass ich fast glauben könnte, die Sache zwischen uns hätte nie stattgefunden.

Während ich um Contenance ringe, ist er die Ruhe in Person. Nimmt mir gegenüber Platz, schnappt sich den Kalender und meine Notizen vom Vortag und kritzelt etwas an den Rand. Ich folge seinen Bewegungen, sehe ihm aber kein einziges Mal in die Augen. Ist er sauer? Enttäuscht? Gekränkt? Verletzt? So viele Empfindungen, selbstverständlich sind sie alle in meiner zerbrochenen Seele vorhanden. Doch wie es bei ihm aussieht, das wage ich mir nicht auszumalen. Wahrscheinlich ist die Sache für ihn abgehakt und er geht unsere Zusammenarbeit professionell an – so, wie er es die ganze Zeit über gewollt hat. Während ich mich zum Deppen gemacht habe und fast so etwas wie Liebe empfinde.

„Wenn du dich nicht wohlfühlst, solltest du zu Hause bleiben“, brummt er, während ich tief in meinen schützenden Kokon, den Schreibtischsessel, sinke.

„Mir geht es gut.“ Meine Antwort klingt patzig.

Er hebt beide Augenbrauen und sieht mich streng an. „Ich habe heute schon eine halbe Stunde lang deine Anrufe entgegengenommen. Wenn du nicht bei der Sache bist, weil du dich nicht gut fühlst, dann nimm dir frei.“

Meine Anrufe? Ich habe nicht einmal gemerkt, dass das Telefon geklingelt hat. Doch ich will mich nicht verstecken. Vielleicht hofft er darauf, damit er sich nicht mit einer trauernden Frau herumschlagen muss.

„Es geht schon.“

„Na gut.“

Dann kehrt er zurück in sein wuchtiges Zimmer, welches meines ohne weiteres verschlingen könnte. Ebenso wie er mich. Noch nie ist er mir so stark und sicher vorgekommen wie gerade eben. Während ich in Selbstmitleid und Selbstzweifel versinke, stellt er das Gegenteil zur Schau.

Der Rest der Woche verläuft ... neutral, mit ein paar Hochs und Tiefs. Ich bin keine Schauspielerin, weshalb es Naomi sofort geschnallt hat, dass etwas nicht in Ordnung ist und mich am Mittwochabend zu einer Cocktailparty schleppt. Während ich an der Bar stehe und mich von ein paar Typen anbaggern lasse, die natürlich alle auf ernsthafte Gespräche und meine Handynummer aus sind, habe ich meine Freundin bald aus den Augen verloren. Wenn jemand weiß, wie man feiert, dann sie.

Nicht nur das Feiern beherrscht sie, auch das Flirten. Ein Latino hat es auf sie abgesehen und sie auf ihn, was damit endet, dass wir schließlich zu dritt im Taxi sitzen, wobei die beiden aneinander kleben und sich die Zungen in den Hals rammen.

Naomi ist wirklich eine gute Freundin, ich weiß, doch von Egoismus versteht sie viel. Vielleicht sogar noch mehr als William.

Schon der Gedanke an ihn treibt mir den Schweiß auf die Stirn.

„Bei dir ist wirklich alles gut?“, fragt Naomi, als wir vor dem Haus meiner Schwester ankommen und sie mit aussteigt.

Ich nötige mir ein Grinsen ab und will nicht an das denken, was zweifelsohne gleich kommen wird: ich, mein Kissen und eine Flut von Tränen. „Alles bestens.“

„Du sagst mir doch immer die Wahrheit?“, bohrt sie angeheitert nach. „Ich kann dir einfach nicht glauben. Außerdem bezweifle ich, dass es etwas mit Taylor zu tun hat. Du bist ein starkes Mädchen und lässt dich nicht verarschen.“

Doch, denke ich wütend auf mich selbst und schließe die Tür auf.

„Aber ... aber, wenn Junior Benchy dir das Leben zur Hölle macht, dich angräbt oder sonst etwas, was du nicht willst, dann werde ich ihn kastrieren. Richte ihm das aus.“

Noch ein Grund, ihr die Wahrheit zu verschweigen. „Denk an deine Gefühle und an morgen“, ermahne ich sie und gebe ihr einen Kuss.

„Pfh, meine Gefühle sind mir scheißegal und morgen, wenn kümmert´s schon, wie ich aussehe.“

„Und an Freitag.“

„Ja, ja. Gute Nacht.“

„Gute Nacht.“

Sie winkt mir auf ihre typische Art zu, als sie zurück zum Wagen geht, wo ihr heißes Date auf sie wartet. Ich trage weiterhin mein künstliches Grinsen im Gesicht und werfe mich Sekunden später dankbar in mein Bett, welches ich nach Williams Besuch frisch bezogen, abgesaugt und einen ganzen Tag gelüftet habe. Jetzt bereue ich es. Ein winziger Hauch seines Shampoos täte mir sicher gut.

Am Freitag stehen hundert ausgewählte Mitarbeiter unserer Firma, mich eingeschlossen, mit gepackten Koffern am Londoner Hauptbahnhof. Naomi und Frankie sind gerade in ein Gespräch vertieft, das die Obszönität des Geschenkes für Charles Bennet zum Inhalt hat. Irgendein Marketingguru hat sich das einfallen lassen. Ich beteilige mich kaum daran. Bin stattdessen fasziniert, fast neidisch, wie lässig die beiden miteinander umgehen – und das, obwohl sie gevögelt haben. Vielleicht bin ich selbst viel zu verkrampft? Keine Ahnung.

„Da haben wir´s ja auch schon – zehn Minuten Verspätung“, kommentiert Naomi die Anzeigetafel am Bahnsteig.

„Dann beträgt die Fahrzeit, ich korrigiere – vier Stunden und 55 Minuten. Und du hast wirklich genug Alk mit?", klinke ich mich in das lockere Gespräch ein.

Frankie grinst sein Zahnpastalächeln, welches sicher gut bei den Mädels ankommt. Und da Naomi so nett gewesen ist, mir von Frankies Plänen zu erzählen, werde ich doch tatsächlich rot. „Für dich immer, meine Süße."

Naomi täuscht Übelkeit vor, ich verdrehe die Augen und sehne das Ende dieser Reise herbei.

Nicht nur, dass ich fünf Stunden durch halb England nach Schottland fahre, um den Geburtstag und den Abschied meines ehemaligen Bosses zu feiern. Sicher zahlt er uns die Zugfahrt, ein superteures Wellnessresort direkt an der schottischen Steilküste, und der Ausblick ist wirklich erste Sahne, Naomis und meiner Internetrecherche sei Dank. Als i-Tüpfelchen muss ich auch noch einen ganzen Abend mit William verbringen. In seinem Elternhaus, mit seiner Familie, seinen Freunden – alles, was ihn berührt und prägt.

„Ich bin ja echt gespannt, wie Benchys Hütte aussieht. Angeblich soll sie riesig sein. Ich hoffe nur, die liefern uns eine Wegbeschreibung. Nicht, dass ich in Junior Benchys Zimmer lande und ihn mit einer Horde Blondinen erwische", verkündet Naomi prustend und schiebt sich eine Handvoll Chips in den Mund.

„Du würdest doch glatt noch mitmachen", zieht Frankie sie auf.

„Darauf kannst du wetten. Doch ich würde Rosie mitziehen. Nicht wahr, Rose, er wird uns den Verstand aus dem Kopf vögeln."

Verzweifelt krame ich in meiner Handtasche und unterdrücke ein Schluchzen. Reiß dich zusammen, Rose!

„Vielleicht ist er gar nicht so gut, wie alle tun“, setzt Frankie dem Ganzen die Krone auf. Und was für eine Krone! Wie kommt dieses verdammte Gespräch von der Verspätung zu Williams Künsten als Liebhaber? Ich sollte die Bahn verklagen. Wäre sie nämlich pünktlich, müsste ich mir das nicht anhören.

Naomi macht eine abwertende Handbewegung. „Wer weiß, aber mein Instinkt sagt mir, dass er es ist. Und bei Gott, ich würde auf meinen Job scheißen, nur um es herauszufinden.“

Liebes, nicht nur auf deinen Job. Er würde deine Würde, dein Selbstvertrauen, dein Selbstwertgefühl und dein ganzes Leben zunichtemachen. Ich spreche aus Erfahrung.

Aus der Ferne ertönt das erlösende Geräusch – endlich fährt der Zug ein. Gefühlte tausend Menschen quälen sich in die Waggons. Ich bin froh, dass wir reserviert haben.

Während wir es uns auf unseren Plätzen gemütlich machen und den vorbeiströmenden Menschen, die noch auf der Suche sind, mitfühlende Blicke zuwerfen, setzt sich der Zug in Bewegung. Ich freue mich über meinen Fensterplatz, der mir Ablenkung verschafft, weil ich die Landschaft genießen kann, die immer hügeliger wird, je weiter wir in Richtung Norden gelangen.

Knapp drei Stunden später passieren wir die Landesgrenze und halten auf die schottische Küste von Dunbar zu. Pünktlich um vier wird Tee serviert, was ich nicht als selbstverständlichen Service, sondern als Charles Bennets erstes Willkommenszuckerl ansehe. Dazu gibt es eine Art

Apfeltörtchen. Meinem Magen ist es schnurzegal, Hauptsache, es kommt Futter in den Kamin.

Frankie schnarcht die letzte Stunde vor sich hin, während Naomi und ich uns mit zwei Frauen aus einem der unzähligen Büros nebenan über Gott und die Welt unterhalten. Ich habe zwar keine Ahnung, nach welchen Kriterien Charles Bennet, vielleicht war ja auch William daran beteiligt, die Mitarbeiter ausgewählt hat. Nur nach der Leistung oder der Qualifikation kann er nicht gegangen sein, denn was macht dann Frankie hier? Doch auch die beiden Damen haben ihre Theorien und treten sie gerade genüsslich breit, als der Lautsprecher unsere Haltestelle ankündigt. Naomi rüttelt Frankie wach, zieht ihre Reisetasche und ihren Rucksack vom Gepäckhalter über unseren Köpfen und begibt sich in Richtung Ausgang. Ich folge ihr und vergewissere mich mehrmals, ob Frankie auch tatsächlich aufgewacht ist. Immerhin bewegt er sich, richtig frisch sieht er jedoch noch immer nicht aus.

Am Bahnhof Dunbar angekommen, verteilt sich unsere Gruppe auf die bereitstehenden Busse, die uns, wie es sich für einen lustigen Firmenausflug gehört, im Konvoi nach North Berwick ins luxuriöse Macdonald Marine Hotel and Spa bringen sollen.

Eine weitere halbe Stunde später biegen wir in die schmale, von Wald umsäumte Zufahrtsstraße ein. Die Busse halten in einer Reihe und lassen uns aussteigen. Und als würde mich der Anblick dieses monumentalen Gebäudes, welches sich endlos dahinzuziehen scheint, nicht schon genug faszinieren, begrüßt uns in der Hotellobby auch noch eine Brigade von Kellnern mit Tabletts voller Gläser mit Sekt und

Fruchtsäften. Ich entscheide mich für Sekt – ein wenig Schwung und Optimismus kann ich gut gebrauchen.

Wie im Ferienlager, einem sehr noblen, muss ich gestehen, werden uns die Zimmer zugeteilt. Ich ergattere eines gemeinsam mit Naomi und folge dem steifen Burschen, der unsere Koffer zum Lift und dann den Gang in der vierten Etage entlangzieht. Wir verhalten uns wie Teenager, was sicher nicht nur dem Sekt zuzuschreiben ist. Es ist einfach die Kombination aus Abenteuer und natürlicher Scheu vor dem Unbekannten. Wie damals, ich weiß, ich schwelge in Erinnerungen, als wäre ich siebzig, doch nur so gelingt es mir, die Sache nüchtern zu betrachten.

Als wir unser Zimmer betreten, dem Jungen lässig Trinkgeld in die Hand drückend, als würden wir das jeden Tag machen, können wir uns vor Lachen kaum noch beherrschen. Ich falle aufs Bett, fasse mir an den Bauch und wische mir gleichzeitig die Tränen aus den Augenwinkeln. Naomi schlendert zum Fenster, zieht den braunen, mit einem seltsamen Wabenmuster bedruckten Vorhang zur Seite und plötzlich verstummen wir beide.

„Wow“, entschlüpft es mir.

Von unserem Zimmer aus hat man einen direkten Blick auf die steile Felsküste, an der sich die Wellen in weißen Bäuschchen brechen. Vereinzelt sind winzige Punkte, die ich als Menschen identifiziere, auszumachen, die sich dieses Spektakel aus der Nähe ansehen. Die weite Grünfläche ist vollkommen leer und der Gärtner oder der Landschaftsarchitekt hat die natürliche Rundung des Geländes beibehalten und das Gebäude gleichsam in den Stein einfließen lassen.

„Was zahlt er für diese krasse Scheiße?", überlegt Naomi und plumpst neben mir aufs Bett.

Ich schüttle den Kopf und gemeinsam starren wir aus dem Fenster. Jetzt verstehe ich, warum Charles Bennet Schottland zu seiner Wahlheimat erkoren hat. Hier ist sein Ruhepol – kein Wunder. Selbst wenn die See stürmisch ist, breitet sich in mir eine tiefe Ruhe aus, die mich fast an Hypnose erinnert. Ich denke sogar einen verrückten Moment lang daran, wie es wäre, hier mit William zu leben. Wie es wäre, wenn wir uns ein Häuschen am Strand kaufen würden, abends zusammen an der Küste entlanggingen und jeden Morgen mit dieser Aussicht aufwachen – ich an seiner Brust, mit seiner anregenden Stimme in meinem Ohr. Eine traumhaft schöne Illusion, die mich den Kopf an Naomis Schulter legen lässt.

Naomi gähnt herzhaft und springt auf, um sich aus ihrer Jacke zu schälen. „Es hilft nichts. Macht es dir etwas aus, wenn ich zuerst unter die Dusche gehe?"

„Nein, kein Problem. Ich liege solange hier und lasse mich treiben."

„Mach das, Süße."

Schon hopst sie ins Badezimmer und während sie Adele zum Besten gibt, schließe ich die Augen. Der Gesang ist nicht gerade berauschend, um Gottes willen, man könnte glatt Anzeige wegen Körperverletzung erstatten, aber immerhin ist es Adele, na ja, was soll´s, doch im Moment ist dies mein sicherer Hafen und zum ersten Mal seit Tagen beginne ich mich zu entspannen. Auch wenn bald angesichts des bevorstehenden Abends nicht mehr viel davon übrig bleiben wird. In den nächsten Stunden werde ich mich förmlich an

William gekettet fühlen. In seinem Elternhaus, im Beisein seiner Familie – schluck.

Um halb sieben dränge ich mich in meinem weißen Spitzenkleid eines bekannten Designers, welches ich im Internet zu einem fast lächerlichen Preis erstanden habe, in den Bus. Was wir am Nachmittag so erfolgreich hinter uns gebracht haben, liegt nun wieder vor uns. Von North Berwick geht es zurück nach Dunbar, wo sich die herrschaftliche Residenz befindet. Naomi sitzt neben mir und blickt, wie fast jeder, mit offenem Mund zu dem Haus, auf welches wir pünktlich um sieben zusteuern. Die Umrisse sind schon von weitem zu erkennen, was weniger der Farbe als der cleveren Beleuchtung zu verdanken ist. Hatte ich mir den Weg zum Haus als schlichte Auffahrt vorgestellt, so finden wir uns nun in einer Sackgasse wieder, die in einer breiten, in Stein gehauenen Treppe endet. Alles ist riesig – das ist das Einzige, was ich im Moment denken kann.

Typisch schottisch, typisch viktorianisch, typisch verträumt. Eine Filmkulisse hätte nicht schöner sein können.

Langsam schreite ich auf das dunkelgrüne Eingangstor zu, das sich just in dem Augenblick, als der Erste in der Reihe davorsteht, öffnet. Charles Bennet höchstpersönlich erscheint im Türrahmen. Er trägt einen edlen Smoking, die Haare zurückgekämmt, ein breites Grinsen auf den Lippen. Er wirkt so vertraut und freundlich, dass ich mich fühle, als würde ich heimkommen.

Jedem schüttelt er die Hand und begrüßt ihn mit Namen – ach, wie herrlich! In der großen Eingangshalle angekommen, wandert mein Blick zuerst auf den in Schachbrettmuster gefliesten Boden, dann zu dem wuchtigen Lüster über uns, der hoffentlich gut befestigt ist. Eine weiße Marmortreppe führt ins obere Stockwerk, welches von einer Galerie umrahmt wird. Der Raum ist ansonsten völlig leer – okay, dieses Klischee wird also erfüllt.

Meine Fühler richten sich auf, da ich ihn spüre. Ich weiß, dass William hier irgendwo ist. Ebenso weiß ich, dass ich ihm bald die Hand schütteln und so tun muss, als sei alles in Ordnung, während mein Puls rast und mein Atem kaum noch zu kontrollieren ist. Ein junger Mann, ebenfalls im Smoking, führt uns einen langen Gang entlang, an dessen Ende sich eine dunkle Tür befindet. Als er sie wenige Sekunden später öffnet, erstrahlen Tausende Lichter. Wir betreten nicht irgendein Festzelt, so wie ich es vermutet habe, sondern einen richtigen Ballsaal mit Holzfußboden und vertäfelten Wänden. Wie im Märchen kommen uns die ovalen Tische vor, die mit weißen Tüchern und cremefarbenen Sets bedeckt sind.

Und dann sehe ich ihn. Sofort erstarre ich. Naomi schimpft mit mir und schubst mich vorwärts, doch ich bin wie hypnotisiert von seinen Augen, die mich allein fixieren. Neben ihm steht Gaby, daneben seine Mutter. Beide Frauen tragen dezente Kleider, William einen Smoking. Die Garderobe scheint mehr als gehoben zu sein. Gaby sieht wie immer atemberaubend aus. Wobei ich mich nicht entscheiden kann, was mir besser gefällt – der lässige Stil letzte Woche oder dieses brave Unternehmerstocher-Outfit. Jedenfalls weiß ich nun sicher, von wem die beiden ihr Lachen haben. Dasselbe wird uns nämlich gerade von Williams Mutter zugeworfen, die mit ihren braunen Haaren, die sie in einem strengen Dutt trägt, und den freundlichen Augen so wirkt, als möchte sie uns am liebsten umarmen. Man muss sie einfach mögen.

Die Menschen vor mir als Schutzschild nützend, bewege ich mich auf die drei zu. Zuerst ist Mrs. Bennet an der Reihe. Ich reiche ihr freundlich die Hand, bedanke mich für die Einladung und werde dann ganz von selbst weitergeschoben. Direkt in seine Arme. Er sieht an mir herab, seine Augen verdunkeln sich urplötzlich und haben wir uns die ganze Woche über recht professionell verhalten, so weiß ich, dass er mich gerade am liebsten verschlingen möchte. Dito Mr. Bennet. Als ich seine Hand nehme, stellen sich die Härchen in meinem Nacken auf.

„Ein sehr schönes Kleid, Rose. Freut mich, dass Sie hier sind“, sagt er mit butterweicher Stimme und nur ich allein bin mir der Doppeldeutung dieser höflichen Distanziertheit bewusst.

„Danke für die Einladung“, gebe ich liebenswürdig zurück und hoffe, dass meine Stimme nicht versagt.

„Die Freude liegt ganz auf meiner Seite“, murmelt er und streicht gedankenverloren über meine Handfläche.

Gott sei Dank werde ich abermals weitergeschoben, sonst wäre ich wohl umgekippt. Ich lande bei Gaby, die, ewig sei ihr dafür gedankt, so tut, als sehe sie mich zum ersten Mal. Nach dieser mehr als nervenaufreibenden Prozedur, die mich Jahre meines Lebens gekostet hat, bringt uns ein Kellner, oder was auch immer er ist, ich kann kaum noch denken, an den uns zugewiesenen Tisch. Nicht weit genug weg von William, wie ich erschrocken feststelle, da mich auch vom Familientisch sein vertrautes Gesicht anlächelt, wenn man dies überhaupt so nennen kann. Es gleicht eher einem gelangweilten Grinsen.

Verdammt, George ist auch hier! Bleib ja sitzen und halt dein verwöhntes Maul, ruft alles in mir.

Ich möchte gar nicht wissen, wie viel William ihm über uns erzählt hat. Sicher lacht er sich gerade ins Fäustchen über mich dummes Ding.

„Hast du die Menükarte schon gesehen?", flüstert mir Naomi ins Ohr und versperrt so nicht nur die Sicht auf George, sondern bringt mich auch schlagartig in die Realität zurück. Kann mir doch gestohlen bleiben, was dieser George über mich denkt!

Ich atme tief durch, ehe ich einen Blick auf das fliederfarbene Papier in Naomis Händen werfe. „Mir ist der Appetit vergangen."

„Ach ja, warum das denn?", Naomi blickt ernsthaft besorgt drein.

Verdammt, Rose, es wird ein steiler Abend, also schalt deine Zentrale ein und plappere nicht einfach drauf los. „Keine Ahnung. Ich fühle mich irgendwie fehl am Platz." Na ja, dies trifft zumindest teilweise zu.

Naomi verzieht nachdenklich die Lippen und nippt an ihrem Sektglas.

14. Kapitel

Die Party ist voll im Gange. Nach der Geschenkübergabe, gefolgt von einer kurzen Begrüßung und einem Essen, ist der offizielle, in seinem Ablauf streng geplante Teil des Abends vorbei, was den einen oder anderen an die Bar wandern lässt. Auch Naomi zerrt mich mit sich und bestellt zwei Getränke – ich weiß beim besten Willen nicht, was da gleich vor mir stehen soll. Während ich mich den ganzen Abend zurückgehalten habe, hat Naomi einiges getankt – nicht zu viel, aber sie redet schon wieder ohne Punkt und Komma.

„Denkst du, Frankie pennt ein zweites Mal mit mir?"

„Naomi, ich weiß es nicht. Aber wenn du meinen mütterlichen Rat hören willst, dann lass es bleiben."

„Ich will deinen verdammten Rat aber nicht hören", grummelt sie.

Ich beäuge gerade mein Getränk – ich tippe auf irgendein Wodkagemisch –, da spüre ich eine Hand auf meiner Schulter. Eigentlich eine unverfängliche Geste, immerhin wird man in diesem Gedränge ständig geschubst, doch diese Berührung spricht Bände. Sie verheißt nichts Gutes und mein ganzer Körper zieht sich zusammen. Ich wage nicht einmal, den Kopf zu wenden, als ich die Stimme hinter mir vernehme. „Die Damen amüsieren sich gut?"

Während Naomi zu strahlen beginnt, dreht sich mir der Magen um. Als würde eine Schlange auf ein Kaninchen zukriechen. Ich weiß, dass ich gleich sterben werde, doch noch nicht, wie, und auch nicht, wie lange mein Todeskampf dauern soll.

„Hervorragend", gibt Naomi kichernd von sich und streckt George die Hand entgegen. „Naomi."

„George." Er macht einen Schritt vor, wobei sich unsere Augen treffen und ich ihm am liebsten dieses süffisante Grinsen vom Gesicht schlagen möchte. „Rose, es freut mich, dich wiederzusehen."

Ich grinse und versuche, meine Arme wie eine Art Schutzschild um mich zu schlingen.

Seine kalten Augen wandern über meinen Körper. Gierig und abschätzig zugleich taxiert er mich. Ich muss ihm standhalten. Dies ist die Rechnung, die ich dank meiner Blauäugigkeit serviert bekomme. „Ich darf mich doch kurz dazwischendrängen?", fragt er uns und zieht Naomi von Anfang an in seinen Bann.

„Sehr gerne. Jede männliche Abwechslung tut uns bei diesem Einheitstrott gut", meint sie mit einer ausladenden Geste.

George zieht eine Augenbraue hoch. Nun ist Naomi an der Reihe. Auch sie wird genau gescannt und geschätzt. Anscheinend erachtet er sie für gut, da er zu grinsen beginnt. „Dann freut es mich, euch die Zeit zu verschönern."

„Wie kommen Sie zu der Ehre, heute hier sein zu dürfen?", will Naomi an ihrem Getränk nippend wissen.

„Ich bin ein Freund der Familie", antwortet er knapp. „William und ich sind gemeinsam zur Schule gegangen und seitdem unzertrennlich", fügt er hinzu und ich kann mir das dämliche Schnauben nicht verkneifen, welches schon die ganze Zeit in mir brodelt.

„Also best friends for life“, gibt Naomi neckend zurück.

Wenn sie nicht auf ihn steht, dann bin ich wirklich von gestern. Und da sie sich vorhin noch über ihre sexuelle Vernachlässigung beklagt hat, würde es mich nicht wundern, wenn sie in George ihr nächstes Opfer sieht. Oder umgekehrt. Und da besagter Mann die Distanz zwischen ihnen um einen weiteren – gefühlten – Meter verringert, bin ich mir ganz sicher, dass ich alleine ins Hotel fahren werde.

Nicht zuletzt, um Naomi und auch meine Ehre zu retten, folge ich den beiden.

„Nicht wahr, Rose, Charles Bennet war immer nett zu uns?“, fragt mich Naomi und gibt dem Gespräch unbewusst eine Richtung, die ich zu vermeiden versucht habe.

Ich nicke und hoffe, genug getan zu haben, damit nicht noch weiter gestochert wird.

Meine Hoffnungen werden jedoch zunichtegemacht. „William behandelt euch doch auch sicher gut“, verteidigt George ihn, wie ich es auch im umgekehrten Fall erlebt habe.

„Bis jetzt hatte ich noch nicht viel mit ihm zu tun.“

Ein Blick zu mir. „Na ja, Theaterbesuche und Einladungen in Restaurants würde ich nicht gerade als knauserig bezeichnen.“

Ich schließe die Augen – nicht wissend, wovor. Vor Naomi, die zweifelsohne in die Luft gehen wird, vor der erschütternden Gewissheit, dass George jede noch so kleine Schwäche nutzen wird, um mich aufzuziehen, oder vor der Erinnerung an meine intime Zeit mit William. Jedenfalls wünsche ich mir, der Boden würde sich auftun und mich mit sich in die Tiefe reißen.

Naomi sieht verwirrt drein, als sie sich zu George beugt, um der Sache auf den Grund zu gehen. „Also, ich war noch nie mit ihm im Theater."

„Nicht? Vielleicht kommst du auch mal an die Reihe." Er sieht wieder zu mir und hätte ich ein klein wenig mehr Selbstbewusstsein oder wären wir nicht hier, mitten in Schottland auf dem Anwesen meines Bosses, würde ich ihm an die Gurgel gehen. Doch so begnüge ich mich mit einem bösen Blick, der vollkommen ins Leere geht.

„Doch für den Moment scheint sein Interesse eher Rose zu gelten. Sie kann dir sicher vom Ausmaß seiner Großzügigkeit berichten."

„Rose?" Naomi wirkt belustigt.

„Ja, genau die. Ich war Zeuge und kann sagen, dass sie mehr als reizend war."

Tränen brennen in meinen Augen. Ich weiß, wovon er spricht – sicher nicht vom Theater oder von dem Club, in dem wir waren. Also hat ihm William alles haargenau erzählt. Wie konnte ich mich in einem Menschen nur so täuschen? Nein, Rose. Du hast dich nicht getäuscht, du bist nur mit einem wildfremden Typen, dessen Boshaftigkeit dir nur teilweise bekannt war, ins Bett gesprungen. Nun leb damit!

„Du warst mit ihm weg? Stimmt das?", will Naomi von mir wissen. Ich sehe ihr an, wie enttäuscht sie ist. Bin ich doch auch.

„Naomi, vergiss es, die Sache hat sich erledigt."

George schaut von einer zur anderen und scheint die Szene, die er zu verantworten hat, mit jeder Sekunde mehr zu genießen.

„War das letzten Samstag, als du angeblich auf deine Nichte aufgepasst hast? An dem Samstag, an dem du mich versetzt hast? An dem Samstag, an dem du mich zum wievielten Mal angelogen hast?“

„Können wir das nicht später besprechen?“ Ja, ich weiß, es ist feig, doch keiner wird es mir verübeln.

„Ich ...“, setzt sie an und schweigt dann doch.

Alles dreht sich. Die Luft ist zu dünn, meine Füße schmerzen, da sind viel zu viele Leute, zu viele Gerüche, zu viele Geräusche ... ich muss hier weg. Stinksauer drehe ich mich einfach um und gehe. Der nächste erbärmliche Rückzug in meinem Leben. Ich sollte, wenn ich schon dabei bin, mir eine neue Wohnung zu suchen, auch gleich ein neues Leben anfangen. Irgendwo, wo mich keiner kennt. Wo ich nicht von nun an als die gesehen werde, die mit ihrem neuen Boss gevögelt hat. Zielsicher steuere ich auf die Toiletten zu. Drinnen angekommen, kühle ich meine schwitzenden Hände, auf mein Gesicht muss ich, da ich geschminkt bin, leider verzichten. Die Frau, die mich aus dem Spiegel ansieht, scheint eine völlig Unbekannte zu sein. Die Augen sind weit aufgerissen, die Wangen weiß wie die Wand, die Lippen wie zu einem dünnen Strich verengt.

Ich hasse William. Ich hasse George. Doch am meisten hasse ich mich selbst. Wie dumm konnte ich nur sein? Wie konnte ich nur für eine Sekunde glauben, dass William mich nicht verarscht? Dass ihm vielleicht wirklich etwas an mir liegt und nicht nur an einer meiner Öffnungen? Wie ich bereits sagte ... eine gute Gummipuppe.

„Rose“, ertönt Frankies Stimme durch die Toilettentür.

„Ja?“

„Geht es dir gut? Naomi schickt mich."

Typisch. „Geht schon. Mir war nur etwas schwummerig."

„Willst du ins Hotel fahren? Vor der Tür wartet ein Taxi."

Das klingt toll. Mehr als das, es ist meine Erlösung! „Kommst du mit?" Ich will auf keinen Fall alleine sein. Frankies Anmachversuche hin oder her. Er verarscht mich wenigstens nicht und macht sich auch nicht über mich lustig.

„Ja, sicher", sagt er gerade, als ich die Tür aufziehe. „Du bist blass."

„Kommt Naomi mit?"

Eine Frau will an uns vorbei zur Toilette, wir machen ihr den Weg frei und drängen uns an die Wand.

„Ich glaube nicht. Sie scheint bereits einen neuen Fang gemacht zu haben."

Höre ich da etwa Enttäuschung heraus? Doch in meinem Zustand und mit meinen Problemen am Hals habe ich wirklich keine Kraft, mich mit Frankies und Naomis Beziehung zu beschäftigen.

„Warte hier, ich hole unsere Jacken, dann gehen wir."

Im nächsten Moment stehe ich alleine in dem unendlich lang wirkenden Gang. Die Gemälde an den Wänden drohen mich zu verfolgen. Der Geruch nach alten Möbeln hängt in der Luft. In meinem Kopf beginnt sich wieder alles zu drehen. Schützend lege ich ihn in den Nacken und schließe die Augen. Es tut gut, nichts zu sehen. Irgendwie verschafft es mir ein Gefühl, als wäre ich nicht hier.

Keine Ahnung, wie lange Frankie schon weg ist, aber endlich ertönen wieder Schritte. Wohlig atme ich auf und drehe mich zu ihm um. Doch nicht Frankie steht vor mir, sondern William.

Seine Maske sitzt, keine Sekunde bleibt mir Zeit, mir zu überlegen, was ich tun soll. Wegrennen, ihn ignorieren, beten, dass Frankie endlich kommt? Doch dann erinnere ich mich an Hanko, der mir damals ein Getränk kaufen wollte, und wie William reagiert hat. Was wird er erst machen, wenn er merkt, dass ich mit Frankie wegfahre? Damals warst du doch noch interessant für ihn, heute sieht die Sache anders aus, du dumme Gans.

„Ich muss mit dir reden", platzt er ohne Vorankündigung heraus.

Was habe ich jetzt wieder falsch gemacht? „Zu spät, ich fahre zurück ins Hotel."

Die Frau, die vorhin am Klo war, kommt wieder vorbei. Ihre Augen beginnen zu leuchten, als sie William sieht. Er nickt ihr jedoch nur höflich zu und denkt nicht einmal im Traum daran, sich einen Schritt von mir zu entfernen.

„Du bist blass."

Ich funkle ihn böse an. „Ich muss los."

„Du bleibst!"

„Das hier ist meine Freizeit, ich kann tun, was ich möchte."

„Rose, eine Sekunde", bittet er mit sanfter Stimme und legt den Kopf schief. Seine Taktik Nummer eins. Anscheinend hat er dies jahrelang vor dem Spiegel geübt und weiß, wie er dabei aussieht.

„Eine halbe", kontere ich und verschränke die Arme vor der Brust.

Drei Frauen kommen an uns vorbei und hindern ihn daran, die ersten Millisekunden seiner halben zu nutzen, weshalb er mich am Arm fasst und mit sich zieht. Wir durchqueren die große Eingangshalle und William öffnet eine Tür, nur um sie gleich wieder zu schließen. Leise fluchend zerrt er mich weiter. Die nächste Tür folgt. Diesmal treten wir ein. Ich stehe in einer hypermodernen Küche, wie ich sie niemals erwartet hätte. Durchgestylt bis ins kleinste Detail, sogar der Toaster schimmert im selben Rot wie die auf Hochglanz polierten Fronten.

„Okay“, sagt er und streicht sich übers Haar. Habe ich schon gesagt, wie gut er heute aussieht? Ich zwinge meine Hormone, dort zu bleiben, wo sie sind. „Ich kann das nicht, Rose.“

„Du kannst was nicht?“

„So tun, als wäre nichts gewesen. Ich kann dich nicht ansehen, ohne dich berühren zu wollen. Ohne dich haben zu wollen.“

Ruhig bleiben, Rose. Denk daran, dass er George jedes verfickte Detail erzählt hat.

„Dein Problem“, gebe ich zurück und klopfe mir auf die Schulter. Gut gemacht! Auch ich kann ein Arschloch sein.

„Ja, es ist wirklich ein Problem. Eines, mit dem ich vorher noch nie zu kämpfen hatte.“

„William, ich kann auch nichts dafür, dass du dein Spielzeug zurück willst. Doch du warst derjenige, der es kaputt gemacht hat, also probiere nicht einmal, es zu reparieren, sondern suche dir ein neues.“ Alles in mir krampft sich zusammen. Ich spucke die Worte aus und vergesse fast, wie weh sie mir selbst tun. Ich habe mir ein Eigentor geschossen.

Er lacht bitter, ehe er einen Schritt auf mich zumacht. „Ja, ich weiß, dass ich es zerstört habe. Es tut mir leid, Rose. Wirklich. Was kann ich tun, damit du mir glaubst?“

Bettelt er etwa? „Zurück in London wirst du sicher bald ein hübsches Trostpflaster finden."

„Antworte mir – was möchtest du von mir?"

Alles. Dich. Ganz. Voll. Ehrlich. Echt. So vieles ist in meinem Schädel, dass er wieder zu dröhnen beginnt. „Nichts. Du hast mir so viel angetan, dass ich einfach nichts mehr will. Ich möchte, dass du mich in Ruhe lässt."

„Was habe ich dir angetan?"

„Zum Beispiel hast du George alles erzählt. Streite es nicht ab, er hat es mir mehr oder weniger selbst gesagt. Und da er es als nettes Tischgespräch sieht, weiß morgen die ganze Firma darüber Bescheid. Was dich nicht kümmern wird – mich aber."

Er verzieht den Mund und schüttelt den Kopf. „Du denkst doch nicht im Ernst, ich erzähle George alles, was zwischen uns passiert ist? Rose, er ist ein Schwätzer. Er redet immer, auch wenn es nur Müll ist. Das Einzige, was er getan hat, war, eins und eins zusammenzuzählen."

Mir wird jeden Moment der Schädel explodieren, weshalb ich meine Schläfen reibe. Soll ich ihm glauben, oder nicht? Kann ich ihm noch Glauben schenken? Halt suchend lehne ich mich an den Kühlschrank und schließe abermals die Augen.

„Du hast gesagt, du kannst mit einer reinen Sexbeziehung nichts anfangen. Ich hatte selbst auch noch keine solche Beziehung. Was ich hatte, waren kurze, schnelle Bekanntschaften, die sich nach ein paar Stunden aufgelöst haben. Es ist auch für mich neu, so viel von mir preiszugeben."

„Von dir preiszugeben? William, du gibst überhaupt nichts von dir preis. Deshalb fühle ich mich auch, als werde ich nur benutzt, um deinen Durst zu stillen."

Zart berührt er meine Schulter. Ich weiß, dass er so viel Distanz wie möglich wahren will. „Ich möchte auf gar keinen Fall, dass du dir benutzt vorkommst, denn das wirst du nicht. Rose, was immer es auch ist, ich kann es nicht sagen, doch ich brauche dich. Diese Woche war der Horror und das sicher nicht nur für mich."

Ihn so dicht vor mir zu sehen, verdammt, ich rieche ihn bereits wieder, hat eine verheerende Wirkung auf mich. Mein Atem beschleunigt sich, mein Puls rast, meine Wangen glühen ... ich möchte ihn so gerne berühren. Über diese feste Brust unter seinem makellosen Hemd streichen, ihn küssen. Es treibt mir den Schweiß auf die Stirn, dagegen anzukämpfen. Doch was will er wirklich? Dies macht mich ebenso wahnsinnig. Meine Lippen spannen, das typische Zeichen, dass sie geküsst werden wollen ... von ihm. Einen kurzen Moment drängt sich der Gedanke auf, dass ich vielleicht überreagiert habe. Immerhin muss ihm wirklich etwas an mir liegen, weshalb er nicht aufgibt.

„Du hast mich einfach in deinen Bann gezogen", flüstert er und streicht mir eine Haarsträhne aus dem Gesicht. „Es ist einfach ..."

„Ich möchte diese Zweisamkeit ja ungern stören", ertönt eine vertraute Stimme und lässt mir das Blut in den Adern gefrieren, „aber die Leute fragen sich schon langsam, wo du bist."

William nimmt die Hand von meinem Gesicht und dreht sich zu seinem Vater um. Nun habe auch ich freie Sicht auf ihn

– und er auf mich. Charles Bennet hat mich nie abgekanzelt, doch diesmal erdolchen mich seine Augen. Die Enttäuschung und der Vertrauensbruch hängen wie eine schwarze Wolke im Raum.

„Rose, Sie sollten vielleicht besser ins Hotel zurückfahren. Für heute haben Sie schon genügend Aufmerksamkeit erregt."

Unwillkürlich zucke ich zusammen und suche hinter Williams Schultern Schutz. Er wirft mich raus. Gerade dachte ich noch, ich hätte mit diesem Mann vor mir eine Zukunft. Eigentlich kompletter Wahnsinn. Denn niemals würde mich seine Familie akzeptieren. Es liegt doch auf der Hand, dass ich nicht gut genug für ihn bin. Eine Angestellte. Eine unbedeutende Arbeitsbiene. Wie konnte ich annehmen, jemals in dieses Märchenschloss zu passen?

Die Tränen brennen in meinen Augen, doch ich zwinge mich, sie zurückzuhalten. Eine lange, einsame Nacht liegt vor mir, in der ich genug Zeit habe, um mich zu quälen.

„Du wirfst sie raus?", faucht William seinen Vater an, der sogleich die Tür schließt und auf uns zukommt.

„Nein, ich appelliere an ihren Verstand", kontert er im üblichen Befehlston. „Zwei Wochen und du schaffst es nicht, die Finger von ihr zu lassen. Und Rose, ich hätte Ihnen wirklich mehr Verstand zugetraut, als dass Sie sich von ihm einlullen lassen."

„Das geht dich einen verdammten Scheißdreck an", spuckt William ihn förmlich an.

„Es ist aber mein Unternehmen, das du wegen deines Schwanzes an die Wand fährst."

Ich senke den Kopf und möchte mich am liebsten wegdenken. Ich möchte nicht mehr hier sein und Zeugin dieser Auseinandersetzung werden. Ich sehe William an, wie ihn die Worte seines Vaters treffen. Mich treffen sie auch, wobei ich in diesem Stück doch nur eine Nebenrolle spiele.

William schüttelt den Kopf und sieht kurz zu mir, als sei mein Gemütszustand von Bedeutung. „Genau. Wie immer denkst du an das Wichtigste in deinem Leben – die Firma."

Dieser Tonfall macht mich verrückt. Er klingt nicht mehr wie der William, der mit mir schreit, der mich berührt, der mit mir geschlafen hat – er klingt wie ein Mann, der vollends enttäuscht und zurückgewiesen wurde. Er steht vor seinem Vater, doch da ist nichts. Keine Liebe, keine Zuneigung. Sie sehen sich eher wie Rivalen an, die einander ausschalten wollen. Meine Übelkeit verstärkt sich. Das Rot der Küche droht mich zu erdrücken.

„Die ich gegründet und aufgebaut habe. Was hast du schon erreicht? Nichts. Dein Leben ist ein einziges Sammelsurium von Unverantwortlichkeiten. Wie stolz ich auf dich sein kann!", spottet er und macht eine wegwerfende Handbewegung.

Mir bleibt der Mund offen stehen. Was ist mit dem Charles Bennet passiert, den ich kannte? Wer hat ihn gegen dieses unverfrorene Monster ausgetauscht?

„Wir sollten gehen, Rose", stößt William zwischen zusammengebissenen Zähnen hervor und nimmt meine Hand. Eine einfache Geste, doch die Augen seines Vaters versprühen Funken.

„Als ich Sie damals befördert habe, Rose, dachte ich niemals, dass Sie auch so eine geldgeile Hure sind“, giftet Charles, als William und ich bereits im Türrahmen stehen.

Meine Beine hören wie von selbst auf zu laufen, auch William schließt die Augen. Denkt anscheinend kurz darüber nach, noch einmal umzudrehen, doch sein Stolz lässt es nicht zu, sodass er sich mit dem Zuschlagen der Tür begnügt.

„Er ist betrunken“, murmelt er, während er mich wieder quer durch die Eingangshalle zieht.

Es passiert alles so schnell, dass ich kaum Zeit habe zu denken. Nur Mr. Bennets Worte sind noch da. Sie dröhnen in meinen Ohren, durchfluten meine Venen, ich atme sie ein, rieche sie, schmecke sie, spüre sie, als wären sie tonnenschwer. William begleitet mich vor die Tür, wo kein einziges Taxi mehr steht. Meine Augen schweifen zurück ins Haus, ich suche Frankie oder sonst jemanden. „Die Taxis sind weg“, höre ich mich selbst sagen.

„Ich bringe dich ins Hotel“, nehme ich Williams warme Stimme neben mir wahr. „Wo ist deine Jacke?“

„Frankie wollte sie holen, als du kamst.“ Und mich ins Verderben gestürzt hast.

Dann zieht er sein schwarzes Jackett aus und legt es mir über die Schultern, ehe er mich die Treppe nach unten, hin zu einer kleinen Parkbucht schiebt, wo er ein schwarzes Auto aufsperrt. „Steig ein, ich hole deine Jacke.“

Im nächsten Moment bin ich alleine. Ich will ihm eigentlich noch sagen, wie die Jacke aussieht, immerhin kann er das nicht wissen, doch er ist nicht mehr da. Müde und völlig neben der Spur kuschle ich mich in sein Jackett, schlinge es um mich und genieße seine Wärme, die meinen Körper umfängt. Doch noch immer sind da diese Worte – geldgeile Hure. Bin ich das? Mir ging es nie ums Geld. Vielleicht ist das auch der Grund, weshalb George mich so abschätzig behandelt. Vielleicht glaubt auch er, ich habe es auf Williams Geld abgesehen. Auf seinen Einfluss in der Firma. Die lange zurückgehaltenen Tränen brechen endlich hervor. Ich schluchze und vergrabe mich noch tiefer in den Sitz.

Als sich die Hintertür öffnet und William meine Jacke auf den Rücksitz wirft, versuche ich, mich wieder zu beruhigen. Mein Schluchzen verklingt, doch noch immer tropfen die Tränen auf den schwarzen Stoff. Er steigt ein und sieht zu mir. Seine Augen glänzen trotz der spärlichen Beleuchtung so warm, dass ich fast wieder zu heulen beginne.

„Bitte, nimm dir, was er gesagt hat, nicht zu sehr zu Herzen. Der Mann, den du glaubtest zu kennen, der nette, freundliche Mann, den hat es nie gegeben. Er ist schon immer so gewesen und wird es bis zu seinem letzten Atemzug bleiben. Und da er getrunken hat, ist es doppelt schlimm."

Ich nicke nur und versuche, mir seine Kindheit, sein ganzes Leben vorzustellen. Wenn Charles immer so war, er war vielleicht nicht viel zu Hause, doch wie ist es hier zugegangen?

„Wären heute nicht so viele Menschen hier – ich verspreche es, Rose, ich hätte ihm eine in die Fresse geschlagen."

„Sag so etwas nicht."

„Weißt du, es war immer schon so. Er kann alles, was er möchte, zu mir sagen, doch als er dich eine ... geldgeile Hure nannte ... mit diesem Ausdruck im Gesicht ... ich ... würde er nur einmal die ... würde er dir nur einmal etwas antun ... ich würde ihn erwürgen, das kann ich dir hoch und heilig versprechen."

Mir etwas antun ... was sollte er mir antun? Während William das Auto startet und ausparkt, versuche ich, mir einen Reim auf das eben Gehörte zu machen. Charles Bennet scheint zwar, wenn er etwas getrunken hat, nicht mehr Herr über sich zu sein, doch ich bezweifle, dass er mich ernsthaft verletzen könnte. Worte sind die eine, Fäuste die andere Sache.

„Von wem hast du meine Jacke bekommen?" Ich durchbreche dieses finstere Schweigen.

„Von deiner Freundin."

„Naomi?"

„Die, die an Georges Zunge genuckelt hat", kommt es etwas entspannter zurück.

„Ja, dann war es Naomi."

Ich denke grinsend an sie, die heute definitiv nicht zu mir ins Hotel kommen wird. Ihre Wahl ist zwar nicht ganz nach meinem Geschmack, doch das muss sie schließlich selber wissen. Dennoch möchte ich ruhig schlafen und wer könnte mir mehr über George verraten als William? „Er ist doch kein Serienkiller und wird sie irgendwo aufspießen?"

„George? Aufspießen ist das falsche Wort. Er wird sie zumindest nicht umbringen", gibt er schmunzelnd zu. So gefällt er mir am besten. Entspannt und offen.

„Vermutlich werde ich dann die nächsten Tage in ihrer Wohnung verbringen dürfen, um sie zu trösten", überlege ich laut.

William sieht wieder zu mir. „Ich dachte, so habe ich es jedenfalls gehört, dass sie nicht gerade bindungsfreudig ist."

„Ja, aber George verarscht sie doch nur."

„Er ist dir unsympathisch, nicht wahr? George gibt viel vor, was er nicht ist. Sicher hat er eine Art, an die man sich gewöhnen muss, doch in seinem Inneren ist er nicht so böse."

Na ja, ich muss das nicht für mich herausfinden. Mir geht es ausschließlich um Naomi. Doch da sie erwachsen ist, wird sie schon selbst aufstehen können, wenn sie hinfällt.

Das Radio läuft leise – Coldplay –, während wir in Richtung Hotel fahren. Ich döse vor mich hin, lausche William, der mitsummt, mir dann wieder erzählt, welchen Ort wir gerade passiert haben. Meine Augen ruhen nur auf ihm. Ich liebe es, ihn anzusehen, seine Augen strahlen zu sehen, wenn sie die meinen treffen. Die Lichter ziehen an uns vorbei oder wir an ihnen, irgendwann biegen wir in die Straße, in der mein Hotel liegt, ein. Da es später Abend ist, finden wir leicht einen Parkplatz. William steigt als Erster aus, kommt auf meine Seite und hilft mir aus dem Wagen.

„Dann hast du also gemerkt, dass ein weißes Auto schwer sauber zu halten ist?", frage ich ihn, als er meine Jacke vom Rücksitz nimmt.

„Nein, nur ein anderer Wagen. Sozusagen mein Schottlandmobil."

Ich stimme in sein Lachen ein und folge ihm in die Lobby. Die Rezeptionistin begrüßt uns lächelnd und ich spüre ihre Blicke, als wir auf den Fahrstuhl warten. In der vierten Etage steigen wir aus. „Den Schlüssel hast du doch mit?", fragt mich William noch immer grinsend.

„Ja, hier ist er", antworte ich, als ich ihn in meiner Handtasche gefunden habe. Ich sperre die Zimmertür auf und gemeinsam treten wir ein. William legt meine Jacke über den

Stuhl, der vor dem großzügigen Schreibtisch steht. „Na gut. Du kommst doch klar“, sagt er ruhig – zu ruhig.

„Ich denke schon“, gebe ich zurück. „Willst du nicht noch etwas bleiben?“

Er sieht sich im Zimmer um, als wäge er ab. Ja oder nein? Ja oder nein? „Um was zu tun?“

„Keine Ahnung – bei mir zu sein.“ Ich lasse die Worte sacken.

„Möchtest du das?“

„Ja.“

„Rose“, brummt er und fährt sich durch die Haare. „Ich möchte wirklich nichts lieber, als bei dir zu bleiben. Aber wir sollten beide nachdenken – was ich in deiner Gegenwart nicht kann. Außerdem teilst du dir das Zimmer.“

„Du bist so vernünftig“, necke ich ihn und mache einen Schritt auf ihn zu.

„Nicht, wenn ich bei dir bin“, kontert er und streckt die Arme nach mir aus. Ich werfe mich ihm regelrecht entgegen und genieße diese Umarmung wie nichts anderes zuvor. Ihn nach dieser trostlosen Zeit endlich wieder spüren zu können, ist mit der Heilung einer schlimmen Krankheit zu vergleichen. „Also meinst du, ich finde in London ein hübsches, neues Spielzeug?“

Ich hole aus und schlage ihn auf die Brust, was sein Lachen kurz einknicken lässt. „Freut mich, dass du dich an meinem Leiden aufgeilst.“

„Nicht nur an deinem Leiden“, meint er und streicht über mein Rückgrat nach unten zu meinem Hintern, den er einer genauen Musterung unterzieht. „Ich muss los, Rose.“ Er nimmt die Hände von mir und küsst mich züchtig auf die Stirn.

Dabei will ich so viel mehr. Ich könnte ewig hier mit ihm stehen und ihn einfach nur umarmen. Doch ich reiße mich zusammen und nicke scheu. „Ihr seid doch morgen auch noch hier, dann werde ich mich melden."

„Okay", flüstere ich und streiche ein letztes Mal über seine feste Brust.

„Gute Nacht, Rosie."

„Gute Nacht, Willi."

Er lacht, schüttelt den Kopf und zwickt mich in die Nase. „Niemand nennt mich so." Es klingt wie eine spaßige Drohung.

„Besser für dich, dann weißt du, wer dich ruft."

Er löst sich von mir und geht zu Tür. „Schlaf gut." Dann fällt sie hinter ihm ins Schloss und ich tappe ins Bad, wo ich mich meiner Klamotten entledige und den aufkommenden Gefühlscocktail mit einer Dusche im Zaum halte. Danach falle ich ins Bett, unfähig, auch noch ein einziges Wörtchen zu reden, geschweige denn zu denken.

15. Kapitel

Naomi hat nicht bei mir im Hotel übernachtet. Ich sitze mit Frankie und ein paar Leuten aus der Firma gerade beim Frühstück, als mein Handy klingelt. Der Name des Anrufers lässt mich schnell vom Tisch aufspringen und in sichere Entfernung forteilen.

„Guten Morgen, die Dame. Haben wir gut geschlafen?“, ertönt Williams heitere Stimme.

Ich schlucke. „Guten Morgen, der Herr. Die Nacht war zwar einsam, aber erträglich. Und bei dir?“

„Ebenso. Ich dachte, du teilst dir dein Zimmer?“

„Tue ich auch, nur ist Naomi wirklich nicht zurückgekommen.“

Er lacht kurz, ehe seine Stimme wieder ernst wird. „Hast du für heute etwas vor?“

„Nicht dass ich wüsste.“

„Sehr brav. Ich werde um halb zwei bei dir sein. Nimm deine Badesachen und ein Reservehandtuch mit. Ich warte in der Lobby auf dich.“

Okay. Was hat er nun schon wieder vor? „Du kommst her? Dir ist doch klar, dass dich jeder hier kennt?“

„Dort, wo wir sein werden, wird mich niemand kennen“, erwidert er. Ein Reservehandtuch, was soll das überhaupt? Meine Badesachen?

„Na gut, Rose. Ich freue mich jedenfalls schon drauf“, redet er weiter und unterbricht meine Gedankengänge, die sich den Verlauf des Tages ansatzweise auszumalen versuchen.

„Ich bin wirklich gespannt, was du vorhast“, posaune ich meine Gedanken aus.

„Vorfreude ist die schönste Freude, nicht wahr? Bis später.“

„Bis später“, plappere ich ihm nach und lege auf. Halb zwei, das heißt, ich habe noch genau dreieinhalb Stunden. Meine Beine gehören dringend rasiert, meine Haare gewaschen – es liegt Arbeit vor mir.

Ich verabschiede mich schnell von den anderen, fühle mich dabei wieder einmal wie eine Sechzehnjährige, die sich für ihren ersten Discobesuch fertig macht, und stürme auf mein Zimmer. Gott sei Dank habe ich meinen vorteilhaftesten Bikini eingepackt. Ich hatte schon den bequemen in der Hand, doch dieser hier, ein Schnäppchen, ist überaus vorteilhaft geschnitten, sodass mein sonst eher mageres Brustvolumen zu gut proportionierten Körbchen geformt wird. Ich springe unter die Dusche, befasse mich eingehend mit Regionen meines Körpers, die meiner Meinung nach mit zu viel Haaren bedeckt sind, dann geht es an den Kopf. Als ich fertig bin und meine nassen Haare in ein Handtuch gewickelt habe, widme ich mich meinem Gesicht. Ich trage die Maske auf, die uns das Hotel in einer Probepackung bereitgelegt hat, und betrete, in ein größeres Badetuch gekuschelt, unser Schlafzimmer, wo ich mich aufs Bett fallen lasse und den atemberaubenden Ausblick genieße.

Was hat er mit mir vor? Und vor allem, wo gehen wir hin, wenn ihn dort niemand kennt, immerhin wimmelt das Hotel von Firmenangehörigen. Er scheint sich ja richtig Gedanken gemacht zu haben. Eigentlich freue ich mich darauf, doch ich muss mit ihm reden. Die Zeit zum Nachdenken, die er mir gegeben hat, habe ich genützt und nun muss ich dringend ein paar Dinge mit ihm klären, bevor wir weitermachen können. Die Erinnerung an den peinlichen Vorfall mit seinem Vater schiebe ich weit von mir. Sicher ist Charles Bennet in meiner Wertschätzung gesunken, doch zum Glück muss ich nicht mehr mit ihm zusammenarbeiten.

Im nächsten Moment springt die Tür auf und Naomi kommt strahlend ins Zimmer stolziert. Mit einem Ruck wirft sie sich zu mir aufs Bett, wobei sie die Augen träumerisch verdreht. „Hi."

„Hi. Du lebst also noch", begrüße ich sie.

„Ja, tue ich."

„Wie war´s?"

Sie seufzt. „Der absolute Wahnsinn. Ich kann dir sagen, Rose, wenn dieser Mann sein Handwerk nicht beherrscht, wer dann?"

Grinsend beobachte ich ihr Gesicht, das so freudig und erfüllt wirkt, dass ich sie am liebsten umarmt hätte. „Wir reden doch von George?"

„Ja. Noch ein Orgasmus mehr und ich hätte einen Schlaganfall erlitten."

Wenigstens eine hatte in dieser Nacht ihren Spaß. Und wäre es nicht George, hätte ich ihr das Glück wirklich gegönnt, doch ich habe einfach Angst, wenn ich ihren Blick und ihr Verhalten richtig deute. Naomi verliebt sich doch nie. Wenn wir uns auch in vielen Dingen ähnlich sind, so unterscheiden wir uns in Liebessache um Längen. Während sie ihr Leben in vollen Zügen genießt, Kerle trifft, mit ihnen vögelt und sie dann in die Wüste schickt, ohne ihnen auch nur eine einzige Träne nachzuheulen, sind mir solche

Bekanntschaften zuwider. Ich möchte etwas in der Hand haben, ihm vertrauen und er mir, mit ihm aufwachen und schlafen gehen, mit ihm reden und von ihm einfach nur gehalten werden – eine hoffnungslose Romantikerin. Doch plötzlich sehe ich nicht die sonst so toughe Naomi, sondern ein Mädchen, das im Bann eines Mannes steht.

„Ich weiß, er wirkt kühl und eingebildet, doch er ist ein wahrer Gentleman. Wir haben es die halbe Nacht getrieben, doch die restliche Zeit haben wir geredet. Ich habe ihm Dinge erzählt, die ich niemals nüchtern und freiwillig bei vollem Bewusstsein ausplaudern würde. Du kennst mich."

Ja, ich kenne sie. „Seht ihr euch wieder?"

„Ich glaube schon. Er meinte, er würde sich heute mal melden", wieder wirft sie den Kopf zurück und streicht sich über die Lippen. „Und jetzt zu Ihnen, Miss-ich-treib-es-heimlich-mit-unserem-Boss", faucht sie böse.

Ich ducke mich und bin froh über die hässliche, grüne Maske in meinem Gesicht. „Ich weiß, ich hätte es dir sagen sollen. Doch es fühlte sich so falsch an, dass ich es nicht wagte, es auch noch jemandem auf die Nase zu binden."

„Geht es seit dem ersten Tag so?"

„Nein, seit dem zweiten, oder so. Als ich mit Taylor Schluss gemacht habe, haben wir uns das erste Mal geküsst."

Nun ist es sie, die grinst. „Ist er gut?", fragt sie mich ernst. Während ich nur dämlich lache, nickt sie wissend. „Also ja. Warum hast du gesagt, die Sache hätte sich längst erledigt?"

Beide werden wir wieder ernst und ich bemühe mich, das Rauschgefühl in meinem Kopf zu unterdrücken. „Weil ich es beendet habe."

„Warum, wenn ich fragen darf?"

„Er hat seine Eigenheiten, er erzählt mir nichts, ich meine, ich weiß genauso viel über ihn wie du. Nur dass ich ihn nackt gesehen habe, womit ich mich wohl in eine lange Schlange einreihen kann. Er schweigt wie ein verdammtes Grab."

„Um Himmels willen, Rose, du musst ihn doch nicht gleich heiraten!"

Hier wären wir wieder bei der erfahrenen Verführerin, der es egal ist, ob sie den Namen ihres Techtelmechtels überhaupt kennt. Wie gesagt, ich bin da anders. Mit Naomi hätte William nicht solche Probleme gehabt.

William und Naomi – mich durchzuckt ein harter Schmerz.

„Das möchte ich doch auch gar nicht. Nur stimmen all diese Geschichten über ihn – du weißt schon, die ganzen Frauen und so. Ich will keine Nummer sein."

„Glaub mir, was George gestern erzählt hat – du bist keine Nummer. Im Gegenteil, dieser Mann ist süchtig nach dir."

Wirklich? „Ich bitte dich!", widerspricht die Realistin in mir.

„Nicht nur ich habe gemerkt, wie scheiße du diese Woche drauf warst, auch George musste Junior Benchy ertragen, der sich die Seele aus dem Leib gesoffen hat."

Ich werde hellhörig. Warum habe ich von dem Ganzen nichts mitbekommen? Weil du dich ins Nirvana abgekapselt hast, um ihm ja aus dem Weg zu gehen.

„Doch er lässt mich einfach nicht an sich heran."

„Wie meinst du das?"

„Einfach aus dem Grund, dass er nicht bei mir bleiben kann, wenn ... also ... wenn ..."

„Wenn er kommt?", fragt mich Naomi so nüchtern, als reden wir hier über das heutige Horoskop.

„Ja."

„Du hast ihm doch gesagt, dass du die Pille nimmst?"

Ich gebe keine Antwort, sondern sehe sie schief an. „Beim ersten Mal hat er sogar ein Kondom genommen. Ich meine, ich bin doch nicht giftig, und er auch nicht."

Es fällt mir nicht nur schwer, über Intimitäten zu sprechen, es fühlt sich für mich auch wie ein Vertrauensbruch an. Immerhin scheint es William wirklich zu belasten. Irgendetwas muss passiert sein und ich breite dies hier gerade vor Naomi aus. Doch wenn er nicht mit mir reden will, muss ich mir eben eine Meinung von anderer Seite einholen.

„Vielleicht hat ihn schon mal irgendeine Tussi verarscht. Wer weiß? Warum ist das für dich so wichtig? Und eines lass dir noch gesagt sein – die Schönen haben immer eine Leiche im Keller. Sei froh, dass deiner nur Psychosen hat."

„Es ist für mich wichtig, da es mit Vertrauen zusammenhängt. Er soll mir glauben und mir vertrauen und ich ihm. Doch immer errichtet er diese Wand zwischen uns, deshalb habe ich es beendet."

Naomi zieht beide Augenbrauen hoch. „Die meisten Frauen würden dich steinigen, um an deiner Stelle sein zu können. Ich meine, George könnte ein Junkie sein und ich würde mit ihm vögeln. Ich muss ihn ja nicht gleich heiraten. In einem Monat kann die Sache anders aussehen. Soll sich doch seine Zukünftige die Arbeit machen und ihn verändern."

Willkommen in Naomis Welt. Dort existieren Probleme exakt eine Sekunde lang. „Jedenfalls haben wir gestern miteinander geredet und er scheint wirklich bereit zu sein, sich für mich zusammenzureißen. Keine Ahnung, was ich davon halten soll."

Naomi klemmt sich ein Zierkissen zwischen die Finger und wirft es hoch, nur um es im nächsten Augenblick wieder aufzufangen. Gespannt folge ich dem Spiel, versuche, aus ihren Worten schlau zu werden, und lande dennoch immer wieder in einer Sackgasse.

„Lass es einfach auf dich zukommen, Süße“, sagt sie mütterlich und drückt das Kissen an ihren Busen. „Was machen wir später? Lust, eine kurze Saunarunde einzulegen und die kleinen Pimmel zu begutachten?“

„Klingt verlockend, aber William kommt später.“

„Siehe da, dann scheinen wir ihm ja verziehen zu haben. Wenn ihr das Zimmer braucht, kann ich gerne verschwinden.“

„Sehr nobel von dir, aber er hat etwas Bestimmtes mit mir vor. Da ich dazu meinen Bikini brauche, vermute ich, dass sich die Sache nicht hier abspielen wird.“

Sie sieht mich grinsend an und schüttelt dann den Kopf. Irgendetwas scheint ihr gerade klar geworden zu sein, doch sie hält sich zurück, was mich wirklich überrascht. „Dann viel Spaß!“

Um halb zwei öffnen sich die Türen des Fahrstuhls in der Etage, in der die Lobby liegt. Ich will gerade aussteigen, da erscheint William und schiebt mich zurück in den Aufzug. Mir steht der Mund offen, weshalb ich auf seine Begrüßung nichts erwidere. Er trägt einen dunkelbraunen Mantel, sportliche Schuhe und eine dünne Stoffhose. Doch weder Badetuch noch Tasche hat er bei sich. Ein wenig geknickt sehe ich an mir herunter. Ein dicker, viel zu großer Bademantel, Flipflops und ein fader Pferdeschwanz schmücken meine Gestalt. Ich umklammere das Reservehandtuch in meiner Hand.

„Warum so still?“, fragt er mich und betätigt einen Knopf, der den Fahrstuhl prompt in Bewegung setzt.

„Ich bin nur etwas nervös“, gestehe ich und hoffe, ihn mit meiner Ehrlichkeit sanfter zu stimmen.

„Das brauchst du nicht, Rose“, versichert er und streicht mir leicht über den Rücken. Mein Körper reagiert sofort. Ich drehe mich zu ihm, lache zaghaft und verfalle ihm bereits in der ersten Minute. Das kann ja heiter werden!

Endlich gehen die Türen auf und ein herrlicher Duft empfängt uns. Zweifellos befinden wir uns im Wellnessbereich des Hotels. Am Empfang steht eine hübsche, blonde Dame, die uns nett begrüßt. „Guten Tag, Mr. Bennet. Es ist bereits alles vorbereitet. Sollten Sie Wünsche haben, sagen Sie mir einfach Bescheid.“

„Danke, Grace“, erwidert er höflich und führt mich einen der vielen Gänge entlang.

Die letzte Tür ist unsere. Als ich eintrete, ist mir das dümmliche Rot egal, das auf Graces Wangen während des Gespräches mit William geschimmert hat, denn jetzt weiß ich, dass er in den nächsten Stunden nur mir gehören wird. William schließt die Tür hinter mir und kapselt uns beide in diese traumhafte Oase, die nach Rosen und Jasmin duftet, ein. Der Raum ist schlicht in zarten Rottönen gehalten, eine breite Liegefläche mit einem kleinen Tisch, auf dem Wein und Obst stehen, eine Bar, auf der noch mehr Wein und Wasser stehen, doch das Herzstück ist sicherlich der große Whirlpool, der auf einer Art Podest ruht, welches man über drei Stufen erreichen kann.

„Die Hochzeitslounge“, erklärt mir William die kitschige Dekoration an den Wänden. Kitschig ja, aber in diesem Fall gut.

Es ist warm hier drinnen, weshalb William seinen Mantel auszieht und ihn zur Seite legt. „Möchtest du Wein?“, fragt er mich dann und zeigt auf die großzügige Sitzfläche.

Ich nicke, noch immer nicht imstande, ein Wort zu sagen. Die Hochzeitslounge. Dann muss er sie extra reserviert haben – doch mit welchem Hintergedanken? Um mich einfach nur flachzulegen sicher nicht.

Ich nehme neben ihm Platz und nippe an meinem Wein. Alkohol tut mir jetzt bestimmt gut. „Du siehst hervorragend aus, Rose.“

„Du auch“, erwidere ich höflich und atme tief durch. „Ich habe mir übrigens Gedanken gemacht“, plappere ich drauf los.

„Okay, dann eben frei nach dem Motto: Besser jetzt als gleich.“

Noch ein Schluck. „Du wolltest doch wissen, was ich von dir erwarte.“ Er nickt und ich setze zum Paukenschlag an. „Na gut. Wenn diese Sache, wir benennen sie einfach gar nicht, funktionieren soll, musst du dich mir öffnen. Ich möchte, dass du meine Fragen beantwortest und deine starre, sturköpfige Maske ablegst.“

Ich höre ihn scharf ausatmen und mache mich bereits auf seinen Aufbruch gefasst. Immerhin sind dies alles Dinge, die er mir doch von Haus aus niemals versprochen hat. Doch um wissen zu können, was er will, muss ich in der Wunde stochern. Der Eiter muss raus, dies tut eben weh.

„Eine ganze Menge. Was ist, wenn ich nicht bereit bin, mich zu öffnen oder Fragen zu beantworten?"

„Dann ist die Sache vorbei."

„So hart?"

„Ja, so hart."

Nun nimmt er einen kräftigen Schluck. „Ganz schön viel Mumm, kleine Rose. Aber ich werde deinem Ultimatum zustimmen, unter einer Bedingung."

„Die da wäre?" Jetzt bin ich aber gespannt und geplättet zugleich. Er stimmt mir zu? So einfach? Der Löwe war doch so wild, wie kann er sich so schnell zähmen lassen?

„Du nimmst die Wohnung, die ich für dich ausgesucht habe."

„Auf gar keinen Fall."

„Du willst, dass ich mich dir öffne, wie du es so schön formuliert hast, dann tust du mir bitte diesen Gefallen."

Am liebsten würde ich aufstehen und gehen, nur um zu sehen, wie er darauf reagiert. Wie kann er von mir erwarten, diese teure Wohnung zu nehmen? Wie soll ich das meinen Eltern erklären? Ich habe irgendwo versteckte Millionen herumliegen?

„Was ist an der anderen Wohnung falsch?"

„Du bräuchtest Möbel, was Zeit kostet. Außerdem möchte ich nicht in dem Bett schlafen, in dem du es mit diesem treulosen Arschloch getrieben hast."

„Wer sagt, dass du nach dieser Sache noch bei mir schlafen darfst?", brumme ich und schlage meine Beine theatralisch übereinander. „Das mit der Wohnung werde ich mir überlegen."

„Dann überlege ich mir, ob ich offen zu dir bin“, kontert er trocken.

Gereizt atme ich aus und nehme einen weiteren, größeren Schluck. „Sieh sie dir wenigstens an“, bittet er etwas liebevoller. Ich blicke in seine Augen, die noch immer verschleiert wirken. Und genau das will ich wegbekommen!

„In Ordnung. Bist du bereit, meine Fragen zu beantworten? Dann mal los: Warum versteckst du dich hinter dieser düsteren, nonchalanten Fassade?“

Er scheint erstaunt und verwirrt zugleich. Sicher hat er nicht damit gerechnet, sein Versprechen so bald einlösen zu müssen. Doch wie lautet unser Motto noch einmal: Besser jetzt als gleich. „Düster – wirke ich wirklich so? Na ja, Rose, wenn dir jedes Wort dein ganzes Leben lang im Mund umgedreht wird, dir jede noch so kleine Dummheit jahrelang nachgetragen wird und du so oder so nur alles falsch machst, beginnst du irgendwann eben damit, gar nichts mehr zu sagen. Am Anfang ist mir das nicht leichtgefallen, doch mittlerweile bin ich es gewohnt, einfach die Klappe zu halten und mich auf Smalltalk zu beschränken.“

Sehr offen, das muss ich ihm zugestehen. Und wenn ich etwas geschafft habe, dann ist es, ihn zum Reden gebracht zu haben. Immerhin hat sich die Anzahl der Sätze, die er zu Beginn unserer Bekanntschaft von sich gegeben hat, mittlerweile verdoppelt.

Ich nicke und deute auf seine Brust. „Damit hast du eine ganz schöne Mauer rund um dein Herz gebaut. Hattest du Angst, wenn jemand über dich Bescheid weiß, dass er dich irgendwann verletzt?“

„So in der Art. Man wird eben schwach, wenn man seine Gefühle, Wünsche, Empfindungen verrät."

„Gibt es Menschen, die jede Kleinigkeit von dir wissen?" Eine sehr wichtige Frage für mich.

„Ja. George und mein Vater." Ich bin mehr als überrascht. Nicht wegen George, dies war mir klar, sondern wegen seines Vaters. Dabei wirken die beiden so feindselig und fremd, doch ich muss mir diese brennende Frage für später aufheben und an der eben eröffneten Baustelle weiterarbeiten.

„Und warum hast du dich den beiden anvertraut?"

„Weil mir mein Vater aus jeder Scheiße geholfen hat, und George weiß alles, weil ich ihm vertraue."

Ich nicke und habe somit meine Bestätigung erhalten. „Das ist der springende Punkt – du vertraust ihnen. Und dieses Vertrauen wünsche ich mir auch. Weil ich mich dir ebenso geöffnet habe und noch immer lebe. Ich habe mich dir auf eine Weise geöffnet, wie ich es mit Sicherheit nicht beabsichtigt habe." Die Pause, die ich einlege, tut uns beiden gut. William reibt sich das Kinn, während ich kurz die Augen schließe, um ihm das, was kommt, so begreiflich wie möglich zu machen. „Denkst du, für mich war es nicht schlimm, als ich vor dir geweint habe? Ich war so verletzlich wie ein angeschossener Hase. Doch du hast es nicht ausgenutzt, du hast mir beigestanden und mir ebenso vertraut."

Er sieht an mir herab und scheint langsam zu verstehen, was ich meine.

„Ich bin dieses Risiko mit dir eingegangen, ich habe meinen Job aufs Spiel gesetzt, weil ich dir vertraue. Du bist mit mir dieses Risiko eingegangen, weil du mir vertraust. Du kannst vertrauen und nicht nur den Menschen, die dir aus der

Scheiße helfen. Doch ich will, dass du mir voll vertraust, mich verstehst. Es gibt immer etwas oder jemanden, das oder der dich enttäuscht, doch zur gleichen Zeit sind fünf Menschen um dich, die dich wieder auffangen und aufbauen."

„Dann würdest du mir alles sagen?", fragt er verwundert.

Ich nicke. „Auf jeden Fall."

„Warum?"

„Weil du mich nicht im Stich lässt. Du verkaufst dich vielleicht als Arschloch, doch ich habe dich längst durchschaut. Und mit jedem Kuss, mit jedem Mal, in dem du in mir bist, gibst du mir ein Stück von dir und ich dir von mir. Siehst du, es ist ein guter Anfang."

Er grinst verschmitzt. „Dann hoffe ich, dass du mir noch viele Stückchen von dir geben wirst."

„Ich bin wirklich zufrieden mit unserer ersten offenen Fragestunde. Mögen ihr weitere erfolgreiche folgen."

„Trink deinen Wein aus, Miss Fragestunde. Jetzt bin ich an der Reihe. Mal sehen, wie sehr du mir vertraust."

Stutzig leere ich mein Glas und erhebe mich, weil auch er aufsteht. „Zieh den Bademantel und die Schuhe aus", befiehlt er knapp.

Widerwillig mache ich, was er verlangt. Eigentlich bin ich auf seine Blicke vorbereitet, trotzdem bekomme ich an jeder Stelle, die er mustert, eine Gänsehaut.

„Binde dir die Haare nach oben."

Wieder mache ich es, ohne zu fragen. Er nickt, als ich fertig bin, und deutet in Richtung Pool. „Nun geh nach oben und mache es dir im Wasser bequem. Wenn es zu kalt ist, lasse ich warmes ein."

Ich atme ein und gehe die drei Stufen hinauf zur Wanne, wo ich mich so grazil wie möglich ins leicht bläulich schimmernde Wasser setze. Vom ersten Moment an fasziniert mich dieser Duft – frisch und zugleich entspannend. Ich tippe auf irgendeine Mischung mit Lavendel, bin mir aber nicht hundertprozentig sicher. William taucht hinter mir auf und legt ein zusammengefaltetes Badetuch auf den hellen Fliesenboden neben der Wanne.

„Passt die Temperatur?“, fragt er so weich wie nie zuvor.

„Sehr angenehm. Was hast du vor – wenn mir diese Frage erlaubt ist.“

Ein Grinsen umspielt seine Lippen, als er nach einem der Fläschchen greift und eine gelbliche Flüssigkeit auf seine Handfläche kippt. „Ich werde dir zeigen, dass du mir wichtig bist und ich nicht nur mit dir spiele, dazu musst du dich entspannen. Denn das tust du nicht, wenn wir zusammen sind. Du bist ständig auf der Hut, drehst mir jedes Wort um und letztendlich bist du diejenige, die mir entgegenkommen soll.“

Okay. Er wird mich also nicht ertränken. Doch was sonst? Mich verwöhnen? Mich verführen? Vielleicht eine Mischung aus beidem? Langsam entspanne ich mich und lege den Kopf in den Nacken.

Aus den Augenwinkeln sehe ich, wie er sich hinter mich setzt. „Heb den Kopf ein wenig an“, flüstert er mir zu.

Als mein Nacken freiliegt, streicht er sanft darüber. Hinauf zum Haaransatz und wieder hinunter bis zu dem Punkt, an dem meine Schultern abzweigen. Er vollführt diese Berührung viermal, dann wird der Druck fester. Ich seufze und schließe genussvoll die Augen. Der Duft des Badewassers und die

Mischung, die er auf meinem Genick verteilt, dringen geradewegs in meinen Schädel, wo sie jegliche Gedanken, Zweifel und Ängste lahmlegen. Seine Finger sind so weich, seine Berührungen einerseits sanft, andererseits so sicher. Die zweite Hand kommt zum Einsatz und er fährt an der einen Hälfte meines Hinterkopfes nach oben. Immer wieder treffen sich seine Hände in der Mitte, wo die Haut zu prickeln beginnt. „Das ist ein Traum“, wispere ich.

Sein Lachen knistert auf meinem nackten Rücken. „Das war auch meine Absicht.“

Die Hand, die noch eben meinen Hinterkopf liebkost hat, wandert nun an der anderen vorbei zu meinen Schultern. Zuerst ist die linke an der Reihe. Sanft streicht er der Länge nach darüber. Das Öl wärmt meine Haut und dringt geradewegs durch meine verhärteten Muskeln. Dann ist die rechte Schulter an der Reihe. „Noch etwas nach vorne beugen“, flüstert William.

Ich stütze mich mit beiden Händen ab und beuge mich vornüber, mein Kopf ruht auf meinen Knien, während William seine Hände weiter nach unten wandern lässt. „Ich mache dir den Bikini auf. Ist das in Ordnung für dich?“

Nach meinem Nicken spüre ich dieses befreiende Gefühl des sich lösenden Stoffes. Wieder träufelt er Öl auf seine Hände und verteilt es großzügig auf meiner warmen Haut. Nun streicht er von oben bis unten, knetet, kratzt und reizt jeden Zentimeter meines Rückens. Vom Rückgrat scheinen die Berührungen in meinen ganzen Körper auszustrahlen. Meine Augenlider senken sich matt, während ich andererseits aufgewühlt bin. Es fällt mir schwer, die Finger bei mir zu behalten. Wie gerne würde ich ihn berühren, ihm das hellblaue Shirt abstreifen und ihn dann zu mir in die Wanne ziehen!

Jede Sekunde, in der er mir diese Entspannung beschert, spüre ich, wie diese Mauer zwischen uns, die wir diese Woche aufgebaut haben, zerbröckelt. Zentimeter für Zentimeter. Zuerst der grobe Putz, dann die festen, mit Mörtel fixierten Ziegel. War ich vorhin noch unschlüssig in Bezug auf sein Motiv, so verzaubert er mich zum millionsten Mal. Er kann auch anders, dies weiß ich längst, doch so zahm, lieb und zärtlich habe ich ihn noch nie erlebt. Jeden Wirbel bearbeitet er gerade. Gezielt streicht er über den Knubbel, dann fährt er die Rippe entlang. Ich kichere, als er zu weit nach vorne kommt – die absolut kitzeligste Stelle am Körper.

Hinter mir erfolgt eine Bewegung, dann spüre ich seine Nähe noch deutlicher. Leicht nach vorn gebeugt, nimmt er sich meine Oberarme vor, die er zuerst streichelt, dann mit den Fingernägeln bearbeitet.

„Fester oder weicher?“, vernehme ich seine belegte Stimme und muss sofort an unser erstes Mal auf seinem Küchentresen denken. Wie willst du gefickt werden?

Ich räuspere mich. „Es ist genau richtig so.“

„Lehn dich wieder zurück“, befiehlt er und arbeitet sich bis zu meinen Fingern vor.

Als mein Kopf wieder auf dem weichen Polster am Wannenrand ruht, ist er plötzlich so nahe, dass ich benommen die Augen schließe. Diese ätherischen Öle, die schon längst in mein Blut übergegangen sind, die Massage, seine Stimme ab und an, jetzt sein Atem, der für eine Sekunde über die empfindsame Stelle an meinem Hals gestrichen ist, haben mich ins Aus katapultiert. Egal, was er heute noch vorhat – ich will ihn. Langsam beginnt er nun, meinen Hals und die Stelle über und neben meinen Schlüsselbeinen zu streicheln. Erneut gibt er Öl auf seine Hände, wobei ich diesen Glanz, der nun auf meiner Haut liegt, noch berauschender finde. Zielsicher arbeitet er sich zu den Schultern vor, dann wieder zurück zu der Kuhle unter meinem Hals. Die Haut färbt sich rot, was ich nicht dem Massageöl, sondern meiner Reaktion auf seine Berührungen zuschreibe.

Wieder ist sein Atem an meinem Ohr. Ganz zart, als würde er mich mit einer Feder streicheln, nehme ich ihn wahr. Außerdem bin ich mir seiner Blicke bewusst, die in meinem Gesicht nach etwas suchen. Vielleicht versucht er, Zweifel, Freude oder Lust darin zu erkennen. Ich kann ihm versprechen, dass von allem etwas da ist. Zweifel darüber, ob ich ihm nicht leichtgläubig verziehen habe. Freude über dieses kleine Zugeständnis, dass er mir gemacht hat. Und die Lust versteht sich angesichts der Tatsache, dass er mir gerade mein Bikinioberteil über den Kopf zieht, von selbst.

Urplötzlich laufe ich rot an. Ich habe mich selten so ausgeliefert gefühlt wie in diesem Moment. Er ist nicht nur angezogen, er befindet sich außerdem in einem völlig anderen Zustand. Obwohl das Wasser warm ist, haben sich meine Nippel bei seinem ersten Blick darauf aufgerichtet. Wie immer sind sie geschwollen vor Lust – eine Berührung und ich weiß, ich werde explodieren.

Erneut kippt er Öl auf seine Handflächen, dann fährt er der Länge nach an meinem Körper nach unten. Bis zu der Stelle, an der mein Bauch im Wasser verschwindet. Dabei berührt er kein einziges Mal meine Brüste. Auch nicht, als er diese Prozedur ein zweites Mal vollführt. Wieder streicht er so knapp an ihnen vorbei, dass ich mich ihm am liebsten entgegengeworfen hätte. Doch ich reiße mich zusammen und atme tief durch. Noch einmal streicht er nach unten, dann nimmt er den Rückweg und seine Hände treffen sich zwischen meinen Brüsten. Immer mehr schwellen sie an, ich spüre bereits wieder dieses Ziehen zwischen meinen Beinen und bete, dass er mich hier nicht einfach so liegen lässt.

Doch meine Zweifel lösen sich in Luft auf. Denn im nächsten Augenblick spüre ich seine Handflächen auf meinen Brüsten. Er zieht kleine Kreise, umrundet sie und lässt seine Finger ausgestreckt um die harten Nippel kreisen. Mein Atem beschleunigt sich, das Wasser wird viel zu warm, seine Blicke zu intensiv. Um Himmels willen, wie soll ich das ertragen?

Immer wieder schiebt er sie zusammen, streicht mit den Fingerkuppen, ab und an sogar mit den Nägeln, um meine Nippel. Reizt sie, presst sie noch mehr, bis ich es nicht mehr ertrage und mich seinen Händen entgegenrecke. Das Atmen ist längst in ein Stöhnen übergegangen. Und in diesem Raum hallt es hundertfach wider.

Ich schließe die Augen, als er eine meiner Brustwarzen zwischen zwei Finger nimmt und hart daran zieht. Die Stelle rötet sich sofort, doch was unter normalen Umständen unangenehm gewesen wäre, lässt mich nun, in dieser Ekstase schwebend, meine Schenkel auseinanderspreizen. Ich halte es nicht mehr lange aus, das weiß ich, da dieser berauschende Druck in mir schon längst überhandgenommen hat. Alles dreht sich nur mehr um die Erlösung meiner Lust. Pure, rohe Lust, die alleine ihm gilt. Dem Mann, der gerade meinen Hals küsst. Doch nicht auf seine typische Art, so wie ich es gewohnt bin – hart, besitzend, mächtig –, nein, er berührt mich fast so, als könne ich jeden Moment zerbrechen. Als wäre ich ein Porzellanteller, der unter seinen Fingern zerspringt – allein durch seine Willenskraft.

Ich hebe meinen linken Arm träge aus dem Wasser und gehe diesem unbefriedigten Bedürfnis nach, dem schwächeren, wenn ich schon abwägen muss, und greife nach seinen Haaren, die ich hart zwischen meine Finger kralle. Sofort verstärkt sich seine Berührung und auch seine Lippen werden forscher, als er in mein Ohrläppchen beißt und es ebenfalls in die Länge zieht. „Rose, du hast die schönsten Brüste, die ich in meinem Leben gesehen habe. Ich liebe es, wenn sie so rot wie deine Wangen werden. Wenn sie sich aufrichten, vor allem liebe ich sie zwischen meinen Lippen."

Mein Gott, diese Worte schießen wie Pfeile in meinen Unterleib. Ich verkrampfe mich noch mehr. Meine Haut beginnt zu prickeln, was sicher nicht an dem Schweißfilm liegt, der sich bereits darauf gebildet hat. Ich muss ihn sofort küssen. Dies kommt mir in dem Moment in den Sinn, als ich bereits seine Lippen suche. Doch William weicht mir aus. Sieht mich nur grinsend an und küsst dann weiter meinen Hals.

Was soll das nun wieder? Meine Finger streichen über seine Wange und vorsichtig schiebe ich mein Gesicht weiter in seine Richtung. Seine leuchtenden Augen treffen die meinen, während er meine Nippel wieder zu traktieren beginnt. „Liegen bleiben", brummt er und verstärkt den Druck seiner Finger um meine Brustwarzen.

„Ich brauche dich", flüstere ich. Oder ist es doch ein Betteln?

Er sieht an meinem pulsierenden Körper nach unten, wobei ihm das Ausmaß seiner Lust mehr denn je ins Gesicht geschrieben steht. „Du hast mich doch schon längst dort, wo du willst – vor dir auf den Knien, zitternd wie ein begossener Pudel.“

Obwohl mir nach allem anderen als nach Lachen zumute ist, durchzuckt mich kurz ein Grinsen. Es verschwindet jedoch sofort wieder, während die Zweideutigkeit der Worte in mir nachklingt. Ich hatte ihn dort, wo ich wollte? Was soll das nun wieder bedeuten? Dass er in mir nicht nur einen sexuellen Zeitvertreib, sondern womöglich mehr sieht? Keine Freundin in dem Sinne, ich weiß es, vielleicht einfach nur eine Art längerfristige Gemeinschaft? Ich will zwar noch immer mehr, doch vorerst gebe mich mit diesem dünnen Strohhalm zufrieden. Dann kommt wieder Bewegung in seinen Körper, er verändert seine Position erneut. Diesmal nimmt er direkt neben mir Platz, was die Röte auf meinen Wangen weiter verstärkt. Wie muss ich aussehen – willig, ihm völlig ausgeliefert und pochend vor provozierter Lust.

Seine Augen suchen die meinen, ich möchte ihm standhalten, doch beim Gedanken, wie hart meine Nippel sind und wie kurz ich davor stehe, einzig und allein unter seinen Berührungen zu kommen, blicke ich zur Seite.

Andächtig taucht er seine Hände unter Wasser, nimmt einen Schwall mit nach oben und lässt ihn dort in einem Strom aus klarer, warmer Flüssigkeit über meinen Körper laufen. Wegen des Öles perlt das Wasser ab und verschwindet dann wieder knapp über meinem Bauch. William sieht diesem Spiel aufmerksam zu, beobachtet mein

Gesicht, meine Hände, die ich in meine Flanken gekrallt habe, um ihm nicht noch einmal durchs Haar zu streichen.

Nun dreht er sich etwas zur Seite und lässt seine Linke meinen Körper entlangwandern. Hinunter über meinen Bauch, die glühende Stelle zwischen meinen Beinen lässt er folternd aus, dann ist mein Oberschenkel an der Reihe. Er hebt ihn an und inspiziert auch die Unterseite. Wie froh ich bin, jeden Quadratmillimeter meines Körpers enthaart zu haben!

Genüsslich leckt er sich über die Lippen, als würde ein saftiges Steak vor ihm liegen, dann schiebt er seine Hand weiter nach unten, bis zu meinem Fuß, den er beschützend in seine große Hand nimmt und dann zu kneten beginnt. Ich lege den Kopf wieder in den Nacken und gönne nicht nur meinem angespannten Geist, sondern auch meinen Brüsten eine Pause. Langsam beruhige ich mich wieder. Diese Berührung ist so zart, doch schafft sie in Sekundenschnelle Abstand. Ich spüre seine Augen, die nur kurz zu meinem Fuß schweifen, ehe sie wieder über mein Gesicht tasten. Er liebt es also nicht nur zu sehen, wie ich komme, sondern genießt selbst das Davor. Die Zeit vor der großen Explosion, in der ich nur mehr ein wimmernder Teil meiner selbst bin.

„Den anderen Fuß, bitte“, raunt er bewusst distanziert. Nicht nur mir ist ein klarer Kopf gerade wichtig. Auch William scheint sich einfach wegzudenken, um nicht gleich über mich herzufallen. Dabei waren es fünf Tage, in denen wir nicht miteinander geschlafen haben. Fünf Tage. Fünf!

„Ich möchte gar nicht wissen, was mich dieser Service kosten wird“, überspiele ich meine Unsicherheit. Keine Ahnung, ob er es mir abkauft.

Er sieht zu mir, wobei das Dunkle in seinen Augen so übermächtig und kraftvoll ist, dass es wie ein schwarzes Loch selbst Planeten mit sich ziehen und für immer verschwinden lassen könnte. „Wir werden uns schon einig werden", flüstert er und schiebt seine Hand wieder nach oben. Diesmal genau zwischen meine Beine. Doch er zögert. Hält inne und streicht dann doch nur kurz darüber, ehe er wieder auf meine Brüste zusteuert. Jedoch genügt diese eine Berührung, Versehen oder nicht, um mich zusammenzucken zu lassen. Um Gottes willen, wie nachgiebig ich geworden bin! Noch vor ein paar Wochen hätte ich mich von einem attraktiven Mann, der glaubt, mich mit Worten und Berührungen zu gewinnen, nicht weichklopfen lassen. Vierzehn Tage William Bennet, die volle Dröhnung natürlich, und ich bin ein wimmerndes Häufchen.

Es geht bergab, Rose. Du kannst dir gleich einen guten Psychiater suchen, der nachher dein zertrümmertes Herz kittet.

Ich halte den Atem an, als er seine Hand über mein Badehöschen schiebt und die Stelle darunter, jene, die gleich zerspringen wird, zu streicheln beginnt. Dem Druck nicht mehr gewachsen, schließe ich die Augen. Nicht nur vor der Lust, die mich übermannt, sondern auch vor ihm. Seine Blicke sind ein Aphrodisiakum, welches meinen Körper erbeben lässt. Als wäre es nicht mein Körper, sondern der seine, findet er die empfindsamste Stelle sofort und beginnt darüber zu kreisen. Meine Beine fahren auseinander und ich fürchte, alleine durch den Druck meiner Schenkel die Wannenwand zu zerbrechen. Noch fester kralle ich meine Finger in mein Fleisch – das gibt sicher hässliche Dellen. Doch im Moment könnte ein Zug auf mich zusteuern, ich würde liegen bleiben und das hier genießen. Williams Mund ist leicht geöffnet, als er mir den Slip auszieht und ihn achtlos zur Seite wirft. Ich habe mit vielem gerechnet, jedoch nicht mit der Lust, die mir mein eigener Körper bereitet.

Ich blicke an mir herunter, sehe meine gespreizten Beine, die gerötete Stelle dazwischen, das Wasser, welches jede Berührung tausendfach wiedergibt. Ich hauche seinen Namen, als er einen Finger in mich schiebt. Biege mich ihm und seiner Kraft entgegen und versuche, so viel wie möglich in mich aufzusaugen. Langsam beginnt er den Finger rein- und wieder rauszuschieben, während sein Daumen über meinen Kitzler streicht. Ich kann kaum noch atmen, was sicher nicht alleine Schuld an meiner Benommenheit trägt.

Meine nasse Hand krallt sich in sein Shirt, als er sich herabbeugt, um mich bestimmt auf die Wange zu küssen. Seine Berührung wird schneller, was dazu führt, dass mein Stöhnen übermächtig im Raum hängt. Ich verschwende keinen Gedanken daran, wo wir uns befinden oder wer hereinkommen könnte. „Du möchtest, dass ich ehrlich zu dir bin, Rose? Dann werde ich dir jetzt etwas sagen“, flüstert er mir ins Ohr und verursacht dieses wunderbare Prickeln auf meiner Haut. „Seitdem ich dich das erste Mal gesehen habe, wollte ich, dass du mir gehörst. Ich hätte alles dafür getan. Ich würde es noch immer tun. Ich habe aber keinesfalls damit gerechnet, was du mit mir anstellen kannst.“ Ich verstehe kaum noch ein Wort. Eine unfaire Taktik von ihm, doch mein Mund öffnet sich nur, um zu stöhnen – ich bin völlig machtlos.

„Du bist so eng, schmeckst so gut, du bist so sinnlich, so sexy, du machst mich an wie keine andere Frau. Alleine dein

Stöhnen lässt mich fast kommen. Deine Lippen … ich hätte dich eigentlich als schüchtern eingeschätzt … als brav … Rose … sieh mich an."

Mit trüben Augen sehe ich zu ihm hoch, bin dann jedoch völlig überwältigt. Keine Ahnung, wie er es schafft, so ruhig zu bleiben, doch ich kann nicht mehr. Ich bettle wieder, aber er grinst nur und presst seine Lippen zu einer schmalen Linie zusammen. Etwas muss doch noch in mir fähig sein, eine bewusste Bewegung zu vollführen, da ich mich zu ihm beuge, ihn fast an mich reiße und ihn wild zu küssen beginne. Ich höre ihn entrüstet stöhnen, dann packt er mit seiner freien Hand meinen Hinterkopf und zieht mich noch näher an sich heran. Pure Lust füllt unsere Münder, zieht uns immer tiefer in des anderen Bann und ich glaube, kaum noch atmen zu können ohne seine Hilfe.

Nun schlinge ich auch meinen zweiten Arm um ihn, achte gar nicht mehr auf das Wasser, das sein Shirt längst durchgeweicht hat. Seine Finger sind zwar noch immer in mir, haben aber aufgehört, sich zu bewegen. Und obwohl ich so kurz davor stehe zu kommen, weiß ich, dass ich ihn brauche. Egal, ob er mich wieder zurückweist oder nicht. Ich wollte ihm eigentlich Zeit lassen, um mir zu zeigen, dass er auch anders kann. Doch wie soll eine Frau, der der wahnsinnigste und bestaussehendste Mann der Welt zu Diensten steht, nur ablehnen? Würde ich mir jemals verzeihen, diese Chance nicht genutzt zu haben?

Ich setze mich auf und ignoriere seinen bösen Blick, der mich eigentlich wieder zurück in die Vertikale katapultieren sollte. Fange stattdessen selbstsicher an, ihm das Shirt über den Kopf zu ziehen. Es ist ohnehin klatschnass. „So war das aber nicht geplant“, tönt er rau.

Ich ziehe eine enttäuschte Schnute und streiche ihm über die Brust. „Ich habe eine Entschädigung für dich.“

Seine Augenbrauen schnellen nach oben. „Ach ja?“, presst er hervor und fängt an, meine Brüste zu kneten. Kurz schließe ich die Augen, um nicht gleich wieder die Kontrolle zu verlieren. Es gelingt dir, Rose. Wenn er es eine halbe Stunde geschafft hat, wirst du es die nächsten zehn Minuten auch irgendwie überleben.

„Keine Badehose“, tadle ich ihn, als ich ihm die Hose aufgeknöpft habe und sie nach unten schiebe.

„Ich bin ohnehin der freizügige Typ.“

„Die armen Dinger aus der Firma, die dir nackt im Wellnessbereich des Hotels begegnen. Wie sollen sie je wieder schlafen, ohne an dich zu denken?“

Habe ich schon erwähnt, wie sehr ich dieses spitzbübische Grinsen an ihm liebe? „Ich könnte ihnen helfen, besser zu schlafen.“

Ich kneife die Augen grimmig zusammen, kann mir dann aber doch ein Lachen nicht verbeißen. „Sie sind ein böser, böser Mensch“, flüstere ich, als ich mich nach vorne beuge, um ihn zu küssen, und dabei meine Rechte über seinen Schwanz gleiten lasse. Wild zieht er mich an sich und unser Geplänkel von eben ist vergessen. Seine Zunge ist so fordernd, dass ich Mühe habe, mich nicht auf ihn zu schwingen und mir endlich zu nehmen, was ich schon so lange Zeit will. Meine Haare sind der reinste Wirrwarr, doch als er mich dann auch noch am Zopf packt, welcher sich in Sekundenschnelle auflöst, fallen mir meine von Schweiß und

Wasser durchtränkten Haare wieder über die Schultern. Ich muss an sein erstes Kompliment, ich sehe mit lockigen Haaren älter aus, denken.

„Raus da mit dir", brummt er und zieht mich zu sich auf die geflieste Plattform. „Dreh dich um." Als ich mit dem Rücken zu ihm stehe, mein Arsch in die Luft gestreckt, wird mir im ersten Moment schwindelig. Ich atme tief durch und konzentriere mich auf William, der hinter mir kniet und meine Hinterbacken küsst. Fordernd schiebt er meine Beine auseinander und lässt seine Zunge in den Spalt gleiten.

Mein Gott! Keine Ahnung, ob ich es auch laut ausgerufen habe. Doch diese fast schon animalische Geste benebelt mir den Schädel. Es macht mich wahnsinnig, nur das Wasser und nicht ihn zu sehen. Der Duft nach Lavendel und dieser unbekannten Note steigt mir wieder in die Nase, als er seine Zunge in mich schiebt. Ich greife nach hinten, packe ihn bei den Haaren und kralle meine Finger darin fest. Meine Hüften beginnen sich wie von selbst zu bewegen und auch meine Beine entfernen sich noch weiter voneinander.

Im nächsten Moment richtet er sich auf und beginnt mich bis zu meinem Nacken hinauf zu küssen. Die Zunge ersetzt er wieder durch seinen Finger, der sich mal schnell, mal langsam in mich schiebt. Ich schaffe es nicht mehr. Dieser Mann foltert mich zu Tode.

„War hier schon einmal jemand?", flüstert er in mein Ohr, wobei sein Daumen zwischen meinen Pobacken ruht und die eng verschlossene Öffnung liebkost.

Ich schließe die Augen und versuche, die Frage zu ignorieren. Vielleicht vergisst er sie, wenn ich nach seinem

Schwanz greife. „Hat dich schon einmal jemand in den Arsch gefickt?“ Okay, die weiche Tour ist wohl vorbei.

Ich schüttle den Kopf, wobei sich der Druck seines Daumens kurz verstärkt. „Möchtest du, dass ich dich so nehme?“

Ich weiß es nicht. Keine Ahnung. Über solche Dinge habe ich mir noch nie Gedanken gemacht. Sicher fühlt es sich gut an, seinen Finger so bewusst reizend an einer Stelle zu spüren, die ich niemals als erregend eingestuft hätte. Ich habe eigentlich Angst, dass es wehtun könnte. Dass ich ihn enttäusche. Vielleicht wieder ein Punkt, warum wir nicht zusammenpassen. Ich wette, die Frauen, mit denen er es sonst macht, haben kein Problem damit und bieten ihren Hintern bereitwillig an.

Du bist nichts für ihn. Sieh dir an, du langweilst ihn. Du forderst ihn nicht. Ich schüttle den Kopf und will eigentlich nur diese anklagende Stimme verdrängen, doch unbewusst habe ich ihm eine Antwort gegeben. „Du brauchst es nicht zu tun, wenn du es nicht möchtest“, klingt er wieder etwas zutraulicher. „Wir können es ein anderes Mal versuchen.“

„Tut es weh?“, frage ich ihn.

„Nur kurz. Wir können deinen wundervollen Arsch langsam an mich gewöhnen.“

Ich habe keine Zeit mehr, über die Antwort nachzusinnen, da sein Finger weg ist. Stattdessen spüre ich, wie er seinen Penis langsam und für seine Verhältnisse fast schon zaghaft in meine vorderste Öffnung schiebt. Ich bin unvorbereitet, deshalb knicken meine Knie kurz ein. Fünf Tage und ich bin so ausgehungert, dass ich mich kaum noch beherrschen kann!

Wild presse ich meine Hüften gegen die seinen. Versuche krampfhaft, ihn tiefer in mir aufzunehmen, doch William hält mich zurück und scheint jeden Millimeter genießen zu wollen. Ganz langsam streicht die vorderste Spitze seines Schwanzes über die feine Haut in meinem Inneren. Mit jedem Mal, in dem er ihn zurückzieht, mich weiter aufreizt, wird mein Versuch, aufrecht zu stehen, vergeblicher. Ich klammere mich wie eine Ertrinkende an den Rand der Badewanne, die Kälte, die mittlerweile meinen nassen Körper ergriffen hat, ignoriere ich. Im Gegenteil, ich danke für die Brise, die mich nicht abheben und mit ihm davonschweben lässt.

William schiebt unterdessen meine Pobacken auseinander und versenkt sich mit einem festen, fast brachialen Ruck bis zum Ansatz in mir. „Mein Gott", stöhne ich und kneife die Augen zusammen.

„So eng. So feucht", presst er zwischen den einzelnen Stößen hervor. „Rose, es waren die längsten fünf Tage in meinem Leben. Keine Ahnung, wie lange ich aushalte."

Ich grinse, zumindest das schaffe ich noch. Doch wer würde es mir verübeln? Immerhin bekennt sich Mister-ich-vögle-mich-durch-die-Welt-und-das-so-viel-ich-will gerade zu seiner Enthaltsamkeit und Treue. Und ja, ich bin glücklich. Ich sollte ihn öfter bis zur völligen Besinnungslosigkeit quälen, ehe ich ihn an mich heranlasse.

Der Einfall, ihn zu necken oder bestenfalls das bisschen Triumph zu genießen, verpufft bereits auf dem Weg zu meinem Mund, da er so hart in mich stößt, dass ich Mühe habe, mich noch irgendwie festzuhalten. Mir wird bewusst, was er tut – er nimmt mich nicht einfach, um unser beider Lust zu befriedigen, nein, er besitzt mich. Seine Art, mir seine

Zuwendung, wenn es so etwas in seiner Welt gibt, zu zeigen. Ich gehöre zu ihm, dies ist mir in der letzten Stunde klar geworden. Ich will ihn weder beruflich noch privat verlieren. Er gehört mir, so wie ich ihm gehöre. All das, was ich mir immer erhofft habe, kann er mir geben. Eine wahnwitzige Vorstellung, wenn man bedenkt, wie wenig er von sich preisgibt. Und vor allem, wie wenig wir uns kennen, wie kurz wir uns kennen. Doch ich habe durchaus das Gefühl, dass er mit mir, wie es so schön heißt, durch gute und auch schlechte Zeiten gehen könnte.

Es ist zu spät, es ist um mich geschehen. Irgendwann zwischen seiner unter die Haut gehenden Massage und der rohen Lust, die er damit entfacht hat, bin ich ihm zum zweiten Mal in Folge verfallen.

Ihn nun hinter mir so schwer atmen zu hören, zu wissen, dass seine Lust alleine mir gilt, seine Hände an meinen Hüften zu spüren, seinen Schwanz in mir, seinen Atem in meinem Nacken ... was will man mehr? Wie gerne würde ich sein Gesicht sehen, wie es vor Lust einerseits entspannt, andererseits verzerrt ist! Wie gerne würde ich ihn kommen sehen! Jetzt weiß ich wenigstens, was er daran so aufregend findet. Doch ebenso bin ich mir bewusst, was gleich folgen wird. Dass dieses friedselige Zusammensein bald vorbei sein wird und er der Sache somit ein rasches Ende setzt.

Ich spüre das Nachlassen der Lust und die Leere, die sich beim Gedanken daran in meinem Bauch ausbreitet. Seine rechte Hand wandert nach vorne, wo er meinen Kitzler reizt, bis ich glaube, dass mir die Augen aus dem Kopf kullern. Er scheint also meine innere Anspannung bemerkt zu haben.

„Du sollst dich doch nicht verkrampfen", tadelt er mich gepresst.

Ich weiß. Verdammt, und wie ich das weiß. „Komm für mich, Rose", flüstert er mir ins Ohr, zieht mich ruckartig hoch und presst meinen Hintern an sich. Seine Hand ruht noch immer in meinem Schoß. Härter und härter werden seine Stöße und letztendlich schafft er es, mir alle Gedanken wortwörtlich auszutreiben. Ich ergebe mich ihm. Zerspringe in tausend Scherben, die sich freundschaftlich zu den zig anderen gesellen, die zu unseren Füßen liegen.

Der Orgasmus brettert über mich herein und lustvoll stöhnend wiege ich meinen Kopf an seiner Brust, während William mich hält. Ich glaube ersticken zu müssen, so intensiv ist dieses Erlebnis. Mein überreizter Körper, die sensible Haut und der völlig ausgeleierte Verstand verschmelzen in einem einzigen Taumel.

Zaghaft finde ich zurück in die Realität, wo mich William weiterhin ungnädig bearbeitet. Sein Stöhnen wird mit jedem Stoß träger, während ich seine verkrampften Muskeln in meinem Rücken spüre. Seine Arme umschlingen mich wie eine Zange und seine Lippen hängen an meiner Schläfe. Ein letzter fester Stoß, dann hält er plötzlich inne und umfasst mit seiner Rechten mein gesamtes Gesicht, um es zu sich heranzuziehen. Ich sehe ihn an und bin im ersten Moment völlig überwältigt von der Intensität seiner Züge. Die Augen sind geschlossen, der Mund leicht geöffnet, die Wangen wieder auf diese jungenhafte Art gerötet. Erst das Zucken, das sich bis in meine Brust drückt, verrät mir, was gerade passiert – er ist in mir.

All die Ängste, er könnte wieder diese Kluft zwischen uns schaffen, sind soeben gestorben. Er ist in mir geblieben, und ich habe zwar keine Ahnung, wie lange er schon nicht mehr bis zum Schluss in einer Frau war, doch für ihn scheint es etwas genauso Besonderes zu sein wie für mich. Und er will, dass ich es in seinem Gesicht erkenne – die Treue und die Lust, die alleine mir gelten.

Dann öffnet er die Augen und – ich kann es selbst kaum fassen – kopfschüttelnd lächelt er mich an. Noch immer etwas träge, als käme er nach einem unglaublichen Trip wieder zu sich. Doch er lächelt.

Augenblicklich beginne auch ich zu lachen, wobei sich unsere nackten Körper aneinander reiben. Die Temperatur ist in dieser tropischen Oase gerade um fünfzig Grad angestiegen und beide haben wir eine Dusche mehr als nötig. Doch minutenlang stehen wir, noch immer vereint, einfach da und grinsen. Zum ersten Mal erlebe ich William Bennet sprachlos und geradezu schüchtern. Diese beiden Komponenten bringe ich unmöglich in Einklang mit dem Mann, der vor ein paar Tagen noch einfach aus meinem Leben spaziert ist, als wäre es für ihn eine Lappalie.

„Was machst du aus mir?", keucht er noch immer atemlos.

Ich schüttle den Kopf. „Ich bin unschuldig und werfe dieselbe Anklage der Gegenseite vor." Langsam zieht er sich aus mir zurück, wobei mein Körper, der Verräter, für einen Moment zusammenzuckt, ehe ich es tatsächlich schaffe, ohne seine Stütze zu stehen. Wobei ich nicht seine Hände meine. Dann streicht er sich durch die schweißgebadeten Haare und zu guter Letzt versetzt er mir einen beherzten Klaps auf den

Hintern. Den ich ihm auch gerade anzüglich entgegenstrecke, da ich mich nach meinem Bikini bücke.

„Eine wundervolle Kehrseite", stellt er fest, lässt mich mit offenem Mund stehen, um mir meinen Bademantel zu holen. „Eine wundervolle Frau", raunt er mir ins Ohr und hilft mir, mich anzukleiden, ehe er meine Hand ergreift und mich zurück zur Couch zieht, wo er mir ein Glas Sekt reicht.

Dankbar nehme ich einen Schluck und erst jetzt wird mir klar, wie durstig ich bin. Kein Wunder bei der Luftfeuchtigkeit und der langen Zeit, in der mein Mund mit nichts anderem beschäftigt war, als zu betteln und zu stöhnen.

„Ich hoffe, du bist entspannt genug."

„Um was zu tun?"

Er sieht zu mir und legt seine Stirn in Falten. „Einfach so. Du hast zwar meine Pläne durchkreuzt – ich wollte nicht, dass ich am Ende über dich herfalle. Oder besser, ich wollte es vermeiden, da ich dir zeigen möchte, dass ich mich auch beherrschen kann." Ich lache und werfe den Kopf in den Nacken. „Ja, ja, es ist mir nicht gelungen", schmollt er und trinkt das Glas in einem Zug leer.

„Es war aber wirklich mehr als schön, William. Danke, dass du bei mir geblieben bist", flüstere ich und zeichne ihm mit einem Finger Kreise auf die Brust, während ich mich an ihn kuschle und wir uns tief in die Augen sehen. Er nickt und fixiert mich weiterhin. Und oh Wunder, ich schaffe es, ihm standzuhalten. Vielleicht liegt das aber auch einfach an der Intimität, die gerade zwischen uns herrscht.

Ich finde Zeit, sein Gesicht und seinen nackten Körper zu betrachten. Seine Züge sind entspannter als je zuvor. Rund um seine Lippen haben sich bereits kleine Fältchen gebildet, was darauf schließen lässt, dass er ein Mensch ist, der häufig lacht. Wovon ich noch nicht viel gesehen habe. Alles an ihm ist jedoch so perfekt, selbst die Augenbrauen sind ident, und ich bezweifle, dass William einer von den Männern ist, die da nachhelfen. „Du bist so schön“, entschlüpft es mir, bevor ich an mich halten kann.

Er schließt die Augen und antwortet nicht. Ich spüre die Wärme, die in mir aufsteigt, spüre, wie mir selbst der Bademantel zu heiß wird. Am liebsten würde ich weglaufen.

Als er seine Augen wieder öffnet, wirkt er nahezu traurig, doch ich zwinge mich, still zu sein und auf seine Reaktion zu warten. „Darf ich dich etwas fragen?“, durchbreche ich schließlich doch das bedrückende Schweigen.

William nickt und streicht mir ein paar Haarsträhnen aus dem Gesicht, während er seinen Kopf auf das breite Kopfteil legt.

Sei mutig. Er ist dir praktisch ausgeliefert und vor allem, wann erlebst du ihn je wieder so entspannt?! „Hast du mit deinem Vater noch einmal wegen gestern geredet?“

Wieder schließt er die Augen. Eine Geste, die mehr Autorität ausstrahlt, als mir lieb ist. „Nein“, antwortet er nüchtern.

Na gut, eine schwere Geburt liegt vor mir – pressen und los geht es. „Es hat mich aber verletzt und ich dachte, du würdest ihn deswegen zur Rede stellen.“

„Rose, er war betrunken. Vermutlich weiß er es nicht einmal mehr. Lass den Idioten denken, was er will.“

„Das ist für mich keine Erklärung.“

„Für ihn aber.“

Ich entziehe ihm meine Hand. „Warum verteidigst du ihn gerade bei der Sache? Sonst bist du auch nicht so gut auf ihn zu sprechen."

„Ich verteidige ihn doch nicht", lässt er süffisant grinsend verlauten.

Dann findet er es also lustig. Danke auch. „Sondern?"

Kurz blickt er zur Decke, ehe er wieder auf mich herabsieht. Die Traurigkeit von vorhin hat sich noch verstärkt, was mich veranlasst, den Mantel enger um mich zu ziehen. „Der Mann, den du kennst, und der Mann, den ich kenne, das sind zwei völlig verschiedene Menschen. Sein Unternehmen hat er gut geleitet, es war seine Leidenschaft, seine Passion, für die er alles aufs Spiel gesetzt hätte. Ich würde meine Hand dafür ins Feuer legen, dass er es noch immer täte."

William schenkt sich noch einmal Sekt nach und leert auch dieses Glas mit nur einem Zug. Trinkt er sich etwa Mut an? „Als er die Firma gründete und so erfolgreich wurde, ist ihm das bald zu Kopf gestiegen. Damals kannte er meine Mutter bereits, doch das Geld zog Schmarotzer an, die dir das Blaue vom Himmel versprechen. Meine Mutter vergrub sich in Schottland, während er sich dem Luxusleben ergab und keine Schlampe in London ausließ." Nachdenklich dreht er das Glas in seinen Händen und wieder ist da dieses bittere Lachen. „Irgendwann kam ich zur Welt. Meine Mutter glaubte, ihn nun endlich für sich zu haben. Doch was macht er – er beschuldigt sie, fremdgegangen zu sein und ihm nun ein Kind unterjubeln zu wollen. Damals fing er damit an. Zumindest hat es mir meine Mutter so erzählt."

Wieder sieht er zu mir und mustert mein Gesicht. Ich bezweifle, dass diese Geschichte jemals jemand außerhalb der eigenen Familie erfahren hat. „Ich versuche mich oft daran zurückzuerinnern, wie er war. Rose, damals war er schon längst süchtig, und wenn er getrunken hatte, prügelte er auf alles ein, was ihm in die Quere kam. Meine Mutter, das Personal, später Gaby ..."

Ich bin fassungslos. Okay, wenn er trinkt, dann soll er es machen. Es ist sicher nicht immer leicht für ihn gewesen und ich hätte nun nicht mein gesamtes Bild von Charles Bennet revidieren müssen. Doch dass er seine Frau, seine Tochter und wahrscheinlich auch William geschlagen hat – noch immer schlägt –, raubt mir schier den Atem.

„Ich weiß, dass er auf meine Mutter heute noch einprügelt, doch wenn ich sie danach frage, streitet sie es ab."

„Hat er dich auch geschlagen?"

„Kein einziges Mal. Ich kann dir auch sagen, warum – weil ich seine Rentenversicherung bin. Hätte er mich nicht, müsste er die Bennet Group verkaufen. Deshalb hat er mich niemals angerührt."

„Der gehätschelte Thronfolger", flüstere ich und lege meine Hand wieder auf seine Brust, die sich schnell hebt und senkt.

Er grinst und streicht über meine Hand. „Sozusagen. Aber es macht mich wahnsinnig zu wissen, dass er meiner Mutter oder Gaby wehtut. Worte sind die eine Sache, doch Schläge die andere. Wie oft hat Gaby nicht zur Schule gehen können, da sie schon wieder ein blaues Auge gehabt hat. Irgendwann glaubt man der Geschichte, sie sei hingefallen, auch nicht mehr."

Gaby, diese lachende, fröhliche Person, muss mit einer derart tristen Vergangenheit leben. Ich wäre an ihrer Stelle niemals so selbstbewusst geworden. Wahrscheinlich hätte man mich längst in die Klapsmühle eingeliefert.

„Ich schwöre dir, Rose, wenn ich es noch einmal sehe, dass er den beiden etwas tut, bringe ich ihn um. Und gestern war ich fast so weit. Diesmal haben Worte gereicht." Er dreht sich weiter zu mir und packt meine Schultern. „Ich verteidige ihn überhaupt nicht – ich schütze ihn nur, damit ich ihn nicht umbringen muss. Und eines kann ich dir sagen, wenn er sich dir auch nur noch ein einziges Mal nähert, dich beleidigt, oder bei Gott, dir wehtut, dann ... Gaby ist stark, meine Mutter hat resigniert, doch du bist so etwas nicht gewohnt."

Noch immer fällt es mir schwer, das Gehörte zu glauben. Wenn ich an Charles Bennet denke, wie nett er immer zu mir gewesen ist! Niemals hat er mich angeschrien, selbst wenn ich mir grobe Schnitzer erlaubt habe. An die Feindseligkeit, die mir von der ersten Minute an zwischen den beiden aufgefallen ist – kein Wunder auch. Ich könnte meinen Vater auch nicht lieben, wenn er Lisa und Mama verprügelt hätte, während er mich zusehen lässt, mich aber verschont. Ich kenne William mittlerweile und weiß, dass er alles darum geben würde, anstelle seiner Mutter und Gaby die Prügel in Empfang zu nehmen. Und nun auch für mich.

Wie dumm war ich nur? Wie konnte ich ihn auf das Einfachste beschränken? Langsam beginne ich sein Leben zu verstehen – seine Affären, die Reisen, die Spielchen –, alles nur, um sich abzulenken und sich irgendwo eine heile Welt zu erschaffen.

„Ich habe nicht mehr als Verachtung für ihn übrig. Und jeder Tag, an dem er leben darf, sein Dasein genießt, während ich weiß, wie sehr es an Gaby nagt, macht mich wütender."

„Jeder bekommt einmal die Rechnung präsentiert“, murmle ich und ringe mir ein aufmunterndes Lächeln ab.

„Das kann ich nur hoffen.“

„Danke, dass du so ehrlich warst, und es tut mir wirklich leid für dich“, flüstere ich, beuge mich zu ihm und küsse seine Lippen federleicht. Ich spüre sein Grinsen, als er mich auf seinen Schoß zieht und meinen Mund stürmisch in Beschlag nimmt.

„Somit ist die Sache erledigt. Das heißt, ich möchte nicht mehr darüber reden. In Ordnung?“

Ich nicke und bin einfach nur heilfroh, dass er mir zumindest dieses Zugeständnis gemacht hat.

„Und wo du gerade so passend sitzt“, raunt er und schiebt mir den Bademantel über meinen Po. Dann umfasst er meinen Hintern hart und bereits eine Sekunde später spüre ich seinen harten Penis zwischen meinen Beinen. Seine Augen haben wieder diesen dunklen, fast schon beängstigenden Glanz, als er mich mit der Spitze seines Schwanzes reizt – sie immer wieder einen Millimeter in mich gleiten lässt, ehe er sich zurückzieht. Ich sehe ihn finster an, was mir jedoch gleich wieder vergeht, als er mit einem harten Ruck in mich dringt. „Ich wusste gar nicht, dass du so unersättlich bist“, zieht er mich auf, während er ganz ruhig hält und mich mustert.

16. Kapitel

Langsam werde ich wach und spüre die Kälte, die über meine Beine, meine Hände und meinen Oberkörper kriecht. Ich schmiege mich enger an William, der einen Arm um mich gelegt hat und dessen Atemzüge noch immer gleichmäßig gehen. Wir haben uns auf den zusammengeschobenen Liegen ausgestreckt.

Wie spät ist es?

Nachdem wir noch eine Ewigkeit geredet haben und ich nicht mehr in der Lage gewesen bin, mein Gähnen zu unterdrücken – es überrascht mich immer wieder, wie anstrengend Sex ist –, bin ich als Erste eingeschlafen.

Ich hebe meinen Kopf und sehe William an, der die Augen noch geschlossen hält. Ich küsse ihn auf die Brust und stehe dann so vorsichtig wie möglich auf, um nach meinem Handy zu suchen, das ich in der Tasche meines Bademantels zum letzten Mal gesehen habe. William brummt, als ich mich von ihm entferne, und streckt die Hand suchend nach mir aus. Ich halte kurz inne, warte, bis er wieder eingeschlafen ist und tappe dann zurück zur überdimensionalen Couch. Und tatsächlich, zwischen all den Kissen, finde ich mein Handy.

Halb acht – so spät. Naomi wird schon eine Sondereinheit losgeschickt haben, die jeden Moment die Tür eintreten und mich rauszerren wird.

Mir knurrt der Magen, als ich meinen Bikini einsammle und den letzten Schluck Sekt austrinke. Ein Blick zu William – er schläft noch immer.

„Guten Morgen“, flüstere ich ihm, auf der Kante seiner Liege sitzend, ins Ohr.

Zaghaft beginnt er sich zu bewegen, doch während ich wie versteinert sitzen bleibe, schläft er wieder ein. Den armen Mann habe ich wirklich geschunden, denke ich grinsend. „Wir sollten gehen, bevor sie uns rausschmeißen.“

Ich verteile sanfte Küsse auf seiner Brust, seinem Mund und auf seinen Wangen, flüstere dabei immer wieder seinen Namen. Endlich blickt er mich an – noch immer verschlafen, was ihn ungemein erotisch wirken lässt. „Hi.“

„Hi“, antwortet er schläfrig.

„Es ist halb acht und mir knurrt der Magen. Außerdem sehne ich mich nach normaler Kleidung.“

William grinst und fährt sich übers Gesicht. „So spät. Du verstehst es wirklich, einen Mann ins Aus zu schicken.“ Dann richtet er sich auf und streicht mir übers Gesicht. „Was möchtest du essen?“

Ich zucke die Schultern. „Du bist hier der Einheimische.“

„Zieh dich erst einmal um, dann entscheiden wir.“

Ja, genau. Und er? Ich kann mir nicht vorstellen, dass er mit seinen verknitterten Sachen herumlaufen wird. „Ich habe neue Kleidung im Auto“, begegnet er meinem fragenden Blick.

Während William sich anzieht, stopfe ich meinen Bikini in die Taschen des Bademantels. Wir nicken uns zu, als wir nach draußen in den leeren Gang treten. Die Empfangsdamen haben gewechselt, trotzdem grüßt die Neue William mit Namen. Ich schlinge meine Finger in die seinen. Vermutlich eine Geste, um ihr zu zeigen, dass er mir gehört, auch wenn er es nur bis zu einem gewissen Punkt tut. Mit dem Lift fahren wir in die vierte Etage, wobei ich bete, dass Naomi nicht da ist, was mir ein peinliches Aufeinandertreffen der beiden ersparen würde. Und da Naomi mittlerweile weiß, was ich mit ihm treibe, oder besser, dass ich es mit ihm treibe, wird sie nicht mehr länger unseren Boss, sondern meinen neuen Lover in ihm sehen. Was ihr Mundwerk keine Sekunde daran hindern wird, jede noch so peinliche Frage zu stellen.

Ich schließe die Tür auf und schon beim Öffnen sehe ich den eingeschalteten Fernseher. Ich atme tief durch und versuche mich zu beruhigen. Zehn Minuten, länger dürfte ich nicht brauchen, um mich fertig zu machen. Zehn Minuten, in denen ich nicht im selben Raum wie die beiden sein werde. Armer William!

„Hi, wieder zurück?“, ruft sie, noch bevor sie uns gesehen hat. Angestrengt presse ich die Augen zusammen und hoffe inständig, dass sie entweder bald auf uns aufmerksam wird oder einfach die Klappe hält. Der erste Fall tritt ein. Sie steht vom Bett auf und bleibt in dem Moment, in dem sie William entdeckt, wie angewurzelt stehen. Ihr Mund klappt auf.

„Wir sind gleich wieder weg. Ich ziehe mich nur schnell um“, lautet meine Erklärung. Ich bin mir nicht sicher, ob sie bis in Naomis Hirn vorgedrungen ist.

„Hallo Naomi“, grüßt William, der als Erster der beiden wieder zu sich kommt.

„Hallo, Mr. Bennet“, antwortet sie und ergreift seine Hand.

Ich stehe dazwischen und rufe mir ins Gedächtnis, dass dies nur Naomi ist. Was wird erst bei meinen Eltern los sein? Mein Vater wird ihm eine Einführungsvorlesung in Veterinärmedizin halten, meine Mutter wird ihn noch

Peinlicheres als Lisa fragen und meine Oma wird alles über mich ausplaudern. Das tun sie immer. Taylor musste da durch und auch meine ersten Freunde – die armen Kerle.

„Ich dachte, du bist gar nicht hier." Hör auf, alles zu erklären, fauche ich mich selbst an.

„Tut mir leid, bin ich aber", entgegnet sie bissig. Zu bissig, was mich hellhörig macht und die Kramerei in meinem Koffer unterbrechen lässt.

Irgendetwas stimmt nicht, das sehe ich ihr an. Als wir hereingekommen sind, bin ich noch zu nervös gewesen, doch jetzt, da sich die Situation etwas entspannt hat, fällt mir ihr trauriges Gesicht auf. „Ist etwas passiert?", frage ich sie.

Sie sieht zu William, der neben mir steht und ebenso gespannt den Blick auf ihr ruhen lässt.

„Hat sich George nicht gemeldet?", bohrt William nach und schon kommt wieder der Boss in ihm durch. Naomi strafft sofort die Schultern, selbst ich stehe wie ein Zinnsoldat neben ihm.

Naomis Kopf sinkt nach unten – meine Alarmglocken läuten. „Nein, anscheinend hatte er etwas Besseres zu tun."

Meine Wut auf George verfünffacht sich. Ich habe ihr doch gesagt, dass er ein Arsch ist. „Dann warst du die ganze Zeit hier?"

Sie nickt.

„Naomi ..." Da macht sich diese Frau Hoffnungen und dieser Mistkerl verarscht sie nur.

„Wir gehen essen, vielleicht möchten Sie ja mitkommen?", stellt William die Frage, die ich nicht auszusprechen gewagt habe.

Ihre Augen beginnen zu leuchten und ich spüre ihre Erleichterung. „Ich störe doch nur."

„Ich bitte dich. Ich habe ihn schon den ganzen Nachmittag ertragen. Wir wissen doch gar nicht mehr, was wir miteinander reden sollen", flachse ich und ernte einen spielerischen Klaps von William.

Naomi lacht und legt die Hände übereinander. „In Ordnung, ich komme mit. Wohin soll es gehen?"

„Ich dachte, etwas Asiatisches wäre ganz nett."

Erst nach Mitternacht bringt William uns zurück zum Hotel. Naomi steigt als Erste aus, was mir Gelegenheit gibt, mich ihm an den Hals zu schmeißen. Wir küssen uns wie Teenies, die etwas Verbotenes tun. Ich bedanke mich, steige ebenfalls aus und etwas angeheitert gehen Naomi und ich zurück auf unser Zimmer.

Nachdem wir uns notdürftig abgeschminkt und umgezogen haben, schlüpfen wir ins Bett. Da die Vorhänge offen sind, ist es nur halbdunkel, was mich Naomis dämliches Grinsen sofort erkennen lässt.

„Was?", frage ich.

„Ihr seid wirklich süß. Ich hätte ihn gar nicht so eingeschätzt – so lustig, gesellig, etwas romantisch und so verrückt nach dir."

Ich atme hörbar ein. Natürlich war der Abend der reinste Wahnsinn. Eigentlich der ganze Tag. Ich hatte mich ehrlich gesagt etwas vor dem Essen gefürchtet, doch William und Naomi verstanden sich prächtig. Wir tranken Wein, aßen, redeten, erzählten Witze und lachten so laut, dass sich manche Gäste zu uns umdrehten.

Mit jeder Sekunde, in der ich bei ihm bin, mag ich ihn mehr. Ich weigere mich, mir einzugestehen, dass ich ihn liebe. So ganz will ich doch nicht mit offenen Karten spielen.

„Mal im Ernst, Rose, er ist wirklich ein netter Kerl und du solltest auf ihn aufpassen. Sei froh, dass er dich wirklich haben möchte und dir nicht nur Märchen erzählt."

„George ist ein Arsch, das hat William selbst gesagt. Du sollst nicht alles für bare Münze nehmen, was er von sich gibt", versuche ich sie zu trösten.

Sie lacht bitter. „Ich weiß, ich weiß. Ich dachte nur, er hat das, was er gesagt hat, ernst gemeint."

„William wird mit ihm reden."

„Damit ich mich endgültig zum Idioten mache?" Sie schnaubt und schiebt sich die Decke bis zum Kinn hoch. „Warum sind die Schönen nur solche Schweine?"

„Vermutlich, weil sie jede haben können."

„Da gebe ich dir recht. Gute Nacht, Hase, schlaf gut", flüstert sie in meine Richtung.

„Gute Nacht. Wir finden schon den Richtigen für dich."

Ich liege noch lange wach. Wieder einmal geht mir zu viel durch den Kopf. Der Tag war so vollgepackt mit Ereignissen, dass ich in den kommenden Tagen damit beschäftigt sein werde, sie aufzuarbeiten. Die Versprechen, die wir uns gegeben habe, der Sex, das Essen, eine völlig neue Art an ihm zu entdecken ... Dachte ich bisher schon, ich wäre ihm verfallen, so liege ich nun vor seinen Füßen und mit jedem Schritt, den er macht, klammere ich mich an ihm fest wie ein Welpe, der seinem Herrchen auf Schritt und Tritt folgt.

Seit dieser Mann in mein Leben getreten ist, steht die Welt Kopf. Meine Prinzipien habe ich schon vor zig Meilen über

Bord geworfen und wir schippern auf ein Ziel zu, das ich nicht kenne. Sicher, wir werden versuchen, ehrlich zueinander zu sein. Doch was sind wir – ein Paar, Fickpartner, etwas dazwischen? Wie lange wird er sich für mich interessieren? Zwar betont er stets, wie sehr er mir verfallen ist, doch wie lange braucht er, um sich meinem Bann zu entziehen?

Dann die Wohnung. Ich weiß, dass ich sie unmöglich annehmen kann. Er weiß es auch. Trotzdem wird er nicht lockerlassen, bis ich das Angebot annehme. Sicher ist es komfortabel. Ich bräuchte mir keine Gedanken um die Möbel zu machen. Ich müsste nur meine Sachen holen und schon morgen könnte ich einziehen. Keine Miete, keine Rechnungen – was mir da bleiben würde.

Doch was ist, wenn wir uns trennen, ich nenne es einfach mal so, unsere Beziehung abbrechen? Ich kann mir nicht vorstellen, dass William dann weiterhin möchte, dass ich von ihm lebe. Ich müsste wieder umziehen, mich wieder von einem Mann trennen. Wiederum all meine Kräfte sammeln und ein altes Leben hinter mir lassen. Bei Taylor war das schon anstrengender, als ich gedacht hatte. Bei William, dessen bin ich mir sicher, würde es mir das Genick brechen.

Abwarten und Tee trinken, fällt mir das Sprichwort meiner Mutter ein, das zu fast jedem Ereignis passt, das Geduld erfordert. Ich freue mich wirklich auf die Auszeit bei meinen Eltern. Und ja, es stimmt, die Landluft, speziell jene in St. Agnes, macht den Kopf frei. Vielleicht habe ich ja dort die so dringend benötigte Eingebung.

Am späten Nachmittag komme ich zu Hause an. Die Rückfahrt war stiller als die Hinfahrt. Alle waren vollgefressen und müde. Naomi, die kein Wort sprach und sich Schnulzen durch die Kopfhörer in ihren Schädel jagte, war kein Maßstab. Doch auch Frankie war ruhiger und sah Naomi dauernd teils sauer, teils besorgt an. Ich tat es den beiden gleich und hielt die Klappe.

Froh, endlich wieder daheim zu sein, gehe ich zuerst in mein Zimmer, wo ich mich umziehe und den Koffer in eine Ecke stelle – vielleicht räumt er sich ja von selbst aus. Dann suche ich Lisa, die ich in Susis Zimmer finde, wo sie gerade eine Lego-Hochburg errichtet haben.

„Hey, wieder zurück im Lande“, begrüßt sie mich.

„Ja, sieht so aus“, erwidere ich und lasse mich neben den beiden nieder. „Wie geht´s dir?“, frage ich sie und wir wissen, dass ich die Sache mit Frank meine.

„Passt wieder. Jetzt du – erzähl, wie war es?“

Im Schnelldurchlauf erzähle ich ihr die wichtigsten Ereignisse, lasse die Sache mit Williams Vater und den Sex aus und warte gespannt auf Lisas Kommentar. „Hört sich ganz so an, als hätte sich das Wochenende gelohnt. Und ich finde es sehr lobenswert, dass du mit offenen Karten gespielt hast. Ich an deiner Stelle würde es auf mich zukommen lassen und dem armen Kerl eine Chance geben.“

Und das aus ihrem Mund, wo sie doch zu Anfang so dagegen war! Na ja, eigentlich sollte es mir auch egal sein, was andere über mich denken. Ein Rat, den ich in Zukunft sicher noch gebrauchen kann. Spätestens dann, wenn sich alle über mich das Maul zerreißen.

Ich bin hundemüde und verabschiede mich in mein Zimmer, wo ich den Fernseher aufdrehe, jedoch bald einschlafe.

Um halb sechs werde ich wach, schrecke hoch und starre wie gebannt auf meinen Wecker. Eine innere Intuition oder etwas Überirdisches hat mich gerade davor bewahrt zu verschlafen. Frei nach dem Motto „kurz und schmerzhaft“ steige ich aus dem Bett, genehmige mir eine warme Dusche, frühstücke und fahre dann ins Büro. Alles ist wie immer – als hätte es weder dieses wunderbare Wochenende gegeben, na ja, für die meisten war es ja auch so, noch scheint William zu existieren. Jede Minute schweift mein Blick zur Tür, doch niemand ist zu sehen. Ich werde ungeduldig, mache mir Sorgen, dass ihm etwas passiert ist. Wie sollte ich es auch erfahren? Sein Vater wird mich bestimmt nicht anrufen.

Immer wieder zwinge ich mich, ruhig zu sein, doch als es Mittag wird und ich einen mutigen Blick in sein leeres Büro wage, rutscht mir das Herz endgültig in die Hose. Ich mache mich auf den Weg in die Kantine, wo ich, wie jeden Tag seit Jahren, mit Naomi esse. Meine Mittagspause vergeht, wobei sich Naomi und ich nur vielsagende Blicke zuwerfen können, da unser Tisch rappelvoll ist. Ich gebe ihr, als ich wieder in den Lift einsteige, ein Zeichen, mich bei ihr zu melden, dann fahre ich wieder nach oben in mein Büro.

Du machst dich zum Idioten – zum tausendsten Mal, rufe ich mir ins Gedächtnis und zwinge mich, den Stapel auf meinem Schreibtisch abzuarbeiten, anstatt einen erwachsenen Mann wie ein Kind zu behandeln. Er wird schon seine Gründe haben, warum er nicht hier ist.

Um vier fahre ich meinen Computer runter, stinksauer und besorgt zugleich, und sortiere dann noch die Unterlagen für den morgigen Tag. Als ich mir gerade meine Handtasche überhänge, taucht William auf. Er steht mitten in der Tür und seine Präsenz bringt den Raum zum Leuchten. Ich schrecke zurück, nehme hinter ihm kurz Debby wahr, die verstohlen in unsere Richtung guckt, ehe ich einen Schritt zurücktrete, um ihm Platz zu schaffen. So würde ich mich doch im Normalfall verhalten. Sprich, wenn ich nicht stinksauer auf ihn wäre.

Mit verschränkten Armen sehe ich zu ihm. Langsam schließt er die Tür, sieht mich dann fragend an, ehe er näher herankommt. „Du bist wegen irgendetwas sauer", stellt er so nüchtern fest, dass ich ihm am liebsten eine verpasst hätte.

Ich schnaube. Na gut, meine Contenance ist dahin. „Du hast dich den ganzen Tag nicht blicken lassen. Ich habe mir Sorgen gemacht, wenn dies erlaubt ist."

Zu meiner Überraschung grinst er mich an. „Wie niedlich", neckt er, ignoriert mein erbostes Gesicht und zeigt mit dem Kopf zur Tür. „Eigentlich wollte ich reinstürmen, dir sagen, du sollst dich fertig machen. Aber da du das schon bist, brauchst du nur mehr mitzukommen."

„Was?"

Sein Gesicht wird von einem hübschen Lachen überzogen, als er die Hand nach mir ausstreckt. „Komm einfach mit, in Ordnung?"

Ich denke nicht einmal daran, ihm zu folgen. „Wo warst du den ganzen Tag?"

„Nirgendwo, ich hatte einfach ein paar Dinge zu erledigen."

Die Hände in den Hosentaschen, beide Brauen hochgezogen und dieses schiefe Grinsen um seine Lippen – ich könnte ihn gerade niederreißen. Zum Glück besinne ich mich eines Besseren und fahre mit meiner Befragung fort. „Warum hast du dich nicht gemeldet?"

„Was wird das?“ Seine Stimme klingt nicht mehr so freundlich und ich weiß, wie weit ich mich aus dem Fenster lehne. Wir sprechen noch immer von keiner Beziehung, doch gerade verhalte ich mich wie eine eifersüchtige Stute. Genau das, was er nicht haben will.

Ich atme tief durch und sehe aus dem Fenster. Es verschafft mir Zeit, mich zu beruhigen, und ihm ebenso. „Schon gut“, gebe ich mich versöhnlich und gehe auf ihn zu. Ohne über das, was wir tun, nachzudenken, nimmt er mich in den Arm und küsst mich sanft. Mein Blut gerät augenblicklich in Wallung, als ich ihn spüre. Mit der einen Hand fahre ich ihm durchs Haar, während die zweite sich unter seine geöffnete Jacke schiebt. So warm und fest steht er vor mir und trotzdem ist er so zärtlich.

Natürlich bin ich mir vollends bewusst, wo wir sind, doch dieses unbändige Gefühl, sofort von ihm gevögelt werden zu wollen, steigert sich ins Unermessliche. Unsere Zungen umschlingen sich wild, während er mich in Richtung meines Schreibtisches schiebt, bis ich mit den Kniekehlen dagegen stoße.

Unsere Lippen trennen sich, als er einen Schritt zurück macht und meinen Gürtel öffnet. Dann ist meine Hose an der Reihe. Er sieht mir in die Augen, während er den Reißverschluss nach unten zieht. „Ich kann es nicht leiden, wenn du eifersüchtig bist“, meint er ruhig und gelassen.

Ich bin das komplette Gegenteil. Über mich bricht gerade eine ganze Flut an Eindrücken und Gedanken herein. Ich bin scharf auf ihn, und wie, doch wir sind in meinem Büro – die Putzfrauen werden anrücken, Debby ist noch immer draußen, irgendjemand könnte uns hören ... ihm scheint dies völlig egal zu sein.

Er ist ja auch der Boss.

Noch immer starrt er mich an, doch seine Bewegung hat er eingestellt. „So gefällst du mir viel besser", flüstert er und schiebt zuerst einen Finger unter meinen Slip, dann in mich. Ich schließe für einen Moment die Augen, dann gilt meine ganze Aufmerksamkeit meiner Atmung, die auszusetzen droht. „So bereit, so offen, so warm."

Ich umklammere die Kante meines vertrauten Schreibtisches, den ich von nun an nie wieder neutral betrachten werde, während William seinen Finger in mir kreisen lässt. Willig schiebe ich meine Beine auseinander und versuche, ihn tiefer in mich gleiten zu lassen, doch die Hose schränkt meinen Aktionsradius ein. Als er einen zweiten Finger in mich schieben will, höre ich das Reißen des Stoffes. Ich schrecke zurück und sehe auf die Stelle zwischen meinen Beinen, an der der Stoff immer weiter auseinanderklafft. „Ausgerechnet heute musst du eine Hose tragen", flucht er leise und tritt neben mich. Seine Lippen suchen die meinen. Heftig saugt er an meiner Unterlippe, ehe sein Mund über meine Wange bis hin zu meinem Ohr wandert. Dort angekommen, leckt er über die empfindliche Haut darunter, während seine freie Hand meinen Hinterkopf umschlungen hält.

„Wie gerne würde ich dich hier vögeln, Babe. Ich würde dir diese verdammte Hose vom Leib reißen, dich auf den Tisch legen und dich so hart nehmen, dass du morgen noch nicht reden kannst."

„Warum?"

Grinsend wischt er meinen Einwand beiseite, indem er seinen Daumen über meinen geschwollenen Kitzler gleiten lässt.

„Warum ich es nicht mache, wolltest du fragen – weil wir etwas vorhaben. Weshalb ich auch hergekommen bin."

Wir haben etwas vor? Gehört dies nun also zu seinen täglichen Verpflichtungen – mich zu überraschen?

Das Ziehen wird immer unerträglicher und ich möchte ihn am liebsten schütteln und ihm sagen, er soll sich nicht so anstellen. Erstens soll er mich nehmen, scheiß auf Debby, zweitens soll er mich nicht quälen. Er könnte mich mit nur einer einzigen Berührung kommen lassen, doch er will mich betteln hören, dies sehe ich seinem Grinsen an. Außerdem kenne ich ihn mittlerweile und weiß, wie er es liebt, wenn ich ihn anflehe.

„Dann lass es", fauche ich. In meinem Zustand hört es sich aber eher wie ein Jammern an.

Noch bevor William etwas entgegnen kann, klopft es an der Tür, was mir das warme Blut sofort aus den Venen jagt und durch Eis ersetzt. Mir bleibt eine Sekunde, um mich zu sortieren, meine Hose zu schließen und diesen Blick aus meinem Gesicht zu bekommen. Eine halbe verstreicht, da William nicht im Traum daran denkt, seine Hand aus meiner Hose zu nehmen. Ich kneife die Augen fest zusammen und trete ihm gegen das Bein. Endlich reagiert er, zieht sich zurück und ich bedecke eilig meine Blöße. Noch während ich den Knopf schließe, geht die Tür auf und Debby steht im Raum. Sie sieht zu mir, dann zu William, dann wieder zu mir. Einen Spiegel, verdammt – wie sehe ich aus?

Mir ist heiß, also sind meine Wangen bestimmt rot. Meine Lippen sicher geschwollen und meine Haare zerzaust. Ich blicke zu William – na ja, er klebt förmlich an mir, auch er hat rote Wangen, doch ansonsten ist sein Äußeres intakt.

„Wie kann ich Ihnen helfen?“, fragt er die staunende Debby, die den Braten wohl gerochen hat. Oder zumindest vermutet sie ihn irgendwo.

Sie räuspert sich: „Ihr Termin hat angerufen.“

Instinktiv sehe ich zu meinem Telefon, dessen Hörer wir im Eifer des Gefechtes zur Seite geschoben haben, weshalb der Anruf automatisch an Debby weitergeleitet worden ist. Auch William scheint nach der Ursache für diesen blöden Zufall zu suchen, da er in seiner Jacke nach seinem Handy tastet. Er scheint nicht fündig geworden zu sein, da er Debby zunickt. „Ich komme gleich.“ Ich grinse bei der Doppeldeutigkeit und versuche, Debbys Blick auszuweichen, als sie nickt und sich dann zurückzieht.

„Das war knapp“, denke ich laut. William grinst mich spitzbübisch an.

„Wie hätte sie wohl reagiert, wenn du gerade gekommen wärst?“

Ich kneife die Augen böse zusammen, dennoch muss ich zaghaft lächeln. „Perverses Schwein.“

„Stets zu Euren Diensten. Wir sollten los“, sagt er und gibt mir einen sanften Klaps auf den Hintern, der mich wohl zur Eile antreiben soll.

Um nicht kampflos aus der Schlacht zu ziehen, strecke ich ihm die Zunge heraus, ehe ich mir erneut meine Tasche schnappe. Doch bevor ich sie mir über die Schulter hänge, krame ich nach meinem Spiegel, der sich irgendwo in ihren unendlichen Tiefen verstecken muss. Ich prüfe meine Haare, die doch nicht ganz so schlimm aussehen, wie ich befürchtet habe. Als ich wieder aufschaue, begegne ich Williams Blick. Lässig lehnt er am Türrahmen, die Arme vor der Brust verschränkt, die Mundwinkel belustigt nach oben gezogen. „Was?“, frage ich.

„Nichts.“

„Ihr Anruf wartet“, erinnere ich ihn, obwohl ich dieses scherzhafte Getue mehr genieße als alles andere. Na ja, vielleicht genieße ich nur das Vögeln mit ihm mehr.

Noch immer versperrt er mir den Weg, weshalb ich mich zu meiner vollen Größe aufrichte und hoffe, ihn so zum Gehen zu bewegen. Seine Manieren lassen heute sehr zu wünschen übrig. Doch anstatt mich vorbeizulassen und Debby nicht noch mehr Munition zu liefern, beugt er sich vor und schiebt sich seinen Finger ganz langsam in den Mund. Mir fällt die Kinnlade nach unten, ungläubig blicke ich auf diese animalische Geste.

„Mmh, ja, ich schmecke den Hauch von Wut heraus. Man könnte fast sagen, sie tritt dir aus allen Poren.“ Grinsend geht er nach draußen.

Ich bleibe zurück, ohne zu wissen, ob ich nun noch heißer oder geschockter bin. Außerdem bezweifle ich stark, dass sich dieser Mann für irgendetwas schämt.

Was ich jedoch sicher sagen kann, ist, dass ihm bewusst ist, wie er mich zurückgelassen hat – schockiert und erwartungsvoll. Denn das bin ich wirklich. Mein Körper ist enttäuscht wegen des verpassten Orgasmus, der dank Debby – oder besser dank des Störenfrieds am Telefon – warten muss. Debby hinterlässt nur einen faden Beigeschmack. Denn da ist dieser Termin, der mir nun bevorsteht und alles in die Länge zieht.

Ich schüttle den Kopf über mich selbst und bin erstaunt, welch begieriges Miststück aus mir geworden ist. Ich sollte meinem Boss gehörig die Leviten lesen.

Als ich den Vorraum betrete, legt William gerade auf. Debby ist noch immer da, packt allerdings bereits ihre Sachen zusammen, was sie jedoch nicht daran hindert, mir immer wieder teils bissige, teils neugierige Blicke zuzuwerfen. Ich versuche ihr standzuhalten, eine Eigenschaft, die man nicht gerade auf den ersten Blick mit mir in Verbindung bringen würde. Doch seitdem ich Williams Machenschaften ausgeliefert bin, habe ich mich in Sachen Standhaftigkeit gemausert.

Nachdem sich Debby verabschiedet hat und einen der drei Lifte nimmt, steigen William und ich provokant in einen anderen ein. Nicht dass sie uns noch sehen würde, doch es hilft mir, meine Fassung wiederzufinden.

„Du wirst mir nicht sagen, wohin du mich verschleppst, nicht wahr?“, frage ich ihn und nehme gespannt die Veränderung in seinem Gesicht wahr.

„Nein, also spar dir deinen Atem für etwas anderes.“

Ich schüttle den Kopf und bin froh, als wir in der Tiefgarage ankommen, wo wir wie selbstverständlich zu seinem Auto gehen. Als würden wir dies jeden Tag machen. Doch mir gefällt dieser Gedanke seltsamerweise mehr als erwartet. Wie schön wäre es nur, jeden Morgen neben ihm aufzuwachen, mit ihm anschließend zur Arbeit zu fahren und uns den ganzen Tag über gegenseitig mit kleinen Schikanen aufzuziehen! Ob er sich ähnliche Gedanken macht? Oder gehen seine Empfindungen nicht über die Bettkante hinaus? Wieder einmal versuche ich, schlau aus ihm zu werden, aber bald gebe ich resigniert auf.

Lange Zeit sitzen wir nur nebeneinander und schweigen uns an. William fährt, während ich ihn anstarre wie ein verliebter Teenie. Natürlich geschieht dies heimlich, da ich mich niemals trauen würde, ihn offen von oben bis unten zu scannen, wohl wissend, dass er dann nachhakt, bis ich ihm meine wirren Gedankengänge freimütig auf die Nase binde. Wieder hätte er sich einen Vorteil verschafft.

„Wann bist du gestern nach Hause gekommen?“, fragt er mit ruhiger Stimme.

„Am späten Nachmittag. Du?“

„Um zwölf. Ich dachte eigentlich, du meldest dich, wenn du daheim bist.“

Ich schnaube innerlich und frage mich ernsthaft, ob er es mir auch umgehend mitteilt, wenn er etwas beschließt. Wann haben wir ausgemacht, dass wir anrufen, um uns gegenseitig zu versichern, dass alles in Ordnung ist? Wer sagte am Anfang doch noch gleich, er hätte keine Lust auf Anrufe, Tränen ... blablabla und den ganzen Scheiß. Und wer ist jetzt, gerade einmal zwei Wochen später, der Meinung, mich wegen irgendetwas tadeln zu müssen, was nie Teil unserer Übereinkunft war? „Du hast dich auch nicht gemeldet. Außerdem dachte ich, ich würde dich nur stören.“

Er wirft mir einen schiefen Blick zu, als wir an einer Ampel halten. Keine Ahnung, wo wir uns befinden. „Erstens störst du mich nie. Und zweitens wollte ich dich nicht anklagen, sondern nur freundlich sein.“

Da ist aber jemand eingeschnappt. Und ich soll nicht eifersüchtig sein? „Hat Debby etwas gesagt?“, wechsle ich schnell das Thema.

„Nein. Ich glaube auch, dass ich der Letzte bin, zu dem sie etwas sagen würde.“

Stimmt. „Aber sie hat es sicher geschnallt.“

„Natürlich hat sie das. Sie müsste schon blind sein, um dein Aussehen nicht richtig zu deuten.“

Schockiert öffne ich den Mund und fletsche die Zähne. „Spätestens in einer Stunde weiß es die ganze Firma. Sie wird eine Rundmail schicken und diejenigen, die sie nicht öffnen, telefonisch benachrichtigen. Und deinetwegen bin ich morgen Gesprächsthema Nummer eins.“

Ich bin so von ihm fasziniert, aber auch aufgeregt, dass ich nicht mitbekommen habe, wo wir hingefahren sind. Erst als wir einparken, beginne ich mich umzusehen. Im ersten Moment glaube ich, vor seinem Haus zu stehen. Doch dieser Bau hier ist größer und ganz in Weiß gehalten, außerdem ist es kein Eckgebäude, sondern befindet sich in einer langen Straße.

„Aus deinem Mund hört es sich so an, als würdest du dich meinetwegen schämen“, beschwert er sich und steigt aus.

Instinktiv folge ich ihm. „Du weißt genau, dass ich das nicht tue.“ Es ist mir wichtig, dass er sich darüber im Klaren ist.

„Sondern?“, fragt er und blickt sich desinteressiert um.

„Sondern was? Sag mir lieber, wo wir hier sind!“

Mit dem Kopf deutet er auf ein rotes Backsteinhaus, das die benachbarten um mindestens vier Etagen überragt. „In deinem neuen Zuhause“, verkündet er, als wäre es etwas Selbstverständliches.

Mir fällt zum zweiten Mal an diesem Tag die Kinnlade nach unten, und als meine Augen mein künftiges Heim inspizieren, muss ich mich zusammenreißen, um nicht zu sabbern.

„Mylady, Horton Street, Kensington – Ihre neue Adresse.“

„Du bist vollkommen wahnsinnig“, meckere ich halbherzig und nehme seine Hand, die er mir, ganz zum Stil der Gebäude passend, entgegenstreckt. Wir überqueren die Straße und steigen die breite Treppe nach oben. Sie führt geradewegs in eine riesige Halle, deren Boden und Wände in zartem Grau gehalten sind. Unsere Schritte hallen wider, während mich William zielsicher auf den Empfang zuführt. Nachdem er sich vorgestellt hat, reicht uns die ältere Dame, die ihre Lesebrille nach unten geschoben hat und uns nun über die Ränder hinweg skeptisch mustert, die Schlüssel.

„Früher war das mal ein Hotel, deshalb diese imposante Halle. Sie überzeugte mich auf den ersten Blick“, erklärt mir William, während wir auf den Lift zusteuern.

„Diese Wohnungen kosten ein Schweinegeld“, appelliere ich an seinen Verstand, der ihn doch sonst nie verlässt.

Hinter uns schließen sich die Türen und wieder sind wir in unserer kleinen, fast schon privaten Welt, mitten in London, mitten in diesem schnöseligen Nobelviertel, in das ich so gar nicht passen will. Er passt hierher. Doch ich?

Das Mädchen aus Cornwall, das kein Auto besitzt, keinen Hochschulabschluss und schon gar keine Millionen auf dem Konto hat, dagegen nicht. Ich bin zwar nicht der Typ, der in Schubladendenken verhaftet ist, doch wenn ich den Blick der Dame vom Empfang richtig deute, tut sie dies auf alle Fälle.

Und entweder hält sie mich für Williams Hure, für die Frau, die er unabsichtlich geschwängert hat, oder für seine nervige Ehefrau, die er loswerden möchte. Ersteres trifft wohl eher auf meine derzeitige Lage zu. Ein Gedanke, der mich schlucken lässt.

Ist die Luft immer so stickig?

„Es ist eine Eigentumswohnung. Ich habe sie aus einer Laune heraus gekauft. Ich dachte, ich veräußere mein Haus und nehme mir eine Wohnung. Doch da ich sehr an meinem Haus hänge, die Wohnung aber schon gekauft ist, würde sie perfekt für dich passen."

„Deine Probleme möchte ich haben", antworte ich noch immer etwas atemlos und folge ihm, als der Lift in der dritten Etage hält.

Er grinst und führt mich zu einer der fünf Türen, die vom Gang abgehen. „Ich möchte dich im Moment liebend gerne durchficken, aber zuerst", mit einer schwungvollen Bewegung öffnet er die Tür zu meiner neuen Wohnung – so habe ich es ihm jedenfalls versprochen –, „wirfst du einen Blick herein. Und Rose, du vergisst, wo sie ist, wie viel sie gekostet hat und vor allem, wer sie dir schenkt. Stell dir lieber vor, wie viel Geld du sparst."

Ich folge ihm, kann es aber nicht lassen, ihn von der Seite zu beäugen. „Sparen – dann werden wir Mr. Bennets Spartipps eben mal genauer unter die Lupe nehmen."

Der Duft von neuen Möbeln empfängt mich. Als Nächstes fällt mir der lange Flur auf, in dem sich eine kleine Garderobe und ein Beistelltisch mit zwei Stühlen befinden. Die Farben sind dezent gehalten. Mit einem Nicken deutet William den Gang entlang. An dessen Ende finde ich das Wohnzimmer aus dem Exposé vor. War ich damals schon beeindruckt, so bin ich nun völlig sprachlos. Alles ist eingerichtet, ich könnte noch zur Stunde einziehen. Es würde mich nicht überraschen, wenn William bereits meine Adresse umändern hat lassen.

Das Wohnzimmer mündet in ein großzügiges Esszimmer, welches mit einem breiten Tisch und den dazupassenden Stühlen ausgestattet ist. Auch hier war ein Profi am Werk. Davon zeugt die egozentrische Tischdekoration, Marke Designerstück, in Form eines Ungetüms von einer goldenen, eierförmigen Vase, in der ein Blumenarrangement steckt, das ich nicht genau identifizieren kann. Ich weiß nur, es gefällt mir ausgezeichnet.

Wir durchstreifen die Wohnung im Eiltempo, wobei mich William keine Sekunde aus den Augen lässt. Zu jedem Raum kann er mir etwas erzählen, während ich nur stumm nicke und ab und an mein Erstaunen kundtue. Als wir unsere Runde beendet haben und ich das Badezimmer neben dem Schlafzimmer, ein wahrer Wellnesstempel, zu meinem absoluten Lieblingsraum erkoren habe, kehren wir zurück ins Wohnzimmer, wo William neben mir auf der breiten Couch Platz nimmt. Gespannt sieht er zu mir, das Lächeln ist verschwunden, und schmunzelnd muss ich daran denken, wie er als Kind gewesen muss. Er betrachtet mich, als würde er etwas Schlimmes beichten, das eine saftige Strafe nach sich zieht.

„Was sagst du?“, fragt er, als er seine Stimme wiedergefunden hat.

„Sie ist wundervoll und ich weiß, du wirst mich hassen, aber sie ist zu teuer. Ich meine, die Möbel – kein einziges Stück kommt von der Stange. Ich müsste die Wohnung leer räumen und mit Ikeamöbeln vollstopfen, selbst dann kann ich niemandem schlüssig erklären, wie ich mir 120 Quadratmeter in Kensington leisten kann."

Die Hände auf den Knien gefaltet, wirkt er tatsächlich einen Moment lang enttäuscht, bis der alte William wieder zum Vorschein kommt. „Dann erzähl den Leuten eben, dies sei Firmeneigentum und du würdest vorübergehend hier wohnen. Rose", seine Stimme wird fester, sein Blick ebenfalls – ich weiß, ich habe versprochen, brav zu sein, „ich sagte, wir reden nicht über Geld. Du wolltest, dass ich offen bin. Ich wollte, dass du diese verdammte Wohnung nimmst und dich endgültig von diesem Schwein trennst."

Sekt wäre toll, denke ich überrascht ob der Härte, die von seinen Worten ausgeht. „Ich bin von ihm getrennt."

Warum zum Teufel hackt er auf der Taylor-Geschichte herum? „Ach ja, warum habe ich nur das Gefühl, dass du beim ersten netten Wort zurück zu ihm kriechst?"

Ich sollte gehen. Unsere Unterhaltung hat wieder einmal eine Richtung genommen, auf die ich wirklich keinen Bock habe. Wer ist denn hier derjenige, der mich dauernd abwimmelt, kaum spreche ich das Thema Beziehung an? Und wer hat damals etwas von nicht monogam geschwafelt? „Hältst du mich für so naiv?", frage ich ihn ernst.

„Nicht für naiv, aber du ... na ja ... du bist an ihn gewöhnt, vielleicht denkst du ja, du hast es mit ihm leichter."

„Ich könnte dir gerade die Augen auskratzen", drohe ich verärgert und lenke gleich darauf ein. „Also, ich habe dir versprochen, diese Mätressenunterkunft anzunehmen. Ich werde es auch versuchen. Doch sollte ich mich nicht wohlfühlen, dann ziehe ich aus."

Er verdreht die Augen und erhebt sich sichtlich erleichtert. „Na gut. Wir werden morgen zu deiner alten Wohnung fahren und deine Sachen holen. Ich will nicht, dass dieser Mensch noch irgendetwas von dir besitzt. Außerdem“, teilt er mir mit und ich fühle mich im ersten Moment ins Büro zurückversetzt, „wird es dir guttun, wieder etwas mehr Privatsphäre zu haben. Du bist keine elf mehr und sag mir nicht, dir reicht diese kleine Rumpelkammer.“

Er ist in der Küche verschwunden, weswegen ich ihn nur mehr gedämpft höre. „Hey, beleidige mein Zimmer nicht. Und außerdem“, spotte ich ihm nach, „fordern meine Schwester und Frank keine sexuellen Dienste ein.“

Mit zwei Gläsern und meiner heiß ersehnten Sektflasche steht er wieder im Zimmer. „Mit deiner Schwester wäre es pervers und Frank würde ich töten. Also lass mich diesen Part übernehmen.“

Gekonnt entkorkt er die Flasche und schenkt uns beiden ein. Dann reicht er ein Glas an mich weiter, wobei mir dieses unverschämte Lächeln so sehr gefällt, dass es mich magisch hochzieht und zu ihm gehen lässt. „Auf deine neue Wohnung und mögest du deine Miete regelmäßig und brav bezahlen.“

Ich boxe gegen seine Brust, was ihn zusammenzucken lässt. Als ich den ersten Schluck trinke, muss ich über den Verlauf unserer Beziehung schmunzeln. Noch vor diesem Wochenende war er mir so fremd und nun kann ich mit ihm scherzen. Sicher geht ab und an der verwöhnte Schnösel mit ihm durch, doch immerhin, er lacht in meiner Anwesenheit und versteckt sich nicht mehr länger hinter der steinernen Fassade.

„Du warst gut vorbereitet“, schmunzle ich und deute auf die Flasche am Tisch.

Er nickt und legt den Kopf schief. „Ich bin immer gut vorbereitet, da ich weiß, was euch Frauen gefällt.“

Angewidert kippe ich den restlichen Inhalt des Glases hinunter. „Das bezweifle ich keine Sekunde. Ich muss mir die Bude doch nicht teilen. Ich meine, du könntest ja noch andere haben, die sich dann hier breitmachen.“

„Ich gehöre dir allein“, flüstert er, als er mir ein weiteres Mal nachschenkt.

Ich bin jedoch nicht sicher, ob ich ihm auch wirklich glauben kann oder ob er das nur sagt, um mich zu beschwichtigen. Sicher habe ich die Frage aus Jux und Tollerei gestellt, doch wer versichert mir eigentlich, dass er sich nicht im Anschluss mit einer anderen Frau trifft? Oder dass er heute Nacht auswärts geschlafen hat? Wieder deute ich dieses Ziehen richtig – ich bin eifersüchtig. Zur absolut falschen Zeit, mit dem absolut falschen Mann. Ein schnelles Räuspern soll den aufkommenden Schwips und das Ziehen unterdrücken, wobei mir Ersteres gerade recht kommt.

„Also“, sagt er, nachdem er die Flasche wieder zurückgestellt hat und nun so nahe ist, dass ich ihm am liebsten die Reste des Sektes von seinen Lippen geleckt hätte, „du hast nun zwei Möglichkeiten.“

„Ich höre.“ Nun bin ich aber gespannt.

„Erstens: Wir gehen essen, da ich vor Hunger sterbe, und fahren dann zu mir, wo wir das, was du heute angefangen hast, beenden.“

Mit geschlossenen Augen schüttle ich den Kopf. „Du hast angefangen, nur um das klarzustellen. Weiter“, deute ich mit einer königlichen Handbewegung.

„Zweitens: Wir bestellen uns etwas zu essen und bleiben hier. Wenn ich darf – es ist ja deine Wohnung.“

Meine Wohnung. Ich könnte springen. Sicher ist sie sauteuer und mit meinem Gewissen kaum zu vereinbaren. Doch dies jetzt als mein Heim, leihweise, zu betrachten, erfüllt gerade meinen ersten wirklichen Mädchentraum – in einem Schloss zu leben. Na ja, das Schloss war einmal ein Hotel und anstelle eines Ritters habe ich einen reichen, eingebildeten Anzugträger, der mich, anstatt mich zu beschützen, in ein eingezäuntes Wasserschloss steckt, damit ich ja für andere nicht greifbar bin. Doch immerhin hat er mich vor einem Drachen gerettet. Wobei ich nicht Lisa oder Frank meine.

Den Zeigefinger nachdenklich an die Lippen gelegt, wäge ich die Vorschläge ab. Lange, sehr lange, da ich sein ungeduldiges Zappeln genieße. Meine Mutter hatte doch recht. Bevor man rennen möchte, sollte man laufen lernen. Und bevor man sich mit Mr. William Bennet einlässt, sollte man sich seiner eigenen Standhaftigkeit sicher sein. Und da ich zuerst laufen wollte, musste ich eben auf die Nase fallen. Doch wir haben uns mit kleinen Schritten gegenseitig das Gehen beigebracht und nun schaffen wir es sogar, miteinander zu lachen.

„Hierbleiben. Essen. Dich.“ Ich greife nach seiner Brust, wobei William sofort versteht und näher kommt. Ich sehe zu ihm auf und freue mich, das regelmäßige Heben und Senken seines Brustkorbes zu spüren. Dann beugt er sich vor und stellt das Glas auf den Tisch. Gemächlich nestelt er an meiner Jacke, um sie mir dann ganz langsam auszuziehen. Seine Augen fixieren mich noch immer und ich öffne leicht die Lippen. Meine Art, ihm zu sagen, dass ich geküsst werden möchte. William jedoch grinst nur und macht dort weiter, wo wir im Büro aufgehört haben – quälend langsam öffnet er meine Hose.

„Ins Schlafzimmer", befiehlt er und dreht mich mit einem Ruck um.

Etwas benommen stakse ich vor ihm her und kann mich sogar noch erinnern, hinter welcher Tür dieser Raum liegt. Drinnen angekommen, zieht er mich wieder zurück in seine Arme. Und endlich küsst er mich. Doch er tut dies nicht wie jeder andere – er hält mich auf Abstand, lässt mich nur zaghaft an ihm knabbern, und immer wenn ich glaube, endlich bei ihm bleiben zu können, zieht er sich zurück. Mein Puls rast, als ich ihm ebenfalls die Jacke vom Körper reiße. Sie landet auf dem Boden, ihr folgt sein Pullover.

Während er mich in Richtung Himmelbett schiebt, zieht er mir blitzschnell mein Oberteil samt BH aus. Wir sind beide hungrig. Als hätte Debby vorhin wilde Tiere am Essen gehindert und nun wollen wir das Fleisch einfach verschlingen.

„Ich bin hier, um meine erste Miete einzufordern", verkündet er hart und wirft mich aufs Bett, bevor er selbst darauf Platz nimmt.

Während seine Finger meine aufgerichteten Brustwarzen umspielen und er immer wieder hart daran zieht, bis ich glaube, schon allein dadurch zu kommen, öffne ich seinen Gürtel. „Oh nein, Mr. Bennet, Sie sind gnadenlos. Wie soll ich nur für mein Kind sorgen, wenn Sie die Miete abermals erhöht haben? Welch grauenvoller Mistkerl Sie sind." Ich spinne den Faden mit spanischem Akzent weiter.

Ein teuflisches Grinsen ziert sein Gesicht, als er sich vorbeugt und mich hart in meinen Nippel beißt, die Stelle rötet sich und ich blicke erschrocken an mir herab. „Wir werden schon eine Möglichkeit finden, wie Sie die Schulden abarbeiten können, Senorita cono mojado."

Er kann Spanisch? Na ja, ich vermute, dass das auch etwas bedeutet. „Ich mache alles, was Sie wollen", kichere ich, als er sanft gegen meine Brüste bläst.

William entweicht ein amüsiertes Grinsen, als er sich zwischen meine Beine kniet und mir die Hose nach unten schiebt. Ich sehe an mir herab, während sich mein Brustkorb stoßweise hebt und senkt, sind meine Beine zwischen seinen Armen wie eingesperrt. Ich winde mich, als er anfängt, meine Oberschenkel zu bearbeiten. Am Anfang beschränkt er sich auf Küsse, dann beißt er wieder zu, ab und an leckt er darüber. So arbeitet er sich Schritt für Schritt nach oben zu der Stelle, aus der es vermutlich längst tropft. Wieder sieht er zu mir hoch, dann schiebt er meinen Slip etwas zur Seite, ehe er seine Zunge über meine Spalte gleiten lässt. Ein Stöhnen löst sich aus meiner Kehle und ich schließe die Augen.

Der warme Atem streichelt mich, als er mein Verhalten mit einem Lachen kommentiert und sich dann eingehend meinem Kitzler widmet. Nur mit der Zungenspitze reizt er ihn und jagt dennoch Stromstöße durch meinen gesamten Körper.

Ich weiß, ich werde gleich kommen. Sekunden trennen mich davon. Doch mein Verstand scheint wenigstens noch so gut zu funktionieren, dass er instinktiv erfasst, William wird es mir nicht so einfach machen. Er will mich an den Rand des Wahnsinns treiben – vielleicht sogar darüber hinaus. Denn wer hätte geglaubt, dass eines Tages eine um Erlösung bettelnde Frau aus mir wird? Die diesen Mann zwischen ihren Beinen, der die Obszönität, einen Tropfen ihrer Lust vor ihren Augen einzusaugen, auch noch genießt, so begehren könnte. Die Antipathie, die in der ersten Stunde zwischen uns geherrscht hat, ist purer Leidenschaft gewichen. Und ich bin wirklich süchtig nach ihm und dem, was sich in seiner Hose versteckt.

2Drehen Sie sich um, Senorita canalla, ich will Ihr Gesicht nicht sehen, wenn ich Sie ficke", gebietet er und richtet sich auf.

Ich liege noch eine Sekunde da, schockiert über die Härte seiner Worte, doch irgendwie erregt mich dieses Spiel auch. Er ist in seiner Rolle perfekt, ich kann nur hoffen, dass ich meine ebenso gut hinbekomme. Aber eigentlich würde jede Rolle, die Kommandos erfordert, zu ihm passen. Der geborene Herrscher, denke ich schmunzelnd und drehe mich um.

Mein Gesicht berührt das weiche Kissen unter mir, da spüre ich einen heftigen Schmerz, da William meine Haare mit einem Ruck nach hinten zieht. Zu einem kompakten Büschel vereint, droht er mir die Kopfhaut abzureißen. „Findest du das etwa komisch?", faucht er mich an und ich frage mich allmählich, wie oft er schon in solche Spiele verwickelt war. Wie brav er sich doch bisher verhalten hat! Er muss sich ja ordentlich am Riemen gerissen haben, wenn dies sein normales Sexleben ist. Und ich kann mir gut vorstellen, dass die Frauen begeistert mitmachen.

Ich setze zu einem Kopfschütteln an, doch er hält mich weiterhin fest. „Du hast einen Mund, mit dem du nicht nur meinen Schwanz blasen, sondern auch reden kannst“, drängt er und verstärkt den Zug an meinen Haaren.

„Ich wollte nicht frech sein“, piepse ich in die aufgeladene Luft.

Er schnaubt, anscheinend habe ich nicht überzeugend genug geklungen, doch der Zug lässt nach und auch das Gewicht seiner abgestützten Hand in meinem Rücken verschwindet.

„Knie dich hin und zieh dein Höschen nach unten“, lautet der nächste Befehl.

Um Himmels willen, wann sind wir von lustigem Geplänkel zu diesen knallharten Instruktionen gewechselt?

Ich erkenne ihn kaum wieder. Mittlerweile ist mir klar, dass das der wahre William ist. Dass dies seine Leidenschaft ist und anonymer Sex mit Mädchen, deren Namen er nicht einmal kennt, eignet sich dazu perfekt. Doch irgendetwas an seiner Atmung, die ich so deutlich hinter mir wahrnehme, lässt mich vermuten, dass er sich zusammenreißt und dies nur die Spitze des Eisberges ist. Ich will die Stimmung, in der er sich gerade befindet, weder zerstören, noch möchte ich mir den Blick auf den wahren William entgehen lassen – meine Erregung trägt den Rest zur Sache bei.

Langsam ziehe ich mein Höschen nach unten, wobei ich erschrocken feststelle, dass meine Finger zittern. Umständlich beuge ich mich vor, um es über meine angewinkelten Beine zu bekommen. Ich mache mich bestimmt lächerlich. Doch da er ruhig ist, vermute ich, dass ich mich nicht allzu dumm anstelle. Als ich vollkommen nackt bin, beuge ich mich wieder nach vor und warte darauf, dass er weitermacht. Lange Zeit passiert gar nichts. In meiner Nervosität kneife ich die Augen zusammen, bis ich glaube, er sei längst gegangen. Frei nach dem Motto: Dieses Elend tue ich mir nicht länger an. Die aufkommende Einsamkeit und Hilflosigkeit wird jedoch gleich wieder verdrängt, da seine Finger über meinen Rücken hinab zu meinem nackten Hintern streichen. Die Haut entzündet sich sofort, und als wäre mein Körper diese perversen Spiele gewohnt, stöhne ich auf.

Sind seine Berührungen bis jetzt noch relativ sanft gewesen, so verstärkt sich jetzt der Druck auf meinem Rücken, als er sich vorbeugt und mein Haar zur Seite streicht. „Leg das Gesicht auf die Matratze und spreiz deine Fotze mit beiden Händen. Ich will alles sehen.“ Seine Stimme klingt so heiser und doch so warm. Als hätte mein William nur ein Kostüm angezogen, doch ich weiß, innen drin ist er noch ganz der Alte.

Mein Gesicht landet zum zweiten Mal auf dem Kissen, während ich meine Hände nach hinten schiebe und ihm den gewünschten Gefallen tue. Die Kälte kriecht in die Öffnungen, die gerade noch verdeckt waren. Ich spüre die Feuchte, die zwischen meinen Schenkeln hinabläuft, und bilde mir ein, meine Geilheit bis hierher zu riechen.

Das Öffnen des Reißverschlusses seiner Hose durchdringt die Stille, die bis jetzt nur hin und wieder von meinem Stöhnen unterbrochen worden ist. Mein ohnehin schon rasender Puls beschleunigt sich weiter bei dem Gedanken, auf welche Art er mich gleich nehmen wird. Ich weiß, dass es hart und schnell sein wird, so wie ich es doch immer gewollt habe.

Jedoch habe ich die Härte unterschätzt, mit der er in mich eindringt. Ich kippe nach vorne und muss meine Hände von meinem Hintern nehmen, sonst wäre ich aufs Gesicht gefallen. Ich bin mir sicher, dass er bis zum Ansatz in mir steckt. Zumindest lassen mich das die Größe und die Wucht in mir vermuten.

Mit geschlossenen Augen warte ich auf den nächsten heftigen Stoß, doch William bewegt sich nicht in mir. Nur das Pulsieren seines Schwanzes ist zu spüren, die Kraft, die Härte, die Dehnung, die durch seine Größe hervorgerufen wird, lassen mich die Klippe in der Ferne erahnen.

„Hart oder sanft?“, presst er hervor.

Ich habe die Wahl? Engelchen und Teufelchen kämpfen noch miteinander, da habe ich mich längst entschieden. „Hart.“

Wie könnte ich in meinem jetzigen Zustand die sanfte Tour ertragen? Ich brauche ihn, wild, animalisch, echt, so wie er ist, nicht wie er sich verstellt.

Ich glaube ihn gedämpft ausatmen zu hören, doch der nächste Stoß pulverisiert meine Gedanken und verwandelt sie zu Staub, der mich als trübe Masse umhüllt. Ich kann mich später darum kümmern.

Seine Stöße sind wirklich hart, alles, was ich bis jetzt erlebt habe, war Kinderkram, dies kann ich nun offiziell behaupten. Irgendwoher muss er ja schließlich seinen schlechten Ruf haben. Und mit zärtlichem Sex in der Badewanne wird er ihn sicher nicht erlangt haben. Und auch wenn ich bisher nicht der Typ für außergewöhnliche Sexpraktiken oder Locations gewesen bin, so muss ich zugeben, dass mich das erregt.

Mein Körper bäumt sich bei jedem Stoß auf. Mittlerweile verwende ich meine Hände längst als Stütze, um nicht nach vorne zu kippen. Ich schwitze, die Haare kleben in meinem Gesicht und ich kann schon lange nicht mehr zwischen Aus- und Einatmen unterscheiden. Eigentlich bin ich nur mehr ein Häufchen Elend, das der ultimativen Erlösung entgegenfiebert.

Seine Finger sind fest in die Haut meiner Arschbacken gepresst, und als er das nächste Mal zustößt, mich dabei anspornt zu kommen, explodiere ich wirklich, als folgte ich ihm aufs Wort. Meine Beine geben endgültig nach und ich sacke zusammen. Der Höhepunkt ist so mächtig, dass ich kaum die Augen offen halten kann. Er übermannt mich und schießt in meine Venen, verteilt sich von da aus in meinem gesamten Körper, der von wilden Zuckungen geschüttelt wird. Auch meine Stimmbänder hat er infiziert, denn allerlei Derbheiten entringen sich meinem Mund. Es sind Bitten, Schluchzer, vulgäre Ausdrücke, Ächzer.

William folgt mir, doch als mein erster Orgasmus gerade verebbt, erfasst mich der zweite, da er noch härter wird, sich ein letztes Mal in mich presst und mich nun endgültig ausfüllt.

Mittlerweile kann ich mich nicht mehr bewegen, lasse diesen wundervollen Zustand über mich gleiten, lausche dabei mit einem Ohr William, dessen Stöhnen mich so befriedigt. Ich werde sentimental, am liebsten würde ich heulen, einfach, weil ich das Gefühl habe, gerade etwas Besonderes erlebt zu haben. Als wäre alles, was William mir bis jetzt von sich erzählt hat, nur Schein gewesen und dies nun endlich ein Blick in sein Innerstes. Wobei ich nicht weiß, ob ich mit diesem eigensinnigen, fast schon besessenen Mann nach dem nächsten Kick umgehen kann. Auch habe ich Angst vor den Antworten, die er mir geben muss. Wie wird er es kommentieren – sein neues Gesicht, seine harte Seite?

Endlich nimmt er sein Gewicht von mir. Bevor er sich neben mich legt, mich in seine Arme nimmt, breitet er die Decke über uns aus. Ich brauche wirklich all meine Kraft, um meine Augen offen zu halten. Seine Wärme, das Streicheln seiner Finger über meinen Rücken und das Wissen, gerade am sichersten Ort der Welt zu sein, wirken wie ein Sedativum auf mich.

„Sag etwas", flüstert er nach einer Ewigkeit.

Da es mir plötzlich mehr als wichtig erscheint, sein Gesicht zu sehen, hebe ich den Kopf und blicke ihn an. Auch er wirkt geschafft – die Augen noch immer trüb, die Wangen rot, der Schweiß steht ihm auf der Stirn. „Wenn ich nur wüsste, was. Oder besser – wie ich anfangen soll."

Zumindest grinst er wieder, als er mir die klebrigen Haare aus dem Gesicht streicht. „Ich hoffe, es war ein netter Willkommensfick in deiner neuen Wohnung."

„Nett? Du warst alles andere als nett", widerspreche ich ihm.

Er sieht zur Seite und ich weiß, dass er sich wirklich Gedanken macht, welchen Eindruck er bei mir hinterlassen hat. Oder wie er zu mir gewesen ist. Sicher bin ich nicht von gestern und kenne allerlei Praktiken, zumindest vom Hörensagen, doch mein Leben ist bisher in wesentlich ruhigeren Bahnen verlaufen. Erfordert William schon im Normalfall eine Menge Geduld, diese Seite scheint mich etwas zu überfordern.

„Ich habe mich bemüht, nett zu bleiben."

„Dann ist es das, was dir gefällt – immer wieder in andere Rollen zu schlüpfen?"

Er nickt kurz. „Ich finde einfach, Sex sollte etwas Aufregendes sein und nicht zur Routine werden. Du solltest Dinge ausprobieren, so wie du es im wirklichen Leben auch tust, sei es beim Essen, Trinken, Sport. Kein Mensch isst nur Pizza und das jeden Tag, sein ganzes Leben lang."

Okay, dann traue ich ihm zu, dass er schon die wildesten Sachen versucht hat. „Am liebsten würde ich dich fragen, in was für Abgründe du schon gestochert hast, doch ich verzichte, um nicht weglaufen zu müssen", scherze ich, wobei ich mir nicht sicher bin, ob ihm nun der Sinn nach Frotzeleien steht.

„So abgründig war es nun auch wieder nicht", antwortet er gewohnt effizient. „Doch wenn man viel herumkommt und offen ist, kann man eine Menge lernen."

Das bezweifle ich keine Sekunde. „Und diese Partys, du hast mir ja mehr oder minder bestätigt, dass du solche besuchst, sind da, um Derartiges auszuleben?"

Nicht nur ich bin von meinem Mut überrascht, auch William hebt beide Augenbrauen und sieht skeptisch zu mir herab. „Ja, diese Partys sind dafür da. Du musst aber unterscheiden zwischen irgendwelchen perversen Veranstaltungen und unseren."

Da bin ich aber mal gespannt. Für mich ist alles gleich, doch ich bin blutige Anfängerin.

„Bei uns steht nicht der Sex im Vordergrund, sondern die Unterhaltung und die Offenheit. Glaub mir, es waren schon Männer, aber auch Frauen in meinem Haus, die du aus der

Zeitung kennst, die du aber niemals mit so etwas in Verbindung bringen würdest."

„Wenn man alles hat, muss man sich eben auf die Suche nach dem ganz Besonderen begeben", spinne ich den Gedanken fort.

„Genau", stimmt er mir zu. „Wie gesagt, bei solchen Veranstaltungen hast du die Möglichkeit, alles, was du willst, auszuprobieren. Du kannst dich aber auch im Hintergrund halten, etwas essen und trinken und nur zusehen."

Für mich wäre dies schon zu viel. Allein der Gedanke, Fremde beim Sex zu beobachten, bringt mich zum Erröten. Meine wohlbehütete Kindheit lässt grüßen.

„Und hältst du dich im Hintergrund?" Was für eine dumme Frage. Doch die Vorstellung, dass er sich mit einer anderen Frau vergnügt, versetzt meinem Herzen einen Stich.

William ahnt von dem nichts und grinst nur. „In den seltensten Fällen. Wenn die Party bei mir im Haus stattfindet, dann sicher. Doch wenn ich zu Gast bin, bringe ich nicht so viel Selbstbeherrschung auf."

Ich habe es gewusst, trotzdem tut es weh. Zu weh. Ich brauche Abstand und rücke etwas zur Seite. „Es fällt schwer, sich das alles vorzustellen."

„Ich weiß. Vielleicht solltest du dir so eine Party einmal ansehen. Du musst nichts machen, was du nicht willst. Nur mitgehen und ohne Vorurteile reinschnuppern."

Ich, zu so einer Party? Ist er wahnsinnig?

„Ich glaube nicht, dass so etwas das Richtige für mich ist. Ich kann mit solchen Menschen nicht umgehen." Mein Gott, ich scheine gewaltige Vorurteile zu haben.

„Du gehst doch mit mir um."

„Ja, aber du bist … anders.“ Total unlogisch, aber was soll ich entgegnen, wenn ich in eine Schlangengrube geworfen werde?

„So eine Einstellung verlangt nach Aufklärung.“

„Wir sollten einmal einen Firmenausflug zu einer deiner Partys machen. Ich bin mir sicher, die Hälfte der Leute würde eine neue Passion entdecken“, versuche ich ihn abzulenken.

Es geht doch nicht um ihn, nur um diese Veranstaltungen. Eigentlich müsste ich vor Freude in die Luft springen, immerhin gewährt er mir einen so privaten Einblick – privater geht es kaum. Doch was ist, wenn er mich alleine lässt? Wenn ich ihm vielleicht dabei zusehen muss, wie er mit einer anderen Frau schläft? Wenn ein Mann oder eine Frau dasselbe von mir verlangt? Ich gehöre ohnehin zur verklemmten Sorte, ein Swingerclub – ich weiß nicht einmal, ob es überhaupt einer ist, ob diese Bezeichnung richtig ist –, ist das Falsche für mich.

„Rose, es ist mir wirklich wichtig, dass du mitkommst. Du wünschst dir Ehrlichkeit, ich biete sie dir, also nimm sie an. Ich verspreche dir, dass ich auf dich aufpassen werde. Kein anderer Mann wird dich anfassen.“

Wie gerne würde ich zustimmen, doch es sträubt sich so viel in mir. „Ich kann das nicht.“

Nun habe ich es geschafft, er ist zerknirscht und enttäuscht. „Das vorhin war der Wahnsinn und ich flehe dich an, so etwas öfter mit mir zu machen. Es war erregend, erotisch und etwas ganz Neues. Doch ich möchte, dass ich dich behalte, dieses Bild, das ich von dir habe, und nicht enttäuscht bin, wenn ich Dinge von dir sehe, die nicht in meine Welt passen.“

„Dann passe ich aber nicht in deine Welt, Rose, da ich nun einmal so etwas brauche. Ich werde mich nicht ändern."

Und weiterhin Fremde ficken. Autsch! „Wenn ich mitgehe, ändert das doch auch nichts an deiner Leidenschaft", antworte ich und bringe ihn sichtlich aus dem Konzept.

„Aber du hast ein Bild und nicht dieses verhasste Etwas, das über uns schwebt."

Ich streiche ihm über sein Shirt und hoffe, irgendwie Kontakt zu ihm aufnehmen zu können. Er ist so verbissen in dieser Angelegenheit, dass es mir Angst macht. Sicher hat er noch nie mit solchen Problemen zu kämpfen gehabt. Ich weiß mittlerweile zwar dank Naomis Recherchen, dass er einmal eine Freundin gehabt hat, doch entweder war sie so wie ich, weswegen die Beziehung in die Brüche ging, oder sie war wie er und es scheiterte an etwas anderem. So oder so muss ich ihm wehtun. Selbst wenn ich mitgehe, werde ich damit nichts anfangen können. Also lieber meine Seele vor dem Ganzen bewahren und den Streit jetzt stattfinden lassen.

„William, bitte. Ich kann nicht einmal sagen, ich denke darüber nach, weil ich es nicht möchte."

Einen Moment starrt er mich nur an, wobei ich nicht weiß, wie er gleich reagiert – ist er einverstanden, wütend, geht er?

„Was möchtest du essen?" Damit habe ich wirklich nicht gerechnet.

Perplex sehe ich zum Fenster, wo sich nur noch ein rötlicher Schimmer abzeichnet. Wie lange liegen wir schon hier? „Keine Ahnung."

Dann steht er auf, sucht seine Hose, zieht sie an und kramt in der Tasche nach seinem Handy. „In der Nähe ist ein Subway, falls du etwas Leichtes möchtest. Dann gibt es noch einen Inder und einen Burgerladen. Beide liefern“, knallt er mir die Fakten auf den Tisch.

Ich weiß gar nicht, was ich sagen soll. Gerade noch waren wir bei einem solch wichtigen Thema und nun blockt er wieder ab. Wenn dies seine Taktik ist, um mich zum Mitkommen zu bewegen, läuft er gegen eine Mauer. Seine Augen sind auf mich gerichtet und als würde ich so oder so alles entscheiden, verlässt er sich auch bei der Essensauswahl ganz auf mich. „Was immer du möchtest.“

Das Handy in der Hand, starrt er mich an, wobei ich mich am liebsten unter der Decke verstecken würde. Als er dann auch noch den Kopf schüttelt und ich mir wie ein sturer Teenager vorkomme, der sich mit seinem strengen, unberechenbaren Vater angelegt hat, beiße ich die Zähne so fest zusammen, dass es wehtut. Doch der Schmerz bewahrt mich davor, kampflos den Rückzug anzutreten. Wir sind nicht im Büro, wo er die Hosen anhat. Wir sind in meinem Zuhause, ja, ich wohne hier, zwar erst seit ein paar Stunden, doch hier bin ich der Boss.

„Wir drehen uns im Kreis“, brummt er dann. Verdammt, ist er sauer.

Reiß dich zusammen. Kämpfe, kämpfe! Da ich mich nicht stark genug fühle, um ihm zu widersprechen, zucke ich nur die Schultern.

„Da ich sowieso raus muss, hole ich uns etwas von Subway. Was willst du haben, oder schweigst du weiterhin wie ein beschissenes Grab?“, schimpft er, während er sich seinen Pullover überstreift und sich dann die Schuhe anzieht.

Ich folge seinem Spiel, frage mich einen Moment lang, ob ich wirklich noch böse bin. Immerhin sieht er gerade zum

Knutschen aus – das Haar struppig, die Hose und der Pullover zerknittert –, doch auch der Teufel kann sich hübsch kleiden. Wie heißt es doch: Der Teufel im Schafspelz? Dieser Spruch trifft in der Tat zu.

„So einen Hühnchen-Dings-Salat."

Ich bete, dass das präzise genug ist. Doch da er nickt und kurz darauf verschwindet, muss es gereicht haben.

17. Kapitel

Während William weg ist, ziehe ich mich notdürftig an und drehe eine weitere Runde durch meine neue Wohnung. Und als könnte mich in Bezug auf meinen mies gelaunten Bettgefährten noch irgendetwas überraschen, finde ich jede Schublade und jedes noch so unscheinbare Regal gefüllt vor. Ich kann hier wirklich sofort einziehen.

Da sich meine Wohnung in einem Eckgebäude befindet, habe ich einen hervorragenden Rundumblick über zwei Straßen. Die eine, in der Williams Auto steht, was heißt, dass er zu Fuß unterwegs ist, ist mit weißen Einfamilienhäusern im Stil von Lisas und Franks gesäumt. Auf der anderen Straßenseite liegt ein Park, in dessen Mitte ich einen kleinen Teich ausmachen kann. Wie schön muss es hier im Frühling sein, denke ich träumerisch. Wenn die ersten Blumen blühen, die Enten im Teich schwimmen, Kinder spielen ... Hier wird mein neuer Lieblingsplatz, entscheide ich und mache es mir auf der Erkerbank bequem.

Die ersten Straßenlaternen schalten sich ein, während ich nach der bereitliegenden Decke mit hübschem Karomuster greife und sie mir um meinen nur mit Tanga und Shirt bekleideten Körper schlinge. Ich fühle mich hier wirklich wohl. Und obwohl ich weiß, dass der stinksauere William gleich wiederkommen wird, schaffe ich es, mich zu entspannen. Im Wohnzimmer ist es dämmrig, was die zarten Töne fast verschwinden lässt und die kräftigen Akzente hervorhebt.

Mein Kopf ruht an der Fensterscheibe, während ich das Geschehene in Gedanken Revue passieren lasse. Was hat er sich erhofft? Sicher, er war verdammt ehrlich. Für Williams Verhältnisse hat er mir sein Herz ausgeschüttet. Doch beim besten Willen und bei allem Wohlwollen, ich kann es nicht. Selbst jetzt, da ich mit seiner rohen Wut konfrontiert werde, widert mich der Gedanke an das, was er von mir verlangt, an. Diese Art von Menschen, mit denen ich so gar nichts zu tun haben möchte. Und ja, mir ist klar, dass William zu ihnen gehört. Doch er ist er und die sind eben Fremde.

Mein Denken entspricht dem eines Kindes. Ein Abend, ein paar Stunden nur, und William wäre glücklich. Ich bin mir fast sicher, dass er jeden Mann, der mir nur in die Nähe kommt, kastrieren würde. Doch was möchte er eigentlich? Und vor allem, was habe ich dann erreicht – nichts. Er wird trotzdem weiterhin an solchen Partys teilnehmen, weiterhin mit anderen Frauen schlafen, sich weiterhin von jeglichen Gefühlen, die mich betreffen, fernhalten. Doch wie Eva mit dem verbotenen Apfel im Paradies muss ich bei ihm bleiben, ihn kosten und mit der Spinnerei leben, er könnte es irgendwann ernst meinen mit mir. Dass wir eines Tages eine gemeinsame Zukunft haben, auch wenn ich glaube, dass wir nicht einmal ein halbes Jahr schaffen.

Ein einziger Abend, schreit wieder etwas in mir.

Ich könnte ihm doch vorschlagen, ich gehe mit, wenn er in Hinkunft darauf verzichtet. Sag ihm doch gleich, er soll zölibatär leben. Dies waren seine Vorgaben, ich hätte es mir überlegen sollen, bevor ich mit ihm in die Kiste gesprungen bin.

Es klingelt und ich zucke zusammen, wundere mich noch,

warum sich das heute so anders anhört, ehe mir klar wird, wo ich mich befinde, und vor allem, wer es ist. Ich atme durch, ehe ich zur Wohnungstür gehe und öffne. William tritt ein, zumindest die strenge Falte ist von seiner Stirn gewichen, bemerke ich, als er aus Jacke und Schuhen schlüpft.

Wir gehen in die Küche, wo ich meinen Salat auf einen Teller kippe, während er zur Feier des Tages aus der Verpackung isst.

„Wenn das Fleisch kalt ist, mache ich es dir warm", schlage ich höflich vor und hoffe, dass die Beerdigungsstimmung bald einer fröhlicheren weicht.

„Ich habe so einen Hunger, dass es mir egal ist, ob das Fleisch warm oder kalt ist", gibt er trocken zurück.

„Hattest du kein Mittagessen?" Ich klinge wie seine Mutter.

William beißt in seinen Wrap und kaut bedächtig, ehe er antwortet. „Nicht viel jedenfalls. Es ist noch Sekt übrig, wenn du welchen haben möchtest."

Aha, wir reden also wieder miteinander. Ein Schritt in die richtige Richtung. Doch da mir der Schädel von den zwei Gläsern noch immer brummt und ich das Gefühl habe, mir keinen einzigen, noch so kleinen Fauxpas erlauben zu können, lehne ich kopfschüttelnd ab. „Du hast heute einen handfesten Krach verpasst."

Gespannt sieht er zu mir. „Samuel und Debby haben doch was am Laufen und heute hat er erfahren, dass sie zweigleisig fährt. Und mittlerweile müsstest du Samuel kennen – es versteht sich von selbst, dass er sie zur Schnecke gemacht hat. Vor allen und das auch noch während der Mittagspause. Aus Debbys Gesicht ist alle Farbe gewichen."

„Ich glaube, zwei Gleise reichen bei Debby nicht aus", erklärt er mir und wischt sich den Mund ab, ehe er sich in seinem Stuhl zurücklehnt und die Hände nach oben streckt. „Selbst mich hat sie bei jeder Gelegenheit angemacht."

Mir steht die Kinnlade offen und beinahe wäre mir mein Hühnchen wieder herausgefallen.

„Und nein, Rose, ich habe nicht mit ihr gevögelt."

„Mir doch egal", ziehe ich meinen Kopf schnell wieder aus der Schlinge.

Er lächelt mich schief an und beugt sich dann vor, um meine Hand zu nehmen. „Ein wenig kenne ich dich – es wäre dir nicht egal."

Überrascht sehe ich auf unsere Hände, die sich ineinandergeschlungen haben, als würden sie sich gleich vereinen. Und außerdem – haben wir uns nicht eben noch dümmlich angeschwiegen?

„Was macht es aus, ob es Debby oder irgendeine andere ist. Du tust doch immer, was du willst."

Nun ist die bedrückende Stimmung endgültig verschwunden und sein Lächeln lässt mich unwillkürlich die Gabel zur Seite legen. Mit der zweiten Hand greife ich nach unseren verkeilten Fingern und ziehe sie zu mir heran. Verträumt ruht mein Blick auf ihm, während ich seine Hand an meine Wange drücke. „Ich würde Debby den Hals umdrehen. Da kann ich ja froh sein, dass du dich an mich rangeschmissen hast", füge ich so beiläufig wie möglich hinzu.

Während er streng den Kopf schüttelt, verstreicht die Zeit elend langsam. „Rangeschmissen?", gibt er dann grinsend zurück, wobei er den Blick kurz senkt. „Zwischen meinen Vorstellungen und Debbys liegen Galaxien."

„Was macht sie denn?“ Es sollte locker klingen, tut es aber nicht. Ich höre mich an, als würde ich Debby gleich einen Besuch abstatten und sie an den Haaren auf die Straße schleifen.

„Sie ist jedenfalls direkter, als du es je warst. Selbst nach deiner heimlichen Inspektion habe ich mir fast keine Hoffnungen gemacht.“

Er hat sich jemals Hoffnungen gemacht? War vielleicht sogar auch einmal so enttäuscht wie ich? Atmen. Atmen. Zwinge ich mich und greife nach meiner Gabel, nur um sie dann doch nur nervös zwischen den Finger herumzudrehen. „Du willst mir doch nicht sagen, dass unsere – ich nenne es einfach mal so – Kollision von dir geplant war?“

„Mehr oder weniger“, gesteht er und entzieht mir seine Hand, die ich noch immer festgehalten habe. „Wie ich schon einmal sagte, bereits bei unserer ersten Begegnung hast du mich interessiert. Du warst so kühl und ernst, dass ich Mühe hatte, mich auf die Besprechung zu konzentrieren und nicht nach einer Delle in deinem Lack zu suchen.“

Ich, eine Maske? Wer ist denn hier Mr. Undercover in Person?

„Ich bitte dich. Du warst immer du selbst. Mit deinen nervigen Blicken, die mir überallhin gefolgt sind. Du warst so präsent, dass es mir lieber gewesen wäre, wenn du einfach nur ein dummes Arschloch gewesen wärst.“

Mit hochgezogenen Augenbrauen beugt er sich nach vorne. „Vielleicht bin ich das ja auch“, flüstert er verschwörerisch.

Ich kneife ihn wie ein Kind in die Wange. „Wir wissen doch bereits, wie süß du sein kannst.“

„Glaub mir, was ich heute noch mit dir vorhabe, ist alles andere als süß. Jetzt wasch ab, Weib, und dann komm ins Bett“, lässt er zum Abschluss kurz noch den Tyrannen heraushängen.

„Du willst doch nicht etwa hier schlafen, großer Herrscher?“

„Warum nicht?“, fragt er im Türrahmen stehend.

Ich erhebe mich ebenfalls, sammle unsere Essensreste ein und bin nicht einmal überrascht, einen Mülleimer unter der Spüle zu finden. Mit einem Grinsen deute ich auf den Plastikeimer. „Du bist zwar perfekt, fast, nur glaube ich nicht, dass du Wechselsachen und eine Zahnbürste für uns beide hast.“

Wenn doch, würde ich ihn einweisen lassen. Doch dies behalte ich für mich, da er erstens mein Boss ist und ich nicht weiß, ob ich ihn, ohne Konsequenzen fürchten zu müssen, für geisteskrank erklären kann, und zweites will ich die gute Stimmung nicht zerstören. Doch bei der Vorstellung, wie ihm die Kinnlade nach unten klappt, juckt es mich dann doch.

„Zahnbürsten habe ich tatsächlich. Wechselsachen können wir morgen früh besorgen“, unterbricht er mich.

Aha, dann schmiedet er also Pläne und, oh Freude, will mit mir die Nacht verbringen. Etwas, das wir seit unserem ersten Date, was es ja nicht sein sollte, nicht mehr getan haben. „Wenn ich aber zu spät zur Arbeit komme, erklärst du meinem perversen, widerlichen Boss den Grund.“

„Sexsüchtig hast du vergessen, aber kann ja mal passieren.“ Mit einem jungenhaften Lachen verabschiedet er sich, kommt aber wenige Sekunden später wieder zurück in die Küche. „Ach ja, ruf deine Schwester an und sag ihr lieber, wo du bist, bevor sie einen Suchtrupp losschickt und mich kastriert."

Dann ist Lisas Message also voll bei ihm angekommen, denke ich und kippe die Verpackungen inklusive meines Salates in den Mülleimer.

„Hat er auch eine Putzfrau, die diese Bude bis jetzt sauber gehalten hat, muss ich mich fragen, als ich mich vergeblich nach einem Krümelchen Staub umsehe. Er ist wirklich krank. Welcher normale Mensch richtet sich eine Wohnung ein, nur um dann doch nicht einzuziehen, weil er keine Lust dazu hat? Dann steht sie leer und nun bekomme ich sie. Wenn jemand etwas vom Hochschlafen versteht, dann ist das wohl Rose Erwing.

Ich werde wach und mir ist fürchterlich kalt. Im ersten Moment weiß ich nicht, wo ich bin, was mir in letzter Zeit sehr oft passiert, wie ich erschrocken feststellen muss. Sekunden später wird mir klar, warum ich friere – ich bin nackt, die Decke liegt irgendwo in dem großen Himmelbett, nur nicht auf mir, und auch William ist nirgends zu sehen.

Im Dunkeln taste ich nach meinem Handy, welches auf dem Nachttisch liegt, da es uns morgen pünktlich wecken soll. Halb zwölf, ich dachte, es sei viel später.

William, wo ist er? Er ist doch nicht gegangen?

Als ich die Nachttischlampe einschalte und seine Hose über dem Stuhl am anderen Ende des Zimmers hängen sehe, atme ich erleichtert auf. Rose, mache dich nicht wahnsinnig, vielleicht ist er nur zur Toilette gegangen. Mein positives Denken, welches mir sonst immer so tapfer zur Seite steht, hat wohl eine Pause eingelegt, da mir eine unbekannte andere Seite einflüstert, dass so gar nichts in Ordnung ist.

Um mein Gewissen zu beruhigen, steige ich aus dem Bett und betrete wenig später den noch kälteren Flur. Ich muss die Heizung wirklich nach oben drehen, nehme ich mir für die nächsten Tage vor.

Zuerst spähe ich ins Bad, wo ich ihn nicht finde. Auch die Toilette ist leer. Meine Suche setze ich im Wohnzimmer fort. Gerade als ich glaube, jemand habe ihn entführt, höre ich seine Stimme. Erst jetzt fällt mir der schwache Lichtstrahl auf, der aus der Küche kommt. Warum fühle ich mich nur wie ein Eindringling, wo es doch meine Wohnung ist?

Auf Zehenspitzen schleiche ich zum Durchgang und verstecke mich im Halbdunkeln. William sitzt an der Küchentheke, an der wir am Abend gegessen haben, und hält sich das Handy ans Ohr. Ich sehe nur sein Profil, welches angestrengt wirkt. Nur in seine schwarzen Boxershorts gekleidet, die Haare vom Schlaf zerrauft, scheint er ein wichtiges Gespräch zu führen, das ihm gehörig gegen den Strich geht.

„Ich bin nicht zu Hause“, blafft er die Person am anderen Ende der Leitung an.

Immer wieder schüttelt er den Kopf, fährt sich durchs Haar und tippt nervös mit seinen Fingern auf die Tischplatte. Ich muss mich wirklich bemühen, nicht zu zittern. Hätte ich mir wenigstens eine Decke umgehängt! Jetzt ist es zu spät, denke ich und schlinge die Arme um meinen Körper.

William schnaubt in diesem Moment bitter und schüttelt den Kopf noch entschlossener. „Was erwartest du von mir? Allein dieses Gespräch erfordert mehr Geduld, als ich imstande bin aufzubringen. Es ist spät und ich möchte schlafen.“ Na, das war doch mal eindeutig. Jedoch nicht für die Person am Telefon. „Es ist doch egal, wo ich bin“, faucht er. „Ach, komm. Natürlich hat er sich wohlgefühlt. Du warst nicht dabei und du interpretierst immer Dinge in mein Leben, die vorne und hinten nicht stimmen. Langsam habe ich die Schnauze wirklich voll. Erstens sagte ich, ich möchte nicht mehr mitten in der Nacht von dir geweckt werden. Zweitens habe ich nichts Unrechtes getan, auch wenn du mich wie den letzten Idioten hinstellst, was du sicher auch vor Raphael getan hast. Doch es tut nichts zur Sache, denn es geht um ihn und nicht um mich.“ Er hält kurz inne, sieht zur Seite und ich glaube fast, er hat mich entdeckt, doch da er sich wieder umdreht und nickt, als wäre ihm eine Idee gekommen, atme ich auf. „Du weißt, du hast keine Chance, wenn du dich mit mir anlegst. Also nimm deine verdammten Almosen und halt den Mund. Hast du mich verstanden?“

Er wartet die Antwort nicht einmal ab, sondern legt einfach auf. Krachend landet das Handy auf dem Tisch, dann stützt er sich mit beiden Händen ab. Verbissen sieht er zu Boden und wieder ist da dieser Stich in meinem Herzen. Selbst wenn ich nicht weiß, um was es bei dem Gespräch gegangen ist, tut er mir leid. Ich möchte für ihn da sein, da es ihm sichtlich schlecht geht.

Doch mit wem hat er geredet? Und worüber?

Wieder ist da etwas, das sich wie ein dunkler Schatten über uns gelegt hat, auch wenn es vielleicht nur eine kleine Mücke ist.

Ich hole tief Luft, straffe die Schultern, doch als ich bereits den ersten Schritt nach vorne mache, fühle ich mich plötzlich nackt. Es ist mir unangenehm, so vor ihn zu treten. Darum gehe ich zurück ins Wohnzimmer, schnappe mir die Decke aus der Nische und werfe mich mit ihr als Schutzpanzer in die Schlacht.

William sieht mich sofort. „Hey, solltest du nicht im Bett sein?“, fragt er bedrückt.

Ich nehme neben ihm Platz, zwinge mich aber dazu, meine Hände bei mir zu lassen. „Ich dachte schon, du seiest weggelaufen.“ Versuche ich wieder einmal witzig zu sein? Meine Eltern hätten mich wirklich nicht vor jedem Streit bewahren, sondern mich mitten hineinschubsen sollen. „Du hast telefoniert. Mit wem?“

„Mit niemandem“, gibt er ruhig zurück. Zu ruhig für meinen Geschmack.

„Man kann nicht mit niemandem telefonieren“, kläre ich ihn auf, auch wenn ich mir dabei lächerlich vorkomme. Taktik – er lenkt mich ab.

Grinsend hebt er die Hand ans Ohr und scheint zu Scherzen aufgelegt zu sein. „Doch: Hallo, ja, Rose durchlöchert mich gerade. Warte, ich gebe sie dir – hier für dich.“

„Du bist doch nicht verheiratet, oder so einen Scheiß?“, frage ich und schubse seine Hand zur Seite.

„Nein, Rose.“

„War es dein Vater?“ Meine nächste böse Vermutung.

„Nein.“

„Wer dann?“

Einen Moment sieht er mich von oben bis unten an. Diesmal ist sein Blick eindeutig nachdenklich – weder lüstern und arrogant noch zweideutig. Er scheint sich tatsächlich

Gedanken zu machen, wie er mir das Telefonat erklären soll. „Eine Freundin. Sie hat Probleme und ich soll ihr helfen."

„Eine Ex von dir?" Ein äußerst wichtiger Punkt für mich. Ja, ja, ja, ich bin eifersüchtig. Na und, immerhin gehört dieses Prachtexemplar mir, also, warum teilen?

„So etwas in der Art."

„Wer ist Raphael?"

„Wie lange hast du eigentlich gelauscht?", fragt er streng.

„Ich habe nicht gelauscht, ich war einfach nur neugierig." Klingt doch vernünftig, nicht wahr? Jedenfalls ist es eine Erklärung, mehr, als er mir liefert, und das, obwohl es nicht einmal um mich geht.

„Er ist auch ein Freund. Ein sehr guter und hat mit ebendieser Frau Schwierigkeiten. Ich bin sozusagen der Streitschlichter, da mir beide vertrauen", lässt er mich wissen und streicht mir meine Haare aus dem Gesicht.

Um Gottes willen, wie ich aussehe, schießt es mir durch den Kopf. Nicht nur, dass ich noch immer geschminkt bin, ich habe auch den schlimmsten Muskelkater meines Lebens. Was sicher nicht nur von dem bombastischen Sex, sondern von der neuen, noch unbenutzten Matratze herrührt.

„Du wirst ihn beizeiten kennenlernen", versichert er mir und mir kommt vor, dass ihm dieses Treffen wirklich wichtig ist.

„Themenwechsel. Vielleicht ist es in unserem Gezanke untergegangen und meine Eltern haben mir eigentlich bessere Manieren beigebracht: Danke für diese wundervolle neue Wohnung."

„Dann können wir deine Sachen also einräumen?", fragt er und zieht mich zu sich auf den Schoß.

Ich schlucke, da mir die Erregung, die mich blitzartig überkommt, zu viel wird. Was hat dieser Mann nur, dass er mit einer einzigen Geste hinbekommt, was Taylor in all den Jahren nicht geschafft hat? „Ich denke schon. Ich liebe diese Wohnung – der Erker, das Bett, dieses Bett ist der Traum, die Küche, die Farben, die Dekoration. Das bleibt doch alles so, wie es ist?“

Zwinkernd streicht er mir über meinen halbnackten Rücken, wobei eine Flut aus Empfindungen hinauf zu meinem mit Watte vollgestopften Gehirn wandert, welches sich schon längst ausgeloggt und ein „Bitte-nicht-stören“-Schild ans Fenster gehängt hat. „Da beginnt die abgeklärte Rose ja noch in mädchenhafte Schwärmereien auszubrechen. Es lohnt sich wirklich, mitten in der Nacht wach zu sein.“

Ich mache eine wegwerfende Handbewegung. „Ach was, dieser protzige Schnickschnack bringt mich doch nicht zum Schwärmen.“

„Der Umzugswagen ist bereits reserviert. Du kannst es diese Woche noch über die Bühne bringen. Ich werde dir selbstverständlich helfen.“ Er klingt ganz entspannt.

Doch beim Gedanken an ein Aufeinandertreffen der beiden Männer weicht jegliche Entspannung von mir. William kann mir unmöglich helfen. Taylor würde ihn töten und umgekehrt ebenso. „Denkst du nicht auch, es wäre besser, wenn Lisa mir hilft? Ich meine, du in Taylors Wohnung – wir wissen doch beide, wie es um deine Selbstbeherrschung bestellt ist.“

Seine Finger drehen meine zerzausten Haare zu kleinen Wellen, während er mich immer wieder auf meine nackte

Schulter küsst. „Wie du möchtest. Jedenfalls brauchst du mir nur Bescheid zu geben."

„Danke. Ich habe mich zwar nie wirklich hilfsbedürftig gefühlt, doch seitdem ich dich kenne, macht es mir sogar Spaß."

„Wir gehen schlafen", bestimmt er und klopft mir auf die Oberschenkel, was mich wohl zum Aufstehen animieren soll. So vertraut und in uns gekehrt wie lange nicht mehr, gehen wir ins Schlafzimmer. Und als ich dann neben ihm liege, in die Dunkelheit starre, nicht wissend, ob er noch wach ist, glaube ich zum ersten Mal, dass es Liebe ist. Dass ich dieses Etwas zwischen uns als reine Liebe bezeichnen kann. Vielleicht ist es einseitig, doch ich empfinde so etwas Tiefes, Inniges für ihn. Wenn du dir vorstellen kannst, den nächsten Tag nicht ohne ihn zu schaffen, wenn du nicht essen, trinken, schlafen, reden kannst ohne ihn, dann ist es wahre Liebe. So hat meine Mutter jedenfalls die Beziehung zu meinem Vater beschrieben.

Komischerweise fühle ich mich gerade genauso. Ich kann mir beim besten Willen nicht vorstellen, morgen oder an einem anderen Tag ohne ihn zu sein. Entweder bin ich nun endgültig abhängig oder meine Mama hat wie immer recht. Eine Eigenschaft, die sich bei Frauen, kaum werden sie zu Müttern, wohl von selbst einstellt.

18. Kapitel

Zwei Tage später ist der Umzug geschafft und ich sitze wie eine stolze Königin in meinem Schloss. William hat nicht zu viel versprochen, es war alles, wirklich alles organisiert. Ich musste nicht mehr machen, als zu sagen, was ich mitnehmen möchte und was nicht. Die drei Männer der Umzugsfirma haben alles verladen und eingepackt, sodass ich Taylor nur ein einziges Mal über den Weg gelaufen bin. Nachdem ich mich nun endgültig umgemeldet habe, darf ich Kensington offiziell als meine neue Adresse angeben.

Lisa hat natürlich geheult wie ein Schlosshund und mir hundertmal versichert, sie würde Susis Auszug niemals verkraften, da ihr meiner schon so an die Nieren ginge. Doch auch ich habe mich gefühlt, als würde ich meinen sicheren Hafen verlassen und nun völlig auf mich gestellt und hilflos auf dem Atlantik herumschippern.

Als ich heute nach der Arbeit das erste Mal allein mit der Sub hierhergefahren und in die stille Wohnung getreten bin, haben sich die ersten Zweifel eingestellt. Was mache ich mit dem Riesending? Sonst war es immer so herzlich und warm, wenn Lisa oder Susi mir entgegenkamen. Jetzt stehe ich hier und starre auf den Esstisch, an dem locker zwölf Personen Platz finden und der nun mir alleine gehört. Ich sehe es fast vor mir, wie ich wahnsinnig werde und mit mir selbst spreche.

Und da William heute ein Geschäftsessen am anderen Ende der Stadt hat, was ihn länger aufhalten wird, muss ich wirklich alleine schlafen. Was sagte ich noch einmal, von wegen ich kann mir nicht vorstellen, ohne ihn zu schlafen – kann ich auch wirklich nicht, da wir die vergangenen Nächte zusammen waren und sogar morgens gemeinsam zur Arbeit gefahren sind. In unserer verrückten, komplizierten Beziehung hat sich beinahe eine Konstante eingeschlichen, die mich auf mehr hoffen lässt.

Ich sacke gerade auf der Sitzbank im Erker zusammen und bete, etwas möge mich aus meinem schwarzen Loch holen, da klingelt es an der Tür. Erschrocken sehe ich auf.

Wer könnte das sein?

Mir Mut zusprechend, schleiche ich zur Tür und ziehe sie langsam auf. Vor mir steht Naomi. Eine Flasche und zwei Gläser in der Hand, bis über beide Backen grinsend. „Hallo Mrs. Bennet, ich dachte, ein kleiner Umtrunk zur Feier Ihres Aufstieges wäre angemessen."

Ich weiß im ersten Moment nicht, ob ich weinen oder lachen soll. Wenn diese Frau neben ihrer Gelassenheit etwas besitzt, dann die Eigenschaft, mir in der dunkelsten Stunde zur Seite zu stehen. „Du kommst wie gerufen. Herein mit dir."

Ihr geht es wie mir, als ich das erste Mal die Wohnung betreten habe. Ihr steht der Mund offen. „Entschuldige die Kisten", sage ich peinlich berührt und deute auf die wenigen Umzugskartons, die all mein Hab und Gut beinhalten. Wenn jemand ein neues Leben anfängt, dann bin das ich, denke ich ein wenig traurig.

„Wow", entfährt es ihr endlich, als wir bereits im Wohnzimmer angekommen sind. „Diese Bude ist der Hammer, Rose. Junior Benchy muss dich vergöttern."

„Oder mein Schweigen teuer erkaufen."

Sie sieht mich böse an. „Nein, bestimmt nicht. Was zahlt er dafür?“

„Eigentum – frag mich nicht, was sie gekostet hat. Ich möchte es auch gar nicht wissen, da ich mich schon schlecht genug fühle.“

Feierlich entkorkt sie die Sektflasche und ich bete zu Gott, dass sie nicht überläuft und Flecken auf dem Teppich hinterlässt. Nachdem sie uns eingeschenkt hat, wir beide einen kräftigen Schluck nehmen und uns undamenhaft auf die Couch fallen lassen, verzieht sich ihr Gesicht plötzlich zu einer grinsenden Fratze. „Du wirst nicht glauben, wer sich heute bei mir gemeldet hat.“

Ich ahne Schlimmes. „Die Queen?“

„Fast – George. Stell dir das vor!“

Ich zwinge mich zur Gelassenheit, da ich Naomi diesen Moment gönnen möchte. Auch wenn ich weiß, dass ich bald wieder Tränen trocknen muss. Es gibt viele Dinge, an denen George interessiert ist, doch eine längerfristige Beziehung gehört sicher nicht dazu. Und ich muss mich fast über Naomis Naivität ärgern. Erst meldet er sich tagelang nicht, dann braucht er offenbar wieder eine, die herhalten muss, und prompt greift er zum Telefon. „Naomi, lass dich bitte nicht um den Finger wickeln. Dieser Mann ist nichts für dich – ich dachte auch nicht, dass ich das einmal zu dir sagen muss.“

„Es ist nur so komisch. Bei allen bisherigen Männern hatte ich nie das Gefühl, mehr zu wollen. Dann kommt dieser Kerl, plötzlich kann ich mit ihm reden, lachen, habe hervorragenden Sex und ich werfe all meine Prinzipien über Bord.“

Diagnose – dieselbe Krankheit wie ich. Wer hat behauptet, Herpes wäre hoch ansteckend? Diese „Ich-will-den-falschen-Mann"-Krankheit ist noch viel schlimmer.

„Jetzt siehst du, wie es mir geht", seufze ich bitter. „Wenn du den Rat einer erfahrenen Frau hören willst: Lass ihn nicht an dich heran. Und vor allem, lass dir nichts von ihm schenken, hab nur Sex mit ihm und sei froh, dass er nicht dein Boss ist."

Naomi wirft den Kopf zurück und fängt so laut zu lachen an, dass ein Teil ihres Sektes auf ihrer Hose landet, was ihr im ersten Moment gar nicht auffällt. Erst als sie sich wieder gefangen hat, kramt sie in ihrer Tasche nach einem Tempo, um das Schlimmste zu beseitigen. „Was machst du, wenn eure Beziehung in die Brüche geht? Kündigst du, oder arbeitet ihr weiter zusammen und schlagt euch tagtäglich die Köpfe ein?"

Das findet sie also witzig. Ich sollte sie schnellstens auf den Boden der Tatsachen zurückholen. „Ich muss dich enttäuschen – wir führen keine Beziehung. Er kommt und geht, wann er will, ich bin so dumm und lasse es auch noch zu. Also habe ich die Strafe, die zweifelsohne auf dem Fuße folgen wird, mit Sicherheit verdient."

„Keine Beziehung?", fragt sie schockiert und füllt das Glas erneut auf.

Ich schüttle den Kopf. „Nein. Unsere beiden Prachtstücke sind Männer, die nichts von einem Heimchen am Herd halten. Sie wollen vieles und viele, glaub mir, ich weiß mehr, als ich eigentlich möchte. Du darfst dir also keine überschwänglichen Liebeserklärungen erwarten."

Vielmehr muss sie sich darauf gefasst machen, ihre Mitgliedschaft in einem hochklassigen Swingerclub zu beantragen, sich herumkommandieren zu lassen und mit einem völlig gesichtslosen, verschwiegenen Fremden ins Bett zu steigen. Ich kann selbst nicht erklären, warum ich so handle. Vielleicht habe ich mich nur in diesen Mann verliebt und daher den Kopf freiwillig unter die Guillotine gelegt. Die Frage ist nur, wann das Fallbeil herabsaust.

„Zum Beispiel klingelt bei William mitten in der Nacht das Telefon, am anderen Ende eine Frau, mit der er heftig diskutiert, um ihr letztlich zu versichern, er hätte die Macht und den Einfluss, ihr Leben zu ruinieren. Auf meine Frage, wer es war, nur halbherzige Antworten – eine alte Freundin, die ihn um Rat gefragt hat. Hier geht es nicht um nervige Eigenheiten, die man jedem Mann austreiben muss, wenn man eine Beziehung oder so etwas in der Art eingeht. Hier geht es um totale Verschwiegenheit, Diskretion und nur um die reine, körperliche Befriedigung."

Ich suche in Naomis blassem Gesicht nach einer Regung. Nach irgendeiner. Doch sie starrt mich nur an und scheint gerade ihre Vorstellungen von der nahen Zukunft zu revidieren. Fast erkenne ich mich darin. So muss ich vor ein paar Wochen ausgesehen haben.

„Sicher reden wir miteinander und ich habe ihn sogar so weit, dass er mir ab und an private Dinge erzählt. Das schätze ich und das habe ich mir auch hart erkämpft. Doch die Abgründe sind so tief, dass ich es nicht einmal wage, mich ein wenig über die Kante zu lehnen und nach unten zu blicken. Punkt."

„Dann liebst du ihn also“, stellt sie mit erstaunlich fester Stimme fest.

Ich zwinkere. Doch mein Körper will die Nachricht endlich hinausposaunen, da mein Kopf wie von selbst zu nicken beginnt. „Weis mich in die nächstbeste Klinik ein, aber vermutlich tue ich das ohnehin bald. Selbst wenn er für mich mehr Phantom denn Mensch ist, gibt er mir so viel Sicherheit und ein so starkes Gefühl, wichtig für ihn zu sein, dass ich ihn richtiggehend vergöttere.“

Wir sehen uns sekundenlang an. Keine verliert auch nur ein Wort. Ich weiß, ich kann Naomi die Entscheidung nicht abnehmen. Ich weiß auch nicht, was William und George mit uns vorhaben. Vielleicht spielen sie nur mit uns, vielleicht auch nicht. Menschen ändern sich – selbst George könnte es tun. Möglicherweise ist ihm Naomi doch im Gedächtnis geblieben und er will sie einfach nur näher kennenlernen. Hunde, die bellen, beißen nicht. Und da George so laut und dominant ist, muss er entweder ganz handzahm sein oder der Spruch liegt in diesem Fall völlig daneben.

Um halb elf biegt Naomis Taxi um die Ecke und nur zwei Sekunden später bin ich alleine. Ich will nur noch schnell die Überreste unserer Einweihungsparty wegräumen, bevor ich ins Bett gehe. Der vertrauteste Ort in dieser Wohnung. All die fremden Geräusche, die Dunkelheit, die Einsamkeit und die Nachwirkung unseres Gesprächs lassen mein Gehirn auf Hochtouren arbeiten. Ich glaube zwar nicht an Geister und würde mich selbst als geerdet bezeichnen, trotzdem laufe ich wie von Furie gehetzt ins Bad, drehe dabei keine Sekunde das

Licht aus und ziehe sofort die Rollos nach unten. Demnächst muss ich mich wohl nach einem Therapeuten umsehen.

Ich stehe bereits im Schlafzimmer, als mein Handy klingelt und ich wie eine Wahnsinnige aufs Bett springe – meine rettende Insel, weiß Gott, was alles unterm Bett lauern könnte.

Scheiße, unbekannter Teilnehmer, denke ich und sehe mich bereits in einer Hauptrolle in Saw. „Hallo?“ Mein Gott, klinge ich dämlich.

„Hallo, sind wir also doch noch wach?“ William ist am anderen Ende der Leitung und atmet so laut aus, dass es fast einem Stöhnen gleichkommt.

„Sonst hättest du mich nicht an der Strippe. Hast du das Essen gut überstanden?“

„Gott sei Dank ist es vorbei.“

Scheint, als könnte er Aufmunterung gebrauchen. „Klingt nicht so gut.“

Er lächelt, das höre ich seiner Stimme an, als er weiterspricht. Doch er wäre nicht William, würde er nicht das Thema schnell von ihm weg- und zu mir hinleiten. „Wie geht es dir? Die Kisten bereits ausgepackt?“

Schön wär´s. „Noch meilenweit davon entfernt. Im Exposé stand nämlich nicht, wie unheimlich eine so riesige Wohnung nachts sein kann. Vor allem, wenn man alleine ist.“

„Soll das etwa eine zweideutige Einladung sein?“, fragt er und scheint den Stein, der in meiner Magengrube liegt, ins Rollen gebracht zu haben.

Ja, um alles in der Welt, komm endlich! Doch ich wäre nicht ich, wenn ich mich nicht besser unter Kontrolle hätte.

Na ja, vielleicht hilft ja Selbstbetrug. „Du sitzt doch im Auto“, kehre ich das trotzige Kind hervor, „komm bitte zu mir.“

„Na gut, Babe, ich bin gleich da.“

Als er aufgelegt hat und ich weiß, dass ich bald nicht mehr alleine sein werde, beginnt sich der Knoten in meinem Hals zu lösen. Ich kuschle mich ins Bett, wage es sogar, die Nachttischlampe auszuschalten, und verlasse mich auf das Licht im Flur, welches mich wie in eine sichere Blase hüllt. Es ist ein fast schon vertrautes Gefühl zu wissen, dass William gleich neben mir liegen wird. Ich freue mich auf ihn, freue mich, von seinem Tag zu erfahren, auch wenn wir die meiste Zeit zusammen waren. Und da er sich extra auf den Weg macht, um das verstörte Kind vor dem Monster im Schrank zu retten, muss es ihm auch guttun, nicht alleine einzuschlafen.

Die Decke bis zur Nasenspitze hochgezogen, falle ich bald in tiefen Schlummer. Auch wenn es ein unruhiger Schlaf ist, weiß ich nicht, wie lange er unterwegs war. Doch als ich William hinter mir spüre, die Kälte von draußen noch an den Händen, sein typischer Geruch, getränkt vom Rauch des Lokals, in dem er essen war, sein Mund an meinem Hals, den er mit all der Zärtlichkeit verwöhnt, nach der er den ganzen Tag gelechzt hat, wache ich so sanft auf, dass es dauert, um zwischen Traum und Realität zu unterscheiden. Ich bewege mich, schiebe mich näher an ihn heran und greife nach seiner Hand, die er um meine Taille gelegt hat. „Du bist da“, flüstere ich ins Kissen.

„Ja, ich war nur noch schnell bei mir zu Hause und hab mir für morgen Sachen geholt. Vielleicht sollte ich den freien Teil im Schrank mit ein paar Notklamotten ausstatten. Wenn die Dame des Hauses es erlaubt.“

Ich schmunzle und zeichne die Kuppen seiner Finger mit den meinen nach. „Es ist deine Wohnung.“ Wie er das hasst!

„Ich verkneife mir einen Kommentar“, brummt er und schiebt eine Hand unter mein Pyjama-Oberteil. „Du riechst nach Alkohol.“

Sherlock Holmes im Dienst, oder was? „Naomi war hier. Und das, was sie mir erzählt hat, war sicher dein Verdienst. Nicht wahr?“, antworte ich.

„Sie hat mir letztes Mal leidgetan, darum habe ich mit George geredet. Er meinte, er war sich nicht sicher, ob sie nicht diejenige ist, die einen One-Night-Stand haben wollte.“

George, denke ich mit aufkommender Wut im Bauch und schüttle angewidert den Kopf. „Ich möchte jetzt nicht über George reden“, stelle ich fest und drehe mich zu ihm um.

„Worüber möchtest du gerne reden?“, will er wissen und zieht die Decke über uns.

Als er die Decke anhebt, erhasche ich einen Blick auf seinen Körper und ja, ich genieße, was sich mir darbietet. Seine muskulöse Brust, die erstaunlich warm ist, die Umrisse seines straffen Hinterns, doch am besten gefällt mir dieser verschlafene und doch so verspielte Ausdruck in seinen Augen. „Vielleicht darüber, wie ich dich so schnell wie möglich vernasche.“ Als würde ich mich schämen, verberge ich die Augen hinter meinen Händen.

Ich sehe ihn nicht, höre ihn nur kehlig lachen und spüre dann seine Hand, die eine meiner Brüste umfasst und am Nippel zieht, bis er sich aufrichtet. „Vernaschen? – Du bist die erste erwachsene Frau, die mich vernaschen möchte.“

„Verarsch mich nicht. Ich wurde zur Zurückhaltung erzogen.“

„Es ist mir schon länger klar, dass deine Eltern eine keusche und brave Rose haben wollten. Irgendwann wirst du mit deiner Revolution schon noch starten."

Mit aufgeklapptem Mund starre ich ihn an. „Ich bitte dich, ich habe mir nie etwas gefallen lassen."

William greift nach meiner Hand und platziert sie auf seiner Brust, wo ich halb widerwillig, halb freiwillig meinen Kopf niederlege. „Ich müsste mich befragen, bevor ich das für bare Münze nehme."

„Meine Mutter glaubt noch immer an die unbefleckte Empfängnis, mein Vater vergleicht dich sicher mit einem Stier. Mein Bruder – bei dem hättest du gute Chancen auf eine normale Antwort."

Erst jetzt, da ich fast auf ihm liege, seine steten Atemzüge und seinen Herzschlag höre, merke ich, wie müde ich bin. Ich gähne und kuschle mich noch enger an ihn. „Vielleicht sollte ich dich begleiten, wenn du über Ostern zu ihnen fährst?"

Nein, nicht schon wieder. Was will er dort? Er passt weder nach St. Agnes, noch kann ich meinen Eltern erklären, in welcher Beziehung ich zu ihm stehe. Ich meine, sie werden annehmen, dass wir ein Paar sind. Mein Vater wird mit ihm etwas unternehmen wollen – sicher wird er ihn zu einem seiner Hausbesuche mitzerren. Meine Mutter wird bereits die ersten Heiratspläne schmieden. Natürlich erst, wenn sie die Trennung von Taylor verkraftet hat. Doch bei Williams Format wird das nur ein paar Sekunden dauern.

„Es würde mir wirklich etwas bedeuten." Ich bin mehr als verwirrt.

Es würde ihm etwas bedeuten? Warum sollte ihm das etwas bedeuten?

„Meine Eltern denken noch immer, ich sei mit Taylor zusammen“, gebe ich kleinlaut zu.

„Rose“, mahnt er. „Ein weiterer Grund, warum ich mitkommen sollte. Du brauchst manchmal wirklich einen Tritt in den Hintern.“

„Klingt stark nach Sex.“ Keck unterdrücke ich ein Lachen.

„Es wird keinen mehr geben, wenn du ihnen nicht endlich die Wahrheit sagst.“

Also bitte, wer bist du, mein Vater? „Selbst wenn ich dich mitnehme, als was soll ich dich vorstellen? Hallo Mama, hallo Papa, das ist mein Boss, mit dem ich zeitweise vögle?!“

„Zeitweise? Ich dachte, du gehörst mir rund um die Uhr?“, meckert er und klopft mir auf den Arsch. „Wie dem auch sei, bitte überlege es dir. Ich würde mich wirklich freuen.“

„Du heckst doch nur wieder etwas aus“, spreche ich meinen ersten Gedanken laut aus.

Als Antwort erhalte ich ein Schulterzucken, ehe William die Arme um mich schlingt. „Wie du meinst. Ich bin jedenfalls müde. Gute Nacht, Babe.“

Noch ehe ich eine der tausend Fragen stellen kann – zum Beispiel, ob ich mich irre, ob er krank ist, oder was los ist, da es heute keinen Sex, sondern nur Kuscheln gibt, für ihn der absolute Dealbreaker, außerdem bin ich mir nicht sicher, ob er nicht etwas verärgert geklungen hat, ich sollte mich wirklich dazu durchringen, ihn nach St. Agnes mitzunehmen –, dreht er das Licht aus und ich starre wieder einmal in die Dunkelheit.

Ich liege noch lange wach. Überlege mir tatsächlich, ihm zu erlauben, mit zu meinen Eltern zu kommen. Wir könnten mit seinem Auto fahren – wenn es ihm recht ist, dass ein Kind dabei ist, teure Lederbezüge und so weiter –, er könnte notfalls in einem der Gästezimmer schlafen, falls ich mich doch entscheide, ihn einfach als netten Bekannten vorzustellen, der die schöne Landschaft rund um St. Agnes erkunden möchte. Ich glaube zwar keine Sekunde, dass Lisa die Klappe halten könnte, doch es wäre eine Möglichkeit. Ihm scheint die Sache wirklich am Herzen zu liegen. Und wenn ich einen Schritt in Richtung gemeinsame Zukunft wagen möchte, dann ist dies der erste Meilenstein, den wir setzen können.

19. Kapitel

Der Wecker reißt mich aus meinem tiefen Schlaf und katapultiert mich in die Wirklichkeit zurück. Weg von dem schönen Traum, der mich die halbe Nacht gefangen hielt. Doch als ich die Augen aufmache und William nicht mehr dort vorfinde, wo ich ihn eigentlich erwartet habe, möchte ich mich noch tiefer in die Decke schmiegen. Ich hasse dieses frühe Aufstehen. Es ist nicht meine Zeit, mir fehlt der Elan, mich aus dem Bett zu schälen, wo es doch so warm und gemütlich ist.

Irgendwann schaffe ich es doch, denn die Neugierde überwiegt. Und da aus dem Badezimmer kein Geräusch dringt, ist er entweder in der Küche oder bereits gegangen.

Eilig springe ich unter die Dusche, ziehe mich an, schminke mich und bringe Ordnung in meine Haare, ehe ich in die Küche spaziere. Barfuß und mit einem dünnen, sommerlichen Rock und einer gelben Bluse bekleidet, da sich die Sonne heute wirklich ins Zeug legt, finde ich ihn tatsächlich am Esstisch sitzend vor. Entweder hat ein Heinzelmännchen meinen Kühlschrank gefüllt oder er war heute schon unterwegs und hat Frühstück besorgt. Denn der Tisch ist fürstlich gedeckt – Brötchen, Wurst, Käse, Butter, Marmelade und sogar die Tageszeitung liegt in zweifacher Ausgabe vor.

„Guten Morgen“, sagt er höflich und mit einem Lächeln, als er mich im Durchgang stehend entdeckt.

„Morgen“, murmle ich und bewege mich in Zeitlupe auf ihn zu, wobei er mir höflich einen Stuhl zur Seite rückt.

„Wie haben wir geschlafen?“

„Gut.“

„Du solltest nächste Woche unbedingt einkaufen gehen. Der Kühlschrank ist gähnend leer.“

Der erste Tadel nur zwanzig Minuten, nachdem ich aufgestanden bin. Hallo, ich wohne erst seit kurzem hier! „Dann warst du heute schon draußen?“, frage ich.

„Ich kann nicht so lange schlafen wie du und war schon unterwegs, ja, das stimmt.“

Er beobachtet mich wie ein Schuldirektor, dessen bin ich mir bewusst, während ich meinen Teller fülle und erstaunt feststelle, dass er mir bereits Kaffee eingeschenkt hat. „Um es hinter mich zu bringen – ich habe mir über das, was wir gestern besprochen haben, Gedanken gemacht und ich würde mich freuen, wenn du mich über die Feiertage zu meinen Eltern begleitest. Wir wollen ja nicht, dass du mutterseelenallein in London sitzt und deiner Geliebten nachjammerst.“

Den schiefen Blick habe ich verdient, ich gebe es zu. „Wir müssen es ja nicht gleich übertreiben, ich kann mich auch zurückhalten und mich als Freund ausgeben ...“

Dann also doch ein Rückzieher, denke ich und plötzlich liegt mir mehr als je zuvor daran, dass er mitkommt. „Das können wir uns noch überlegen. Wir wollen deine Junggesellenseele doch nicht überbeanspruchen. Jedenfalls werde ich meine Mutter heute noch anrufen und ihr die Geschichte von Taylor und mir erzählen – natürlich in einer für sie passenden Version.“

Als Freund ausgeben – als was denn sonst? Er ist doch nicht mehr als ein einfacher Bekannter, so tut er es doch ab. Ich nehme einen Schluck und würge den Ärger hinunter.

„Wann werden wir fahren?“, will er nun wieder etwas sanfter wissen.

Da ist aber jemand mit dem falschen Fuß aufgestanden. „Morgen Nachmittag. Lisa möchte noch zu Hause essen und dann losfahren, damit Susi im Auto schlafen kann.“

Er sieht nachdenklich auf seinen Teller und ich ahne, was in ihm vorgeht. Mit Sicherheit kann er sich nicht vorstellen, mit meiner Schwester fast fünf Stunden in ein und demselben Auto zu verbringen. Eigentlich möchte ich mich selbst nicht einer derartigen Dauerspannung aussetzen. Doch wie Abhilfe schaffen? Ich kann doch nicht einfach vorschlagen, mit zwei Autos zu fahren!

„Wir werden auf jeden Fall meinen Wagen nehmen. Frank bräuchte einen Anhänger, um das ganze Gepäck zu verstauen“, verkündet er und löst damit ein Problem, über das ich mir ewig lange den Kopf zerbrochen habe.

Außerdem – seit wann reden wir von uns? Wir werden alleine fahren? Wir? Wir als Paar? Wir als Bekannte? Wir als Chef und Angestellte? Ich habe schon jetzt Kopfschmerzen und dabei sind wir noch nicht einmal unterwegs.

„In Ordnung“, ziehe ich einen Schlussstrich – mehr unter meine Gedanken als unter unser Gespräch.

„Und du rufst deine Mutter heute verlässlich an?“, bohrt er in meiner Wunde.

„Ja“, murre ich wie ein launiger Teenager. „Soll ich gleich aufstehen und sie aufwecken?“ Dabei weiß ich doch, dass sie längst wach ist!

„Du hast doch in der Zeit, in der du bei deiner Schwester gewohnt hast, öfter mit ihr telefoniert, warum hast du nie einen Ton verlauten lassen?“

Ich stelle die Tasse heftiger als nötig ab und zwinge mich, ruhig zu bleiben. „Ich weiß es nicht. Vielleicht, weil es meine Mama ist und sie sich nur wieder unnötig Gedanken macht. Du wirst sie ja bald kennenlernen.“

„Klingt ja wie eine Drohung.“

„Kommst du heute Abend hierher?“, flöte ich mit lieblicher Stimme. Ich sollte wirklich lernen, wieder alleine zu schlafen.

William räuspert sich und ich spüre sofort, dass ihn etwas belastet. „Heute ist doch Georges Party.“

Ach ja. Er will doch nicht etwa wirklich hingehen? Wo wir uns doch deswegen gestritten haben? „Und du gehst hin?“

„Natürlich tue ich das.“

So? Er macht es sich wirklich leicht. Während ich jedes Wort abwäge und es ihm einfach nur recht machen möchte, ist ihm alles völlig egal. Er macht dort weiter, wo er aufgehört hat.

„Ein Getränk nur, du kannst gerne mitkommen. Ich habe es dir immerhin angeboten“, reibt er mir unter die Nase.

Ach, so läuft das Spiel, durchfährt es mich. Er hat mich doch eingeladen, ihm dabei zuzusehen und zu prüfen, mit wem er sich unterhält und vielleicht noch mehr. Ich fahre seiner Meinung nach einfach nach Cornwall, ohne ihn zu fragen, ob er mitkommen möchte, um mich ... was – zu kontrollieren? Ich fasse es nicht. Doch dieses Spiel können zwei spielen.

Vielleicht war es mir bis vor ein paar Tagen noch zuwider, doch die Karten wurden inzwischen neu gemischt. Was er kann, kann ich schon lange.

„Na gut, dann komme ich eben mit. Ich begleite dich und lasse die Sache einfach auf mich wirken."

Er scheint ehrlich überrascht. „Ich verstehe dich nicht. Zuerst machst du einen solchen Aufstand und nur drei Tage später ist es nur mehr halb so schlimm."

„Ich kann auch zu Hause bleiben, du alter Spinner", blaffe ich ihn an und stehe auf, um mein Geschirr in die Spüle zu stellen. „Was muss ich eigentlich anziehen? Oder trägt man bei solchen Events überhaupt nichts?"

„Du kannst anziehen, was du möchtest. Außer dein rückenfreies Kleid", sagt er streng.

Blablabla ... meine Hand fährt durch die Luft. Ich will den restlichen Tisch abräumen, doch er zieht mich zu sich, umfasst mein Kinn mit einer Hand. „Ziemlich mutig für ein so kleines Mädchen. Wenn du dieses Kleid trägst, Rose, sei es aus purem Trotz oder einfach, um mich zu ärgern, wirst du es bereuen."

„Ich zittere vor Angst", presse ich hervor. Sein Blick verdunkelt sich.

„Du bist mir bald eine Woche lang mitten im Nirgendwo ausgeliefert, vergiss das nicht."

„Du wirst zu beschäftigt sein, dich vor deinen Groupies in Sicherheit zu bringen. Außerdem werde ich dich nur als einen Bekannten vorstellen und dich ins Gästezimmer verfrachten." Ich strecke frech die Zunge heraus.

Ein böses Lachen umspielt seine Lippen, als er sich vorbeugt und meine Zungenspitze mit seinem Mund einsaugt.

Ein Schrei, falls man ihn so bezeichnen kann, löst sich aus meiner Kehle, übertönt jedoch kaum sein gewinnendes Lachen. Ich taumle nach hinten, zum Glück ist da der Tisch, doch William presst sich mit aller Kraft gegen mich. Ich lasse seine Arme los und taste nach der Tischplatte, um mich abzustützen.

„Ich hoffe nur, du wirst es dir in Hinkunft zweimal überlegen, mir die Zunge herauszustrecken“, knurrt er und schiebt mich mühelos auf den Tisch.

Doch ich bin zu sehr damit beschäftigt, die Butter vor meinem Hintern zu retten, als dass es mir aufgefallen wäre. Es fällt mir schwer zu entscheiden, ob ich nach hinten umkippen oder das Essen vor Williams Wahnsinn in Sicherheit bringen soll. Doch da ich irgendwo das Brotmesser vermute, entscheide ich mich für mein Leben und gegen das Frühstück.

„Außerdem“, fährt er fort und schiebt mit seiner freien Hand meinen Rock hoch, „werde ich nicht im Gästezimmer schlafen. Deine Eltern werden schon noch früh genug herausfinden, wie versaut ihre süße, kleine Rose ist.“

„Wage es nicht!“, drohe ich ihm. Vermutlich klingt es erbärmlich, da ich meine Stimme kaum unter Kontrolle habe.

„Außerdem“, nun sind seine Finger bei meinem Slip angekommen, an dem er fest zieht, bis er sich in mein Fleisch gräbt.

„Spottest du mich nach?“, falle ich ihm ins Wort und hoffe, ihn so von dem abzulenken, was zweifelsohne gleich kommen wird.

„Außerdem werden sie dich hören, das verspreche ich dir“, flüstert er und ich weiß mittlerweile, wie bedrohlich Williams Flüstern sein kann.

Als würde ich mich selbst über die Bestätigung wundern, zieht er ein weiteres Mal an meinem Slip, diesmal so fest, dass man ein leises Ratschen hören kann. Das Grinsen um seine Lippen wird teuflischer, als er noch einmal zieht und mir dann die Einzelteile präsentiert.

„Uhh, du bist ja richtig stark“, höhne ich und kann das Lachen nur schwer zurückhalten.

William scheint meine Erheiterung nur wenig zu interessieren, da er mir den Rock hochschiebt und dadurch die Nacktheit meines Unterleibes wundervoll zur Geltung bringt. Und als würde er dort etwas völlig Neues sehen, begutachtet er die Stelle zwischen meinen Beinen genau. Streicht mit dem Finger darüber, teilt sie, drückt dann wieder fest darauf, nur um sich immer wieder der Veränderung in meinem Gesicht zu vergewissern, die von amüsiert in erregt umschlägt.

„Ich sollte dir eigentlich nicht erlauben, ein neues Höschen anzuziehen und dich halbnackt ins Büro schicken. Und da sich die werte Dame für ein so kurzes Modell entschieden hat, wird mir der Stift immer wieder mit Vergnügen zu Boden fallen.“

„Und ich sollte dich wegen sexueller Belästigung anzeigen. Am Arbeitsplatz“, füge ich noch schnell hinzu.

Als Antwort öffnet er seine Hose. Und zwar so langsam, dass ich mich beherrschen muss, um nicht nervös mit den Fingern auf die Tischplatte zu trommeln. „Eigentlich schade, dass ich vor dir nie die vielseitigen Möglichkeiten von Tischen und Arbeitsplatten genützt habe“, grinst er und weiß, dass mich das auf die Palme bringt.

„Du wirst noch genug Gelegenheit dazu haben. Miss Hope kommt doch übernächste Woche, um die neuen Verträge zu unterzeichnen.“ Gleichstand! Für einen Moment ist ihm wirklich die Kinnlade nach unten gefallen.

Doch er wäre nicht er, wenn er sich nicht sofort wieder fangen würde. „Oh ja, Miss Hope. Ich beginne wirklich, ihre Qualitäten zu schätzen.“

„Das kann ich mir gut vorstellen“, röchle ich und versuche, nicht auf seinen Schwanz zu sehen, der in seiner ganzen Pracht zum Vorschein kommt.

„Sie hat mir nicht ständig widersprochen, hat sogar gesagt, sie findet dich nett“, bekennt er und streicht mit seinem Finger über meine pochenden Schamlippen.

Ich bemühe mich angestrengt, mein Stöhnen zu unterdrücken. Eigentlich kaum zu glauben, worüber wir hier reden, während wir im Begriff sind, miteinander zu schlafen. Andere, wenn es bei denen solch spontanen Sex am Morgen überhaupt gibt, bringen die Sache sicher ohne so nervenaufreibende Diskussionen hinter sich.

„Ich fühle mich mehr als geschmeichelt“, stottere ich. „Und mit Sicherheit hat sie bereitwillig die Beine breitgemacht.“ Wow, ich bin selbst überrascht, wie böse ich sein kann. Doch Miss Hope ist bei mir unten durch. Nicht wegen ihr persönlich, nein, weil sie Sex mit ihm hatte. Und er gehört mir, denke ich wütend.

„Wo wir gerade bei bereitwillig sind“, keucht er, schiebt einen Finger in mich, zieht ihn heraus und fährt damit über meine Lippen.

Ich zwinge mich, den Mund geschlossen zu halten und nicht mit der Zunge daran zu lecken, auch wenn ich das liebend gern getan hätte. Es genügt allerdings schon, mich zu riechen, um meine Sinne völlig zu vernebeln.

„Was soll ich nur mit dir machen?“, fragt er mehr sich selbst. „Wenn wir nur mehr Zeit hätten ... ich würde es nicht so schnell vorbeigehen lassen. Du solltest für deine bösen Worte der armen Miss Hope gegenüber leiden müssen.“

„Ich wusste gar nicht, dass du dich für die Armen und Schwachen einsetzt. Das passt so gar nicht zu dir.“

Er legt den Kopf schief, dann schiebt er sich in mich, nur um mich zu foltern, indem er sich eine Weile gar nicht mehr bewegt. „Ich sollte dich betteln lassen. Wie herrlich das klingt, wenn du mich anflehst!“

Und es wird auch nicht mehr lange dauern, stelle ich fest und verheddere mich in den Falten meines Rockes.

Im nächsten Moment nimmt er die Hand von meinem Kinn, befreit mich so aus dieser fast schon unmenschlichen Klammer und stößt dann mehrmals fest zu. Mir klappt der Mund auf, wobei ich gar nicht versuche, mit seinen Blicken zu konkurrieren. Erstens fehlt mir schlichtweg die Kraft und zweitens bin ich schon längst hinter diesem seidenen Tuch verschwunden. Jene Barriere, die mir immer wieder einen Blick in diese fast schon perfekte Welt gewährt.

Ich genieße es einfach, ihn anzusehen, fixiere sein Gesicht, nehme jede Regung wahr und lasse mich so immer weiter nach oben tragen. Er ist einfach zu schön, um wahr zu sein. Und am schönsten finde ich ihn so – nicht gestellt, nicht den Starken mimend, echt, voller Leidenschaft. So möchte ich ihn haben und erleben. Als könnte ich aus dieser Distanz nicht genug sehen, ziehe ich mich hoch, wobei es mich nicht wundern würde, wenn das Brotmesser in meinem Rücken steckte, und küsse ihn dann so inbrünstig und hungrig, dass ich mir Sorgen um meine Selbstbeherrschung mache.

Ich liebe diesen Mann. So wild und unberechenbar er auch manchmal ist, so liebevoll und zärtlich kann er sein. Und hat man erst einmal hinter diese steinerne Fassade geblickt, bleibt einem gar nichts anderes übrig, als ihn zu lieben. Ich weiß zwar nicht, ob meine Gefühle erwidert werden, eigentlich muss es mir egal sein, doch ich würde alles für ihn tun. Vielleicht ist diese Blauäugigkeit auch der Grund, warum ich heute wirklich mit zu George komme.

Immer wieder äuge ich zur Wanduhr. Ich weiß, dass die Zeit gegen uns ist. Doch ich möchte ihn noch so gerne hier bei mir haben. Als hätten wir uns in dieser Wohnung eine heile Welt erschaffen, die nur ab und an von der Realität gestört wird. Wir dürfen es uns jedoch nicht erlauben, gemeinsam zu spät zu kommen, da Debby bereits riesige Ohren und Augen hat und jede noch so kleine Gefühlsregung unsererseits in ihr Notizbuch einträgt.

Während William so fest in mich pumpt, dass ich mit ersten blauen Flecken rechne, streichle ich zärtlich sein Gesicht. Dann spüre ich die Welle, die geradewegs auf mich zurollt, ich will mich jedoch nicht ducken, im Gegenteil – sie soll mich mitreißen, meilenweit und mich dann hart fallen lassen.

„Ich möchte dich kommen hören“, schnaubt er und schiebt mich ein Stück nach oben.

Ich kann ihm versprechen, dass er mich hören wird. Dies ist meine Wohnung. Keine Lisa und kein Frank ist da – was im Klartext bedeutet, dass ich mich nicht beherrschen muss. Dazu ist es sowieso zu spät, da sich diese Spannung gerade in einer übermächtigen Reaktion entlädt und mich taub für alles um mich herum macht. Keine Ahnung, wie sehr ich meine Finger in seinen Nacken kralle. Auch weiß ich nicht, wie laut ich bin. Doch dieser Höhepunkt ist so markerschütternd, dass mir richtiggehend schwindelig wird. Würde William mich nicht stützen, ich würde vom Tisch fallen.

Und auch als der Orgasmus abebbt, nur mehr hauchzart und mit einem süßen Ziehen im Bauch zu spüren ist, umklammere ich ihn weiterhin. Langsam nehme ich meine Umgebung wieder wahr. Bemerke Williams schnellen Atem, sein Herz, das förmlich rast, und das Lächeln, das mir verrät, dass er mehr als entspannt und befriedigt ist.

Seine Stirn liegt auf meiner, wobei ich die Augen geöffnet habe und seine geschlossen sind. Immer wieder streiche ich über seine Wange und verteile die Schweißtropfen darauf.

Wir kommen definitiv zu spät, denke ich mit einer für mich völlig untypischen Gelassenheit.

„Wir müssen los!“, zerstöre ich endlich diesen intimen Moment. Doch was soll ich sagen, der Realist in mir hat sich ohnehin längst erholt – sonst wäre er doch keiner.

Von Williams Seite ist nur ein Brummen zu vernehmen, das in meinem Schädel tausendfach vibriert. Ich löse mich von ihm, küsse ihn sanft und schiebe ihn mit einer gezielten Bewegung aus mir heraus. Bei seinem Anblick muss ich lächeln – wie schaffe ich es nur, ihn so sehr auszulaugen? Als wäre er nicht dazu imstande, ziehe ich seine Hose nach oben, schließe sie, untersuche sie auf verdächtige Spuren und beschäftige mich dann mit meinem Äußeren. Während ich die Überreste meines Slips einsammle, lehnt William noch immer am Tisch, die Arme angewinkelt, den Blick jedoch auf mich gerichtet.

„Ich gehe mich schnell umziehen“, murmle ich und will bereits den Raum verlassen, da deutet er mir mit einer Bewegung, zu ihm zu kommen.

Natürlich gehorche ich, wie kann ich ihm etwas abschlagen?

„Du bereust doch nicht, was du getan hast?“

Ich schlucke und versuche mich zu sortieren. Was soll das wieder bedeuten? „Nein. Du etwa?“

Er grinst schief und streicht mir über die Lippen. „Nein. Ich möchte nur wissen, ob es dir gutgeht und ob du mit dem hier zufrieden bist.“

Es könnte mehr sein, doch ich beschränke meine Antwort angesichts der späten Stunde auf ein kurzes Nicken. „Ja, bin ich.“

„Ich bin es nämlich auch.“ Ach so. Nicht vor Freude springen, rede ich mir ein, während er mich zart küsst. „Du hast die Wahl. Entweder du fährst mit der Bahn oder du kommst mit mir. Skandal oder nicht?“

Deshalb ist ihm seine Unterstützung so wichtig! Ich soll mich sicher fühlen, wenn sich die Leute das Maul zerreißen. „Ich nehme den Skandal in Kauf“, flüstere ich und schiebe mich endgültig von ihm weg.

„Braves Mädchen“, höre ich ihn noch sagen, während ich mich bereits auf den Weg ins Schlafzimmer mache, um hastig aus diesem Rock zu schlüpfen.

Wie ein Tornado braut sich der Skandal zusammen. Debby wird das erste Lüftchen sein, schon ihr Blick verrät mehr als tausend Worte. Und da wir uns nie so richtig verstanden haben, da sie immer eifersüchtig auf mich war, liefert ihr dies einen Vorwand, um mich aus der Firma zu mobben. Wie sie das anstellen will, übertrifft meine kühnsten Erwartungen.

William ist in sein Büro gegangen, ich in meines. Wir sind gemeinsam im Aufzug nach oben gefahren – eigentlich nichts Verwerfliches. Doch als Debby nun in mein Büro stürmt, mir eine Liste mit Namen und Telefonnummern vor die Nase knallt und dann mit verschränkten Armen stehen bleibt, ducke ich mich förmlich unter meinen Schreibtisch.

„Dies sind die Anrufe, die ich in deiner Fehlzeit entgegengenommen habe“, faucht sie.

„Danke. Es tut mir leid.“ Ich bin ihr doch keine Rechenschaft schuldig. Außerdem sollte ich dieses Miststück rauswerfen. Immerhin hat sie es gewagt, sich an William ranzumachen, wie er behauptet hat.

„Wo warst du überhaupt? Du kommst in letzter Zeit ständig zu spät.“

„Ich habe verschlafen.“

Sie macht einen Schritt auf mich zu, ihr Blick huscht dabei zur geschlossenen Verbindungstür. „Ich weiß zwar nicht, was du mit Bennet vorhast. Uns ist aber allen klar, dass du auf ihn stehst. Doch eines kann ich dir sagen, Mädchen“, sie spuckt die Worte voller Hass aus, „du hast keine Chance. Wenn du dich hochschlafen willst, dann musst du Konkurrenz in Kauf nehmen.“

Der Zickenkrieg ist somit eröffnet. „Ich weiß nicht, wovon du redest“, speise ich sie ab und gebe vor, mich in ihre Liste zu vertiefen.

Debby schäumt vor Wut, doch da sie etwas von Anstand versteht, erhebt sie wenigstens nicht die Stimme, als sie zum zweiten Schlag ansetzt. „Was sollte er schon mit dir anfangen? Einem Bauernmädchen? Soll er etwa Schweine züchten? Du sitzt doch so schon auf deinem hohen Ross – hier mit deinem eigenen Büro. Mir war doch längst klar, dass du immer mehr und mehr willst.“

„Debby, scher dich einfach zum Teufel und lass mich machen, was ich möchte. Ich kann auch nichts dafür, dass dein Leben so trist und bekümmert ist, sodass du dich in das anderer einmischen musst. Und jetzt“, ich weise mit einer majestätischen Handbewegung zur Tür, „verlasse bitte mein Büro.“

Sie grinst dämonisch und knallt die Tür so fest zu, dass es William definitiv gehört haben muss. Fast in derselben Sekunde taucht er auch schon auf – die Hände in den Hosentaschen, die Stirn gerunzelt.

„Sie hat dich doch nicht gebissen? Oder geteert und gefedert?“, feixt er und lässt sich auf die Schreibtischkante sinken.

Jetzt weiß ich, warum Mann und Frau nicht zusammenarbeiten und miteinander schlafen sollten. Es nimmt einem wirklich die Luft zum Atmen. „Ich lebe noch. Du solltest sie feuern.“

„Ich kann nicht einfach jemanden ohne Grund feuern“, erklärt er mir, als wäre ich eine Praktikantin.

Kopfschüttelnd streiche ich über sein zerknittertes Hemd. „Mir fallen auf die Schnelle hundert Gründe ein, um sie rauszuwerfen."

William greift nach Debbys Liste und geht die Namen der Reihe nach durch. „Ich habe gleich ein Meeting, was dir eine Stunde Zeit verschafft, deine Mutter anzurufen. Wenn ich wiederkomme, möchte ich keine faulen Ausreden hören."

Sagte ich schon, dass mir unsere Arbeits- und Sexbeziehung die Luft zum Atmen nimmt? „Wie Sie wünschen, Eure Hoheit", spotte ich.

Er sieht mich böse an und steht auf. „Es ist mein Ernst, Rose. Wir fahren morgen, es ist nicht zu vertreten, deine Eltern weiterhin im Dunkeln tappen zu lassen."

Mann, oh Mann! „Ja", murre ich und bereite mich seelisch auf die zweite Frau an diesem Morgen vor, die mein Leben wie eine Weihnachtsgans zerlegen wird. Nur dass es in diesem Fall mit Vorwürfen und enttäuschten Schluchzern enden wird.

Besser heute als morgen! Ich gebe mir einen Ruck, greife nach dem Hörer und wähle die Nummer meiner Eltern – die einzige, die ich mir in unserer technisierten Welt auswendig merken kann. Kein Wunder auch, sie wurde noch nie geändert. So wie alles im Leben meiner Eltern. Am besten alles so belassen, wie es ist, sich arrangieren, doch niemals für Aufsehen sorgen.

„Erwing, Hannah am Apparat", ertönt die Stimme meiner Mutter nach dem zweiten Klingeln.

Wer zum Teufel sagt noch „am Apparat"? Ich versuche, so glücklich und erfreut zu klingen, wie es meine derzeitige Stimmung zulässt. „Hi, Mama, ich bin´s. Wie geht es euch?"

„Oh Rosie-Schatz. Wir haben uns so lange nicht mehr gehört. Ich habe mir schon richtiggehend Sorgen gemacht."

Atmen. Atmen. Meine Mama macht sich immer Sorgen, obwohl sie nichts Böses geahnt haben kann. Es wird sie vom Stuhl reißen, wenn ich mit der Wahrheit herausrücke.

„Alles in Ordnung." Wie fange ich an? „Ich wollte nur fragen, ob wir euch etwas mitbringen sollen." Zum Beispiel meinen Boss, mit dem ich es treibe?

„Ich bin wunschlos glücklich, wenn ihr da seid. Ihr fahrt doch alle zusammen? Es wäre eine Verschwendung, wenn ihr zwei Autos nehmt."

Wir nähern uns der Gefahrenzone. Mein Mund fühlt sich trocken und wie mit Staub gefüllt an, sodass ich mich fast verschlucke, während ich weiterspreche. Ich liebe meine Mama, ihre alten, eingefahrenen Ideale. Mein Geständnis wird ihr Weltbild bis in die Grundfesten erschüttern.

„Dein Vater hat dein altes Zimmer gestrichen, dann habt ihr beide es gemütlich. Es war schon ziemlich muffig dort drinnen und die alte Tapete hat dir doch ohnehin nicht mehr gefallen."

„Mama", beginne ich und ich kann fast sehen, wie sie ihre Ohren spitzt, „ich muss mit dir reden."

„Um Himmels willen, worum geht es denn?"

„Bitte, reg dich nicht auf, aber Taylor und ich, wir sind nicht mehr zusammen. Er wird also nicht mitkommen."

Es ist ausgesprochen und es fühlt sich gut an. Der Stein war tonnenschwer und mit rostigen Nägeln gespickt.

„Rose", sie kann ihre Erschütterung nicht verhehlen, „was in aller Welt ist passiert, dass du diesen lieben Mann, mit dem du doch eine Familie gründen wolltest, plötzlich nicht mehr willst?"

Ich muss mit der Wahrheit hinter dem Berg halten. Für meine Mama ist Sex eine reine Formsache, die erledigt werden muss, wenn man Kinder haben möchte. Spaß und Erotik haben dabei nichts zu suchen. Mit einem Seitensprung könnte sie niemals umgehen. Sie würde ausflippen.

Ich hole tief Luft und die Lüge brennt ein Loch in meinen Hals. „Es hat einfach nicht mehr gepasst."

„So ein Blödsinn. Man muss kämpfen und nicht jeder Mensch ist so, wie du ihn haben willst, Rose. Du kannst nicht alles und jeden ändern. Man muss lernen, die Dinge so hinzunehmen, wie sie eben sind. Ja, irgendwann musst du das lernen."

Es reicht, denke ich stinksauer. Jetzt wird mir gerade die Schuld am Scheitern meiner Beziehung in die Schuhe geschoben. Mir – wo ich doch die Betrogene bin! Und das, ich möchte es kurz für´s Protokoll festhalten, obwohl sie nicht einmal weiß, was er getan hat.

„Mama ..."

„Wenn das dein Vater erfährt, wird er umfallen. Du weißt doch, wie gern er Taylor hat. Also wirklich, Rose, wie kann es nur sein, dass man einander plötzlich nicht mehr liebt?"

„Wie das sein kann?", fauche ich bissiger als beabsichtigt. „Er hat mich betrogen. Ich habe ihn sogar dabei erwischt. Ist das Grund genug? Nur damit du endlich aus deiner Traumwelt, in der ich wie immer die Böse bin, erwachst. Er hat mich betrogen, hintergangen, belogen und mich bloßgestellt und meine eigene Mutter verteidigt ihn auch noch."

Konzentriere dich auf etwas anderes, damit du nicht in Tränen ausbrichst, gebiete ich mir selbst. Doch spätestens, als ich das erste Schniefen meiner Mutter höre, ist es um mich geschehen.

„Es tut mir leid, das wusste ich nicht. Natürlich stehe ich dir zur Seite und selbstverständlich hast du die richtige Entscheidung getroffen“, reumütig lenkt sie ein und beinahe tut sie mir nun leid.

„Schon in Ordnung, ich bin darüber hinweg. Es gibt noch etwas, das ich unbedingt klären möchte.“ Nun also zum komplizierten Teil der Geschichte. „Ich werde trotzdem nicht alleine kommen. Ein – sagen wir – Freund wird mich begleiten.“

„Ein Freund?“, fragt sie erstaunt und ich sehe beinahe, wie sich die Bilder in ihrem Kopf zu einem fertigen Puzzle zusammenfügen.

„Ein Bekannter, nichts Aufregendes.“

Einen Moment herrscht Schweigen, nur das Ticken einer Uhr fehlt, um die zu diesem Moment passende Atmosphäre heraufzubeschwören.

„Du musst wissen, was du tust, Liebes. Auf jeden Fall freuen sich dein Vater und ich schon auf euren Besuch.“

„Ich freue mich auch“, gebe ich zögernd zurück, da ich ihren Tonfall nicht richtig zu deuten vermag. Dass ich sie nicht sehen kann, macht die Sache nicht einfacher. Und meine Mutter versteht es wie keine andere, keinen Hehl aus ihren Gefühlen zu machen. Ein offenes Buch ist nichts dagegen. „Ich muss Schluss machen, wir sehen uns morgen.“

„In Ordnung. Fahrt bitte vorsichtig.“

„Ja, wird gemacht.“

Als ich auflege, fühle ich mich erleichtert und erledigt zugleich. Ich bin mir jedoch nicht mehr so sicher, ob es eine gute Idee ist, William mitzubringen. Meine Mutter scheint wirklich an Taylor zu hängen, was Williams Auftauchen nicht einfacher machen wird. Was für ein ausgezeichneter Einfall, ihn zunächst lediglich als irgendeinen Freund vorzustellen! Ich bin gespannt, was er selbst davon hält.

20. Kapitel

„Ich bin fertig“, verkünde ich mit einer formvollendeten Drehung in meinem Wohnzimmer, wo William auf der Couch wartet und mich eingehend mustert.

„Schöner Arsch“, meint er, steht auf und kommt auf mich zu, nur um eben benanntes Prachtstück zu streicheln. „Ich dachte wirklich, du rebellierst.“

Mit gespieltem Entsetzen fasse ich mir an die Brust. „Ich und rebellieren – ich bitte dich!“

Nachdem er mich lächelnd geküsst hat, schnappt er sich sein Handy vom Tisch und geht in den Flur, wo ich ihn leise summen höre. Da ist aber jemand gut gelaunt, denke ich und betrachte mich im großen Wandspiegel. Natürlich sehe ich gut aus, ich fühle mich auch mental in der Lage, dies offen zu behaupten, doch bin das wirklich ich?

Mir hat dieses schwarze Kleid auf Anhieb gefallen. Sicher ist es eng, doch Naomi meinte, ich könne es tragen. An der Vorderseite ist es mit schwarzen Perlen besetzt, dazu habe ich mir rote High Heels gekauft, die zwar höher sind als alle anderen Schuhe, die ich je besessen habe. Trotzdem kann ich erstaunlich gut darin laufen – nicht wie der Trampel, den ich befürchtet hatte.

Und da William meint, die Menschen auf dieser Party werden nicht in Latex und Unterwäsche kommen, sondern einfach hübsch und elegant gekleidet sein, wage ich es tatsächlich, so aus dem Haus zu gehen.

„Eigentlich kann ich es kaum erwarten, heimzukommen und dir alles vom Leib zu reißen“, flüstert er mir ins Ohr, während er mir in meinen Mantel hilft.

Ich werfe ihm einen bösen Seitenblick zu, kann mir ein süffisantes Grinsen jedoch nicht verkneifen. „Du wirst dich beherrschen müssen. Nicht ich bin diejenige, die unbedingt ausgehen möchte.“

Georges Wohnung ist nicht weit von Williams entfernt, wobei auch dieses Gebäude so bürgerlich und brav wirkt, dass ich kaum glauben kann, was hinter diesen Mauern schon alles stattgefunden hat bzw. was heute noch alles stattfinden wird.

Ein Mann, ein Angestellter, wie ich vermute, öffnet die Tür und führt uns die Treppe nach unten in eine Art Gang, der nur ab und an von Wandleuchtern erhellt wird. Mich fröstelt und ich ziehe die Jacke enger um mich. Es wirkt gespenstisch ruhig und verlassen und mich würde es nicht wundern, wenn wir gleich mutterseelenallein einem Massenmörder gegenüberstünden. Vor einer massiven Holztür bleibt der Mann plötzlich stehen, dreht sich zu mir um und deutet mir, meine Jacke abzulegen. Hilfe suchend blicke ich zu William, der wie auf Kommando hinter mich tritt und mir zur Hand geht.

Die ersten Zweifel überkommen mich und ich verdränge den Gedanken, für wen mich der Mann vor uns halten wird.

Als der Angestellte mit unseren Jacken verschwunden ist, küsst William mich noch einmal sanft, fast so, als wolle er mir Mut zusprechen. Dann öffnet er die Tür und dicht hinter ihm trete ich in den großzügigen Raum, der mit einem hellblauen Teppich und dunklen, schweren Möbeln ausgestattet ist. Der Rauch vergangener Nächte hängt noch in der Luft. An kleinen, runden Tischen sitzen Grüppchen von Leuten, die sich angeregt unterhalten und zunächst keine Notiz von uns nehmen, was mir nur recht sein kann.

Sicher und meine Hand haltend, durchquert William den Raum, nickt ab und an fremden Gesichtern zu und steuert dann geradewegs auf einen Tisch zu, an dem ich George entdecke.

Dieser erhebt sich prompt und kommt uns entgegen. „Rose, was für eine Überraschung!“, ruft er aus und küsst mich auf beide Wangen.

Seine Begrüßung ist überschwänglich und ich weiß nicht, was er wirklich von meiner Anwesenheit hält. Denkt er, ich wolle William kontrollieren? Ich bin neugierig? Naiv?

„Sind alle da?“, möchte William mit einem Blick in die Runde wissen.

George schüttelt den Kopf. „Bruce und Charlie wollen noch kommen. Ein Dutzend im Schlepptau.“

Ein Dutzend? Doch nicht etwa Frauen? Die hier versammelten Menschen wirken wie völlig normale Bürger. Sicherlich, die Anzahl der Silikonimplantate in unterschiedlichsten Größen ist bestimmt überdurchschnittlich hoch, doch wie jemand, der für Geld so manch Suspektes anstellt oder über sich ergehen lässt, sieht keine der Damen aus.

George führt uns zu dem Tisch, von dem er sich gerade erhoben hat. William begrüßt jeden Einzelnen und stellt mich vor, ich schüttle artig die Hände, die sich mir entgegenstrecken. Eine Blondine, eine Schwarzhaarige und zwei Männer etwa in Williams Alter schlürfen Drinks und verwickeln uns sofort in ein Gespräch, was es mir leichter macht, mich zu entspannen.

Die Blonde, Claudine, erzählt von ihrer Arbeit als Model für renommierte Zeitschriften, die sie diesmal nach London geführt hat, wo sie David, der neben ihr sitzt, kennengelernt hat. Ich finde sie auf Anhieb nett und bald reden wir über Gott und die Welt. Ihr französischer Akzent ist reizend. Die zweite Dame am Tisch, Julia, verhält sich nicht ganz so kommunikativ. Sie hält sich zurück, frisst ihren Begleiter, Adwin, fast auf und lächelt nur hin und wieder süß in die Runde.

Nach und nach füllt sich der Raum. Bald wird mir bewusst, dass mit dem Dutzend wirklich Frauen gemeint waren – und sie sind bestimmt nicht kostenlos hier! Ihr Verhalten ist offenherzig und trotzdem charmant, als sie mit ihrer Jagd auf die Männer beginnen.

Ich lasse meinen Blick über das Geschehen schweifen und bemühe mich dabei um Unauffälligkeit.

Es sind mehr Männer als Frauen hier – die Mädchen werden damit zur heiß begehrten Ware. George zieht seine Runden, spricht mit den Gästen und verteilt großzügig riesige Champagnerflaschen, die wohl zur Auflockerung dienen.

Zu meinem größten Erstaunen ist noch nichts Verwerfliches vorgefallen. Es wird geredet, getanzt, getrunken und geflirtet. Sicher ist der Abend noch jung und George und William werden nicht mit einer schlichten Party für John und Jane Doe aus der Nachbarschaft die Schlagzeilen gefüllt haben. Der wirklich aufregende Teil des Abends wird schon noch kommen! Bisher habe ich das Gefühl, mich in einem Edelswingerclub aufzuhalten, zu dem nur Vermögenden Zutritt gewährt wird.

„Möchtest du noch Champagner?“, fragt William zum hundertsten Mal.

Will er mich etwa abfüllen? „Danke, ich sollte langsam auf etwas Antialkoholisches umsteigen.“

Er greift nach meiner Hand, die er auf seinen Oberschenkel legt und sanft knetet.

Gott sei Dank bin ich mitgekommen! Gegen den Verlauf des Abends ist gar nichts einzuwenden. Ich hatte mir die Sache vollkommen anders vorgestellt. Vielleicht sollte ich William doch mehr vertrauen.

Er bleibt die ganze Zeit bei mir, während ich mich mit Claudine unterhalte und wir uns immer besser verstehen. Irgendwann kippt jedoch die Situation. Die Mädchen gebärden sich immer wilder. Entweder ist es Georges Großzügigkeit zuzuschreiben oder sie werden einfach lockerer. An manchen Tischen wird bereits heftig geknutscht. Nicht nur Männlein und Weiblein, sondern auch die Mädchen untereinander scheinen sich zum Fressen gern zu haben. Claudine und ich werfen uns vielsagende Blicke zu und können nicht recht glauben, was da vor unseren Augen passiert.

Ich frage mich, wie sich William verhalten würde, wenn ich nicht dabei wäre. Ob er dann auch noch hier sitzen würde oder bereits mit einem der Mädchen verschwunden wäre?

„Darf ich euch Viola vorstellen?“ George bringt eine Rothaarige, gekleidet in einen Hauch von Nichts – lediglich schwarze Spitze, die ihren Körper nur an den Brüsten und mit einem dicken Streifen entlang der Beine bedeckt – an unseren

Tisch. Sie lächelt freundlich und wirft William Blicke zu, die mir ganz und gar nicht gefallen. Ihre Augen leuchten, wie ich es nicht zum ersten Mal in seiner Gegenwart erlebe.

Die beiden nehmen neben uns Platz und sofort schenkt George der neuen Attraktion Champagner ein.

„Viola ist das erste Mal hier“, erklärt Williams Freund, als müsse er sich für das arme Ding einsetzen. „Rose, du bist also nicht alleine.“

Ich erwidere das dumme Grinsen auf Georges Gesicht nur widerwillig und nehme eilig einen Schluck von meiner Cola, die den Alkoholspiegel wieder etwas nach unten drücken soll.

William hält sich mehr zurück, als ich von ihm gewohnt bin. Entweder interessiert ihn Viola nicht die Bohne oder er versucht alle Kraft aufzubringen, nicht über sie herzufallen. Denn eigentlich würde sie perfekt in sein Beuteschema passen.

„Entschuldigt mich bitte.“ George verspürt offenbar das Bedürfnis, sich einer anderen Baustelle zuzuwenden.

So läuft das also – der Gastgeber spielt den Kuppler und vermittelt so die Damen an die Männer.

Nun, da wir mehr oder weniger mit Viola alleine sind, da sich Julia und Adwin längst verabschiedet haben und Claudine und David mit einer anderen Dame in ein Gespräch vertieft sind, fühle ich mich verpflichtet, eine Unterhaltung mit ihr zu beginnen. Doch worüber redet man mit einer Frau, die ein Leben führt, das mit dem eigenen ganz und gar nichts gemein hat?

„Ja, da könnten Sie recht haben“, stimmt Viola William gerade kichernd zu und ich ärgere mich, dass ich nicht aufgepasst habe, was sie so lustig findet. Komisch, dass ich mich jetzt, da er mir doch versprochen hat, nichts Unanständiges zu machen, wie eine Löwin verhalte, die um ihre Beute kämpft. Und ich habe es hier mit ordentlicher Konkurrenz zu tun.

Es missfällt mir, dass Viola immer enger an William heranrutscht und seine Schulter so vertraut berührt, als würden sie sich schon ewig kennen.

Wieder nehme ich einen Schluck – wenigstens mein Flüssigkeitshaushalt wird heute ausreichend gedeckt.

Während mich die beiden gänzlich ignorieren, lasse ich sie keine Sekunde aus den Augen. Ich sitze zwar da, wie bestellt und nicht abgeholt, aber kämpfen kann ich dennoch. Meine Hände sind zu Fäusten geballt. Wie ich Viola hasse! Sie weiß genau, was sie tut. Und vor allem weiß sie, was sie will. Im Moment würde sie ihren letzten Penny dafür geben, mich loszuwerden. Und ich bin doch zu feige, mich bemerkbar zu machen, geschweige denn den Kampf um William zu eröffnen.

Nach einer gefühlten Ewigkeit, in der die beiden ungeniert gelacht und geflirtet haben, steht Viola auf. Doch sie tut das nicht irgendwie – nein, selbstverständlich muss sie ihn noch einmal und mit einem Blick, der bei mir sprichwörtlich das Messer im Sack aufklappen lässt, berühren, ehe sie uns ihre zugegebenermaßen knackige Kehrseite präsentiert und davonstolziert.

Nun schenkt William wieder mir seine Aufmerksamkeit, streicht über meine Hand, die das leere Champagnerglas noch immer fest umklammert. „So gemütlich und harmlos hast du es dir sicher nicht vorgestellt.“ Seine Stimme ist butterweich.

„Mein Gefühl sagt mir, dass sich der Zustand heiterer Gemütlichkeit bald ändern wird."

Ich verkneife mir eine bissige Bemerkung und versuche stattdessen, seine Stimmung zu deuten. Sein Aussehen ist perfekt, nur der Mund verrät ihn, und da ich ihn gut kenne, weiß ich, dass er sich über mich lustig macht. Also hat er meinen Groll auf Viola mitbekommen. „Normalerweise findet der spannende Teil des Abends nicht hier statt. George hat eigens für diesen Zweck kleine Höhlen, wie er sie nennt, einrichten lassen."

Höhlen – also Sexhöhlen. Mir läuft ein kalter Schauer über den Rücken bei der Vorstellung, wie oft William mit Frauen wie Viola dort gewesen sein mag.

„Wir können, wenn du möchtest, gerne eine in Augenschein nehmen. Keine Angst, ich falle nicht über dich her", beschwichtigt er, da ihm meine abwehrende Haltung nicht entgangen sein kann.

Möchte ich das? Wenn ich schon hier bin, dann eben das volle Programm, inklusive Höhlenbesichtigung! „Von mir aus können wir uns eine ansehen. Der Abgrund ist tief, nicht wahr?" Ich spreche mir selbst Mut zu angesichts dessen, was in wenigen Minuten auf mich einstürmen wird.

William nimmt mich bei der Hand und führt mich auf eine von drei Türen zu. „Kommt darauf an, wie hoch oben man steht."

Hinter der schweren Tür befindet sich eine weiße Schiebetür, durch die man in einen kleinen, mit einem Bett und einer Couch ausgestatteten Raum gelangt. Die Couch ist rot, das Bett schwarz, die Wände sind weiß – ein komisches Farbenspiel, doch es wirkt sauber und elegant zugleich. Auch hier wurde Teppich verlegt, diesmal in roter Farbe, passend zur Couch. Auf einem kleinen Beistelltisch stehen verschiedene Karaffen mit alkoholischen Getränken, die passenden Gläser gleich daneben.

William begibt sich zur Couch und deutet mir mit einem Nicken, Platz zu nehmen. Wie in Trance folge ich ihm. So viele Fragen stürmen auf mich ein. Welche soll ich ihm zuerst stellen?

„Sehen alle Räume so aus?“ Ich habe keine Ahnung, warum ich gerade das wissen will.

Er nickt und sieht mich gespannt an. „Georges Idee.“

„Hast du so etwas auch in deinem Keller?“

„Nein.“

Mich verwundert seine Antwort, aber im Grunde sollte ich mich freuen. Immerhin etwas.

„So etwas braucht ihr reichen, verwöhnten Söhnchen wohl?“ Scheiße, habe ich das wirklich laut gesagt? Dieser Raum macht mich wahnsinnig, ich weiß nicht einmal, was ich denke und was ich ausspreche.

Ich bin auf einen Wutanfall gefasst, aber William legt nur den Arm um mich. „Jedem sein Laster. Rose, es beeindruckt mich wirklich, dass du mitgekommen bist. Vielleicht bis du doch tough genug, um mich zu ertragen.“

Wer wird denn hier zum Charmeur, denke ich und klopfe mir auf die Schulter. „Ich tue, was ich kann.“

Mit einem leichten Lächeln beugt er sich vor und umfasst mein Kinn. „Du bist die Erste, die ich hierher mitnehme. Siehst du, auch ich kann vertrauen.“

Und ich vertraue dir, möchte ich sagen, doch seine Lippen fesseln mich zu sehr. Wie gerne würde ich sie jetzt auf den meinen spüren. Zu lange ist es her, dass ich ihn für mich hatte. Die Sucht meldet sich bereits wieder. „Nicht schlecht für den Anfang."

„Man muss sich eben auf Dinge einlassen und sie ausprobieren. Das habe ich von dir gelernt."

Jetzt wird er aber überschwänglich. Entweder will er mich rumkriegen, wozu es nicht mehr viel braucht, oder er hat zu viel Champagner getrunken. Wie kommen wir dann nach Hause? Ich schüttle den Kopf, da ich mich voll auf ihn konzentrieren möchte. Wann habe ich ihn denn wieder so, wie er gerade ist – sanft, gut gelaunt und vor allem romantisch.

Ich lecke mir über die Lippen, stelle mir dabei vor, dass es seine Zunge ist, und spüre bereits wieder dieses Ziehen zwischen meinen Beinen.

„Was möchtest du?", flüstert er und lässt einen Finger federleicht über meinen Hals hinunter zu meinem Dekolleté gleiten.

„Ich möchte, dass du mich küsst."

„Hier?", fragt er ungläubig.

„Ja."

Er beugt sich weiter vor und gleitet sanft mit seinen Lippen über die meinen. Ein Feuerwerk explodiert in mir, als ich ihn endlich schmecke. Wie gut er schmeckt! Zuerst ist er noch zärtlich, fast zögernd, dann zieht er mich mit seiner Hand, die er auf meiner Schulter platziert hat, zu sich und schiebt mich rittlings auf seinen Schoß. Ich sauge, knabbere und lutsche an ihm, als wäre er mein Lebenselixier, während er meine Hüften im Rhythmus unserer Küsse bewegt. Bald fühle ich seine Erregung zwischen meinen feuchten Schenkeln, kann es kaum noch erwarten, ihn in mir zu spüren. Selbst in diesem Raum kann ich ihm nicht widerstehen.

Irgendetwas ist in der Zwischenzeit mit mir geschehen. Die überwundene Eifersucht und das Wissen, ihn nun endlich wieder für mich zu haben, machen mich mutig.

Dann löst er seine Lippen von den meinen und schiebt mir das Kleid nach unten, um meine Brüste zu befreien, die sich ihm bereitwillig entgegenstrecken. Ich werfe den Kopf in den Nacken, als er an einem der Nippel zu saugen beginnt. Diesen immer härter werden lässt, bis ich fürchte, zerbersten zu müssen. Meine Finger zerren an seinen Haaren und bringen seinen Kopf dorthin, wo ich ihn brauche.

Die andere Brust ist nun an der Reihe, wobei ich mein Stöhnen kaum noch unter Kontrolle habe und mich nur einen Moment frage, wie dünn die Wände hier sind. Doch ich bezweifle, dass ich heute Abend aus der Reihe tanze.

Vielleicht bin ich einen Moment lang unaufmerksam gewesen, sei es aufgrund meiner Gedanken, sei es aufgrund seiner Berührungen. Zu spät merke ich, dass da jemand ist, der meine Haare zur Seite schiebt und meinen Hals streichelt. Ich zucke zusammen, reiße die Augen auf. Wer hat es gewagt, hier einfach hereinzuschleichen und mich anzugreifen?

Ich blicke geradewegs in Violas Augen, die vor Erregung blitzen. „William“, rufe ich entsetzt. Er muss mich vor ihr schützen.

„Sie wird nichts machen, was du nicht möchtest“, entgegnet er kühl.

Was? Fassungslos schüttle ich den Kopf und winde mich unter seinen streichelnden Händen. „Dann soll sie gehen.“

„Rose, sie wird nur hier sein. Du wirst sie gar nicht bemerken."

Was soll diese kranke Scheiße?

Hat er das etwa geplant? Macht es ihn scharf, dass uns diese fremde Frau zusieht? Ich fühle mich so hintergangen, wie schon lange nicht mehr.

„Entspann dich, Süße. Ich werde dir nur helfen", beruhigt sie mich und legt ihre Hände auf meine nackten Brüste.

„Rose", William nimmt behutsam mein Gesicht in seine Hände, „was sagte ich vorhin? Etwas Neues ausprobieren. Vertrau mir, es wird dir gefallen."

Ich schließe die Augen, versuche, nicht auf meinen Körper zu hören, dem das Feuerwerk, welches Viola mit ihren Fingern auf meinen Brüsten entzündet, sehr gut gefällt.

„So ist es gut." Er küsst meine Lippen.

Und plötzlich finde ich den Gedanken, von einer Frau verwöhnt zu werden, äußerst erotisch. Nie zuvor habe ich Derartiges erlebt, doch ich will ihm vertrauen. Ich nehme mir vor, offen zu sein und Viola so viel zu erlauben, wie ich ertragen kann. Sie darf meinen Hals küssen, während sich William weiterhin mit meinem Mund beschäftigt. Er versetzt meine Hüften in rhythmische Bewegungen und immer weiter breitet sich die Hitze zwischen meinen Beinen aus.

Zeitgleich nehmen beide ihre Münder von mir und widmen sich eingehend meinen Brüsten. Viola schiebt sie zusammen, streicht mit ihren Nägel über die aufgerichteten Spitzen und macht sie härter und härter. William nimmt sich meiner rechten Brust an, wobei er sie in ähnlicher Weise behandelt. Mein Blick bleibt wie versteinert an seinem Mund hängen, als Viola ihm ihren Zeigefinger zwischen die Lippen schiebt, ihn so befeuchtet und dann wieder um meinen Nippel kreisen lässt.

Im nächsten Moment ist ihre Hand verschwunden. Ich öffne meine Augen, suche fast verzweifelt nach ihr, entdecke sie dann neben William auf der Couch sitzend, wo sie langsam sein dunkelblaues Hemd aufknöpft.

Ich bin mir nicht sicher, ob ich ihr diese Freiheit gewähren möchte. Ob ich es ertragen kann, wenn sie ihn in meiner Gegenwart anfasst.

Schließ die Augen, flüstert etwas in mir und ich folge diesem Rat sogar. In Gedanken zähle ich die Knöpfe. Wie viele sind es – fünf, sechs, sieben? Ich halte es nicht mehr aus, schlage die Augen wieder auf und erblicke Williams nackten Oberkörper. Auch Viola hat sich in der Zwischenzeit entkleidet. Doch das Schlimmste ist mir bislang entgangen. Mit einem Mal steigt mir die Galle hoch.

Den Kopf im Nacken liegend, die Augen geschlossen, den Mund geöffnet, lässt sie sich von William verwöhnen, der seine zweite Hand um ihre Brüste gleiten lässt. Die Eifersucht fühlt sich wie ein Giftpfeil an, den jemand in meine Brust gestochen hat. Das Atmen will mir kaum gelingen, während mein benebelter Verstand auf Hochtouren läuft.

Was soll ich tun? Ich habe mir noch gar keine Gedanken gemacht, wie es weitergeht. Sieht sie nur zu, lässt sie sich von ihm ein wenig betatschen oder will sie dasselbe wie ich? Möchte auch sie mit ihm schlafen? Ich zweifle keine Sekunde daran.

Als würde alles in Zeitlupe ablaufen und ich, unfähig, mich zu bewegen, halte still, als sie seine Hand von ihrer Brust nach unten zwischen ihre Beine schiebt, die sie weit auseinanderspreizt. Kein Höschen ist im Weg, das sich dieser Intimität entgegenstellen könnte. Genüsslich reibt sie sich an Williams Fingern, führt sie ein und gibt sich ihrem Stöhnen voll und ganz hin.

Diesem Miststück geht es schon lange nicht mehr um mich. Ich habe nur als Vorwand gedient, um sich an William heranzumachen und sich von ihm flachlegen zu lassen. Ihr Stöhnen, das fast schon einem Jammern gleicht, empfinde ich wie Hammerschläge auf meinen Schädel, der im nächsten Moment zu zerspringen droht. Das Rauschen in den Ohren, das eine Ohnmacht ankündigt, wird immer lauter. Langsam erwache ich aus meiner Starre.

Mein Kopf bewegt sich wieder. Ich suche in Williams Augen, die auf Violas triefende Vagina gerichtet sind, nach einem Zeichen. Doch nach welchem Zeichen suche ich? Kenne ich diesen Mann überhaupt noch? Habe ich ihn jemals wirklich gekannt? Dies ist sein Leben. So wird es immer sein. Nie kann ich die EINE sein, mit der er glücklich ist. Er wird immer Frauen wie Viola brauchen, die sich bereitwillig vögeln lassen und dann in der Menge untertauchen. Ich bin mir sicher, würde sogar darauf wetten, dass er mich früher oder später aussortieren wird. Vielleicht, wenn es ihm einfach zu langweilig wird. Ich passe weder hierher noch zu ihm. Ich kann keine Hülle lieben, die mich so behandelt – mich formt, verbiegt, mit netten Worten berieselt.

Dieser Mann ist ein Profi, von Anfang an hat er mir das gezeigt. Er weiß genau, was er sagt, und vor allem, wann. Keine Geste ohne Hintergedanken, kein Wort ohne Zweideutigkeit, keine Berührung, ohne damit etwas zu bezwecken. Ich erschaudere und mir wird plötzlich übel.

Der nächste Gedanke gilt der Flucht – ich muss hier weg.

Ich muss ihn mit dieser Frau zurücklassen, in dem Wissen, dass er das Spiel vollenden wird, ohne mir eine einzige Träne nachzuweinen. Ich kann nicht Zeugin eines Aktes werden, der mich auf ewig traumatisiert. Ich kann nicht etwas so Abscheuliches, Widerwärtiges – auch wenn des der Inhalt, der Sinn seines Lebens ist – mit eigenen Augen verfolgen. Ein Gedanke schießt mir noch durch den Kopf: Wie oft ist er, während wir bereits zusammen waren, nicht als Paar, sondern als das, was wir eben sind, hier gewesen? Wie oft hat er mich hintergangen?

Zitternd ziehe ich mein Kleid nach oben, schiebe seine Hand angewidert zur Seite und stehe so schnell auf, dass sich alles um mich herum dreht. Halt suchend, umklammere ich den Fußteil des schwarzen Bettes und torkle zur Tür. William sieht mich erschrocken an, nimmt seine Hand von Violas Scham und sagt etwas, doch ich verstehe kein Wort. Wie im Nebel taste ich mich zur Tür, entsinne mich, dass ich sie aufschieben muss, und betrete den Gang. Ich hole tief Luft, um nicht umzufallen. Eine Frau geht am Arm eines Mannes vorbei. Sie beachten mich überhaupt nicht und entschwinden durch die nächste Schiebetür.

Die Übelkeit wird unerträglich.

Die nächste Hürde, die schwere Holztür, drücke ich mit der mir verbliebenen Kraft auf und stehe nun inmitten von Hunderten Worten, von Gelächter und dem Gestank von Alkohol. Meine Augen gleiten durch die Menschenmenge. Ich suche nach jemandem – Claudine, auch wenn ich sie kaum kenne und nicht weiß, ob sie mir helfen kann. Ich finde sie nicht, stattdessen spüre ich die Tränen, die mir über die Wangen laufen und mich nun endgültig bloßstellen.

Dann spüre ich Finger, die mein Handgelenk umschließen. Tut es wirklich weh oder fühlt sich der Schmerz nur stärker an als sonst? William baut sich vor mir auf, ich habe jedoch keine Kraft mehr, um zu entscheiden, ob er besorgt oder verärgert ist.

„Lass mich los", fahre ich ihn an, auch wenn ich weiß, dass meine Worte in all dem Lärm untergehen.

Der Ekel vor ihm, vor seinen Fingern, die förmlich nach Betrug und Viola stinken, nimmt überhand. Er lässt mich nicht los, sondern schiebt mich in Richtung Ausgang und verzieht dabei keine Miene. Die Luft in diesem spärlich beleuchteten Raum ist besser, aber ich fühle mich noch genauso unwohl wie zuvor. Der Mann, der uns nach unten begleitet hat, kommt auf uns zu und richtet eine Frage an mich. Doch so sehr ich mich auch bemühe, ich verstehe unsere Sprache nicht mehr. Ich schüttle heftig den Kopf, eine Abwehrreaktion auf all das, was mir in diesem Haus widerfahren ist. Dann verschwindet er – vermutlich hat William ihn weggeschickt.

Im nächsten Moment werde ich gegen die kalte Wand gedrückt, Williams Augen durchbohren mich gleichsam.

„... los?"

Ich schüttle den Kopf und blicke zur Seite. Ich will doch nur weg.

„Rose?"

Mit aller Kraft versuche ich, ihm meine Hand zu entziehen. Keine Ahnung, ob ich dabei schreie, jedenfalls möchte ich es gerne tun. Irgendwer muss mir doch helfen.

„Rede mit mir!“ Endlich vernehme ich wieder vollständige Sätze, doch ich bin längst noch nicht in der Lage, mit einer Antwort aufzuwarten. „Rose, was ist los mit dir?“

„Kann nicht. Lass mich“, presse ich mit letzter Anstrengung hervor.

Die Sache geht in die falsche Richtung, da er an meine Wange fasst und sie behutsam streichelt.

Ich drehe den Kopf ruckartig weg und funkle ihn böse an. „Fass mich nicht an. Ich möchte nie wieder von dir berührt werden, du krankes, hinterfotziges Arschloch.“

Nun ist er eindeutig bestürzt, mit einer derartigen Reaktion scheint er nicht gerechnet zu haben. „Was habe ich getan? Ich sagte doch, du musst nichts machen, was du nicht willst. Du hättest jederzeit abbrechen können.“

„Es wird doch nie anders sein. Scheiß egal, ob ich etwas sage oder nicht. Oder glaubst du, etwas bricht schlagartig über dich herein und du hast nicht mehr das Bedürfnis, Schlampen wie diese Viola zu vögeln?“ Atmen und gegen die Übelkeit ankämpfen, mein einziger Gedanke. „Es widert mich an ... du widerst mich an. Ich habe so viel investiert, habe geglaubt, du könntest mich irgendwie mögen, dabei ging es dir die ganze Zeit nur um das hier. Ich bin die Erste, die du mitgenommen hast ... all deine verfickten Versprechungen. Sag mir nur eines – ist dies dein Lebensinhalt? Kannst du dir vorstellen, in zwanzig Jahren noch immer so zu leben? Was für ein tristes, armseliges Dasein!“

„So ist es nicht.“ Er klingt verzweifelt und macht einen Schritt auf mich zu.

Ich hebe meine Hand, um ihm Einhalt zu gebieten. „Lass mich einfach in Ruhe. Du bist tausendmal schlimmer, als Taylor es jemals war …“

„Was zum Teufel ist hier los?“, mischt sich George ein, der unvermittelt hinter William aufgetaucht ist und nun von einem zum anderen schaut.

Der hat mir gerade noch gefehlt!

„Nichts. Wir müssen nur etwas bereden“, faucht William, ohne den Blick von mir zu nehmen.

„Lass sie gehen. Ich hab dir doch gleich gesagt, dass sie für so etwas nicht gemacht ist. Tu ihr einfach den Gefallen, sie wird sich schon wieder fangen.“

Die Worte treffen mich wie eine Ohrfeige, mein Herz zerspringt in noch kleinere Stücke. Dann hat William alles mit George besprochen. Ihn vielleicht sogar um Rat gefragt.

Gott sei Dank taucht der Mann mit meiner Jacke auf, die ich ihm dankbar entreiße. Nein, ich brauche keine Hilfe, ich kann sie selbst anziehen – und dann die Flucht ergreifen.

„Rose, bitte, ich habe dich nicht belogen, niemals. Du hättest nichts tun müssen, was du nicht willst“, bettelt William. Tun? Ich kann nichts mehr für ihn tun. Vielleicht war alles von Anfang an zum Scheitern verurteilt. Besser jetzt als später.

George schnaubt verächtlich und kann gar nicht verstehen, was in William gefahren ist. Ich selbst auch nicht. Warum lässt er mich nicht einfach gehen, wo doch Viola auf ihn wartet?

Und auch wenn ich es mir nicht eingestehen möchte, es ist derselbe Blick wie damals, als er mir die Geschichte über seinen Vater erzählt hat. Er ist genauso verletzt und ergriffen, macht keinen Hehl aus seinen Gefühlen und irgendwann beschleicht uns der Gedanke, dass ich nicht nur mir einen Gefallen erweise, sondern ihm ebenso.

„Ich nehme mir ein Taxi. Gute Nacht." Ich zwänge mich an ihm vorbei, wohl wissend, dass dieser Abschied ein endgültiger sein wird. Er wird mir kein zweites Mal nachlaufen, denn die Nächste wartet bereits auf ihn.

Entweder bilde ich es mir nur ein oder er ruft tatsächlich meinen Namen. Ich reagiere jedoch nicht, Tränen des Elends und der Enttäuschung laufen mir über das Gesicht.

Ich liebe ihn, liebe ihn mehr, als ich ertragen kann. Doch ich bin kein Kind mehr, welches blindlings auf jemanden hereinfällt. Manchmal muss man Dinge tun, die im ersten Moment ungeheuer schmerzen, nur um danach wieder als neuer Mensch aufzustehen.

Ich muss unter diese Sache einen Schlussstrich ziehen und sie als Chance für die Zukunft betrachten.

Zum Teufel mit der Vernunft, schelte ich mich, als ich auf dem kalten Bürgersteig zusammensacke. Das Gesicht in meinen Händen verborgen, achte ich nicht mehr auf die hübsch gekleideten Menschen neben mir, die mich im Vorbeigehen entgeistert mustern. Ich warte nicht auf William, weiß, dass er mir nicht folgen wird. George, so egoistisch er auch sein mag, wird ihm helfen und ihn zur Vernunft bringen.

Irgendwann bleibt ein Mann neben mir stehen, er hilft mir auf die Beine und ruft mir ein Taxi. Ich fühle mich sicher, als er mich ins Innere des Wagens schiebt und neben mir Platz nimmt. Als wäre ich vollkommen hilflos und verloren, legt er die Arme schützend um mich und schließt so die böse, grausame Welt um uns herum aus.

Wie in Trance nenne ich meine Adresse. Ein Wunder, dass sie mir überhaupt einfällt. Das Auto fährt los und eine Sekunde später bin ich eingeschlafen.

Wie es weitergeht, erfahren Sie im nächsten Teil.

2370312R10232

Printed in Germany
by Amazon Distribution
GmbH, Leipzig